스토리텔링,
어떻게
할 것인가

스토리텔링, 어떻게 할 것인가

제1판 제1쇄 2015년 1월 5일
제1판 제7쇄 2022년 10월 13일

지은이 최시한
펴낸이 이광호
펴낸곳 ㈜문학과지성사
등록번호 제1993-000098호
주소 04034 서울 마포구 잔다리로7길 18(서교동 377-20)
전화 02)338-7224
팩스 02)323-4180(편집) 02)338-7221(영업)
전자우편 moonji@moonji.com
홈페이지 www.moonji.com

ISBN 978-89-320-2708-1 03800

스토리텔링, 어떻게 할 것인가

최시한 지음

문학과지성사
2015

머리말

　디지털 혁명은 이야기(서사)의 중요성을 크게 부각시켰다. 이제 이야기, 곧 '스토리가 들어 있는 것'을 짓고 인식하는 행위는 컴퓨터와 인터넷의 도움으로 확장된 인간의 소통 능력 자체를 기르는 것은 물론, 문화(콘텐츠)산업을 일으키고 가상현실이라는 새로운 세계를 영위하는 활동의 핵심에 놓이게 되었다. '이야기 짓기'나 '이야기 창작하기'로 옮길 수 있을 '스토리텔링'이란 말에는, 근래 몇십 년 동안 일어난 이러한 변화가 함축되어 있다. 이 말은 사회 각 분야를 관통하는 열쇳말의 하나로 자리 잡아, '스토리텔링 시대'라는 표현이 더는 어색하지 않다.

　스토리텔링 활동이 산출하는 이야기는 본래 인간의 주요 담화 양식 가운데 하나이다. 그것은 각종 매체를 사용하여 온갖 형태로 이루어지는 '사건의 서술'이다. 영상매체의 발달과 더불어 '글 읽고 쓰기 능력'(문식성)과 나란히 '영상 읽고 쓰기 능력'이 중요해지는 데서 알 수 있듯이, 이야기를 하는 방식과 관습은 끊임없이 변한다. 이처럼 근원적이고 다양한 특성을 지녔기에 스토리텔링—사건의 서술을 통한 스토리 형성하기—에 필요한 능력과 창의성을 길러야 한다는 지적은 많아도, 구체적인 이론과 방법을 마련하는 일이 간단치 않다.

스토리텔링 시대의 도래는 설화, 소설, 희곡 등의 특정한 문학적 이야기 갈래(장르) 위주였던 전통적인 이론들, 곧 소설론, 희곡론, 서사학, 문학비평론, 문예창작론, 문학교육론 등의 창조적 융합과 혁신을 요구한다. 아울러 스토리텔링을 학문적으로 논의함에 있어 이제까지 외곽에 놓여온 감이 있는 그림책, 만화, 텔레비전 드라마, 뮤지컬, 오페라, 디지털 게임, 영상 교육자료, 전기傳記, 다큐멘터리 등의 각종 이야기까지 아우를 수 있는 이론의 심화와 확장을 요구한다. 언어, 매체, 갈래, 제재 등의 경계를 초월한 거시적이고 공통된 논의의 마당이 필요하기 때문이다.

이러한 현실은 오늘의 예술론과 인문학 앞에 놓인 도전이자 기회이다. 이른바 '문학의 순수성' '예술의 자기 목적성' 등을 고수하기 어려우며, 고수하고 있기만 하여도 곤란한 이 시대에 이야기 '창작'은 어떻게 대응할 것인가? 소위 순수예술과 대중예술 사이의 벽이 낮아지고 작품 창작과 상품 제작이 긴밀히 연결되며, 창조자로서 권위가 높았던 작가와 나란히 연출가, 재창작가(각색, 번안처럼 형식과 매체를 바꾸어 창작하는 '다시 짓기 작가'), 기획자 등이 같은 '작가'로 대접받는 시대, 그리고 그림(영상), 음악이 언어와 대등하거나 그 이상의 표현매체 기능을 하는가 하면, 온갖 분야의 지식이 스토리에 융합되고 영상물로 재창조되어 대학과 도서관을 위협하는 시대—이미 우리 앞에 펼쳐진 이 시대는 분명 관련 학문과 교육에 새로운 이론과 실천적 방법의 모색을 요구한다.

이 책은 이러한 요구에 조금이나마 부응하기 위해 지은 것이다.

*

이 책은 스토리텔링에 관한 기본적인 지식과 방법을 이해하며 관련 능력을 기르도록 돕는 데 목표를 둔다. 논의의 범위와 지향은 다음과 같다.

첫째, 허구적 이야기와 비허구적 이야기를 모두 고려하되, 허구적인 것을 주요 대상으로 삼는다. 허구적 갈래 가운데는 소설, 동화, 그림책, 만화, 연극, 영화, 애니메이션, 텔레비전 드라마 등을 주로 염두에 둔다.

둘째, 스토리텔링 이론의 바탕을 다진다. 이를 위해 '이해'를 위한 부분(제1부)을, '방법'을 위한 부분(제2부)의 앞에 마련하며, 두 부분 모두에서 각 장마다 먼저 개념을 풀이하고 용어를 정리한다. 이는 한국에 수사학의 전통이 약한 점을 고려하여, 스토리텔링 연구의 이론적 토대를 다지고 기존 논의를 새로 종합하기 위한 것이다.

셋째, 이야기 일반의 본질에 관한 이론적 논의와 함께, 실제 창작의 기본자세와 방법을 다룬다. 이때 이론에서 창작의 원리 찾기, 혹은 창작을 통해 이론을 실천·응용하기를 도모한다. 방법을 다룬 제2부의 제 1~2장에서는 명작을 분석하여 보여주고, 이를 다른 명작의 분석 연습에 활용하게끔 하는데, 이론과 실천을 연관 짓기 위한 대표적 대목이다. 실천하는 자세와 방법에 관해서는 규칙이라기보다 원칙 위주로, 그리고 '이야기 나무'라는 게 있다면 가지보다 뿌리와 기둥줄기 위주로 살핀다. 논리적 단계로 보아 그러하며, 학습 단계로 보면 '입문'에 해당되는 개론을 다룬다.

넷째, 이야기의 서술 층위를 중요시한다. 스토리와 서술은 상호 의존하므로 하나만 강조함은 좀 우습지만, 스토리텔링이 일단 이야기의 서술 행위를 가리키는 데다, 이제까지 이야기의 내용, 제재, 사상 등에 비해 형식, 매체, 기법 등이 소홀히 취급되어왔기에 굳이 지적해둔다. 이 책은 앞서 지적한 이론과 실천은 물론 내용과 형식, 인식과 표현, 제재와 매체, 의도와 효과, 읽기와 쓰기, 앎과 함 등을 통합한 하나의 프로그램을 지향한다.

다섯째, 실습을 통해 능력을 기르도록 한다. 이를 위해 되도록 예를 많이 들고, 각 장마다 연습 문제를 마련하여 학습자가 직접 풀어보며 익히도록 한다. 이에 따라 책의 성격과 형태가 복합적이 되었으므로, 「이 책을 읽는 이에게」를 따로 마련하여 활용 방법을 자세히 안내한다. 한편 창작이라는 것이 본래 '책을 가지고 하는 연습'으로는 한계가 있어서, 이 책에서는 특히 '창작' 활동 속에 여러 매체와 도구를 활용한 '제작' 개념이 내포되는 갈래들, 즉 영화, 연극, 그림책, 만화 등에 관한 연습 문제들이 성격상 한계를 안고 있다. 따라서 그런 문제들은 학습의 형태와 방향을 제시하는 정도로 받아들이면서, 거기서 얻은 바를 실제 창작 과정에서 각자 다양하게 응용함이 바람직하다.

여섯째, 논의를 전개함에 있어 '반복을 통한 확장'의 방법을 쓴다.

이 책은 '이해'와 '방법,' '설명'과 '연습' 등을 편의상 따로 나누어 기술한다. 그러나 내용은 서로 긴밀히 연결시켜 다룬다. 그래서 이미 언급한 것도 측면과 대상을 달리하여 반복해 다루면서 내용을 확장해가는 방식을 취하고 있다. 독자의 이해를 도움은 물론, 앞의 넷째 항목에서 지적한 것들을 두루 통합하기 위해서이다. 본문에서 '관련 대목 가리키기' 표시(☞)로 안내한 곳이 함께 읽어야 할, 반복과 확장이 두드러지게 이루어진 대목이다.

*

스토리텔링이 산업의 미래를 좌우한다면서도 마땅한 안내서를 찾기 어려운 상황을 개선하고자 착수했지만, 이 책이 어느 지점에 도달하였는지 의문이다. 문학평론가 정과리의 말처럼 "문화산업에 박차를 가하기 이전에 문화 그 자체를 북돋는 일을 우선해야 할" 한국 현실에서, 과연 이 책이 얼마나 도움이 될지도 의문이다. 필자는 책을 지으면서 시간이 지날수록 오히려 갈 길이 더 멀어지고 넓어지는 듯한 곤혹스러운 경험을 하였다. 물론 필자의 능력이 충분하지 않고 대상을 너무 넓게 잡은 탓도 있겠지만, 다음과 같은 물음들이 계속 떠올랐기 때문이다.

○ 스토리텔링의 '방법'에 일반적인 원리나 이론이 존재할까? 갈래와 매체를 초월하여 존재한다 해도, 그것이 과연 '책으로' 가르치고 배울 수 있는 것일까? 한 걸음 더 나아가, 그럴 수 있다 하더라도, 가르치고 배우는 것은 관습적·규범적인 것이지 새롭고 창

조적인 무엇은 아니지 않을까?

○ 지구 전체가 하나의 이야기 문화권이 되어가는 이 시대에, '가치 있는' 이야기란 어떤 이야기일까? 이야기의 미적 형식과 주제, 제재가 다양하고, 그것을 통해 재미와 의미를 느낄 감상자 또한 같지 않은데, 어떤 내용, 어떤 형태의 이야기를 대상으로 '바람직한' 기준을 세워 논리를 펴고 평가를 한단 말인가? 결국은 필자 내면에 굳어진 바를 기준 삼게 될 터인데, 그 또한 얼마나 보편성을 지닌 것일까?

○ 문화산업은 이야기의 예술성/대중성, 미적 완결성/현실적 효용성, 내적 충족 기능/외적 목적 수행 기능 가운데 각각의 후자를 중요시하게 마련이다. 그런데 주로 전자를 대상으로 구축되어온 기존의 이론을 바탕으로, 문화산업의 요구를 과연 충족시킬 수 있을까? 충족시킬 수 있다면, 아니 충족시켜야 한다면, 어디까지 그럴 수 있는 것일까? 새로 더 궁리할 점이 있다면 그것은 무엇일까?

이러한 물음 중에는 아예 대답하기 어려운 것도 있고, 대답은커녕 물음 자체가 불합리하거나 불필요한 것도 있을 터이다. 하지만 이것들을 여기 적어두지 않을 수 없다. 필자가 솔직히 고백도 해야겠고, 이런 물음들 자체가 오늘의 현실에서 스토리텔링을 하고 또 논의하는 일에 대해 생각해봐야 할 점들을 내포하고 있는 성싶기 때문이다.

스토리텔링은 더 이상 천재적 영감에 의한 것으로 여겨지지 않는다. 상상력과 창조력은 매우 복합적이며 신비롭지만, 훈련하고 계발할 수 있다. 환상을 불러일으켜 경제적 효용을 좇기도 하나, 스토리텔링은 여전히 인간적 진실을 찾고 시대의 고뇌를 드러내는 의미 추구 작업이다. 어떤 논리적 균형점 혹은 연결점을 찾지 못했다 하더라도, 무엇보다 필자는 이런 사실들을 믿고 또 놓치지 않고자 하였다.

*

책 제목에 '어떻게'라는 말을 썼으나, 스토리텔링에 왕도는 없다. 다만 하나의 길잡이로서, 스토리텔링 감각을 예민하게 벼리고 상상력에 불을 지르는 데 도움이 되기를 바랄 따름이다.

이 책은 이야기 창작만을 위한 책이 아니다. 연습 문제 때문에 그렇게 여겨질지도 모르지만, 스토리텔링에 대해 '알기' 위해서도 연습은 필요하다. 이 책이 교육 현장은 물론 기획, 제작, 홍보 등 한마디로 문화산업 전반에서 스토리텔링에 대한 이해를 도모하는 데 도움이 되길 바란다. 교육 분야에서는 이야기를 활용한 지도 전반, 그중에서도 특히 문학교육, 짓기교육, 매체교육에 도움을 줄 수 있기를 기대한다.

아울러 합리적으로 생각하고 세련되게 표현하는 능력을 길러, 보다 인간적이고 성숙한 문화를 이룩하는 데 이 책이 다소라도 이바지하였으면 한다.

한편 이 책의 일부는 필자가 지은 『소설의 해석과 교육』『소설, 어떻게 읽을 것인가』, 그리고 『소설분석방법』과 밀접한 관계에 있다. 보다 학술적인 접근이 필요하다면, 이 책들을 참조하기 바란다.

＊

　　필자는 2000년부터 재직 중인 숙명여자대학교에 '스토리텔링 연계 전공'을 개설하고 강의를 해왔다. 국립 한국영화아카데미에서 몇 학기 '스토리텔링' 강좌를 맡기도 하였다. 이런 과정에서 이 책의 초고가 태어났다. 특히 연습 문제는 수강생들의 도움이 컸다.

　　제자 최배은, 류재향이 원고 집필을 도와주었다. 여러 동학들은 원고를 읽고 도움말을 많이 해주었다. 문학과지성사의 박지현, 김가영 씨가 책을 책답게 만드는 데 수고를 아끼지 않았다. 모두 고맙고 감사하다.

2015년을 맞이하며
최시한

이 책을 읽는 이에게

1. 책의 구성

이 책은 스토리텔링의 기초 이론, 기본적인 지침과 자세 등을 다룬 제1부와, 창작 실습 위주의 제2부로 구성되어 있다. 모두 여덟 장章으로 이루어져 있는데, 어느 장이나 먼저 스토리텔링의 기본 개념과 원리, 요령을 풀이한다. 그리고 그와 관련된 실제 능력을 기르기 위해 단계를 밟아 풀어가는 '연습' 문제를 마련한다.

제1부를 이루는 총 3장에는 모두 10회의 연습 문제가 제시되어 있다. 매회의 문제는 해당 본문의 설명에 대한 '이해'를 깊게 하는 문제와, 그것을 활용하여 스토리텔링 능력을 기르는 '짓기' 문제로 이루어진다.

제2부는 총 5장인데, 스토리 층위로부터 서술 층위로 옮아가면서 스

토리텔링의 실제 방법을 익힌다. 제1~2장에서는 명작의 사건과 인물 설정 방식을 구체적으로 분석해 보임으로써 이론과 실천을 연결하고 논의가 추상화되지 않도록 한다.

제2부에서도 매장마다 먼저 기본 요령을 항목별로 정리한 후, 두 가지 종류의 연습 문제를 제시한다. 여러 갈래의 명작을 스스로 분석하여 기법을 이해하는 '분석' 문제와, 거기서 알고 익힌 바를 활용하여 자기 작품을 실제로 구상하고 지어가는 '자기 작품 짓기' 문제가 그것이다. 이 '자기 작품 짓기' 총 5회(연습 12, 14, 16, 18, 20)는 연속되어 있어서, 그것만 따로 혹은 달리 활용할 수 있다. 가령 이 5회의 연습 문제가 요구하는 것들이 너무 답답하고 형식적으로 여겨질 경우, 실제 창작 과정에서는 거기 제시된 항목이나 사실만 체크한 다음, 거꾸로 작품을 어느 정도 지은 후 비평과 퇴고에 활용할 수도 있다.

2. 책의 활용

'아는' 것도 중요하지만 실제로 '하지' 않고는 능력을 기르기 어렵고, 해보는 체험 없이 앎이 깊어지기도 어렵다. 앎과 함은 하나다. 그러니 본문을 읽은 다음, 반드시 스스로 연습 문제를 풀어 스토리텔링 능력을 기르도록 한다. 그리고 해당되는 '답과 해설'도 본문처럼 찬찬히 읽으면서 자기가 모자라거나 소홀했던 점을 고친다. 맞고 틀림에 매이지 말고 '연습을 통한 능력 기르기' 그 자체에 힘쓴다.

각 연습 문제는 하나의 유형으로서 단계에 따라, 또 실습의 방법과 방향을 암시하기 위해 마련한 것이다. 그러므로 순서에 따르는 한편, 비슷한 문제를 스스로 새로 만들어서, 되도록이면 자기가 지으려는 이야기를 대상으로 응용하여 더 풀어보기를 권한다.

이해와 연습을 돕기 위해 '개념 정리' '해설' 등과 함께, 연결하여 함께 읽으면 좋은 이 책의 '관련 대목 가리키기(☞)'가 곳곳에 제시되어 있다. 연습 문제에는 답 작성을 도와주는 '보기' '조건' '길잡이' 등도 마련되어 있다. 이들은 꼭 필요해서 있는 것이니 모두 활용해야 한다.

3~4명이 한 조를 이루어 함께 책을 읽고 논의하며 문제를 풀어가는 조별 학습 방법을 권한다. 연습 문제가 대부분 주관식이고, 답이 주어지지 않는 경우도 있으며, 남의 것을 보면서 자기 것에 대한 평도 들어봐야 하기에, 강력히 권하는 방법이다. 여럿이 공부하면 필요에 맞추어 문제를 새로 내어 풀거나, 예시된 작품들을 나누어 감상한 후 한자리에 모여 서로의 생각과 느낌을 주고받는 이점도 있을 것이다.

3. 찾아보기

책 끝에 용어, 작품, 인명(작자, 감독) 찾아보기를 마련하였다. 그 가운데 '용어' 항목은, 본문에 별도로 마련한 '개념 정리'와 함께 용어사전처럼 활용할 수 있다.

4. 기호의 의미

“　”　　　원문 그대로 인용

‘　’　　　강조

／　　　　나열, 유사관계 (단위 규모가 클 경우에는 ∥)

＼　　　　대립, 갈등관계

「　」　　단편소설, 영화, 음악

『　』　　장편소설, 단행본

☞　　　　(이 책의) 관련 대목 가리키기, 함께 읽을 곳 안내

(본문의 낱말 어깨에 붙은) ●　　(해당 쪽에 별도로 제시된) 개념 정리, 개
　　　　　　　　　　　　　　　　념 풀이

길잡이　(연습 문제의) 도움말, 문제를 푸는 데 도움을 주는 요령,
　　　　　유의사항

※　　　　(연습 문제 ‘답과 해설’의) 해설, 보충 설명

예　　　　예시

차례

머리말 ——— 5
이 책을 읽는 이에게 ——— 13

제1부 스토리텔링의 이해

제1장
기본 개념과 의의

1. 이야기 ——— 23
　가. '이야기'라는 말 ——— 23
　나. 특성 ——— 29
　다. 형상화의 양상 ——— 34
　라. 구조적 성격 ——— 36
　　연습 1 이해 | 짓기 ——— 40
　마. 갈래 ——— 46
　　연습 2 이해 | 짓기 ——— 53

2. 스토리, 스토리텔링 ——— 62
　가. 개념 ——— 62
　나. 스토리텔링의 역사 ——— 65
　다. 스토리텔링의 기능과 의의 ——— 67
　　연습 3 이해 | 짓기 ——— 76

제2장

이야기의 구조와 스토리텔링

1. 이야기의 요소와 층위 —— 85
　가. 스토리와 서술 —— 88
　나. 주제, 메시지 —— 96
　다. 낯설게 하기, 낯익게 하기 —— 103
　라. 스토리텔링을 위한 몇 가지 지침 —— 110
　　연습 4　이해 | 짓기 —— 117

2. 서술방식과 허구적 스토리텔링의 특성 —— 126
　가. 서술의 상황과 방식 —— 126
　나. 서술자와 초점자 —— 130
　다. 허구적 스토리텔링의 특성 —— 138
　라. 허구적 스토리텔링을 위한 몇 가지 지침 —— 142
　　연습 5　이해 | 짓기 —— 150

제3장

이야기의 요건과 작자의 자세

1. 언어 표현의 적절성과 세련성 —— 169
　　연습 6　이해 | 짓기 —— 179

2. 갈래와 유형의 관습성 —— 188
　　연습 7　이해 | 짓기 —— 194

3. 그럴듯함 —— 204
　가. 개념 —— 204
　나. 기준 —— 209
　　연습 8　이해 | 짓기 —— 214

4. 가치성 —— 227
　가. 인식적 가치 —— 231
　나. 정서적 가치 —— 234
　다. 효용적 가치 —— 237
　　연습 9　이해 | 짓기 —— 241

5. 참신성 —— 249
　　연습 10　이해 | 짓기 —— 253

제2부 스토리텔링의 방법

제1장
상황의 설정

1. 애니메이션 「해피 피트」 분석 ——— 268
　가. 발상 ——— 268
　나. 상황 분석, 제재 ——— 271
　다. 갈등, 스토리 ——— 273
2. 상황의 설정과 전개 방법 ——— 278
　연습 11 동화 『마당을 나온 암탉』의 사건 분석 ——— 293
　연습 12 자기 작품 짓기 1 ——— 301

제2장
인물의 설정

1. 영화 「센스 앤 센서빌리티」 분석 ——— 311
　가. 특질, 성격 ——— 311
　나. 성격 분석, 기능 ——— 315
2. 인물의 설정과 구체화 방법 ——— 319
　연습 13 동화 『마당을 나온 암탉』의 인물 분석 ——— 329
　연습 14 자기 작품 짓기 2 ——— 333

제3장
플롯 짜기

1. 플롯 짜기의 방법 ——— 337
　연습 15 소설 「그 가을의 사흘 동안」의 플롯 분석 ——— 355
　연습 16 자기 작품 짓기 3 ——— 361

제4장
인물 그려내기

1. 인물 그려내기의 방법 ——— 367
　연습 17 텔레비전 드라마 「혼수」 분석 ——— 376
　연습 18 자기 작품 짓기 4 ——— 388

제5장
서술의 상황과
방식 설정

1. 서술의 상황과 방식 설정 방법 ——— 393
　연습 19 소설 「그 가을의 사흘 동안」의 서술방식 분석 ——— 404
　연습 20 자기 작품 짓기 5 ——— 409

주석 ——— 414
참고문헌 ——— 426
찾아보기(용어, 작품, 인명) ——— 432
연습 문제의 답과 해설 ——— 444

기본 개념과 의의 / 이야기의 구조와 스토리텔링 / 이야기의 요건과 작자의 자세 ————————————

제1부
스토리텔링의 이해

제1장 기본 개념과 의의

제2장

제3장

스토리텔링은 '스토리 형성하기'이다. 스토리는 서술을 통해 형성된다. 그러므로 스토리만 가지고 그것이 좋은 이야기 '작품의 스토리'가 될지 안 될지를 판단하기는 어렵다.

1
⋮
이야기

가. '이야기'라는 말

스토리텔링storytelling이란 무엇인가? 이 물음에 답하려면 먼저 이야기(서사)narrative에 대해 살필 필요가 있다. 스토리텔링을 하여 짓고 만드는 게 '스토리가 들어 있는 것' 곧 이야기이기 때문이다. 우리는 이야기를 스토리텔링하고, 스토리텔링을 하여 이야기를 산출한다. 이 사실은 의외로 중요하고 또 단순하지 않다.

"제가 이야기해보겠습니다"와 같은 표현에서 보듯이, 한국어의 '이야기(하다)'는 '말(하다)'과 거의 같은 의미로 쓰이는 경우가 많다. 이는 영어에서도 비슷한데, 이야기가 언어활동 전반에서 차지하는 비중이 매우 큼을 암시하는 사실이라 하겠다.

그런데 자세히 살펴보면, '옛날이야기' '해리 포터 이야기' '이야기

한국사' 등에서처럼, '이야기'는 일반적인 '말'과 구별되어 쓰이기도 한다. 예를 더 들어보자.

　"「설국열차」라는 영화가 어떤 이야기인지, 제가 이야기해보겠습니다."

이 예에서 '－하다'가 붙어 동사로 쓰인 뒤의 '이야기'가 일반적인 '말'이나 '스토리가 들어 있는 것을 말하는 행위'를 뜻한다면, 앞의 '이야기'는 그 행위의 결과물, 아울러 그 결과물이 속한 어떤 갈래(장르)를 뜻한다.

이런 예들을 볼 때, 이야기는 말은 말이되 일반적인 말과 다른 점이 있다. 나아가 영화를 가리켜 이야기라는 표현을 쓰는 데서 알 수 있듯이, 말(언어)만 가지고 하는 것도 아니다.

이런 점들을 엄격히 고려하지 않다 보니, 학술 용어로서 '이야기'라는 낱말은 다소 혼란스럽게 사용되고 있다. 입말(음성언어)로 하는 것만 가리키거나, 개념과 맥락을 따지지 않고 관련 용어들의 번역어로 방만하게 쓰이기도 한다.

인간은 갖가지 형태로 표현하고 소통한다. 이들을 통틀어 '담화談話'라고 일컬을 수 있는데, 서구의 수사학은 전통적으로 이를 크게 네 가지 양식 곧 설명, 논증, 묘사, 서사로 나눈다. 서사 즉 이야기는 이들 가운데 하나이다. 이는 삶을 구체적으로 모방 혹은 재현하는 담화 양식으로, 한마디로 **사건의 서술**[1]을 가리킨다. 이것이 본래의 이야기요

넓은 의미의 이야기이다.

'스토리텔링'이란 말이 오늘날처럼 중요해진 것은 수십 년밖에 되지 않으나, 그 행위 곧 '이야기하기(짓기)' 혹은 '사건 서술하기'는 인류가 항상 해온 아주 기본적인 활동이며 다른 담화 활동에 비해 비중도 매우 크다. 이것이 삶에서 얼마나 보편적이고 긴요한가는, 굳이 소설이나 영화를 예로 들 것 없이, 일상생활을 살펴보면 금세 알 수 있다. 얼굴을 맞대고 하는 대화는 물론 전화, 전자우편 따위를 이용하여 우리는 끊임없이 '이야기'를 하며 산다. 형이 먼저 잘못을 저질렀다고 어머니한테 울며 '이야기'하는 동생의 말에서부터, 사회적으로 요란스러운 스캔들의 보도 기사와 재판에서 하는 변호 및 판결문에 이르기까지, 사실을 전달하고 인정받는 일이 다름 아닌 사건 '이야기'의 진실성과 설득력에 달려 있음을 깨닫게 되면, 그 보편성과 중요성에 새삼 놀라게 된다. 고소설 『춘향전』에 등장하는 춘향을 사당까지 지어 모시는가 하면, 컴퓨터 그래픽 영상이 눈으로 볼 수 없는 것을 그려내어 실제처럼 보여주는 데 이르면, 우리가 허구와 사실이 뒤섞인 이야기 나라의 백성으로 살고 있음을 실감하게 된다. 이야기가 전하는 정보와 함께, 이야기가 '만들어내는' 이미지와 관념은 인간의 삶을 아주 넓고 깊게 지배하고 있다.

'지혜가 있는 인간Homo sapiens'이라는 말이 있듯이, '이야기하는 인간Homo narrans'이라는 말이 있다. **인간은 이야기하는 존재이다.** '이야기 능력'[2]은 어떤 특수한 능력이라기보다 인간이라면 지니고 있는 보편적 능력이다. 이야기 없이 인간의 삶과 문화는 존재하기 어렵다. 오늘날 인지과학認知科學은 인간의 두뇌가 하는 정보처리 방식이 크게 이 이야기 양식을 취하고 있음을 밝혀내고 있다.

이야기는 담화의 한 유형이라고 하였다. 이것은 신소설, 판소리, 무성영화 따위와 같이 어떤 시대에 생겼다 없어지거나 변하는 역사적 갈래가 아니라 이론적 갈래이다. 형식이나 겉모습이 어떻든 순전히 특성만 가지고 이론 차원에서 구분한 상위上位의 갈래요 유형이라는 말이다. 그래서 앞에서와 같이 '갈래' 대신 따로 '양식'이라는 용어를 쓰기도 한다. 화학원소 철Fe이 철근 같은 쇠붙이만이 아니라 갖가지 사물에도 들어 있듯이, 이야기는 온갖 종류의 담화 활동 및 형태에 두루 사용되고 또 존재할 수 있다.

'이야기'나 '서사'라고 하면 대개 말로 하는 허구적인 이야기 즉 '서사문학'을 떠올리고, 그중에서도 설화나 소설 위주로 생각한다. 이야기 양식이 '지배적인' 갈래들 중에서 그것들이 특히 오래되고 대표적이라 그런 경향이 생겼겠지만, 이는 문학 곧 언어예술 위주의 좁은 의미의 이야기이다. 앞서 지적했듯이, 넓은 의미의 이야기는 문학을 포함한 담화 전체의 상위 갈래로서, 문학의 범위를 뛰어넘으며 매체의 제한도 받지 않는다. 어떤 사건에 관한 증언이나 신문 기사, 역사, (극)만화, 텔레비전 드라마, 영화, 뮤지컬 같은 하위 갈래들이 모두 그에 속한다.

20세기 후반 디지털 혁명과 통신 기술의 발달은 전자매체의 시대를 열었다. 지금은 책, 컴퓨터, 휴대전화, 텔레비전, 인터넷 통신망 등 여러 매체*를 통해 정보와 지식을 얻음은 물론, 우리 자신이 언어, 그림(형상, 색채), 몸짓, 빛, 소리 등 갖가지 매재*를 활용하여 의미를 표현·

전달할 수 있는 다중매체multimedia[3] 시대이다. 한때는 각기 혁명적인 매체였던 신문, 우편, 전화, 라디오, 카메라, 텔레비전, 컴퓨터 따위를 스마트폰이 모두 흡수해버린 사실에서 실감할 수 있듯이, 오늘날 매체는 혁신과 결합을 거듭하면서 앞으로 또 얼마나 인간의 인식과 소통 능력을 확장시킬지 예측하기 어렵다. 이러한 매체혁명 시대의 산물인 이른바 (문화)콘텐츠는 문학과 비문학, 예술과 실용, 작품과 상품, 그리고 주로 언어로 해온 '창작'과 각종 재료 및 도구를 활용한 '제작' 등의 경계를 허물고 또 새롭게 융합하고 있다. 부르는 말도 다양한 이 시대—정보화 시대, 문화(콘텐츠)산업 시대, 융합의 시대, 뉴미디어 시대, 디지털 혁명 시대—를 맞아, 인간의 기본적 담화 양식의 하나인 이야기는 한층 더 그 중요성이 커지고 있다. 바야흐로 이야기 행위 즉 '스토리텔링의 시대'가 도래한 것이다.

따라서 오늘날 스토리텔링을 논의하면서 사용하는 용어 '이야기'(서사)는 본래의 특성에 따라, 개념의 폭을 넓게 잡는 것이 적절하다고 본다. 만약 그러지 않고 설화, 소설, 판소리 등의 전통적 갈래라든가 허구적이고 문자만 매재로 삼는 서사문학 중심으로 스토리텔링을 다룬다면, 무한히 증식하며 다양해지는 이야기 양식의 양상[4]을 효과적으로 논의하기 어려울 것이다. 또한 영화, 뮤지컬 같은 종합예술 작품의 창작은 물론, 다큐멘터리 기획, 디지털 이야기 게임 만들기, 영상 교육자료 개발, 테마파크의 설계, 이야기를 활용한 화술話術 개발, 홍보 및 경영 전략 수립 등을 싸잡아 체계적으로 연구하기도 어

> ● **매체 媒體, 매재 媒材**
> 메시지를 소통시키는 동시에 규정하는 것으로서, 매체가 소통의 수단, 도구라면 매재는 소통되는 담화의 재료, 질료. 대개 둘을 구별하지 않고, '매체'로만 쓴다. (☞ 주3)

려울 터이다. 이른바 문화산업이 일어나고 매체의 속성이 융합되면서 이 이야기 저 이야기가 뒤섞이고 재생산되어 상호텍스트성intertextuality 이 강해지는 바람에, 이미 '창작'의 창조성이나 '작품'이라는 것의 독자 성까지 흐려지거나 개념이 달라지고 있다. 또 소통 활동에서 사진 혹 은 영상매체가 차지하는 비중이 커짐에 따라 '시각적으로 읽고 쓰는 능력visual literacy' 곧 영상 읽고 쓰기 능력[5]을 새로운 언어 능력으로 규 정하는 추세이다. 이런 현실에서 문자매체 중심, 문학 위주의 논의는 바람직하지 못하다. 이야기의 개념을 넓게 잡으면 다양한 양상을 총체 적·체계적으로 살필 수 있음은 물론, 그 근본적 특성과 의의에 충실하 게 접근할 수 있다.

　우리는 이야기 속에서 살기에, 막상 이야기에 대해 잘 모른다. 앞에 서 이야기란 '사건의 서술'이라고 하였는데, 이 정의는 이야기의 대상, 그 행위, 그 행위의 결과라는 세 가지를 모두 내포한다. 즉 사건과 그 주체(인물)를 다룬 내용, 그것을 어떤 매체와 형식으로 형상화하는 행 위, 그 결과 산출된 작품, 담화 등이 전부 '이야기'이다. 이야기를 달리 부르는 서사敍事라는 말의 한자를 눈여겨보면, 이 뜻매김이 압축되어 있음을 알 수 있다. 그런데도 여기서 '서사'가 아니라 '이야기'라는 용 어를 주로 사용하는 이유는, '이야기책' '삼국 통일 이야기' 등에서와 같이 예전부터 그 말을 써왔고, 이미 학술 용어로 자리 잡아 가고 있으 며, '-하다'를 붙여 활용하면서 앞의 세 가지를 효과적으로 표현할 수 있기 때문이다.

나. 특성

ㄱ이 ㄴ에게 어제 자기가 겪은 일에 대해 이야기하는 장면을 떠올려 보자. 우리가 노상 경험하는 이런 장면이 바로 이야기 행위 곧 스토리 텔링의 기본 상황이다. 이 상황은 이야기를 하는 자, 이야기 자체, 그 것을 듣는 자, 이렇게 셋을 기본으로 이루어진다. 여기에 이야기 자체 의 대상 혹은 제재*를 더하여 넷으로 볼 수도 있다.

이들 가운데 이야기를 하는 이(화자)/듣는 이(청자)는 매체와 갈래에 따라 작자/독자, 발신자/수신자로도 불린다. 여기서는 번거로움을 피 하여 이들 짝을 '작자/감상자'로 통일하여 부르기로 한다.[6]

이야기는 크게 세 가지 특성을 지니고 있다.

첫째, **시간성**이다.

이야기가 '사건의 서술'이라고 할 때의 '사건'이란 인물이 일으키거 나 체험하는 '상황 혹은 상태의 변화'[7]를 가리킨다. 여기서 '상황 혹은 상태'와 '변화'는 모두 시간을 전제한다. 시간 속에 존재하는 것들의 어떤 움직임과 변화를 다루어야 이야기가 된다. 그래서 소설, 연극, 영 화 같은 이야기 예술은 시간예술에 속한다. 이 특성에서 유의할 점은, 이야기가 시간성을 지니고 있으므로 이야기 를 감상하는 일 또한 시간의 흐름 속에서 이 루어지는 활동이요 '과정'이라는 점이다. 이 야기는 시간적 변화를 그려내는, 그래서 시간 의 흐름 속에서 앎과 삶을 형성하고 체험하는

> ● 제재 題材
> 구체적·추상적인 이야기 의 재료, 모방과 표현의 대 상. 중심적 제재는 이야기 의 초점을 이룬다. (☞ 122 쪽)

양식인 것이다. 감상자 앞에 놓인 이야기 '담화'나 '작품'은 구체적 사물이지만, 그것'의 내용'은 고정된 무엇이라고 할 수 없음을 여기서 알 수 있다. 이야기를 통해 인식하고 맛보는 것은 추상적이며 시간의 흐름에 따라 변하는 유동적인 것이기 때문이다.

　어떤 '상황의 변화'를 어디서부터 어디까지 구획 지어 하나의 사건으로 규정하는 기준은 일정하지 않고, 경우에 따라 또 해석자에 따라 달라진다. 아래의 예들은 어떤 사실이나 정적靜的인 상태를 지시할 뿐 시간성, 특히 그 변화성이 약하기에 사건이라고 하기 어렵다.

　　○ 그는 외아들이다.
　　○ 정희가 마시는 커피는 유난히 맛이 쓰다.
　　○ 자동차의 바퀴는 주로 고무로 만들어져 있다.

　어떤 시간 동안에 벌어진 동적動的인 것이기는 하나, 다음과 같이 단순한 움직임이나 전이轉移만을 기술한 것도, 사건의 한 단위(기능소, 화소)라고 볼 수는 있어도 사건이라고는 보기 어렵다.[8]

　　○ 비가 내린다.
　　○ 그는 병원으로 갔다.

　이야기의 서술을 분석해보면, 거기에는 앞의 예들과 같이 사실, 상태, 상황, 움직임 등 여러 요소가 내포되어 있다. 그것들은 상황 혹은 변화에 필수적이고 직접적으로 관련된(동적인) 것도 있고, 그에 부수적이며 간접적으로 관련된(정적인) 것도 있다. 어떻든 이들이 결합되어 연결체sequence를 이루어 처음상황─중간과정─끝상황의 변화를, 적어도 처음상황─끝상황의 변화 과정을 제시할 때 우리는 비로소 거기서 사건과 만나게 된다. 이것이 사건의 기본 형태다.

사건은 작을 수도 클 수도 있으며, 하위의 작은 것들이 모이고 요약(추상화)되어 상위의 큰 것이 된다. 이야기 전체를 하나의 큰 사건으로 간추려 설정할 경우, 그것을 '중심사건'이라고 부를 수 있는데, 작품의 '처음상황'은 이 중심사건의 처음상황이자 기본적 상황에 해당된다.

상황의 변화는 기본적으로 결핍을 충족하려는 욕망의 추구 때문에 발생한다. 물론 다른 이유나 동기 때문에 발생하기도 하지만, 상황 변화는 주로 그 결핍을 낳은 어떤 대립이나 모순에서 비롯된 난제難題 혹은 딜레마를 풀어가는 갈등과 조정 과정에서 일어난다. 따라서 사건의 과정은 논리적으로 대강 다음 둘과 같이 요약된다.

다음은 대립이나 모순이 갈등으로 활성화될 때 보다 의미 있고 극적인 상황의 변화가 일어남을 전제하되,[9] 처음상황에 그것이 내포되어 있는 경우와 그렇지 않은 경우를 나눈 것이다.

불안정(A) ─ 갈등 ─ 불안정(B)/안정
안정(A) ─ 갈등 ─ 안정(B)/불안정

* 위의 말들은 다음과 같이 바꿀 수도 있다. '안정/불안정' → 정상/비정상, 균형/불균형 // '갈등' → 혼란, 균형 깨짐, 균형 회복 노력

둘째, **연속성**과 **인과성**이다.

작은 사건이든 작은 사건들이 결합된 큰 사건이든, 이야기의 '부분'들은 일관되고 인과적이게 결합되어 하나의 통일된 '전체'를 이루어야한다. 그러지 않으면 줄거리가 없어져서 무슨 소리인지 알 수 없게 된다. 자기가 하고 싶은 말을 무작정 쏟아놓고 보는 사람의 이야기처럼, 많은 일이 벌어지고 시간이 흐르기는 했으나 연속되는 것이 없어서 무엇에 대한 어떤 변화가 일어났는지 초점을 잡을 수 없고, 초점이 잡힌다 해도 변화의 과정이 인과적이지 않다면, 그것은 이야기다운 이야기라고 하기 어렵다. 이야기가 단순히 무엇을 그리기만 하고 감상자의 지적·정서적 체험을 이끌어갈 논리와 질서를 지니지 못하면 이야기답지 못하고 횡설수설에 가까워진다.

앞의 첫째와 둘째 특성을 고려하여 이야기를 다시 정의할 수 있다. 즉, 이야기는 **의미 있는 변화의 서술** 또는 **인과적으로 결합된 사건의 서술**이다. 다음 예를 보자.

(1) 그는 외아들이었다. 근무하는 카페는 커피 맛이 매우 쓴 편이었다. 친구가 허리가 아파 입원했다는 전화가 왔다.

(2) 그는 오늘 아침도 식사를 하지 않고 커피만 마셨다. 하루 종일 가을비가 내렸다. 저녁 때 친구한테서 허리가 아파 입원했다는 전화가 왔다.

(3) 그는 요즘 친구와 사이가 좋지 않았다. 그 친구가 허리 수술을 받기 위해 입원했는데, 커피나 한잔 같이 마시자고 전화를 하였다. 그는 사과할 말을 고르면서 병원으로 갔다.

어떤 행동, 사실 따위가 나열되면, 우리는 무의식적으로 그것들을 하나의 사건이 되도록 뭉치고 연결하려고 한다. 모자라는 게 있으면 꾸며 넣어서라도 그럴듯하고 완결되게 만들고자 애쓴다. 이것이 '이야기하는 존재'의 본능이다. 그러나 (1)은 연속된 상황과 그 변화가 결여되어 있다. 산만하여 횡설수설에 가까운 것이다. (2)에는 어떤 분위기, 이미지 등이 시간의 흐름 속에 존재하지만, 그것들이 어떤 중심적인 제재에 관한 것으로 연속되거나 '하나의 사건'으로 인과적이게 엮여 있다고 할 수 없다. 통일성이 약하며 초점이 애매하고 흐릿하여 무슨 이야기인지 종잡기 어렵기 때문이다. 그에 비해 (3)은 지속적인 갈등이 있고 그것이 그럴듯하게 변화되고 있어서, 가장 사건의 서술답다고 볼 수 있다. 처음—중간—끝을 갖춘, 사건다운 하나의 연결체를 내포하고 있는 것이다.

셋째, **형상성**과 그 **매체 및 형식의 다양성**이다.

이야기를 사건의 서술이라고 할 때의 '서술'은, 언어만으로 이루어지지 않는다. 그것은 각종 매체와 형식으로 삶의 모습을 구체적으로 모방하고 형상화形象化, figuration하는 행위 및 그 결과(작품, 담화)를 뜻한다. 사건은 언어, 소리, 색채 등의 매재를 가지고 어떤 '형상(모습, 이미지)으로 그려낸' 인물, 행동, 배경 따위로 감상자 앞에 제시된다. 따라서 매재, 매체, 형식 등을 달리하면, 하나의 사건이 여러 형태의 형상 혹은 작품으로 서술될 수 있다. 고대 페르시아의 설화 '투란도트 공주 이야기'를 예로 들어보자. 수수께끼의 답을 맞히는 사람과는 결혼을 하지만, 답을 맞히지 못하면 목숨을 빼앗는다는 조건을 걸고 공주가 세 가지 수수께끼를 내놓은 상황에서, 칼리프 왕자가 곡절 끝에 결혼에 성공하는 이야기다. 이 사건은, 언어는 물론 몸짓, 그림, 빛, 소리(음악) 등을 가지고, 연극, 오페라, 영화 등의 여러 형식으로 달리 형상화되었다.

이렇게 형상으로 그려내는 이야기의 특성 때문에 하나의 사건이 형식이나 매체를 달리하여 여러 작품을 낳을 수 있음과 아울러, 의사전달이 그 형상'을 통해,' 간접적으로 이루어지게 된다. 그려진 사건의 형상만으로도 어떤 사실, 욕망, 감정 따위가 표현되지만, 작자는 나아가 그것들을 결합하여 제삼의 어떤 의미(경험, 주제, 메시지)와 정서를 형성해낸다. 따라서 이 세번째 특성인 '형상성'은 의사전달의 간접성을 낳는다. 이야기의 창조성, 함축성, 그 해석의 다양성 등도 주로 이 특성에서 비롯된다.

다. 형상화의 양상

작자가 무엇을 형상화하여 하나의 이야기 작품을 만들어내는 방법과 형식은 매우 다양하다. 언어만 매체로 삼는 소설이나 구연동화는 형상의 모방 혹은 재현이 추상적으로 이루어진다. 언어는 추상적 기호이기에, 감상자가 자기 내면의 모니터에 인물과 사건의 모습, 이미지 등을 떠올려 머릿속 그림을 그리고 '상상의 눈'으로 보아야 하는 까닭이다. 이에 비해 매체를 종합적으로 사용하는 연극이나 영화에서는 감상자 눈앞에 펼쳐진 무대와 스크린에 시각화視覺化, visualization하고 청각화하는 구체적인 방식으로 형상화가 이루어진다. 거기서는 인물의 심리 같은 보이지 않는 것까지도 시각화·청각화되어 음악, 의상, 배경, 조명 따위의 물질적 재료(의 형상)를 이용하여 제시된다. 그중에서도 영화 같은 영상물은 카메라를 비롯한 기계를 사용하여, 보다 다양하고 감각적인 형태로 또 하나의 사물 혹은 현실을 '만들어' 제시한다.

형상화에 추상적 방법/구체적 방법, 직접적 방법/간접적 방법, 기계를 사용하는 방법/사용하지 않는 방법 등이 있는가 하면, 그 결과 이루어진 형상이 허구적일 수도 있고 경험적(비허구적)일 수도 있다. 허구적 형상이란, 이야기에 그려진 것들이 논픽션이나 다큐멘터리 따위와는 달리, 경험세계의 기록적 재현이 아닌 경우이다. 이때 의사전달의 간접성과 함축성은 매우 커진다. 그려진 형상이 이야기 텍스트 외부의 무엇을 지시하거나 기록하기보다, 어떤 제삼의 의미와 이미지를 생성하기 위해 선택되고 재구성된 질료 혹은 기호로 기능하기 때문이다. 어떤 이야기에 그 '주제가 노출되어 있다'고 하면 대개 그것은 칭찬이 아니라 비판인데, 이는 주로 허구적 이야기에 해당되는 말이다.

한편 이야기에 서술된 세계, 거기에 형상화된 형상들의 겉모습이 우리가 사는 세상과 비슷할 수도 있고 다를 수도 있다. 그에 따라 이야기는 크게 사실적 이야기와 환상적 이야기로 나뉜다. 하지만 사실적 이야기가 허구일 수 있으며, 환상적 이야기에 얼마든지 '사실성reality'이 있을 수 있다. 이러한 점들로 인해 이야기의 세계는 매우 다양하고 복합적이게 된다.

이야기에 형상화된 세계는 모두 사람의 외면적·내면적 현실을 모방한, 창작된 세계이다. 겉모습이 어떻든 간에, 또 작자가 사실의 기록이라고 하든 애초부터 꾸며낸 허구라고 하든 간에, 모두 '사실성'을 지니며 '그럴듯할' 수 있다. 작자는 그렇게 형상화가 되도록, 즉 작품이 자신의 감각과 지향을 구현하는 하나의 통일된 구조를 이루도록 현실과 경험을 선택하여 변용變容한다.

이렇게 무엇을 형상으로 표현·전달한다는 점이 이야기가 담화의 다른 양식과 구별되는 핵심적 특성이다. 이야기의 두 가지 상황── '이야기 행위의 상황'과 그 결과물인 '이야기에 서술된 상황'── 에는 어떤 사실이나 주장은 물론 인간이 경험하는 온갖 감정과 이미지, 그리고 실재하는 것만이 아니라 상상한 것까지 종합적으로 관여하고 재현된다. 그래서 이야기는 담화의 양식들 가운데 가장 외면적·내면적 현실과 '근사近似하다.' 누구나 이야기를 좋아하고 또 쉽게 하는 것은, 이야기의 이런 모방적이고 상상적인 특성 때문이다.

라. 구조적 성격

앞에서 살핀 특성들 때문에 이야기는 고유의 구조적 성격을 지니게 된다.

우선 이야기는 기본적으로 두 세계의 결합물이요 생산물이다. 이야기가 모방한 세계 즉 텍스트 외부의 경험세계와, 이야기에 모방된 세계 즉 텍스트 내부에 형상화된 세계가 그것이다. 경험세계를 가지고 어떤 매체를 사용하여 이야기 세계가 구축되는 한편, 이야기 세계는 경험세계 속에 존재하면서 특유의 기능을 한다. 허구적 이야기의 경우, 이야기 세계는 경험세계에 구속되지 않는다.

한편 이야기 자체에는 크게 두 차원이 존재한다. 감상자 앞에 제시된 세계의 '형상(모습) 차원'과 함께, 형상들을 인과성 있게 하고 뜻있는 것으로 만드는 동시에 형상들을 통해 전달되는, 내적 '의미 차원'이 그것이다. 각기 자체의 질서와 논리를 지닌 이 두 영역이, 흡사 기표記標(시니피앙)와 기의記意(시니피에)가 결합되어 하나의 기호를 이루듯이 합쳐져 독자적인 구조물 즉 이야기를 이룬다. 허구적 이야기의 경우, 형상이 의미의 은유나 상징이 될 수도 있다. 황순원의 단편소설「소나기」에서 주인공 소년과 소녀의 이름이 따로 없고 그냥 '소년' '소녀'로 불러도 별로 이상하지 않은 것은, 그들이 특정한 존재라기보다 일반적 존재로서, 하나의 은유나 상징처럼 받아들여짐을 말해준다.

〔그림 1〕

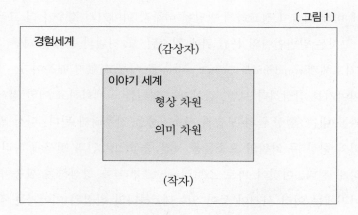

경험세계

(감상자)

이야기 세계

형상 차원

의미 차원

(작자)

이야기의 구조를 '형상 차원'이 실제 현실(경험세계)과 닮은 사실적 이야기보다 그렇지 않은 환상적 이야기의 경우를 예로 들어 살펴보자. 황선미의 장편동화 『마당을 나온 암탉』에는 닭과 청둥오리가 살아가는 형상의 차원이 있다. 그들이 사람처럼 하는 행동은 현실적으로 있을 수 없는 환상적인 것이지만, 그것을 통해 환기되는 상황과 그 변화의 의미—'마당에서 쫓겨난' 존재가 삶의 보람을 찾아 분투하는 주제적 의미—차원은 '사실적'이다. 이 형상 차원은, 감상자가 자신의 지식, 경험 등을 동원하여 감동적이고 가치 있는 체험을 하게 해주는 여러 기호와 의미 맥락을 내포하고 있다.

형상 차원이 굳이 현실을 그대로 재현하지 않아도, 의미 차원은 현실적 사실성을 지닐 수 있고 또 그래야 한다. 의미 차원이 사실성 있고 감동적이면, 형상 차원이 아무리 환상적이어도 '이야기 가치'가 있는 이야기로 간주된다. 스토리텔러는 이 두 차원을 각기 또 함께 그럴듯하게 지어내야 감상자에게 뜻깊은 무엇을 전하고 체험시킬 수 있다. 따라서 그는 이야기꾼인 동시에 사색가일 필요가 있다. 비허구적 이야기에 비해 서술이 정교하게 발달된 허구적 이야기의 경우가 더 그러하다. 그것은 일반언어의 문법 위에 건축된, 또 하나의 문법을 지닌 '제2차 기호체계second-order semiotic system'를 이루고 있기 때문이다.

이야기를 감상하다 보면, 감상자는 의미를 구체화하고 어떤 정서적 효과를 내는 '형상'들의 모습과 자초지종을 간추리게 된다. 다시 말해 의미와 형상 두 차원의 요소들을 사건 중심으로 인과 질서에 따라 결합하게 된다. 이것이 바로 스토리story(줄거리)를 형성하는 활동이다. 이야기에는 여러 사건이 들어 있는데, 하나의 완결된 이야기는 작은 사건들이 인과적으로 결합하여 점차 상위의 크고 중심적인 상황의 변화 즉 중심사건을 이룬다. 그러므로 스토리는 중심사건 위주로 이야기의 요소들이 요약된 것이라고 할 수 있다.

이제까지 살핀 바를 스토리 중심으로, 또 감상 과정에 초점을 두고 간추려보자. 카메라로 재현되었든 언어로 재현되었든, 또 육안을 사용하든 '상상의 눈'을 사용하든, 감상자는 눈앞에 보이는 이야기물의 여러 형상들을 보면서, 나름대로 해석과 종합을 하여 심층 또는 상층의 어떤 연속되고 일관된 줄기를 간추리고 설정해간다. 주로 주어(인물)＋동사(행동)의 연쇄로 이루어진, 이 **핵심적 상황 변화와 그 의미가 요약된 사건의 연쇄가 스토리**이다. 이야기를 이야기답게 하는 특성, 즉 이야기성(서사성)의 핵심은 이 스토리가 있다는 점이다. **스토리가 있는 것이 이야기**인 셈이다.

이야기의 이러한 구조적 성격을 바탕으로 볼 때, 스토리텔링은 이미 있는 스토리를 기술한다기보다 인물과 사건의 형상화를 통해 어떤 스토리와 그 의미, 정서 등을 '형성해가는' 작업, 바꿔 말하면 **'의미의 형상화' 작업**이다. 이에 대해서는 뒤에 자세히 살필 것이다.

1 다음 중 가장 사건다운 사건이 내포되어 있는 것, 또는 사건이 가장 사건답게 서술되어 있는 것은?

① 수진은 언덕배기에 살았다. 지붕이 파란 이층 벽돌집이었다.

② 우리는 돈이 없었다. 별로 왕래가 없는 작은아버지는 재산이 많았다.

③ 그는 회사를 열심히 다녔다. 사장과 맞지 않아 할 수 없이 그만두었다.

④ 영철은 전부터 철수를 혼내주고 싶었다. 최근 들어 부쩍 그런 때가 많았다.

2 어떤 이야기의 전체 사건을 최대한 단순화한 것, 즉 심층의 차원에서 핵심적 변화를 간추린 것을 '중심사건'이라고 하였다. 이야기 해석에서 중심사건을 어떻게 설정할지가 매우 중요한데, 그에 따라 전체 해석의 초점과 맥락이 달라지기 때문이다.

황순원의 단편소설 「소나기」는 영화, 만화 등으로 재창작되었고, 앞으로 얼마든지 더 그럴 수 있다. 이때 중심사건은 별로 변하지 않은 채 옮겨 다닐 수 있는데, 그것을 무엇으로 보느냐에 따라 원전의 활용 방향이나 방식이 달라진다.

2-1 「소나기」의 중심사건을 간추려 표현한 말로 가장 적절한 것을 고르시오.

① 소년이 어리다 → 성숙한다

② 소녀가 살고자 한다 → 죽는다

③ 소년과 소녀가 가까워진다 → 헤어진다

④ 소년과 소녀가 상대에 대해 모른다 → 안다

2-2 앞에서 답을 고르기는 하였지만 불만스러운 점이 있을 수 있다. 그렇다면 자신의 해석에 따라 나름대로 적어보시오. 그리고 그것을 다른 사람의 것과 비교하면서 어느 것이 '작품에 비추어' 더 중심사건답고 적절한지 판단해보시오.

(→   )

3 영화, 애니메이션 같은 영상물의 창작 및 제작에서는 '시놉시스synopsis' 혹은 '아우트라인outline'이라는 것이 쓰인다. 대본과는 별도로, 가령 시나리오의 앞머리 같은 곳에, 따로 이것을 적기도 한다.

3-1 이것의 전체 혹은 핵심은 대개 무엇으로 이루어져 있는가? 한 단어로 답하시오.

3-2　소설 작품에는 일반적으로 시놉시스를 붙이지 않는데, 왜 영화나 애니메이션 등은 시놉시스를 작성해 사용하는 것일까?

3-3　시놉시스만 가지고 그 대본, 나아가 대본을 가지고 제작하게 될 작품의 내용과 수준을 충분히 알고 또 평가할 수 있다고 보는가, 없다고 보는가? 그 까닭은?

① 있다, 없다

② 그렇게 보는 까닭:

....

4　옛날이야기(민담)의 서술은 대개 '그래서~, 그래서~'로 이어진다. 이는 이야기의 특성들 가운데 주로 무엇에서 비롯된 것인가? 한 단어로 답하시오.

5 벽돌을 쌓아 점수를 얻는 디지털 게임이 있다고 하자. 이런 게임은 '이야기'에 속한다고 하기 어렵다. 이것을 디지털 '이야기 게임'으로 만들려면, 벽돌 쌓기(라는 행위, 그 결과 얻은 점수)가 어떻게 사용돼야 할까? 다시 말하면, 그것이 무엇의 수단으로 기능하도록 프로그램을 짜야 할까?

길잡이

이야기 감상 과정에서 감상자에게 일어나는 일에 관한 본문의 설명(☞ 34쪽)을 참고한다.

6 인간이 만든 것 가운데는 인간을 닮은 게 많다. 컴퓨터도 그중 하나라고 볼 수 있다. 컴퓨터의 본체가 인간의 두뇌를 닮았고, 자판이나 마우스가 눈, 입, 손 등을 닮았다면, 모니터는 무엇을 닮았다고 할 수 있는가?

감상자가 소설을 읽는 활동의 경우를 중심으로 답하시오.

1 자기가 직접 체험한 일 가운데 매우 잊히지 않는 사건을 하나 택하시오. 단, 너무 작고 사소한 사건은 잡지 마시오.

1–1 그 사건을 간추려볼 때, 어떤 상황이 어떤 다른 상황으로 바뀐 것이라고 할 수 있는가? 그 처음상황–끝상황을, 주어를 '나'로 하여, 각각 1문장으로 적으시오.

> **길잡이**
> 상황의 변화가 분명하게 드러나도록 적는다.

　① 처음상황:

　② 끝상황:

1–2 ① 그 '처음상황'이 생겨난 원인이 무엇인지 따져서, 1문장으로 적어보시오.

　그리고 ② 처음상황이 끝상황으로 변해가는 '중간과정'에서 자기한테 가장 큰 장애가 되었던 것 혹은 갈등을 일으킨 것이 무엇인지 간략히 적으시오. (단, 두 어절 이상의 구句로 적을 것. 例 돈이 없음, 억압하는 상관)

　① '처음상황'이 생겨난 원인:

　② '중간과정'에서 장애가 되었던 것/갈등을 일으킨 것:

1-3 문제 1-2의 답을 반영하여 문제 1-1에 빠져 있는 '중간 과정'을, 처음에서 끝으로의 상황 변화에 적합하도록 적어 넣으시오. (주어가 '나'여도 되고 그렇지 않아도 됨.)

중간과정을 적어 넣으면서 문제 1-1에서 적었던 처음상황과 끝상황의 표현을 바꿀 필요가 생긴다면, 그것 역시 바꾸어 전체를 정리하시오.

① 처음상황:

② 중간과정:

③ 끝상황:

1-4 앞에서 자기가 요약한 잊히지 않는 사건을 이야기 양식의 수필로 자세히 쓴다고 하자. 이 1번 문제 전체를 풀면서 겪은 점을 바탕으로 보면, 그때 자신이 어떤 문제나 어려움에 부딪힐 것으로 예상되는가?

'의미'와 '형상'(모습)이라는 말을 중요하게 사용하여, 2~3 문장으로 답해보시오.

마. 갈래

갈래(장르)는 단순한 형식의 문제가 아니다. 그것은 생물계의 유類와 종種이 그렇듯이, 오랜 시간에 걸쳐 본성과 환경의 요구에 따라 형성된 형태요 유형이다. 그것은 개체의 특성에 꼴을 부여하는 동시에 그 특성을 생성한다. 그러므로 같은 스토리라도 갈래가 다르면, 가령 소설로 쓰는 경우와 시나리오로 쓰는 경우, 그 내용과 형태가 같지 않게 된다. 또 갈래의 관습에 따르지 않을 때, 작품은 그럴듯함을 얻기 어렵고 감상자와의 소통도 힘들어진다. 창조적인 작품은 종종 갈래의 특성과 관습을 뒤집지만, 우리는 일단 먼저 그것을 알고 익힐 필요가 있다. 그 작업이 '이야기 능력'을 기르는 데 기본이 되기 때문이다.

그러나 갈래 분류의 기준은 절대적인 게 아니다. 또 갈래가 작품 자체보다 우선인 것도 아니다. 존재는 이론에 앞선다. 논리는 창조를 뒤따라갈 뿐이다. 생텍쥐페리의 『어린 왕자』를 무엇으로 갈래지을 것인가? 그것을 동화, 소설, 우화, 판타지, 심지어 '어른을 위한 동화' 등으로 갈래를 짓는 일이, 과연 그런 걸작을 짓는 데 어떤 도움을 줄까? 이런 물음은 이야기를 감상하고 해석하는 데 머물지 않고 창작을 하려는 우리에게 의미심장하다. 갈래 나누기는 분명 필요하지만, 지으려는 작품을 틀에 넣어 질식시키는 쪽으로 가지 말고, 이야기의 발상과 전개에 창조적으로 활용하는 자세가 요구된다.

이야기는 이론적으로 설정된 갈래 혹은 양식이라고 하였다. 그것은 판소리, 영웅소설, 필름 누아르film noir(범죄영화), 르포 등과 같이 실제로 어느 때 존재했거나 하고 있는 역사적 갈래와 나란히 놓이는 그런 갈래가 아니라 이들을 초월하여, 그 위에 놓인 이론적 갈래*이다. 다른 말로 하면, 무수한 종種 장르 상위에 놓인 몇 가지 유類 장르 가운데 하나가 이야기인 것이다. 어떤 겉모습을 띠고 있든 간에, 스토리를 내포하고 있으면 모두 이야기에 해당한다. 따라서 이야기의 범위는 엄청나게 넓다.

우리는 이야기의 바다 속에서 산다. 이야기는 도처에 널려 있기에 이야깃감을 찾기 어렵다고 하는 사람은, 이야기가 무엇인지 잘 모르거나, '이야기다운 것'을 현실로부터 찾아내고 구성해낼 줄 모르는 사람이라고 할 수 있다. 우리는 대개 소설은 대표적인 이야기이고 시는 이와 거리가 멀다고 알고 있다. 하지만 시 가운데도 스토리가 있는 시(서사시)가 있는데, 이것은 시이면서 이야기에 속한다. 이와 비슷하게 광고나 음악 비디오가 곧 이야기는 아니지만, 스토리가 있는 광고나 음악 비디오는 이야기에 들어간다. 실력 겨루기(서바이벌 오디션) 프로그램이 단지 참여자들 개인의 '사연' 나열하기에 그치지 않고, 프로그램 자체가 '스타 탄생 이야기'가 되도록 꾸민다면, 그 역시 이야기에 들어간다고 할 수 있을 것이다. 한마디로 내용은 물론 취하고 있는 매체나 형식이 어떠하든, 스토리라는 이야기성만 지니고 있으면 무엇이든 이야기 나라의 백성일 수 있는 셈이다.

이를 바탕으로 상상해보면, 스토리라는 것이 존재하는 곳 혹은 '이야기라는 나라'는, 갈래와 형식을 넘어선 추상적인 어느 곳이다.

> ● **이론적 갈래**
> 역사적 존재 여부와 상관없이 이론적으로 설정된 장르(☞ 26쪽). 조동일의 4분법(서정, 서사, 희곡, 교술)은 이론적 갈래의 체계이되 '문학'만을 대상으로 한 것임.

바로 그곳에 입장할 수 있는 것은, 겉모습이야 어떻든 스토리만 지니고 있으면 된다. 그곳에서는 무엇이든 서로 옷을 바꿔 입을 수 있다. 이 작품의 사건, 인물, 모티프 등이 그와 다른 매체와 형식의 저 작품으로 옮겨져 재창작, 재사용될 수 있는 것이다.

앞에서 이야기는 허구적인 것만이 아니라 경험적(비허구적)인 것까지 포함한다고 하였다. 이야기의 어머니가 설화(신화, 전설, 민담 등)라면 그 아버지는 역사이다. story(이야기)가 history에서 온 말인 데서 알 수 있듯이, history는 (비허구적) 이야기의 조상 혹은 대표 격이다. 설화가 기원을 확실히 알 수 없는 '옛날 옛적~'의 이야기인 데 반하여, 역사는 특정한 때에 실제 일어난 이야기요 '사실의 기록'이라고 주장한다. 그리고 역사의 스토리텔러는 그 서술의 창작주체인 역사가 자신이지만, 설화의 스토리텔러는 창작주체라기보다 서술주체(구연자, 서술자)이다. 설화도 작자가 있다고 보면, 설화의 스토리텔러는 둘이라고 할 수도 있을 것이다. 역사와 설화는 이런 점이 다르나, 하여간 모두 스토리가 있으니 이야기이다. 소설이나 영화가 흔히 역사, 설화로부터 기본 스토리를 취하고, 감상자가 종종 역사와 역사 드라마를 혼동하는 것은, 이들이 모두 같은 이야기이기 때문이요, 재미와 사실성을 강화하기 위해 '이미 있는 이야기'를 활용하기 때문이다.

한편 이야기는, 앞서 언급했듯이, 매재나 매체에 따라 여러 가지로 나뉘고 변한다. 스토리텔링의 가장 원초적인 매재는 입말과 몸짓이다. 인류가 동굴에서 살며 밤늦도록 누군가가 겪은 사냥 이야기에 취하던 구술 시대에는 입말로 하는 옛이야기, 곧 구비설화口碑說話가 중심 갈래였다. 이것이 변형되고 다른 매체의 도움을 받아 발달하면서 후에

서사시, 연극, 역사 등이 되었다. 문자가 발명되고 인쇄 기술이 발달하여 책이 주된 매체가 됨에 따라 이야기는 집단의 전승물이기보다 개인의 창작물이 되어, 훨씬 정교해지고 잘 보존되어 널리 퍼졌는데, 이 시기에 발달한 허구적 이야기가 바로 소설이다. 디지털 혁명이 가져온 '뉴미디어 시대'인 오늘날, 이야기는 온갖 매체와 기술을 복합적으로 사용하여 문화 전반에 다양하고 광범위하게, 보다 의식적으로 활용된다. 문예 백일장 대신 영상대회가 열리고, 기행문을 쓰는 대신 스마트폰으로 찍은 동영상을 저장해두는 이가 늘어나는 시대에, 이야기의 갈래는 무한히 바뀌고 또 다양해져 가고 있다.

  이야기는 국면 혹은 기준에 따라 여러 가지로 갈래지을 수 있다. 앞에서 살핀 바를 대강 정리해보자.

〔표1〕

그려진 세계의 모습	○사실적인 것	○환상적인 것
그려진 세계의 성격	○경험적인 것 ○새로 창안한 것	○허구적인 것 ○기존의 이야기를 활용한 것(패러디, 번안 등)
작품의 구조	○스토리 서술 위주의 단순 형태인 것 ○개인적 내부 현실 중심(심리주의적)인 것 ○사건(행동) 중심인 것 ○희극적인 것	○여러 요소와 기법이 활용된 복잡 형태인 것 ○사회적 외부 현실 중심(리얼리즘적)인 것 ○인물(성격) 중심인 것 ○비극적인 것

갈래의 관습	◦ 지켜지는(전통적인) 것	◦ 지켜지지 않는(실험적인) 것
매체	◦ 언어만 사용하는 것	◦ 여러 가지를 함께 사용하는 것
이야기의 목적	◦ 현실적 효용을 위한 것 (실용적인 것, 상업적인 것)	◦ 자기표현적인 것(예술적인 것)

이러한 구분은 국면과 기준을 달리하여 더 할 수 있는데, 이야기의 다양한 양상을 조감할 수 있도록 해주기는 하나, 다소 거칠고 추상적이다.

앞에서 암암리에 주로 허구성 여부와 매재 및 매체를 중심으로 이야기를 갈래지으며 논의해왔다. 그것을 활용하여 오늘날 존재하는 이야기의 역사적·전통적 갈래들을 다시 분류[10]해보면 논의가 훨씬 분명해질 것이다.

〔표2〕

	허구성	매체	역사적·전통적 갈래
이야기	허구적	언어	(서정문학) 서사시
			(서사문학) **소설**, 동화, 설화, (시나리오)
			(희곡문학) 희곡, 극시
		언어＋그림	만화, 그림책
		언어＋소리	라디오 방송극, (스토리 있는) 노래

	몸짓＋소리	무언극(팬터마임)
	언어＋몸짓＋소리	판소리, 탈춤
	언어＋몸짓＋소리 ＋그림 등	연극, 오페라, 뮤지컬, 무용극
	위의 것들＋카메라, 컴퓨터 등	**영화**, 텔레비전 드라마, (스토리 있는) 디지털 게임, 영상광고, 음악 비디오, 시청각 교재
경험적	언어	(교술문학) 이야기 수필, 전기, 기행문, 기록문학(논픽션), 수 기 **역사**, 르포, 사건 기사
	언어＋몸짓	(스토리 있는) 대화, 연설
	언어＋몸짓＋소리 ＋그림 등＋카메라 등	영상 다큐멘터리

* 〔표2〕에서 '매체'는 '매재'를 포함한 것이다. 〔표2〕에 제시한 매체
  가운데 '언어'는 음성언어와 문자언어 모두일 경우도 있고 그중 하
  나일 경우도 있다. '그림'은 형상, 색채, 빛 등을 포함한다. '소리'는
  음악을 포함한다. '몸짓'은 넓혀서 '움직임'이라고 할 수도 있다.

앞의 〔표1〕과 〔표2〕의 분류를 보면, 새삼 이야기의 다양함과 중요함
에 놀라게 된다. 연극, 영화, 오페라 같은 대부분의 예술이 이야기 양
식에 속하며, 적어도 이야기성을 제외하고는 성립하기 어렵다. **이야기
가 문화의 핵심이자 "예술의 핵심"**[11]임이 확인된다.

그리고 전통적으로 이야기의 갈래가 스토리보다 주로 서술의 매체와 형식에 따라 나뉘어왔다는 점, 따라서 그에 대한 이해가 부족하면 이야기를 창작하고 감상하는 데 어려움이 생길 수 있음도 알 수 있다. 우리가 짓는 이야기는 항상 무엇을 매체로 삼은 어떤 갈래의 이야기이기에, 기술자가 도구를 사용할 줄 알아야 하듯이, 매체와 갈래의 특성과 관습에 관해 앎은 물론 그것들을 세련되게 활용할 줄 알아야 한다. 자기의 열정이나 체험, 글감의 가치 등만 앞세워서는 수준 높은 작품을 창작하기 어렵다는 말이다.

또 앞에서 보았듯이 이야기를 흔히 대중적·상업적인 이야기와 본격적·예술적인 이야기로 나누는데, 매체나 형식, 표면적 형상 따위로는 그런 질적 구별을 하기 어려움을 알 수 있다. 이야기의 수준이라든가 경향은 갈래나 제재가 무엇이든, 결국은 그것을 활용하는 스토리텔러의 태도, 목적, 교양 등과 기법적 숙련에 의해 좌우되는 것이다.

한편 앞의 갈래표들을 참고하여 '스토리텔링'을 그 목적에 따라 분류해본다면, 그것은 크게 예술적·자기표현적인 것과 경험적·실용적인 것으로 나눌 수 있다. 그리고 다시 후자는 기록(다큐멘터리), 교육(에듀테인먼트), 오락(엔터테인먼트) 및 게임, 홍보와 설득 등으로 분야를 나눌 수 있다.

이렇게 앞의 분류들은 이야기를 창작할 때 자기가 지으려는 이야기가 어떤 특성을 지니고 있는가, 도움을 얻으려면 '이야기 나라' 안의 어디에 가보면 좋은가, 또 무엇에 관심을 집중해야 자기가 하려는 작업을 더 잘할 수 있는가 등을 궁리하는 이에게 암시하는 게 많다.

1　흔히 '서사적 수필'이라고 부르는 것은 수필 가운데 어떤 수필을 가리키는가?

- -

2　희곡은 문학이지만 연극은 문학이 아니다.

2-1　왜 그런가?

2-2　그러나 희곡과 연극은 모두 넓은 의미의 이야기에 속한다. 왜 그런가?

- -

길잡이

영화 '창작'에서 시나리오가 차지한 위치, 역할을 생각해본다.

3　소설의 경우와는 달리, 영화에서는 시나리오를 쓴 사람보다 감독을 (작품 전체의) '작가'로 대접하는 경향이 있다. 어째

서 그러는 것일까?

....

4 갈래의 경계는 분명하지 않으며, 같은 갈래 안에도 여러 특성이 뒤섞여 있다. 독자들의 사랑을 받는 이원복의 만화 『먼 나라 이웃 나라』는 다음 중 어떤 것에 해당되는가?

4-1 매체 측면

① 그림으로만 이루어진 만화

② 그림, 대화(말풍선)로만 이루어진 만화

③ 그림, (말풍선 속의) 대화를 중심으로 하되 (말풍선 밖의) 언어 서술이 첨가된 만화

④ 그림, (말풍선 속의) 대화가 첨가된, (말풍선 밖의) 언어 서술 중심의 만화

4-2 허구성 및 내용 측면

① 허구적, 극적 스토리 중심

② 비허구적, 극적 스토리 중심

③ 허구적, 정보(지식) 중심

④ 비허구적, 정보(지식) 중심

길잡이

이야기의 특성들을 참고한다.

5 최근에 일어났으며 사회적으로 의미가 큰 어떤 사건을 가지고 A는 보도 기사나 르포를, B는 소설을 지으려고 한다.

5-1 A는 이른바 이야기 기사narrative journalism를 작성하려는 것인데, 왜 굳이 그는 이야기 양식으로 기사나 르포를 쓰려는 것일까? 핵심적인 이유를 한 가지만 지적하시오.

5-2 두 사람이 그 사건에 관한 자료(기록, 사진, 증언 등)를 다루는 태도나 방식의 차이를 대립적인 말로 지적하시오.

	A		B	
(		) ＼ (		)

6 만화나 만화영화(애니메이션)를 이루는 '그림'은, 손이나 다른 도구로 그리고 합성한 것이지 실제 있는 것을 그대로 모사한다든지 촬영한 게 아니다. 감상자도 그 점을 잘 알고 있다. 그 때문에 이런 갈래의 이야기가 누리게 되는 장점은 무엇이라고 보는가? 가장 중요하다고 생각되는 것 한 가지만 지적해보시오.

7 다음은 영화 「마더」(감독: 봉준호)의 스토리보드storyboard 일부이다. 영화, 애니메이션, 디지털 이야기 게임, (이야기)광고 등과 같은 영상물의 창작 및 제작 과정에서 흔히 이런 종류의 스토리보드나 콘티continuity라는 것이 쓰인다. 영상물의 창작 혹은 제작 과정에서 이것들은 왜 필요할까? 다음을 자세히 본 뒤 간략히 답하시오.

  * 봉준호, 『마더 이야기』(마음산책, 2009), 223~224쪽에서 인용.

#77 길 / 낮

충혈된 눈으로 빠르게 걸어가는 혜자의 눈빛. 주변 풍경은 거의 보이지 않고, 화면 가득 거칠게 흔들리는 혜자의 얼굴.

#78 인서트 / 밤

(씬 36에 나왔던) 빗속에서 고물 리어카의 우산을 꺼내던 혜자. 천 원짜리를 안 받으며 고개를 가로젓던 고물상 노인의 새하얀 머리칼…

#79 고물상 / 낮

외딴 곳, 숲의 초입에 자리 잡은… 고철더미와 폐타이어들이 가득한 오래된 고물상. 떨리는 가슴을 간신히 누르면서, 침착하게 고물상 안으로 들어가는 혜자.

(후략)

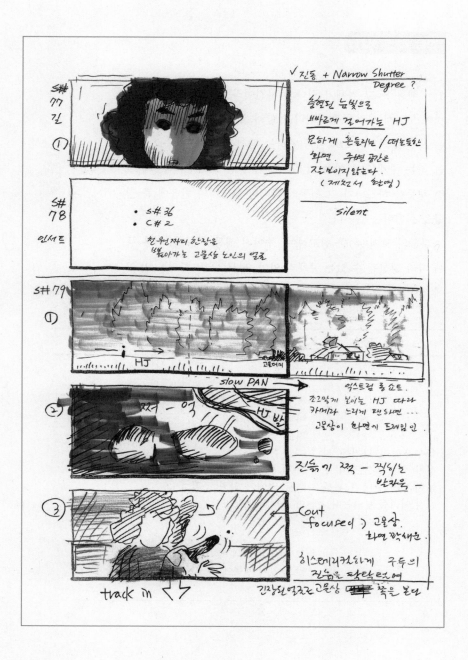

1 '행동'은 그 자체가 하나의 사건이라고 할 수도 있고, 여럿이 모여서 사건을 형성한다고 할 수도 있다. 어떻든 행동 혹은 사건의 의미와 그것이 환기하는 정서적 반응은, 주로 행동을 하는 주체(인물)의 동기, 욕망, 이유 등에 좌우된다. 왜 그런 행동을 하느냐가 그 행동의 의미와 감상자의 반응에 큰 영향을 끼친다는 말이다.

다음의 보기(*)를 참고하여, 주어진 행동의 동기, 이유 등에 따라 형성될 수 있는 주제적 의미, 정서(느낌) 따위를 빈 곳에 적어보시오.

행 동	동기, 이유	의미, 정서
특수요원이 과거에 자신이 속했던 조직의 우두머리를 만나기 위해 온갖 어려움을 겪는다.	아내를 살리기 위해	* 사랑의 가치, 남자다움
	아버지의 누명을 벗기려고	①
	그를 없애야 악한 조직이 무너지므로	②
	그만이 자신의 결백을 알고 있기 때문에	③

	보수가 약속보다 너무 적어서	④
어렵사리 취업을 한 준혁은 얼마 후 직장을 그만둔다.	알고 보니 맡은 일이 더 러운 일이기에	⑤
	사람들과 부딪히는 게 힘들어서	⑥

2 사건이란 '상황 혹은 상태의 변화'라고 하였다. 그래서 스토리텔링에서는 '상황'의 설정, 포착이 매우 중요하다.

그림(회화)에도 극적인 '상황'을 포착한 작품들이 많다. 시詩나 노랫말(가사)에도 '상황'은 있다. 가령 김소월의 「진달래꽃」을 감상할 때, 그것이 "나 보기가 역겨워 가실 때에는" 진달래꽃을 "가실 길에 뿌리"겠다는 것, 즉 화자가 '임이 아직 떠나가지 않은' 상황에서 그런 말을 하고 있음을 소홀히 하면, 그 말의 이중적 의미를 놓치기 쉽다.

이야기가 긴장감 있고 극적인 상황을 활용하듯이, 시나 그림도 그런 상황을 활용한다. 따라서 스토리텔러는 그런 갈래의 작품들에서 좋은 착상을 얻을 수 있다.

2-1   대중가요의 노랫말(가사)은 대개 그 상황이 유형화되어 있는데, 그 가운데 매우 일반적인 상황, 즉 대중가요 노랫말의 화자가 가장 흔히 처해 있는 상황은 어떤 상황인가?

2-2   아래의 시는 어떤 '상황'을 담고 있다. 그 상황을 조건에 맞추어 확대하거나 발전시키고, '이야기 양식이 지배적인 산문'으로 바꾸어 서술해보시오.

──────────────〈조건〉──────────────

㉮ 형태: 일인칭 서술 형식의 이야기 산문, 그것의 한 대목이나 장면.

㉯ 분량: 300자 내외(띄어 쓴 칸 포함)

㉰ 유의점: 시에 담긴 정서, 분위기, 이미지 등을 살려서 화자(서정적 자아)가 처한 '상황'을 그려내되, 거기에 반드시 어떤 인과관계를 설정해 넣을 것.
시의 표현을 그대로 옮겨 적기를 피할 것.

행진곡

서정주

잔치는 끝났더라. 마지막 앉아서 국밥들을 마시고
빠알간 불 사르고,

재를 남기고,

포장을 걷으면 저무는 하늘.

일어서서 주인에게 인사를 하자.

결국은 조금씩 취해 가지고

우리 모두 다 돌아가는 사람들.

모가지여

모가지여

모가지여

모가지여

멀리 서 있는 바닷물에선

난타亂打하여 떨어지는 나의 종소리.

—『미당시전집 · 1』, 민음사, 1994, 85쪽.

2
⋮

스토리,
스토리텔링

가. 개념

앞에서 스토리란 이야기의 핵심적 상황 변화와 그 의미가 요약된 사건의 연쇄라고 하였다. 그리고 이야기는 이 스토리가 있어야 이야기다워진다고 하였다.

앞의 뜻매김에 나타나 있듯이, 스토리story와 스토리가 들어 있는 것 곧 이야기narrative는 구별된다. 스토리가 있으면 이야기지만, 스토리에 해당하는 한국어가 '줄거리'인 데서 알 수 있듯이, 스토리가 곧 이야기는 아니다. 스토리는 이야기 작품을 감상하면서 '알게' 되는 것이다. 가령 최인훈의 장편소설 『광장』의 스토리가 『광장』은 아니다. '스토리 라인story line'이라는 말에서 짐작할 수 있듯이, 스토리는 『광장』이라는 이야기 작품을 감상하면서 인식하거나 상상하고 느끼는 것들이 사건 중심으로 결합된, 어떤 추상적인 것이다. 추상적이라서 (식물 따위의) '줄거리'라든가 (종이에 그린) '선line' 같은 비유를 써야 가늠이 가는 그런 것이다.

같은 이야기를 감상하고도, 물론 작품이 허용하는 범위 안에서, 스토리는 감상자마다 다를 수 있다. 그것은 사건에 대한 해석이 다르기 때문이라기보다, 이야기가 사건만으로 이루어져 있지 않기 때문이다. 정보 전달 위주의 비허구적 이야기라든가, 허구적이라도 길이가 짧은 설화나 우화는 서술이 사건 위주이므로 서술 자체가 그 스토리(의 언어적 표현)에 가깝다. 하지만 이는 단순 형태의 이야기에서나 볼 수 있는 양상이다. 이야기는 사건과 함께 여러 요소로 이루어지므로(☞89쪽), 일반적으로 그 서술은 스토리(를 이루는 말)보다 길고 구체적인데, 스토리를 생성하는 그 서술(에 내포된 여러 요소) 전체에 대한 감상자의 반응이 같지 않으므로, 스토리가 감상자마다 다르게 설정될 수 있는 것이다.

스토리는 이야기의 한 요소 혹은 층위로서, 이야기에 의존하여 존재한다. 다시 말해 **스토리는 이야기의 육체에 해당하는 '서술'에 의해 존재한다**. 스토리 없는 이야기가 없듯이, 서술된 결과로서의 이야기(작품, 담화, 서술) 없이 스토리는 존재할 수 없다. 스토리와 서술은 개념적으로 구별되지만, 사람의 육체와 영혼처럼 상호 의존하여 존재한다.

이렇게 볼 때, 얼핏 생각하면 스토리텔링은 '스토리'를 '텔링'하는 것처럼 여겨지지만, 단순히 스토리만을 텔링하는 것도 아니고 이미 정해진 스토리에 따라 텔링하는 것이라고 하기도 어렵다. 기본적으로 '스토리'는 '텔링'의 직접적인 대상이 아니다. 작품 감상 과정에서 감상자의 내면에 그 이야기 작품의 스토리가 점차 형성되듯이, 스토리는 작자의 서술에 의해 간접적으로 '형성'된다. 그리고 그 결과 산출된 이야기 구조 내에서 특유의 의미와 정서를 생성한다. 어떤 스토리가 재미있고 기발하다고 해서 그것을 다루면 반드시 좋은 작품이 산출된다고 보장할 수 없는 것은, 스토리가 곧 이야기 작품—감상자에게 의미 있는 경험을 주는 구조이자 과정—이 아니기 때문이다. 한마디로 이야기의 주제나 메시지, 재미, 감동, 아름다움 따위는 스토리만으로 표현되고 형성되지 않기 때문이다. 이렇게 볼 때 가령 스토리텔링을 도와주는 컴퓨터 프로그램은, 그것이 스토리 위주인 한, 이야기 창작을 돕는 데에는 한계가 있다고 볼 수 있다.

그런데 스토리가 이야기의 핵심이므로, 소설novel이 허구fiction의 일종이지만 그 대표 격이기에 소설을 '픽션'이라 부르기도 하듯이, '스토리'는 '이야기'와 대등한 의미로 사용되기도 한다. '스토리텔링' '스토리텔러' 등이 바로 그런 경우일 것이다. 스토리텔링은 '스토리'가 내포된 이야기를 '서술'하는 행위를 가리키므로 '스토리 서술하기'로 옮길 수 있지만, '이야기 짓기' 혹은 '이야기하기'도 가능하며, 때로 그게 더 자연스러운 것은 이 때문이다. 물론 이렇게 '스토리'가 두 가지 의미로 사용되어 '스토리 있는 것' 즉 이야기 자체까지 가리키는 경우가 있다고 해서 이론적으로 스토리가 곧 이야기는 아니다.[12] 앞서 언급했듯이, '말(하다)'과 '이야기(하다)'가 바꿔 쓰인다고 해서 '말'이 곧 '이야기'가 아닌 경우와 비슷하다.

요컨대 스토리텔링이란 어떤 매체와 형식으로 사건을 서술하여 스토리가 있는 것(이야기, 서사물, 작품, 텍스트, 담화 등)을 짓고 만듦으로써 무엇을 표현·전달하고 체험시키는 활동이다. 다시 말해 **스토리텔링은 사건의 서술을 통한 "스토리 형성하기"[13]이다.** 이를 통해 인간의 삶에서 매우 기본적 행위인 경험의 재현과 기록, 지식과 메시지의 전달 등이 이루어지며, 나아가 인간적 진실의 발견, 재미와 감동의 창출, 내면의 위안과 정화淨化 등이 가능해진다. 이런 사실로 미루어볼 때, 이야기를 짓고 즐기는 데서 나아가 인간은 이야기를 '산다'〔生〕고 할 수 있다. 그리고 '인간은 이야기하는 존재'라는 말을 '**인간은 스토리를 형성하는 존재**'라고 바꾸어 표현할 수도 있다.

나. 스토리텔링의 역사

'스토리텔링'은 근래 자주 쓰이게 된 말이다. 이 말의 고향인 영어권에서도 요즘과 같이 중요하게, 또 새로운 의미가 덧붙어 쓰인 것은 몇 십 년밖에 안 되었다. 그냥 '스토리'가 아니고 '스토리텔링'이므로, 이 말의 뜻은 이야기 행위의 역사 속에서 더 톺아볼 필요가 있다.

처음에 이야기 행위는 주로 입말(음성언어)을 사용하여 이루어졌다. 이것이 구술口述 또는 구연口演 시대이다. 이 시대에 이야기꾼 혹은 가객歌客은 마을에서 마을로 다니며 역사와 설화를 이야기하고 노래했다. 이때의 대표적인 갈래 중 하나가 서사시이다.[14] 이 시기가 아직 끝나지 않은 무렵, 한국에서는 설화를 '옛이야기'라 하고, 장마당에서 전기수傳奇叟가 목청껏 읽고 외우던 고소설을 '이야기책'이라 불렀다. 그러므로 이런 전통을 이어받아 '이야기 짓기'나 '이야기 창작'이라고 하면 될 것을, 외국어 좋아하는 인습 탓에 '스토리텔링'으로 굳어져가고 있다.

인쇄술이 발달하고 글을 읽고 쓸 줄 아는 사람이 늘어나 글말(문자언어) 중심의 시대가 되자, 스토리텔링은 흔히 '작가'가 하는 '창작 행위'로 여겨지게 된다. 입말 시대의 스토리텔링이 주로 전해오는 이야기의 구연이나 낭송이었다면, 글말 시대의 스토리텔링은 작가가 새로운 이야기를 짓는, 짓고 써서 자기 이름을 달아 출판하여 사고파는 활동이었던 까닭이다. 이 시기의 대표적 갈래가 (근대)소설인데, 입말과 달리 글말은 훨씬 정밀하고 시공의 제약을 덜 받으므로, 소설은 설화에 비해 매우 길고 정교하게 발달된 이야기의 모습을 지니게 된다.

이야기 행위는 여러 매재를 종합적으로 사용하는 제작과 소통 기술이 발달함에 따라 20세기 말엽 크게 달라진다. 영화, 텔레비전, 컴퓨터, 인터넷 통신망같이 영상을 만들고 전달하는 기술의 발달로 혁명적인 변화를 맞은 것이다. 전자매체의 발달은, 화자와 청자가 한자리에서 마주 보던 구술 시대의 이야기 상황과 비슷한 상황을 다시 만들어냈다. 게다가 이야기 행위의 장소가 시공의 제약이 거의 없는 가상공간cyberspace*으로 넓어졌기에, 그 이야기 상황은 훨씬 다양하고 광대한 양상으로 조성되었다. 전자매체는, 언어는 물론 몸짓, 빛, 색깔, 소리 등 시청각 매재를 복합적으로 사용하여 이야기를 서술·저장·전달할 수 있게 하였다. 그에 따라 현실을 닮되 실제 현실은 아닌 가상의 세계가 새로 형성되는 한편, 이야기가 대중화되어 문화생활의 중심에 놓이고, 그 자체가 산업적 생산품(상품)이 되었다. 이런 상황에서는 기존 정보와 자료를 여러 형태의 이야기로 다시 만드는 '다시

> ● **가상공간 假想空間**
> 실제로 존재하지 않는, 컴퓨터, 인터넷 등이 만들어낸 허상의 세계. 소설 따위를 읽으면서 체험하는 '허구세계'와 통하지만 구별해서 부름.

짓기(재창작) 작가'나 관련 이야기물의 '기획·제작자'도 창작주체의 역할을 맡게 되며, 사용자user가 스토리를 만들어가는 다중접속역할게임 MMORPG의 경우처럼, 작자와 사용자의 구별 자체도 애매해진다. 이러한 환경에서 자주 쓰이게 된 말이 바로 '스토리텔링'이요 '스토리텔링 시대'이다.

따라서 오늘날 스토리텔링이란 말은 전통적인 이야기 행위에서 나아가 매체를 복합적으로 활용하는 문화(콘텐츠)산업 시대의 이야기 활동 전반, 즉 아이디어의 발상과 기획에서 창작, 제작 등을 거쳐 이야기물이 산출되기까지를 포함하며, 경우에 따라 이것의 사용 혹은 소비 과정까지를 광범위하게 가리킬 수 있다.

다. 스토리텔링의 기능과 의의

1) 실제적 기능

인간은 크게 두 가지 충동에 따라 이야기를 한다. 체험과 지식을 보존하고 전하려는 역사적·모방적 충동과, 꿈과 진실을 담아 즐기고 감동시키려는 낭만적·교훈적 충동이 그것이다. 물론 둘은 대개 섞여 있는데, 전자가 강할 경우 이야기는 경험적 특성이 짙어지고, 후자가 강할 경우 허구적 특성이 짙어진다.[15]

앞의 진술을 이야기 활동의 목적과 기능에 초점을 두고 풀어서 다시 해보자.

우리는 일상생활에서 경험을 정리하거나 알리기 위해 이야기를 하는데, 거기에는 개인과 집단의 삶의 모습은 물론 욕망, 감정, 지식, 이데올로기 등이 총체적으로 녹아든다. 따라서 그것을 산출하고 수용하는 동안 우리는 경험하지 못한 것을 경험하고, 경험했어도 그 뜻을 잘 몰랐던 것을 알게 된다. 그리고 각기 따로였던 것을 통합하여 정리하고 이해하게 된다. 이것이 설명이나 논증 같은 담화 양식의 인식적 기능과 구별되는, 이야기 특유의 인식적 기능이다. 교육이라든가 홍보, 설득의 분야에서 이야기가 많이 활용되는 것은, 이야기가 이런 인식적 기능 혹은 효용을 지니고 있기 때문이다.

인식적 기능은 대상과 수준에 따라 여러 가지로 구분된다. 앞에서 말한 인식적 기능의 '인식'은 주로 일상생활이나 의식 차원에서의 인식이요 감성적이라기보다 이성적인 측면 중심의 인식이다. 여기서 그것이 보다 감성적 측면 중심으로, 또 일상적이라기보다 높은 수준의 문화생활이나 무의식의 차원으로 나아가고, 일반적 이야기에서 발달된 이야기(예술적 이야기)로 옮아갈수록 인간적 진실, 재미와 감동, 내면의 정화, 미적 초월(아름다움) 등이 추구된다. 이야기가 보다 높은 수준의 '진실'을 깨우치는 인식적 기능을 함과 아울러 정서적 기능을 하는 것이다.

한마디로 이야기는 인식적 기능과 더불어 정서적 기능을 지니고 있다. 인식적 기능에 여러 측면이 있듯이, 이 '정서적 기능'에는 쾌락적 기능, 미적 기능 등이 포함된다. 이야기, 특히 허구적 이야기를 감상하는 과정에서, 우리는 이전에 맛보지 못했던 감정을 맛봄은 물론, 갖가지 규범이나 장애 때문에 결핍되고 억압되어 마음속에 맺혔던 무엇을 상상적으로 푼다(카타르시스). 이때 이야기는 욕망을 충족시키고 재미와 위안을 주는 정서적 기능이 더 승해진다. 오락성이 강한 과학소설SF, 만화, 애니메이션, 디지털 이야기 게임 등에 환상적 이야기가 많은 것은, 그것들이 시간과 공간의 굴레를 벗어나고 싶은 인간의 욕망을 충족시켜주기 때문이다. 구성 요소들의 조화가 빚어내는 아름다움의 쾌감을 추구하는 이야기가 있는가 하면, 폭력, 성性 따위의 쾌락을 윤리적 기준을 벗어나는 정도까지 맹목적으로 추구하는 이야기가 많은 걸 보면, 이 정서적 기능에도 여러 수준과 종류가 있음을 알 수 있다. 그리고 이 모든 것이 인간 사회에서 이야기를 매개로 이루어진다는 사실에 초점을 두고, 이야기의 소통 기능에 주목할 수도 있다.

이야기의 인식적 기능과 정서적 기능을 현실적 목적 달성에 활용할 때, 이야기는 효용적 기능을 지닌다. 이러한 기능들에 관하여는 뒤(☞ 227~240쪽)에 다시 자세히 다룰 것이다.

그런데 이런 충동이나 기능 이전에, 이야기 활동은 인간의 삶에 보다 근원적인 의의를 지니고 있다.

2) 근원적 의의

성경, 불경, 탈무드 같은 경전들은 왜 대부분 이야기일까? 어째서 어린이용이나 대중용으로 쉽게 풀이한 책들은 대부분 이야기로 되어 있을까? 유적지나 관광지에 가면 노상 거기에 얽힌 이야기를 듣게 되는데, 무슨 이유에서일까? 연설이나 선전이 그토록 '실제로 있었던 이야기' 즉 실화를 이용하는 까닭은 무엇일까? 허구적 이야기는 가짜 이야기인데, 왜 그렇게 사람들이 좋아하고 예술로까지 우대하는 것일까? …… 이런 물음에 간단히 답하기는 어렵다. 하지만 이러한 현상에서 우리는 이야기가 온갖 지적·정서적 활동을 생성하고 표현하며 또 공유하는 보편적 양식이라는 것, 개인의 정체성을 형성하고 발전시키는 일부터 집단이 사회와 문화를 창출하고 유지하는 일까지 이야기와 깊이 연관되어 있으리라는 것을 짐작할 수 있다.

인간에게 '이야기 본능'이라는 게 있다면, 그것은 **모방 본능**이자 **소통 본능**인 동시에 **의미 탐색의 본능**일 것이다. 앞에서 이야기는 인식과 정서적 쾌감(재미)을 준다고 하였는데, 이것들도 의미 탐색의 과정에서 생기는 것, 혹은 어떤 종류의 것이든 의미가 없으면 맛보기 어려운 것이라고 할 수 있다. 여기서 '의미'란 지적·정서적으로 우리에게 소중한 것을 두루 가리킨다.

인간이 자신의 체험을 되새기고 어떤 형태로 표현하는 '추상화' 활동은 주로 '의미화' 작업이다. 인간의 이 지적 활동 가운데 대표적인 것이 바로 이야기 활동이다. 이야기를 통한 '의미 탐색'은 멀리 있지 않다. 저 사람들은 왜 저러는가, 지금 무슨 일이 벌어지고 있는가, 나는 이렇게 살아도 되나, 과연 무엇이 선하고 아름다운 것인가…… 우리가 날마다 직면하는 이런 문제들을 바라보고 느끼며, 그에 합당한 답을 구하는 활동이 다름 아닌 의미 탐색이다. 자기가 하는 이야기가 도무지 졸가리가 서지 않아 자신의 상식이나 사고 수준을 의심하게 된다든지, 감동적인 이야기를 감상하다가 문득 자기가 과연 인간답게 살고 있는지를 돌이켜보게 되는 것도, 바로 이야기 행위가 의미를 탐색하는 활동이기 때문이다.

어느 애국자의 전기를 짓는 일은, 그의 행동들에 '나라를 위해 자기를 희생했다'와 같은 의미를 찾고 또 부여함으로써, 그것이 이야기의 제재나 주제가 되게 하는 일이다. 어떤 남자가 어떤 여자와 사귄 일을 '회상하는 행위'의 경우도 마찬가지이다. 위인을 다루어야만 이야기이고 종이에 써야만 스토리텔링이 아니다. 가령 그 남자가 회상을 하던 끝에 사귀는 여자와 헤어지겠다고 결심하는 사고 행위思考行爲 자체는, 데이트를 하면서 경험했던 일들에 '헤어짐'과 관련된 어떤 의미 혹은 이유를 찾고 부여하며, 그것을 통해 만남─이별이라는 자기 인생의 한 '사건을 지어내는 일'이다.

'사건'은 어떤 입장에서 바라보고 서술하느냐에 따라 의미가 달라진다. 한 사람의 성격과 됨됨이 역시 애초부터 정해져 있다기보다, 그의 인생 스토리에서 그가 어떤 인물로 행동하(게끔 만드)느냐에 따라 규정되고 달라진다. 사귀는 여자와 헤어지기로 결심했다는 이야기를 듣고, 그 남자의 친구가 이렇게 대꾸했다. "나는 도대체 네 이야기가 납득이 안 된다. 내가 보기에, 문제가 있는 사람은 그 여자가 아니라 바로 너다." 이쯤 되면 두 친구는 격렬하게 언쟁을 벌일 터이다. 이때 '문제가 있는 사람'이란 어떤 사람인가? 애초에 잘못을 저지른 사람, 그런 스토리의 주동인물로 여겨지는 사람이다. 어쩌면 절교로 끝장날지도 모르는 두 친구 사이의 격렬한 언쟁은, 누가 이 '헤어짐 사건'을 일으킨 자인가, 혹은 이 '헤어짐 이야기'가 두 사람 사이에서 일어난 그 어떤 일에 얼마나 부합하는가를 탐색하고 판단하는 다툼이다. 그런데 둘 사이에 일어난 '그 어떤 일'이란 과연 어떤 일인가? 또 그걸 누가 아는가?

이런 맥락에서 제롬 S. 브루너는 "일상의 경험에 형태를 부여하는"

것이 "이야기의 힘"[16]이라고 하였다. 우리의 삶과 경험은, 그것이 이야기의 일부가 되지 않을 경우, 단순한 정보 쪼가리나 이미지의 파편으로 기억 속에서 사라져버리기 쉽다. 또 그것이 누가 하는 어떤 이야기의 일부가 되느냐에 따라 그 의미가 달라진다. 개인을 넘어 집단이나 국가 차원에서도 마찬가지이다. '역사적 사건'이나 '역사적 진실'이라는 것이 어떻게 형성되며, 어느 편에서 진술하느냐에 따라 그 내용이 얼마나 달라지는가를 생각해보면 알 수 있다.

이래서 '인간은 이야기를 산다'고 앞서 언급한 것이다. 이 말에는 인간이 '이야기를' 짓거나 즐김은 물론, '이야기로써' 사물을 인식하고 타자와 소통하며 사회를 이뤄 살아간다는 뜻까지 담겨 있다. 이야기는 행위의 "규범을 강화하고 확산시키며, 우리에게 인상적이고 공유된 협력의 모델을 제공"[17]하는 까닭이다.

요컨대 이야기 행위는, **사건의 서술을 통해 삶을 인식하고 표현함으로써 의미를 형성 및 소통하는 활동**이다. 어떤 충동에 따라 어떤 성격의 이야기를 짓든 이 의미 탐색의 노력, 즉 합리적이고 가치 있는 무엇을 찾고 형성하려는 노력이 바탕을 이룬다. 앞에서 행동을 늘어놓기만 하고 인과성이 없으면 이야기라기보다 잡동사니에 가깝다고 하였는데, 그 인과성은 바로 이 의미 탐색 노력의 결과로 형성되는 것이다.

이러한 사실을 상징적으로 보여주는 것이 민족이나 나라의 기원에 관한 신화이다. 우리의 단군신화처럼, 민족과 나라의 기원이 대개 시조始祖에 관한 신화로 '이루어져' 있는 것은, 그 '이야기'의 사실 여부를 떠나, 그것을 '이야기하는 행위' 자체가 집단의 정체성을 확립하고 하나로 단결시키며 우월함을 고취하는 '의미 있는' 일이기 때문이다.

신화 이야기가 나왔으니 말인데, 종교적 제의祭儀나 행사는 또 어떠한 가. 신화가 제의 자체를 이야기화한 것이라는 주장까지 거론할 것 없 이, 가령 교회에서 거행되는 성찬의식이라든가 스님이 하는 탁발은, 그 자체가 숭배 대상의 행동을 몸으로 반복하여 이야기하는 스토리텔 링이자 믿음의 확인과 수행 행위 그 자체이다.

거듭 강조하자면, 스토리텔링은 지식과 의사의 전달, 정서 충족 등 의 방편에서 나아가, 인간이 사물을 인식하고 사유하면서 의미를 탐 색하는 행위 자체이다. 작가는 이야기 '작품'을 짓는다. 그런데 작가가 아닌 보통 사람도, 일생을 다루든 조금 전에 겪은 사소한 사건 하나를 다루든, 작품을 짓듯이 '자기의 스토리'를 짓는다. 만약 그러지 않는다 면, 그는 자기가 순간순간 어째서 그렇게 행동하며 궁극적으로 왜 사 는가를 알거나 찾으려는 노력, 즉 자기 삶의 의미 탐색하기를 잊어버 린 사람이다. 이처럼 사는 게 바로 스토리텔링이기에 **인간은 누구나 스토 리텔러요 자기 스토리의 주인공이다.** 보람된 삶을 살고자 하는 이는, 어찌 보면 모두 『아라비안나이트』의 셰에라자드 같은 처지에 놓여 있다. 이 야기를 짓는 데 목숨이 걸려 있기 때문이다. 세상에 이야기가 많고 또 중요한 근본 이유가 바로 이렇게 삶 자체가 스토리텔링이라는 사실에 있다. 여기서 우리는 이른바 '인성人性 교육'에 '생활 이야기 짓기' '자 서전 쓰기' 따위가 왜 효과적인지 알게 된다. 그리고 상상력을 깊이 연 구한 심리학자, 미학자들이 밝혀놓았듯이, 이야기를 통한 의미 탐색 활동은 궁극적으로 인간이 망각, 죽음, 고독 등에 저항하여 공포를 극 복하고 삶의 균형을 유지하려는 상상적 노력의 산물임을 깨닫게 된다.

'나를 잊지 마라'는 말은, 다름 아닌 '내 이야기, 나에 관한 이야기를 잊지 말아달라'는 말이 아니던가?

이야기에 관한 이러한 사실 자체를 이야깃감으로 삼은 이야기가 많이 있는데, 근래의 예로 영화 「빅 피쉬」(감독: 팀 버튼)와 「라이프 오브 파이」(감독: 이안)가 있다. 「라이프 오브 파이」는 주인공 파이가 소설가에게 자신이 겪은 일을 이야기하는 형식을 취하고 있다. 그는 호랑이와 둘이 작은 보트 하나로 태평양을 표류하다가 기적적으로 살아남았다고 말하는데, 그 이야기를 믿지 못하는 보험회사 직원들을 위해 겪은 일을 다르게 이야기하기도 한다. 그러고는 소설가더러 당신은 어느 이야기를 택하겠느냐고 묻는다. 무엇이 사실인지는 파이 본인밖에 모르고, 어떻게 그런 기적이 일어났는가 하는 데 이르면 파이 자신도 잘 알지 못한다. 과연 어디까지가 사실인지, 정말 신神이 도와준 것인지 의문스러운 상황에서, 파이는 "모든 게 믿음의 문제"라고 말한다.

디지털 기술의 발전에 힘입어 문화 콘텐츠 산업이 커지면서 스토리텔링이 여러 방면에서 중요해지자 '디지털 스토리텔링의 시대'가 왔고, '이야기 공학' '스토리 디자인'을 연구해야 한다고들 한다. 이야기의 산업적·상업적 용도에 초점을 둔 말로 보이는데, 일리 있는 말이긴 하나, 사실 인간이 사는 시대는 항상 이야기의 시대요 스토리텔링의 시대이다. 이야기라는 것이 그만큼 근원적이고 보편적인 양식이며, 스토리텔링이 인간의 문화적 행위, 그러니까 온갖 '콘텐츠'를 생산하는 행위의 핵심부에 놓여 있기 때문이다.

스토리텔링은 한때의 유행이 아니다. 이야기 역시 특수한 분야이거나 특별한 취미의 대상이 아니다. 까마득한 옛날 '신화의 시대'와 마찬가지로, 21세기 과학의 시대에도 환상적 이야기는 여러 형태로 여전히 번성한다. 이야기를 짓고 감상하는 행위는, 자신과 세계의 의미를 탐색하고 추구하는 일, 그것들을 더 깊이 이해하고 관련지음으로써 꿈꾸는 세계를 실현하기 위해 노력하는 일 자체와 긴밀히 연관되어 있다. 스토리텔러가 자기의 이야기가 보다 나은 '의미 탐색'의 마당이 되게 하려면, 항상 비판의식을 가지고 무엇이 더 가치 있고 진실된 것인지에 대해 사색해야 하는 이유가 여기에 있다. 내적 충동이나 욕망보다 외적인 목적을 위해 스토리텔링을 하는 경우에도, 정도와 양상은 다를지언정 이 의미 탐색 노력이 노상 바탕을 이룬다. 순전히 상업적인 목적에서 하는 경우조차도, 이른바 고객의 '긴장(스트레스) 해소'나 '감성(에 호소하는) 마케팅' 등에서 보람을 얻으려면 인간의 의미 탐색 노력에 주목해야 한다.

이야기 행위는 삶 자체와 멀어지면 뜻과 보람이 적어진다. 스토리텔링을 잘하기 위해서는, 당장 활용할 요령이나 기법을 익히려 들기보다, 스토리텔링의 이러한 근원적 본질과 중요성을 이해할 필요가 있다.

1　일상의 대화는 대부분 '이야기'이다.

1-1　자기가 벌였거나 깊이 관련된 어떤 사건을 제삼자한테 이야기할 때, 자기 속에서 자주 일어나곤 하는 일이나 현상 한 가지를 사건 서술 위주로, '솔직하게' 적어보시오. 아울러 왜 그런 일이 일어나는지도 추측해보시오.

　① 자기 속에서 일어나는 (사건 서술 위주의) 일이나 현상:

　② 그 이유:

1-2　연극 치료, 음악 치료가 있듯이 '이야기 치료'가 있다. '자서전 쓰기'라는 스토리텔링 활동을 통해 어떤 치료가 가능하다면, 그 이유는 무엇일까? 앞의 문제 1-1을 풀면서 경험한 바를 바탕으로, 1~2문장으로 답해보시오.

2　이야기 작가가 되려면 실제로 갖가지 체험을 해봐야 한다는 주장이 있다. 이 주장이 타당하다고 생각하는가, 그렇지 않다고 생각하는가? 둘 중 하나를 택하고, 그 이유를 1~2문장으

로 적어보시오.

① 타당하다/타당하지 않다

② 그 이유:

....

3 이야기 행위는 개인적인 동시에 집단적이다. 근래 방영되는 한국 텔레비전 드라마 가운데 이른바 '가족 드라마' 계열의 연속극은, 가족 또는 가정에 대한 현대 한국인의 집단적인 욕망, 생각, 가치관 등이 짙게 깔려 있는 경우가 많다.

3-1 그 가운데 아주 전형적이라고 생각하는 사건 한 가지를 택하여, 그것을 'X는 ~을 ~한다' 형태의 1문장으로 적으시오. (X는 반드시 사람으로 할 것)

길잡이

사건이라고 하기 어려운 것은 피한다. 되도록 비중 있는 사건의 처음-중간-끝에서 '처음의 상황'에 해당되는 것을 적는다.

3-2 그 사건은 어떻게 결말지어지는가? 또 작품 자체에서, 그러한 결말은 바람직하고 긍정적인 것으로 이야기되는가, 그렇지 않은 것으로 이야기되는가?

① 그 사건의 결말(끝상황):

② 작품에 나타난 결말의 의미: 긍정적/부정적

3-3 앞의 사건 자체, 나아가 그것이 귀결된 양상을 통해 알
수 있는 한국인의 집단적 욕망이나 가치관을, 1문장으로 요약
하여 표현해보시오.

---

4 사람들은 초인적 능력을 지닌 존재가 난관을 극복하고 업
적을 성취하는 '초인 이야기'를 좋아한다. 이 초인의 이름은
슈퍼맨, 스파이더맨, 배트맨, 엑스맨, 아이언맨 등이다. 물론
'헐크'나 '토르'처럼 이름에 '맨'이 붙지 않은 경우도 많다.

4-1 사람들은 왜 이런 이야기를 좋아하는 것일까?

4-2 사실 초인들이 난관을 극복하는 과정은 무리한 면이
많은데, 그런데도 그럴듯하게 여기는 사람이 많다. 왜 그러는
것일까?

4-3 초인은 초인다운 능력과 조건을 갖추고 있지만, 대부
분 의외로 보통 사람 같은 면(특질, 성격)도 지니고 있는 경우
가 많다. 그러한 면을 한 가지 적고, 그가 그렇게 설정된 이유

를 상상하여 적어 보시오.

① 초인의 보통 사람 같은 면:

② 초인이 보통 사람 같은 면을 지닌 존재로 설정된 이유:

길잡이

영화 「다크 나이트」
(감독: 크리스토퍼 놀
런) 같은 작품을 참고
한다.

4-4　이 초인 이야기가 단지 오락물에 그치지 않고 독자에게 좀더 가치 있는 체험을 맛보게 하며, 나아가 사회의 발전에 이바지하도록 하려면, 무엇을 어떻게 바꾸거나 설정하는 게 좋을까?

5　다음 작품들 중 하나를 감상하고 '삶에서 이야기란 무엇인가'에 관하여, 다음 조건에 따라 글을 지으시오.

- 단편소설 「산골 아이―1.도토리」(황순원)
- 단편소설 「줄광대」(이청준)
- 영화 「극장전」(감독: 홍상수)
- 영화 「더 폴―오디어스와 환상의 문」(감독: 타셈 싱)

㉮ 제목: 삶과 이야기

㉯ 분량: 300자 내외(띄어 쓴 칸 포함)

㉰ 유의점: 반드시 작품 내용을 자료로 제목에 부합되는
　　　　 글을 지을 것.

삶과 이야기

1 다음의 보기(*)를 참고하여, 각 의미나 정서적 반응(느낌)을 낳는 데 적합한, 주어진 행동의 동기, 이유 등을 상상하여 빈 곳에 적어보시오.

행 동	동기, 이유	의미, 정서
그녀는 그곳에 가지 않는다.	* 헤어진 남자와 자주 갔던 곳이므로 ① ②	상처, 덧없음 사회적 편견 질투심, 자기기만
노인은 결국 그 일에 참여하기로 한다.	* 돈을 벌고 체면도 세우기 위해 ③ ④	이기적 욕망 타인에의 연민 자기 극복

길잡이

주어진 서술에 내포된 상황을 색다르게 파악하거나 기발하게 발전시키면, 이야기가 우습고 참신해진다.

2 모든 이야기는 상황의 변화를 다룬다. 다음 ①, ② 중에 하나를 골라, 주어진 상황에서 출발하여 짧은 우스개('개그') 이야기를 참신하게 '이어 써서' 완결지어 보시오. (이어 쓴 분량: 200자 내외)

① 자식 교육에 매우 열성적이고 급한 성격의 40대 어머니가 있다. 어느 날 놀기 좋아하며 다소 엉뚱한 중학교 2학년생 아들로부터 전화가 왔다.

"엄마, 놀라지 마! 우리 반 평균이 올랐대."

② 지하철을 기다리는 플랫폼에서 머리를 길게 가른 20대 남자가 이어폰을 귀에 끼고 큰 소리로 대화하고 있다. 주변 사람들은 그의 말을 안 듣는 척하면서 듣고 있는데, 점점 거기에 빨려 들어가 놀라다 진정하기도 하고 웃다가 화를 내기도 한다. 그가 하는 대화는 다음과 같았다.

3 다음은 어떤 이야기의 한 대목이다. 주어진 서술에 내포된 내적·외적 상황을, 네모 칸 속에 만화 형태의 그림으로 표현해보시오.

모임은 이미 시작되어 있었다. 나의 마음은 착잡했다. 처음 마음 먹었던 대로, 오지 않는 편이 나았는지도 몰랐다.

제1장

제2장 이야기의 구조와 스토리텔링

제3장

서술은 이야기의 육체이다. 그러므로 스토리에만 관심을 두고 서술을 소홀히 한다면 매우 비합리적인 일이다. 육체 없는 영혼이 어디 있는가? 육체에 구속되지 않는 영혼은 또 어디 있는가?

1

이야기의
요소와 층위

이야기를 지어 다른 사람한테 보였을 때, 이런 말을 듣는 경우가 있다.

"이야깃감은 좋은데 별 감동이 없군요."
"스토리가 괜찮지만 지루해서 끝까지 읽기 어렵습니다."

사실 이야깃감이나 스토리가 비슷한 이야기는 아주 많은데, 우리는 어떤 작품에서는 재미와 감동을 느끼고 어떤 작품에서는 그러지 않는다. 따져보면 이야깃감, 스토리가 괜찮다는 말도 재미와 감동이 없으면 별 소용이 없다. 이야기가 나왔으니 말이지, "지루해서 끝까지 읽기 어렵다"고 하는 걸 보니, 실은 스토리도 제대로 서 있지 않아 무슨 이야기인지 종잡기 어려운 상태인지도 모른다. 세상에는 이야기가 넘쳐나는데, 과연 무얼 어떻게 해야 이야기다운 형태와 가치를 지닌 '나의' 작품을 지을 수 있는 것일까?

'밥은 못 지어도 밥맛은 안다'는 속담이 있다. 우리는 이야기를 잘 짓지 못하면서도, 남의 작품의 잘되고 못 된 점은 웬만큼 안다. 이는 우리가 경험과 직관을 바탕으로 이야기에 대한 어떤 능력을 지니고 있음을 뜻한다. 오랜 세월에 걸쳐 여러 사람이 그 경험과 직관을 객관화하고 체계화한 것이 바로 이야기에 관한 이론이다. 이야기 이론은 이야기를 짓고 감상할 때 머리와 마음속에서 일어나는 현상과 그런 현상을 일으키는 이야기의 구조에 대해 알게 해주며, 그리하여 이야기 활동을 좀더 합리적으로 수행하고 설명할 수 있도록 도와준다.

이야기를 잘 지으려면 무엇보다 많이 지어보는 게 중요하고, 이야기에 관한 이론, 특히 그 구조에 대한 이론을 공부할 필요가 있다. 이야기의 구성 요소와 그것들이 기능하는 방식을 이해하면 막연한 충동에 따르는 대신 보다 합리적으로, 또 미적 거리를 유지하며 지을 수 있기 때문이다. 비유하자면, 이야기 자체와 그것을 짓고 있는 '자기의 손을 보면서,' 그리고 작품 감상자의 반응을 의식하면서 스토리텔링을 할 수 있기 때문이다. 이야기의 구조에 대해 알면, 오로지 자기가 쓰려는 것을 쏟아놓는 데만 매달리지 않고, 지으려는 이야기의 특징과 관습, 제재와 표현의 정서적 효과 따위를 합리적으로 분석하고 조작操作하며 지을 수 있게 된다.

이 장에서는 이야기 일반의 구조에 대해 살핀 후, 그것을 바탕으로 스토리텔링의 기본적인 지침 혹은 원리를 모색하고자 한다. 이러한 원론적 접근은 다소 답답해 보일지 모른다. 그러나 기본은 항상 중요하다. 혁신도 기본을 알아야 가능하다. 혁신이란 대개 기본적인 것의 혁신이다.

이야기의 구조를 살피는 작업은 그 구성 요소들을 나눈 뒤 그것들의 관계를, 이야기 밖의 세계와 일단 분리한 채 다루게 된다. 특정 작품이 아니라 이야기 일반의 구조를 살피는 자리이므로 편의상 그렇게 하나, 유의할 점이 있다.

먼저, 분석과 논리적 설명은 단순화를 피하기 어렵고, 작품이 일으키는 지적·정서적 반응을 충분히 설명하기 어렵다. 작품은 구성 요소들의 총합을 넘어선다. 유기적 구조를 지닌 그것은, 부분들의 집합을 초월하는 그 무엇이요 독자적 개성을 지닌 생명체이다. 이야기'에 대한' 일반적 이론과 개념은 작품 자체도 아니며 작품의 성공을 보장하지도 않는다. 따라서 이론을 그저 이해하는 데 그치지 말고, 자신의 아이디어나 직관을 살려 작품을 탄생시키는 데 어떻게 활용할지에 관심을 둠이 바람직하다.

다음으로, 이야기 행위가 이루어지는 현실에 대한 관심을 유지해야 한다. 앞서 이야기는 시간성을 지니고 있다고 하였다. 이야기에 서술된 행위뿐 아니라 작자가 그 이야기를 서술하고 감상자가 그것을 감상하는 행위 또한 '언제,' 어디서 벌어진다. 이야기 안의 시간과 이야기 밖의 시간은 관계가 매우 밀접하다. 특히 작자가 이야기를 짓는 현실은 이야기의 자료요 어머니이다. 따라서 특정 작품의 창작과 해석 상황에서는, 작품 밖의 세계(현실 상황, 시대적 맥락 등)를 소홀히 하지 말아야 한다. 우리는 그 세계에서 살기 위해 스토리텔링을 하며, 이야기 작품 역시 그 세계에서 살아가야 한다.

가. 스토리와 서술

　여기서는 이야기의 구조를 살피되 층위level 중심으로 논의하려고 한다. 층위란 무엇을 분석할 때 쓰는 일반적 개념으로, 구성 요소들이 존재하고 작용하는 추상적 차원을 가리킨다. 대상의 구조를 분석하기 위해, 그 특성에 따라 나눈 '차원'이나 '측면'이라고 할 수도 있다. 이 층위 중심으로 이야기를 살피면, 이야기의 요소들을 가급적 통합하여, 또 그것들의 유기적 관계를 스토리텔링 활동 자체와 관련지어 살피도록 도와준다.

　이야기의 층위는 오래전부터 논의되었고, 논자에 따라 2~4개로 나누어왔다.[18] 여기서는 **서술**discourse(이야기 행위와 그 결과)/**스토리**story(줄거리. 서술로써 형상화된 세계)/**주제** 혹은 **메시지**(의미. 감상을 통해 알고 체험하는 의미적 요소)의 셋으로 나누기로 한다. 먼저 앞의 두 층위 중심으로 논의한 후 나머지를 살피겠는데, 이제까지 그래 왔듯이 여러 각도에서, 또 반복하여 풀이하고자 한다.

　우리는 인간이 육체와 정신을 지녔다고 생각한다. 이 둘은 인간을 구성하는 요소라고 할 수도 있지만 각각 심장이라든가 팔다리, 이성이나 감성 따위가 존재하고 기능한다고 여겨지는 인간의 두 가지 '층위'를 가리킨다고 할 수 있다. 가령 '정신'을 따져보자. 그것은 따로 어디

에 존재하지 않지만, 엄연히 인간의 한 측면으로서 존재한다고 우리는 '생각한다.'

'스토리'와 '서술'도 이와 비슷하다. 20세기 초 러시아 형식주의자들은 '파불라fabula'와 '슈제트sjužet'라는 용어로 이야기의 두 층위를 구분함으로써 이야기학narratology(서사학) 발전에 크게 이바지하였는데, 이들은 그 이론의 전통 속에 있다.

일단 소설론에서 주로 사용하는 용어와 이론을 바탕으로, 이야기의 주요 요소들을 두 가지 층위로 나누어 배열하면 다음과 같다.[19]

〔표3〕

스 토 리		서 술
사건	시간	플롯
인물	공간	인물 그려내기(인물형상화)
		초점화

위의 개념들을 활용하여 다시 뜻매김해보면, 이야기는 일단 '스토리를 서술한 것' 혹은 '스토리의 서술'이 된다. 그릇된 말은 아니지만, 두 용어를 층위 개념으로 받아들이지 않을 경우 이러한 정의는 이야기가 단지 사건의 연쇄만을 서술한 것처럼 여기도록 만들기 쉽다. 엄밀히 말하면 '스토리'는 이야기의 요소들이 '서술된 것'의 내용적 층위를, '서술'은 요소들을 어떤 매체와 형식으로 '서술하는 것' 곧 서술 행위 및 그 결과의 층위를 가리킨다. 우리가 흔히 이야기 '작품'이라고 부르는 것은 일차로 눈에 보이는 이 '서술'이다. 서술은 그 매체가 언어에

국한되지 않을 뿐 아니라, 사건만을 대상으로 삼지도 않는다.

감상자 쪽에서 보면, 종이에 적힌 글자든 화면 위의 영상이든 감상자가 직접 접하는 게 서술이며, 그가 그것을 통해, 또 그것을 질료로 내면에서 재구성하여 '형성'하는 것이 스토리이다. 감상자는 인물의 모습과 성격이 그려지고(인물 그려내기/인물형상화characterization), 사건과 정보가 선택·배열되며(플롯), 그 모든 것이 특정 상황과 관점에서 초점화●된 사물들을,[20] 인과 질서에 따라 재정리하고 해석하게 된다. 이때 감상자는 시간적(계기적) 순서에 따라 제시된 서술을, 비시간적(공간적)인 내면 활동을 통해 종합한다고 할 수 있다. 이렇게 이야기의 모든 요소가 수렴되고 자연적 순서로 재배열된 사건의 연쇄가 스토리이다. 따라서 감상자에 따라, 물론 서술의 맥락과 초점이 허용하는 범위에서, 스토리는 다르게 설정될 수 있다. 스토리는 사건 중심이지만, 서술은 사건과 함께 여러 요소들에 관한 것이고, 그것들에 종합적으로 반응하는 감상자의 체험과 의미 형성 방식 또한 다를 수 있기 때문이다. 서술매체가 무엇이든 스토리는 주로 언어로 '형성'되는데, 그 언어는 궁극적으로 감상자의 내면에 존재하는, '감상자 자신의 말'이다.

꼭 일치하지는 않으나 흔히 쓰는 용어로 다시 풀이하면, 스토리는 이야기의 무엇what 즉 내용에 해당되고, 서술은 어떻게how 즉 형식과 행위에 해당된다. 이 형식 즉 서술의 방법이나 형태는 어떤 모습을 지닌 게 아니므로 눈에 보이지 않는다. 말하자면 '보이지 않는 손' 같은 것이기에 내용 생성에 관여하지만 내용에 등장하지는 않는다.

> ● **초점화** focalization
> 감상자로 하여금 대상을 어떤 관점에서 바라보고 인식하게 하는 서술 행위. '시점'과 통하지만 같지 않음. (☞ 130~138쪽, 393~411쪽)

그러나 '내용'을 이루는 사건, 인물, 공간 등은 형상을 지니고 있고 감상자의 눈에 보인다. 앞서 언급했듯이, 영화나 연극 같은 시각적 재현 갈래는 스토리 층위의 요소들이 관객 앞에서 공연되고 그의 육안에 보이는 데 비해, 문자기호를 매재로 삼는 소설, 전기傳記 등과 같은 비시각적 재현 갈래는 그 이미지를 독자가 의식 공간에 떠올려 상상의 눈으로만 볼 수 있다. 몸의 눈에 직접 보이든 상상의 눈에 간접적으로 보이든, 먼저 사건과 인물의 표층적 모습이 보이다가 나중에는 심층의 의미까지 보이고, 결국 스토리에 수렴된다. 이렇게 감상자의 내면에 떠오르고 또 응결되는 것이 스토리를 구성하는 것, 혹은 스토리가 형성되고 또 존재하는 층위에 속하는 것들이다.[21]

스토리 층위와 서술 층위의 이러한 구별은, 이야기를 짓고 감상하는 활동의 특성과 기법을 분석하는 데 큰 도움을 준다. 두 개념을 활용하여 앞서 살핀 것들을 정리하는 동시에 논의를 확장해보자.

첫째, 스토리와 서술은 상호 의존적이면서 독립적이다.

서술에 의해, "스토리는 언제나 중개된다."[22] **스토리는 서술 없이 존재할 수 없고, 스토리 없는 서술은 이야기가 아니다.** 한편, 하나의 스토리는 여러 독립된 '형상'으로 '서술'될 수 있다. 반대로 갈래, 매체가 다른 서술(작품)이 비슷한 스토리를 지닐 수 있다. 나아가 서로 다른 스토리가 유사한 주제를 표현할 수 있듯이, 하나의 스토리가 서술의 초점을 달리하여 다른 방식으로 초점화되면, 여러 주제를 표현할 수도 있다.

한 예로, 영화의 자막에 스토리story를 지은 사람과 각본screenplay을 지은 사람이 따로 기록되는 경우가 있는데, 전자가 스토리 작가라면 후자는 각본 '서술' 작가라고 할 수 있다. 그런데 영화는 이 각본을 바탕으로 감독이 다시 연출 곧 여러 매체를 사용한 '서술'을 하며, 그 결과가 영화(영상물)이다. 감독이 최종 작가인 셈인데, 이 세 명의 작가는 하는 일이 각자 다르다. 만약 이 영화의 스토리나 각본의 원안原案이 어떤 소설이었다면, 또 스토리보드 만드는 이까지 작가라고 한다면, 작가는 더 늘어난다. 어떻든 이들이 모두 다 작가요, 각자 스토리가 같지만 다른 형태의 '서술' 혹은 '작품'을 짓는다.

이러한 양상에서 우리는 이야기의 여러 층위에서 스토리텔링이 각각 이루어질 수 있다는 것, 그리고 **한 작품의 내용과 개성은 많은 부분 서술에 의해 좌우된다**는 것 등을 알 수 있다. 따라서 이 작품의 사건, 인물, 모티프motif[23] 등을 저 작품에서 '전용(이른바 OSMU는 그 일종이다)'[24]하는 것은, 바로 스토리 혹은 스토리 층위의 것을 다른 작품이나 형태로 다시 서술함을 가리키는 것으로서 이야기에서는 항상 가능한 일임을 알 수 있다.[25] 이야기의 이러한 특성과 가능성에 대해 일찍이 헨리 제임스는 "한 가지 스토리로 수백만 개의 플롯을 만들어낼 수 있다"[26]고 하였다.

'이야기 나라'에서 벌어지는 이러한 일들을 스토리와 서술이라는 용어를 활용하여 더 자세히 기술해보자. 이야기 나라에서는 『홍길동전』 「라이온 킹」(감독: 롭 민코프·로저 알러스) 등과 같이 '영웅의 일생' 혹은 '영웅의 탄생'이라는 하나의 원형적 스토리를 담은 각종 이야기 작품이 무수히 존재하고, 끊임없이 서술의 변화를 꾀하며 다시 창작된다. 그런가 하면 어떤 소설의 기본 상황이나 스토리는 유지하되 서술을 '각색'하여 연극, 영화 같은 공연물의 대본을 만들기도 하고, 어떤 영화를 스토리는 유지하되 배경이나 서술을 바꾸어 다른 작품으로 '리메이크remake', '번안飜案'하기도 한다. 또 스토리까지 바꾸되 무엇을 바꾸었는지 알 수 있게 바꾸면서 '거리가 있는 반복' 곧 패러디parody를 하기도 한다. 역사 속의 한 사건이 소설, 드라마, 뮤지컬 등으로 거듭 서술된다든가 테마파크 설계의 기본이 되는 상황이나 스토리로 활용되는 일도 드물지 않게 일어난다. 이런 일들을 스토리보다 규모가 작은 인물형이나 모티프 단위로 예를 들자면 정말 끝이 없을 것이다.

둘째, 주지하다시피 이야기에는 온갖 매재와 매체가 사용될 수 있는데, 그들은 이야기의 서술 층위에서, 스토리와 주제적 의미를 표현하는 기호 혹은 '언어'로 기능한다.

이야기 문학은 언어(자연 언어)만을 사용하지만, 매체가 다른 갈래들은 언어와 함께 다른 '유사 언어' 또는 '제2차 언어'도 사용한다. 만화나 그림책은 그림을, 뮤지컬이나 오페라는 몸짓, 음악, 무대 배경 등을 주요 매재로 사용하는데, 이들도 모두 '서술 언어'라 할 수 있다. 영화의 절정부climax 같은 핵심 대목에서는 흔히 (주제)음악이 흐르는데, 이는 오페라나 뮤지컬은 물론 영화에서도 음악이 사건의 분위기, 인물의 '내면 흐름'[27] 등을 제시하는 '또 하나의 언어'임을 말해주는 예이다. 사실 영화감독한테는 언어보다 비언어적인 것이 더 서술의 매재요 도구가 된다고까지 할 수 있다. 음악과 함께 영상 속의 그림, 몸짓, 의상, 색채, 빛(조명) 등이, 또 카메라의 움직임, 화면 처리와 편집 방식 따위까지가 그에게는 이른바 '영상 언어'이다. 영화의 시나리오가 보통 읽을거리로서 가치가 적고 문학으로 대접받지 못하는 것, 흔히 영화가 시나리오 작가의 예술이 아니라 감독의 예술로 간주되는 것은, 영화의 이러한 '서술 언어의 종합성' 때문이다.

여기서 앞의 [표3]에 제시한 요소들의 관계를 수평축에서 살펴보자. 사건과 인물은 시간, 공간 속에 존재하는데, 사건이 시간과 보다 긴밀한 관계에 있는 데 비해 인물은 공간과 더 긴밀한 관계에 있다. 사건과 시간이 동적動的이요 동사적이라면, 인물과 공간은 정적靜的이요 명사적·형용사적인 까닭이다. 따라서 스토리를 요약하면 인물이나 공간에 관한 묘사는 수렴되고 주로 동사가, 그중에서도 '상황 변화'에 결정적 기능을 하는 핵심 기능소(화소)가 남게 된다.

이러한 사실에서, 여기서는 일곱 가지로 보고 있지만, 이야기의 요소를 크게 두 가지[28]로 볼 수도 있음을 알 수 있다. 동적인 것이 시간과 인과성에 묶여 있다면 정적인 것은 보다 자유롭다. 이들은 작품과 갈래에 따라 역할이나 비중이 달라진다. 예컨대 동화는 어린이가 감상자이므로 스토리 전달을 빠르고 분명하게 하기 위해, 인물이나 공간의 묘사보다 사건 요약 위주로 서술이 이루어진다. 그리고 영화는 인물과 공간을 그림(영상)으로 보여주어야 하기 때문에, 그에 관한 서술이 시나리오에는 소략하게 이루어지고 제작 과정에서 카메라 따위의 도구를 이용하여 구체적으로 이루어지게 된다.[29] 한편 심리 위주의 소설이나 영화는 인물의 내면, 주제 등을 암시하고 '보여주기' 위해 동원된, 하지만 사건의 전개와 별 관련이 없어 보이는 서술들 때문에 스토리 진행이 느리고 모호해지며, 그래서 이야기가 인물 중심으로 구성된다. 이에 비해 끝없이 '액션' 중심인 모험 이야기, 투쟁 이야기 등은 상대적으로 인물과 공간이 덜 중요시되므로 서술의 양에 비해 사건 전개가 빠르다. 이 대조적인 인물 중심 이야기와 사건(행동) 중심 이야기를, 로널드 B. 토비아스는 '마음의 플롯'을 지닌 이야기와 '몸의 플롯'을 지닌 이야기[30]로 구분한 바 있다.

층위라는 용어를 사용하여 이상을 간추려보면, 작자 혹은 서술자가 매체와 기법을 사용하여 서술을 하는 행위와 그 결과의 차원이 이야기의 서술 층위라면, 그 서술 내용의 차원이 스토리 층위이다. 감상자 쪽에서 볼 때, 스토리 층위는 서술을 감상하면서 그가 인식하고 상상하는 것들의 차원, 그러니까 감상자가 서술로부터 재구성한 사건들과 그 주체(인물)들이 존재하는 세계이다. 이때 서술의 초점이 사건에 놓여 있느냐 인물에 놓여 있느냐, 서술의 방식이 보여주기showing 위주냐 들려주기telling[31] 위주냐 등의 차이에 따라 작품의 주제, 스타일, 갈래 등이 달라진다.

이렇게 볼 때, 이미 앞에서 언급했듯이, 스토리텔링은 단순히 '스토리 서술하기'나 '이야기 짓기'라기보다, '스토리를 형성하는 서술 행위' 혹은 '서술로써 스토리 형성하기'이다. 스토리텔링을 하면서 '스토리'에만 관심을 쏟는 이는, '텔링' 즉 서술 행위를 소홀히 하여 결국 스토리도 제대로 제시하기 어렵게 된다. 스토리는 사건 중심의 추상적 언어로 존재하지만, 작품의 서술은 사건으로만, 또 갈래에 따라 언어로만 이루어져 있는 것은 아니기 때문이다. 서술은 이야기의 육체이다. 그러므로 스토리 층위에만 관심을 두고 서술 층위를 소홀히 한다면 매우 비합리적인 일이다. 육체 없는 영혼이 어디 있는가? 육체에 구속되지 않는 영혼은 또 어디 있는가?

나. 주제, 메시지

　이제 시야를 넓혀보자. 감상자가 감상하는 내내 관심을 쏟거나 감상한 후 그에게 궁극적으로 남는 것은 스토리만이 아니다. 스토리는 어디까지나 형상을 지닌, 시간과 공간 속에서 일어난 일에 관한 것이다. 이를 넘어서고 또 지배하는, 스토리와 서술 이외의 층위가 존재한다. 물론 그것은 스토리에 녹아 그와 한 몸을 이루고 있으며, 스토리처럼 감상자에 의해 포착되는 것이지만 그와 다른 차원으로 구분하여 인식할 필요가 있다.

　교과서에 자주 실리는 이효석의 「메밀꽃 필 무렵」의 한 대목을 함께 읽으면서 앞의 설명을 확인하고, 그 새로운 층위에 대해 살펴보기로 한다.

> 　산허리는 온통 메밀밭이어서 피기 시작한 꽃이 소금을 뿌린 듯이 흐뭇한 달빛에 숨이 막힐 지경이다. 붉은 대궁이 향기같이 애잔하고 나귀들의 걸음도 시원하다. 길이 좁은 까닭에 세 사람은 나귀를 타고 외줄로 늘어섰다. 방울 소리가 시원스럽게 딸랑딸랑 메밀밭께로 흘러간다. 앞장선 허생원의 이야기 소리는 꽁무니에 선 동이에게는 확적히는 안 들렸으나, 그는 그대로 개운한 제멋에 적적하지는 않았다.
>
> 　"장 선 꼭 이런 날 밤이었네. 객줏집 토방이란 무더워서 잠이 들어야지. 밤중은 돼서 혼자 일어나 개울가에 목욕하러 나갔지. 봉평은 지금이나 그제나 마찬가지나 보이는 곳마다 메밀밭이어서 개울가가 어디 없이 하얀 꽃이야. 돌밭에 벗어도 좋을 것을 달이 너무도 밝은 까닭에 옷을 벗

으러 물방앗간으로 들어가지 않았나. 이상한 일도 많지. 거기서 난데없는 성서방네 처녀와 마주쳤단 말이네. 봉평서야 제일가는 일색이었지."

"팔자에 있었나 부지."

아무럼 하고 응답하면서 말머리를 아끼는 듯이 한참이나 담배를 빨 뿐이었다. 구수한 자줏빛 연기가 밤기운 속에 흘러서는 녹았다.

"날 기다린 것은 아니었으나 그렇다고 달리 기다리는 놈팽이가 있은 것두 아니었네. 처녀는 울고 있단 말야. 짐작은 대고 있었으나 성서방네는 한창 어려워서 들고날 판인 때였지. … (중략) … 처음에는 놀라기도 한 눈치였으나 걱정 있을 때는 누그러지기도 쉬운 듯해서 이럭저럭 이야기가 되었네…… 생각하면 무섭고도 기막힌 밤이었어."

—『메밀꽃 필 무렵』, 문학과지성사, 2007, 211~212쪽.

앞의 서술이 스토리에 어떻게 수렴될 것인가는, 이 작품 전체의 핵심적 변화 즉 중심사건을 무엇으로 보느냐, 그리고 앞의 서술이 거기서 어떤 위치에 놓이느냐에 따라 정해진다. 「메밀꽃 필 무렵」의 해석은 다양하지만, 여기서는 일단 중심사건을 두 가지로 설정해본다.

(가) 허생원과 동이가 충주댁을 두고 싸운다.
　　—서로 사과한다.
　　—화해하여 가까워진다.

(나) 장돌뱅이 허생원이 정착하고 싶은 마음을 품는다.
　　—동이가 자신의 아들일 수도 있음을 발견한다.

—허생원이 가정을 이루어 정착할 가능성이 생긴다.

스토리는 중심적 사건이나 인물을 무엇으로 잡느냐에 따라 달라지기도 하지만, 중심제재[32]를 무엇으로 보느냐에 따라 달라지기도 한다. (가)는 이 작품의 중심제재를 '애욕愛慾'으로, (나)는 '정착'으로 보는 스토리이다. 보기에 따라 (나)의 중간과정에 (가)가 들어가는 겹의 구조라고 할 수도 있다. 하지만 여기서는 (나)를 부副스토리나 삽화로 간주하고, (가) 중심으로 살피겠다. 작품 전체 서술이 (가) 위주로 이루어져 있고, 그 편이 설명을 간명하게 하는 데 도움이 되기 때문이다.

앞에 인용한 서술은 '서로 사과하는' 중간과정의 일부로 놓여 있다. 이에 앞서 동이는 발정이 나서 아이들한테 놀림당하는 허생원의 나귀를 도와줌으로써 일차로, 또 간접적으로 허생원에게 사과를 한다. 한편 인용한 장면 바로 뒤에서 허생원은 동이한테 자기가 "실수"를 했다고 직접 사과한다. 그러자 이를 받아 동이도 재차 사과한다.

이런 점들을 고려하면 인용한 서술은 허생원의 궁색한 성격과 처지를 제시하고, 성서방네 처녀와의 인연이 내포된 스토리 라인 (나)를 도입하기도 하지만, 심층적으로는 '사과 행위'의 맥락에 놓여 있다. 그 맥락에서 '나도 동이 나이에 그랬다'는 고백, 나아가 '젊은 사람이 그러는 건 당연한데, 나이 먹은 내가 동이를 뺨까지 때렸으니 안 할 짓을 했다'는 속마음의 간접적 표현으로 해석할 수 있는 것이다.

이러한 해석이 일리 있다면, 인용한 장면적 서술은 심층의 스토리에서 '사과한다'에 수렴된다. 바꿔 말하면, 사과를 함으로써 다투었던 처음상황이 변하는 과정의 일부가 인용과 같이 서술된 것이다. 충주댁을 놓고 벌어진 싸움의 전개, "계집과는 평생 인연이 없는" 노인의 애욕과 그에 따른 쑥스러운 사과 행위를 제시하는 이 서술을 돕는 것이, 바로 달빛에 젖은 메밀꽃밭, 그 흰색에 가까운 '창백한' 꽃밭의 공간(배경)이다.

이런 해석에 대해 동의하지 않을 수 있다. 한국 소설의 명장면 가운데 하나인 이 아름다운 장면을 이상하게 해석했다고 비판할 수도 있다. 그런데 지금 논의의 초점은 달빛에 젖은 메밀꽃밭이 아니라 거기서 일어난 사건이며, 그 꽃밭이 얼마나 아름다운지가 아니라 그에 대한 서술이 사건과 인물의 제시, 스토리 전개, 주제적 의미의 형성 등에 어떻게 이바지하는가이다. 아울러 어떤 스토리가 더 적절한가를 평가하기보다, 스토리라는 것이 해석의 산물일 뿐 아니라 주관적이고, 유동적이며, 추상적인 것임을 실감하는 일이다.

한편 이 작품을 읽는 도중이나 읽은 후에, 감상자는 어떤 핵심적이고 '지배적인' 의미, 생각, 감정, 태도, 분위기, 이미지 등을 파악하고 얻는다. 그들 중 일부를, 앞의 해석과 같은 맥락에서 표현해보면 이렇다.

  ○ 노인도 애욕을 지닌 인간이다.
  ○ 애욕은 인간의 삶에 위안을 준다.
  ○ 노인의 애욕은 애잔하다.

위의 말들은 작품을 이루고 있는 서술의 일부도 아니고, 그것을 해석하고 요약하여 설정한 스토리도 아니다. 이 말들은 소설에 서술된 것을 읽고서 알고 느낀 바를, 그와 다른 차원에서 진술한 결과이다. 그 주어가 '허생원' '동이' 따위가 아닌 데서 알 수 있듯이, 사건이 벌어지는 시공時空 즉 스토리 층위를 떠난 일반적이고 보편적인 진술—잊었거나 모르고 있었던 진실을 새롭게 인식하고 깨닫게 하는 진술—이다.

이 역시 이야기 때문에 존재하는 것이고 이야기 활동의 일부이므로 서술 층위와 스토리 층위에 더하여 하나의 층위로 삼고, 이를 **주제 층위**라고 부를 수 있는데, 비허구적 이야기의 경우에는 '메시지 층위'라고 부름이 어울릴 것이다. 이 말들은 앞(☞37쪽 [그림1])에서 '의미 차원'이라고 했던 것의 일부를 구별하여, 새로 이름을 붙인 것이다.[33]

이렇게 해서 이야기는 모두 세 층위, 즉 서술 자체/그로써 형상화된 세계/그것의 감상을 통해 알고 체험하는 것으로 구분된다. 이를 스토리 위주로 다시 말해보면, 이야기를 지을 때나 감상할 때 스토리를 형성시키는 것/형성된 스토리/그 활동에서 얻는 체험과 의미가 된다.

이들을 추상성의 정도에 따라, 추상성이 강한 것을 아래에 놓고 단계적으로 배열해보면 다음과 같다.

서술
스토리
주제, 메시지

여기서 스토리의 위치가 새롭게 드러난다. 스토리는 작품의 서술 층위와 주제 층위 사이에, 인물과 사건을 내포하므로 시공성時空性을 유지한 채 존재한다.

또 여기에서 주제와의 거리를 고려하여 스토리를 둘로 구별할 수 있다. 사건의 표면적 모습 위주로 간추린 '표층 스토리'와, 내적 의미 맥락까지 포착한 '심층 스토리'가 그것이다. 예를 들면, 앞의 인용을 '허생원은 성서방네 처녀와의 (달밤에 벌어진) 사건을 이야기했다'와 같이 요약한 스토리가 전자라면, '허생원은 (성서방네 처녀와의 사건을 이야기함으로써 간접적으로) 사과했다'가 후자이다. 이렇게 볼 때 주제 층위와 가까운 심층 스토리가 보다 스토리의 본질에 가깝다고 할 수 있다.

한 작품의 심층 스토리는 다른 여러 작품의 심층 스토리와 통한다. 인류의 이야기 창고에는, 오랜 세월 동안 다듬어지고 되풀이된 온갖 이야기의 심층 스토리가 존재한다. 거기에는 몇 가지 원형적 스토리 혹은 스토리의 원형이 자리 잡고 있다. 신화적·원형적 상상력의 기본 제재라고 볼 수도 있는 그것들 가운데 대표적인 것을 몇 가지 들어보면 다음과 같다.

영웅의 일생 혹은 탄생
탐색 혹은 추적
사랑 혹은 결혼
복수 혹은 정의 실현
여행 혹은 모험
경쟁(시합) 혹은 투쟁
성장 혹은 변신

이들은 인간의 근원적 욕망과 연관되어 있다. 또한 이들은 이야기

나라의 터줏대감이요 '이야기 전용'에서 가장 인기가 있는 것들과 밀접히 관련되어 있다. 많은 이야기에서 이들 중 두세 가지가 함께 발견되는데, 그것은 이들이 결합하여 갖가지 새로운 '상황'과 그 전개— '사랑'을 배반한 자에 대한 '복수' '복수'를 하기 위한 '모험' '투쟁'을 통한 '영웅의 탄생' '경쟁'을 통한 '성장' 등—를 얼마든지 더 해갈 수 있기 때문이다.

앞(☞37쪽)에서 제시한 이야기의 구조를 나타낸 〔그림1〕에 이상의 논의를 결합하여 다시 그려보면 다음과 같다.

〔그림 2〕

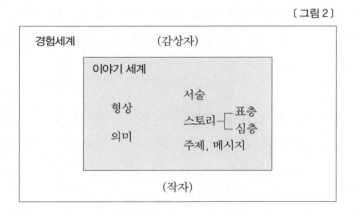

이러한 층위의 구분은, 이야기의 창작과 감상 활동에서 벌어지는 여러 현상을 분석하고, 스토리텔링의 방법을 합리적으로 모색할 수 있게 도와준다. '이야기 나라'에서 벌어지는 여러 활동에 대한 설명은 앞(☞92쪽)에서 했으니 생략하고, 이 〔그림2〕의 '층위'와 〔표3〕에서 제

시한 각 층위의 '요소'들을 결합하여, 창작 과정에서 할 수 있는 활동의 예를 조금 들어보자. 가령 어떤 이야기의 스토리를 살리되 주제가 다른 이야기를 짓고자 한다면, 중심제재와 서술(의 기법)을 달리하는 방법을 쓸 수 있다. 또 어떤 이야기의 주제가 보다 풍부해지도록 수정하고자 한다면, 스토리 전개에 새로운 사건, 인물, 갈등 등을 추가하고, 그들이 짜임새 있게 조화되도록 플롯, 초점화 방식 등을 손질하는 방법을 고려해볼 수 있다.

다. 낯설게 하기, 낯익게 하기

스토리텔러는 어떤 '서술'을 한다. 그가 이야기를 지으면서 하는 작업은 일차적으로 스토리 자체의 서술이라기보다, 스토리를 형성할 구체적인 인물과 사건, 그 세부의 서술이다. 앞에서 이야기의 특성 가운데 하나로 '형상성'을 들었는데, 이 서술이 곧 형상화 작업이다.

형상화는 변용變容, deformation을 동반하는데, 거기에는 작자의 지향은 물론 매체의 특성과 갈래의 관습이 관여한다. 이야기 작자는 매체와 관습을 개성적으로 사용하고, 사물을 변용하고 구성하는 갖가지 기법을 활용하여 사물을 '낯설게 함'으로써, 감상자를 공감하고 몰입하게 하며, 굳어진 반응을 깨뜨려 새로운 생각과 느낌을 불러일으키도록 서술한다. 물론 이러한 행위는 표현·전달하려는 것 자체의 가치와 그러려는 욕망을 동력으로 추동推動된다. 표현하고 싶은 무엇, 그것을 전달하고 싶은 강렬한 열정이 빈약하다면, 하나의 통일된 구조를 탄생시키기까지 해체와 재구성을 되풀이해야 하는 창작의 과정이 도무지 즐겁지 않을 터이다.

한마디로 말해, **스토리텔러는 서술로써 스토리를 낯설게 한다.** 앞에서 지적한 서술 층위에 속한 요소들—플롯, 인물 그려내기, 초점화 등—은 모두 그것을 위한 방법이다.

스토리를 이루는 사물들을 가공하여 낯설게 서술하는 정도와 양상은 갈래와 작품에 따라 다르다. 역사, 다큐멘터리, 사건 기사 같은 경험적 이야기는 서술이 사실 자체를 객관적으로 '기록'하거나 '지시'하기를 추구한다. 낯설게 하기defamiliarization를 부정하는 것이다. 하지만 역사 서술 과정에서도 역사가의 관점에 따라 선택과 재구성, 추리와 판단 등이 일어나서 대상의 모습과 의미가 결정되고, 그에 따라 다른 역사가의 서술과 차이가 나게 된다.[34] 낯설게 하기까지는 아니라도 '변용'은 일어나게 마련인 것이다. 역사 드라마나 역사소설들에 등장하는 대원군이 서로 다르듯이, 그들과 역사가의 저술, 또 역사가의 여러 서술들에 등장하는 대원군 또한 서로 같지 않다. 서경식의 『시대의 증언자 쁘리모 레비를 찾아서』[35]는 쁘리모 레비에 관한 이야기인 동시에 작자 서경식 자신에 관한 이야기인데, 역사나 기록일 수도 있고 수필이나 기행문일 수도 있다. 무엇이 되었든 서경식에 의한 쁘리모 레비의 변용은 이루어지고 있다. 그 이야기에 등장하는 쁘리모 레비는 '서경식의 쁘리모 레비'인 셈인데, 그렇다고 해서 그 이야기의 가치가 떨어지지 않는다. 유대인 수용소에서 살아남았음에도 불구하고 끝내 자살한 쁘리모 레비와 관련된 역사적 진실을 담고 있고, 감동을 주기 때문이다.

  자연과학 분야에서라면 몰라도, '사실 그대로의 서술' '순객관적 서술'이란 존재하기 어렵다. 도대체 무엇이 사실인지, 또 그것을 이른바 '순객관적으로' 전달할 매체와 방법이 과연 존재하는지부터가 의문이다. 어떤 종류의 서술이든, 그게 저작著作이든 작품作品, work이든 모두 '지은' 것이다. 인공人工의 서술이란 모두 어떤 매체를 가지고, 어떤 관점에서, 어떤 주관에 따라 변용되어 '만들어진' 것이다. 사실과 허구의 경계는 의외로 흐리며, 작자가 하는 일 또한 의외로 양쪽이 통한다. 시오노 나나미의 『로마인 이야기』는 그녀가 창작한 또 하나의 로마 역사이다. 허영만의 장편만화 『오! 한강』에는 1970년대의 신문 기사가 자주 활용되는데, 그것은 신문 기사였지만 이제 만화의 일부가 되었다. 역사소설은 과거에 있었던 사건을 자료나 배경으로 삼고 있어도 역사가 아니라 소설이다.

  작품 바깥의 현실에서 실제로 일어났는지 여부에 구속되지 않는, 애초부터 모든 게 꾸며낸 것이라고 선언한 허구적 이야기의 변용의 정도는 말할 것도 없다. 인물이 아예 벌레로 변하거나(카프카의 소설 『변신』) 돼지 모습을 하고 있는(미야자키 하야오 감독의 애니메이션 「붉은 돼지」) 경우까지 예로 들 것 없이, 만화나 애니메이션의 사람 얼굴 그림이 실제 얼굴과 얼마나 다르며, 영화의 장면과 장면 사이에 얼마나 많은 것이 생략되고 있는지, 그 갈래들에서 칸과 컷의 배열이 시간의 자연적 특성 및 순서와 얼마나 어긋나는지만 생각해보아도 금세 알 수 있다. 뮤지컬이나 오페라에서 인물들은 대화도 노래로 하는데, 우리가 그것을 어색하지 않게 여기는 것은, 그 갈래 고유의 굳어진 변용의 관습에 익숙해졌기 때문이다. 렘브란트의 그림 「돌아온 탕자」에서 탕자를 안고 있는 아버지의 손을 보면, 한쪽은 아버지(남자)의 손이나 다른 한쪽은 어머니(여자)의 손이다. 여기에 이르면, 감상을 한다는 것은 눈에 보이는 세계를 떠나 작가가 '변용해낸 세계,' 그 변용의 관습과 언어에 따르는 일임을 알게 된다.

이렇게 볼 때, 무엇을 서술 혹은 창작하려는 이에게 '객관적인 것' '보편적인 것' '자연스러운 것'이란 하나의 이상이요 상대적인 것일 뿐이라고 하는 편이 옳다. 선입견 없이 '순수한 소재素材'라는 것 역시, 가구 따위를 만드는 경우라면 모를까, 존재하지 않는다. 작자가 역사적 사실이나 영원한 진실 따위를 추구할 수 있고 또 그래야 하기도 하지만, 언제나 주관성은 피하기 어렵다. 작자가 재료로 삼았을 때, 그것은 이미 '소재'라기보다 작품의 일부로 변용된 '제재'이다. 개성이나 스타일도 선택 사항이 아니다. 어차피 자기 나름의 진실을, 그에 어울리는 형태로 표현하게 마련이다. 자연과학 연구가 아닌 한, 아니 어떤 면에서는 그 분야에서도, 인간의 행위는 욕망과 주관의 안개를 걷어내기 어렵다. 본래 모든 픽션fiction은 어느 정도 팩션faction이요, 모든 사건의 기록 또한 인위적 구성물이다. 이는 '기록' 예술인 다큐멘터리를 살펴보면 오히려 분명히 드러난다. 그것 역시 카메라 조작과 편집에 의한 인공물 즉 '작품'인 것이다.

그러므로 스토리텔러는 어떻게 하면 객관적이고 보편적인 이야기를 지을까에 관심을 두기보다, 어떻게 해야 자기 나름의 서술을 해낼까에 관심을 쏟는 편이 낫다. 특히 허구적 이야기를 짓는 스토리텔러는, 어떻게 하면 남들이 좋다고 하는 '멋진' 내용이나 형태에 가까운 것을 지을지에 신경을 쓰지 않는 자세도 필요하다. 정해져 있다고 믿는 그런 것은 실은 존재하지 않으며, 존재한다 하더라도 진부하고 생명이 짧기 때문이다.

사정이 그러하니 스토리텔러는 과연 자기가 무엇을 표현하려는 것인지, 실용적인 목적에서라면 자기가 무엇을 위해 이야기를 짓는지, 그것부터 점검함이 바람직하다. 그리고 그것을 구체화하고 수정하면서, 고유의 형태를 얻을 때까지 서술을 해나가야 한다. 이를 위해서는 항상 예민한 감수성과 관찰력으로 사물을 포착하며, 포착한 것을 변용하고 구성하여 하나의 미적 구조를 축조築造할 상상력과 사고 능력을 기르는 데 힘쓸 필요가 있다. **스토리텔링은 섬세하고 질긴 노력을 요구하는 건축이요 조형造形이다.**

비교적 규모가 작고 단순한 형태의 이야기인 설화, 동화 등은 서술에 쓰인 말의 양이나 순서 면에서 볼 때, 스토리가 거의 그대로 서술에 가까운 경우가 많다. 이런 이야기에서는, 역사 서술이 그렇듯, 묘사가 적고 서술 기법이 그다지 사용되지 않기 때문이다. 하지만 근대소설이나 영화처럼 매우 복잡하고 발달된 이야기에서는, 표현을 강화하며 독자의 반응을 자극하고 조절하기 위한 갖가지 기법이 사용되어, 스토리가 더욱 '낯설게' 서술된다.[36] 플롯, 인물 그려내기, 초점화 등에 의해 스토리가 새로운 맥락에서 재구성되며, 요소들끼리 얽혀서 동기화motivation*되는 것이다. 그리하여 인물의 성격과 이미지가 강화

> ● 동기화 動機化
> 모티브 motive 혹은 모티프 motif를 구성하여 구조의 일부가 되게 하는 일. 이에 의해 단위 재료unit는 통일성unity 있는 전체 속에서 고유의 기능을 지니게 됨.

되고, 사건의 배열이 뒤바뀌어 자꾸 의문이 일어나는가 하면, 시간과 공간이 여러 층으로 나뉘고 포개진다. 남녀 인물의 이혼 장면 다음에 결혼 장면이 나오는가 하면, 두 시간 동안 일어난 사건에 관한 서술 속에 주인공의 일생이 담기는 식이다. 시간과 공간의 제약이 심하고 모든 것을 무대에서 행동으로 보여주어야 하는 연극에서는 정서적 효과를 높이기 위해 변용의 정도가 더 심해지기도 한다. 그야말로 '극적劇的, dramatic'이 되는 것이다.

따라서 대부분의 허구적 이야기에서, 스토리는 감상자가 서술을 어떤 맥락과 관점에서 경험세계의 일반적인 모습과 인과관계를 기준으로 '낯익게' 즉 자연스럽게 재구성해야 비로소 포착된다. 스토리와 플롯을 대립적으로 파악할 때 그 기준이 주로 사건의 배열 순서인 것은 이 때문이다. 이 자연화自然化 활동은 스토리의 본래 상태를 회복하거나 그것으로 돌아가는 활동이라기보다, 사물에 대한 새로운 인식과 경험을 위해 작자의 의도와 미적 지향에 따라 마련된, 창조적 혼돈의 과정이다. 대부분의 이야기, 특히 심리, 추리 중심의 소설이나 영화를 감상할 때 감상자가 혼돈 속에서 스토리를 재구성해내는 일 자체에서 즐거움을 맛본다는 사실이 이를 말해준다. 이렇게 볼 때, 텍스트 또한 "우리가 읽는 과정을 통해 비로소 그 텍스트의 의미에 도달한다"[37]고 할 수 있다.

여기서 다시 따져보자. 이야기성의 핵심인 스토리라는 것은 궁극적으로 어떤 것인가? 앞에서 그것은 서술 층위와 주제 층위 사이에 존재한다고 하였는데, 어디까지나 논리적 위상이 그렇다는 말이다.

이야기가 단순하든 정교하든, 허구적이든 비허구적이든, 또 인물과 사건이 일차적으로 감상자의 몸의 눈에 보이든 마음의 눈에 보이든, 결국 스토리는 텍스트를 가지고 감상자가 요약하고 재구성하는 것이다. 따라서 스토리는 작품 속에 있다기보다 작품을 바탕으로 감상자에 의해 '설정된다.' 작품이라는 것은 하나의 그릇이나 창고라기보다 길이요 과정이다. 그 과정에서 **감상자는 '작품에서' 무엇을 꺼낸다기보다 '작품(감상)을 통해' 어떤 체험을 한다.** 그려진 세계와 그 변화에 동참하는 이 체험의 다른 이름이 '공감'이요 '감동'이다. 영화 「8월의 크리스마스」(감독: 허진호)는 죽음을 받아들이는 과정, 혹은 삶의 기억이 생겼다가 소멸하거나 남는 과정이다. 빅토르 위고의 장편소설 『레미제라블』은 이해받지 못한 자 혹은 쫓기는 자—우리 모두가 자기 자신도 얼마간 그런 존재라고 여기는—에 대한 연민의 흐름 속에 방대한 사건들이 녹아든다.

이런 이야기들이 이해를 통한 공감과 감동을 준다면, 휴일 밤에 텔레비전 채널을 가득 채우는 영화들은 대부분, 그것이 사랑이든 모험이든, 보통 사람들의 꿈을 가상으로 대리만족 혹은 간접 체험시켜줌으로써 즐거움과 카타르시스를 맛보게 해준다. 감상자는 그 "시뮬레이션 simulation"[38](시연試演, 가상 행위) 과정에 동참하면서 어떤 내면적 변화를 겪고, 나아가 그것을 실제 행동으로 옮기기도 한다. 스토리는 그런 활동들을 일으키며, 또 그 과정에서 감상자가 설정하는 것이다.

따라서 스토리는, 물론 작품 자체에 걸맞아야 하지만, 감상자에 따라 다를 수 있는 주관적·추상적인 것이다. 그것은 각종 매재와 매체로 된 서술에 '의해' 존재하는 것이지만, 궁극적으로 감상자 내면의 어느 공간에 존재한다. 아니 그보다는, 작품과 감상자 사이의 어느 곳에 존재한다고 하는 게 나을지 모른다. 물론 '작품과 감상자 사이의 어느 곳'이란 어디까지나 하나의 비유일 뿐이다. 그곳은 물리적 장소가 아니라 이야기 활동이 일어나는 정신적 공간에 상상으로 설정한 어느 층위, 혹은 거기서 생성된 어떤 세계이기 때문이다.

라. 스토리텔링을 위한 몇 가지 지침

이제까지 이야기의 구조를 살피며 얻은 것 가운데 스토리텔링 쪽에서 뜻있는 점들을 정리하고, 이를 바탕으로 스토리텔링 능력 기르기에 도움이 되는 일반적 지침을 몇 가지 마련해보자.

첫째, 스토리는 서술과 상호 의존적이며 추상적·유동적인 것으로서, 이야기의 창작과 감상 과정에서 형성되는 것이다.

이야기는 구체적인 사물이지만, 스토리는 그것의 한 요소 혹은 층위이다. 하나의 유형으로 굳어진 스토리도 있지만, 이야기에 따라 정도가 다르기는 하나 기본적으로 스토리는 주관성을 띤다. 또한 그것은 '서술을 통해 형성'되고 형상화된다. 우리는 스토리를 정해놓고 이야기를 서술하는 양 생각하기 쉽다. 그럴 경우도 없지 않겠으나, 스토리와 서술은 무엇이 먼저라기보다 함께 이루어지며, 엄격히 말해 이야기가 완성되기까지 스토리는 존재하지 않거나 생명이 없다고까지 말할 수 있다. 실제로 작품이 완성되기 전에는 작자 자신도 스토리를 윤곽

정도만 마련했을 뿐인 경우가 많다.

이런 사실을 고려할 때, 스토리텔링이 '스토리 형성하기'임을 잊지 않으면서, **스토리텔러는 모든 요소가 스토리 형성에 이바지하도록 구성해가야 한다.** 이야기를 짓는 일은 한 세계의 창조요 창안創案이다. 그것은 인물과 그의 행동을 형상화하되, 그것들이 그럴듯하고 의미 있는 어떤 '스토리 라인'을 형성하도록 하는 일이다. 이미 있어 왔거나 정해놓은 스토리에 단순히 끼워 맞추는 행위가 아닌 것이다. 기존의 스토리를 활용하는 경우일지라도, 그것이 작품 고유의 어떤 질서 있는 세계를 형성하도록, 혹은 합리적인 '상황의 변화' 속에서 살아 움직이도록 서술이 이루어져야 비로소 새롭고 의미 있는 '그 이야기의 스토리'가 된다. 만약 스토리텔링을 단지 정해진 스토리에 인물, 사건 따위를 대입하는 작업처럼 생각한다면, 그 결과 나온 이야기는 내용이 뻔하거나 의미가 공허한 것, 곧 주제적 논리가 빈약하고 뼈대만 앙상한 무엇이 될 터이다. 달리 말하면, 이른바 '작가의 의도'와 괴리가 있는, 아니 그것 자체가 빈약하거나 초점이 흐린 이상한 것이 될 터이다.

둘째, 이야기 작품의 개성과 수준(완성도, 예술성)은 스토리와 함께 '서술'에 크게 좌우된다.

스토리가 비슷해도 서술이 다르면 주제가 달라질 수 있고, 스토리와 주제가 유사해도 서술이 매우 다르면 또 하나의 개성적인 작품이 창작될 수 있다. 또 어떤 스토리가 주제적 통일성을 얻지 못했다면, 그것은 스토리의 문제이기보다 서술의 문제일 가능성이 높다. 좋은 이야기 작품은 서술, 스토리, 주제가 긴밀히 통합되어 있되, 스토리가 주제의 은

유나 상징에 가까우며, 이를 위해 서술은 온갖 수사적 기법을 정밀하게 활용한다. 앞에서 "한 가지 스토리로 수백만 개의 플롯을 만들어낼 수 있다"는 헨리 제임스의 말을 인용하였는데, 하나의 제재로 수백만 개의 스토리를 만들어낼 수도 있으며, 이 모두가 서술에 의한 것이다. 단순히 서술 행위에 의한 것이라는 뜻이 아니라, 서술 층위에서의 형상화에 의한 것이라는 뜻이다.

스토리는 요약할수록 평면적이 되고 다른 스토리와 차이가 줄어드나, 서술은 작품마다 무한히 다양하고 입체적일 수 있다. 사실 인류가 즐겨온 수많은 이야기의 스토리를 극도로 요약하면 그 유형이 얼마 되지 않지만, 이야기 작품 즉 서술은 헤아릴 수 없이 많다. 하늘 아래 새로운 스토리는 별로 없어도, 작품은 하늘의 별만큼 많다.

이렇게 볼 때 **스토리텔러는 스토리 못지않게, 아니 어쩌면 그보다 더 서술을 중요시해야 한다**는 것, 창의적으로 서술하기만 하면 기존의 스토리를 활용하여 새 작품을 지어낼 수도 있다는 것을 기억할 필요가 있다. 물론 작가는 보통 새로운 스토리의 창작에 열중하지만, 또 '창의적 활용'이나 '모방'의 한계를 넘어 '표절'이 되면 안 되지만, 가령 예로부터 전래된 원형적 스토리, 고전 작품의 스토리 등을 뼈대 삼고 감상자의 현실, 취향, 사회적 관심 등을 반영하여 새롭게 서술하는 방식으로 창작을 할 수도 있는 것이다. 사실 이런 일은 예로부터 많이 있어 왔는데, 의식적이라기보다 무의식적으로 일어났다. 그러다가 문화산업이 발달함에 따라 매우 의식적으로, 그것도 산업적 규모로 벌어지고 있다.[39] 그림 형제의 민담집에 수록된 짤막한 이야기 「백설공주」 「라푼젤」 「헨젤과 그레텔」 등이 어떻게 '이야기 전용'되어왔는지를 살펴보면 알 수 있다.

그러므로 인류의 이야기 창고를 잘 활용하려는 작자는 원형적·고전적 스토리를 많이 알고자 힘쓴다. 특히 오랜 세월 동안 사랑받아온 이야기들—설화집, 종교 경전, 고전, 역사 등—을 즐겨 읽으면서, 그것을 당대의 현실에 맞는 형태와 기법으로 서술할 길을 모색한다.

이러한 주장은 전통적인 의미의 '창작'과 어긋나는 듯 보이지만, 꼭 그렇지는 않다고 생각한다. 다소 그렇다 하더라도, 이렇게 해서 '창작'이라든가 '작품'의 개념을 확대할 필요가 있는 게 오늘의 현실이라고 본다. 순전히 새로 창작한 대본을 가리키는 이른바 '오리지널 시나리오'가 아니어도 시나리오는 시나리오이다. '이야기 전용 작가' 즉 기존 이야기의 '다시 짓기 작가' 혹은 '재창작가'도 이 디지털 미디어 시대에는 엄연한 작가로 보아야 한다.

이러한 맥락에서, 한국에서는 각색가, 번안 작가 등을 존중하지 않으며, 비허구적 이야기 작가, 예를 들어 전기 작가, 르포 작가, 여행 작가 등을 그다지 작가로 여기지 않는, 그래서 되려는 이도 적은 경향에 대해 생각해볼 필요가 있다. 이는 이야기를 좁은 의미의 예술 중심으로, 또 지나치게 극적 구조의 허구적인 것 중심으로 이해하는 데 원인이 있다. 이미 존재하거나 실제 일어난 사건을 다루기 때문에 덜 창조적이라고 여기는, 내용 혹은 대상 중심으로 생각하고 서술을 중시하지 않는 태도인데, 그도 여느 작가 못지않은 작가이다. **작가란 서술을 하는 자**이기 때문이다.

셋째, 이야기를 감상하는 행위도 상상력과 창의력을 요구하는 창조적 활동이다.

창작 활동과 마찬가지로 감상 활동도 의미 탐색 활동, 작자에 의해 마련되고 촉진되는 의미와 재미 추구 행위이다. 감상자는 단순히 작품에 내포되어 있는 것을 '읽어내기'만 하는 게 아니라, 무엇을 느끼고 상상하면서 '읽어 넣기'도 한다. 그는 자신의 체험과 앎으로 형성된 배경지식과 기대지평을 바탕으로 감상하되, 앞에서 '창조적 혼돈'이라고 부른 감상 과정을 통해 작자 혹은 작품 자체와 상호작용-interaction 을 한다. 그리하여 기존의 배경지식과 기대지평이 바뀌거나 그에 균열이 생긴다. 한마디로 그 역시 감상하는 동안 '창작'하며, 창조적 존재가 되는 것이다.

이렇게 볼 때 **스토리텔러는 감상자의 내면에서 벌어지는 활동을 줄곧 염두에 두면서 작업할 필요가 있다.** 매 상황 혹은 장면에서 감상자가 어떤 반응을 보이며 무엇에 관심을 두고 있는가를 섬세하게 챙겨야 한다. 정서적이면서 지적이고 개인적인 동시에 집단적인 그 인식과 재미 추구를 염두에 두고, 그것들을 효과적으로 자극하고 고양할 수 있도록 이야기를 지어야 하는 것이다. 바꿔 말하면, '감상자의 입장을 고려하여 서술해야 한다' '감상자가 보다 가치 있는 체험을 할 수 있게 지어야 한다'는 뜻이다. 가령 인물 A가 누구한테 쫓길 때 감상자가 A를 동정하도록 하려면, 그냥 쫓기기만 하도록 할 게 아니라 먼저 그와 그가 처한 상황에 대해 감상자가 미리 알고 호감이나 연민을 품게끔 준비시켜야 한다.

흔히 '뛰어난 작가는 모두 열정적인 독자'라고 한다. 이 말은, 작자는 인생과 작품에 대한 안목을 높여야 높은 수준의 작품을 지을 수 있다는 뜻으로 해석할 수 있다. 같은 맥락에서 이 말은, 작자는 다양한 독서 경험을 통해 자신의 감상 능력을 발전시켜야 감상자들의 내면적 반응을 보다 예민하게 느끼고 자극할 수 있다는 뜻이 된다.

한국 예술은 연극—제한된 시간과 공간 안에서 관객의 감동을 끌어내는—의 전통이 빈약하다. 그래서 그 기법에 대한 관심도 적고, 감상자에 대한 교육, 즉 예술 수용교육 또한 소홀하다. 말하자면 창작자 중심이지 감상자의 내면 중심이 아닌 것이다. 아울러 인간의 지능 가운데 지성지능만 중요시하고 감성지능°을 지나치게 경시하는 경향이 있다. 그런데 알지 못하면 느끼기 어렵고, 느끼지 못하면 알기도 어렵다. 이런 현실이 스토리텔링의 발전을 저해하는 요인임을 알고 자기 자신부터 혁신해나갈 필요가 있다. 예부터 글짓기에는 많이 읽고〔多讀〕, 많이 쓰고〔多作〕, 많이 생각하(고 느끼)는〔多商量〕 일이 중요하다고 일컬어왔는데, 스토리텔링 역시 마찬가지이다.

넷째, 이야기 행위의 궁극적 목적은 스토리에 있다기보다 이야기의 '의미 있는 체험' 혹은 그를 통한 '의미 탐색 활동'에 있다.

감상자들은 흔히 스토리에 몰두하지만, 또 스토리의 전달에 주력하는 이야기도 많지만, 중요한 것은 이야기 구조 전체요 그 감상 과정에서 하는 의미의 탐색과 체험이다. 무척 재미있거나 뜻깊은 사건, 사회적으로 중요한 업적을 쌓은 인물 등은, 물론 그 자체만으로도 이야기할 가치가 있다. 그러나 스토리는 이야기가 아니고, 이야깃감이 이야기의 가치와 수준을 보증해주

> **● 감성지능**
> 지성적 능력과 구별되는 감성적 능력. EQ. 느끼는 힘. 정서적 능력, 감수성 등을 내포함. 한국 문화는 이것을 '지능'이나 '능력'으로 여기지 않는 경향이 있고, 그래서 충분히 인식되어 있지 않음.

지도 않는다. 또 제재나 스토리가 아무리 새롭고 기발해도, 주제나 메시지가 아무리 뜻깊다 하더라도, 이야기가 이야기답지 않으면 별 소용이 없다. 이야기의 전체 구조에 녹아들어 하나의 의미 질서와 정서적 반응 구조를 이루지 못하면 별 가치가 없다는 뜻이다.

따라서 **스토리텔러는 감상자로 하여금 '무엇'을 체험시킬 것인가, 그리고 그것을 '어떻게' 체험시킬 것인가, 이 두 가지에 항상 치열하고 섬세한 관심을 기울여야 한다.** 실제 창작 과정에서 전자는 후자, 즉 감상자를 창조적 혼돈 속에 빠뜨려 재미있고 의미 있는 경험을 하도록 만들 서술 방법을 궁리하는 문제와 뗄 수 없는 관계에 있다. 그래도 여기서는 특히 후자를 강조하고 싶은데, 한국 문화 전반에 걸쳐 형식과 기법을 낮추어 보는 인습이 뿌리 깊기 때문이다.

1 '서술'의 차이는 내용과 효과의 차이를 낳는다.

1-1 텔레비전에서 어떤 상품을 광고할 때, 그 '서술'의 양식을 다음 두 경우와 같이 매우 대조적으로 할 수 있다. 우선 사장이 직접 화면에 나와서 상품에 관한 정보와 장점을 설명하여 '들려주기'를 하는 경우가 있다(〈가〉라고 하자). 한편, 화면이 상품의 특징과 장점이 드러나는 어떤 사건이나 상황을 말이나 글자도 없이 그냥 '보여주기'만 하는 경우가 있다(〈나〉라고 하자). 둘은 어떻게 다를까? 서로 대조적인 단어나 구(句)로 빈 칸을 채워보시오.

	〈가〉	〈나〉
메시지 전달방식	①	②
시청자의 태도, 역할	③	④
메시지의 확실성 (사실성)	⑤	⑥

길잡이

〔표 3〕과 〔그림 2〕를 응용한다. 구체적인 광고 내용을 적으라는 게 아님을 유의한다.

1-2 〈나〉의 경우, 그 광고가 효과적인 '이야기 광고'가 되게 하려면 어떻게 해야 할까? 이야기의 특성과 층위, 요소를 고려하면서, 이 문제에 대한 적절한 접근 방법 혹은 해결 요령을 한 가지 적으시오.

2 다음은 러시아 사람 크릴로프가 지은 우화寓話이다. 읽고 물음에 답하시오.

생쥐와 골방쥐 40

"얘, 너 그 소문 들었니?"

생쥐가 뛰어들어 오며 골방쥐한테 말했습니다.

"다들 그러는데, 고양이하고 사자가 한판 붙었대. 우리는 이제 발 뻗고 살게 됐어."

"좋아하지 마, 이 친구야."

골방쥐가 생쥐한테 대꾸했습니다.

"헛꿈 꾸지 말라구. 둘이 싸웠으면 틀림없이 사자가 저세상에 갔을 거야. 고양이보다 센 놈은 없으니까!"

2-1 이 이야기의 끝부분 서술은 다소 급작스럽다. 여운을 남기거나 감상자가 상상하도록 여백을 두었다고 할 수 있지만, 특히 어린이가 이해하기에는 무리한 면이 있다.

마지막에 한 문장을 더 서술해 넣음으로써 사건을 완결 짓고 이해를 돕고자 한다면 어떤 문장을 넣으면 적절하겠는가?

반드시 '생쥐'를 주어로 삼고, 이 이야기의 핵심적 상황 변화가 구체적이 되게끔, 그래서 중심사건과 그 초점이 분명해지게끔 답하시오.

> **길잡이**
>
> 먼저 이 이야기에 내포된 사건을 나름대로 '설정'한 뒤, 그것을 분명히 드러내고 완결 짓는 데 이바지할 문장을 짓는다.

2-2 이야기의 지배적인 의미, 즉 주제 혹은 메시지는 작품 자체에 서술되어 있다기보다 작품과 감상자의 상호작용에서 생성된다고 할 수 있다. 그런데 앞의 이야기는 우화여서, 작자가 그것을 말미에 아예 말로 서술해놓고 있다. 말하자면 '주제 노출'을 한 셈인데, 우화에서는 그게 흠이 되지 않는다. 여기서는 문제를 내기 위해 원전에 있는 그 부분을 뺐다.

독자에게 줄 교훈과 깨달음을 밝히는 주제 제시적 '서술'을, 아래의 괄호 속에 1문장으로 적으시오.

> 여러분, 참 우스운 이야기지요? 여러분은 이 일을 보고 무엇을 생각했습니까?
>
> (   )

---

3 다음 작품들의 결말은 모두 '놀람의 결말surprise ending'이다. 이런 작품의 결말부에서 독자는 왜 놀라게 되는가? 작품 중 하나를 택하여 감상하고, '과거(에 일어난) 사건'이라는 말을 핵심어로 사용하여 1~2문장으로 답하시오.

- 단편소설 「만무방」(김유정)
- 희곡 「쥐덫」(애거사 크리스티)

- 단편소설 「마지막 잎새」(O. 헨리)

- 영화 「식스 센스」(감독: M. 나이트 샤말란)

---

4 추리소설이나 탐정만화, 또 그와 통하는 추리영화, 범죄영화 따위를 좋아하는 이는, 그것들을 감상하는 동안 하게 마련인 어떤 활동에 재미를 느끼는 사람이라고 할 수 있는가? '스토리' '정보' 두 단어를 반드시 사용하여 답하시오.

---

5 오페라나 뮤지컬은 물론 영화에서도 음악은 중요한 '언어'이다. 탁월한 영화음악 작곡가는 일반 음악 작곡가와 달리 어떤 능력을 지니고 있어야 하겠는가?

6 초등학교 취학 이전의 어린이용 그림책에서 '그림'은 '글'에 못지않은, 아니 어쩌면 그 이상으로 중요한 것이다. 그런 어린이용 책은 왜 일반 '책'과는 달리 '그림책'일까? 거기서 '그림'이 하는 기능을 염두에 두고 그 이유를 적으시오.

1　어떤 이가 물었다. "그게 무엇에 관한 이야기죠?"

이때 그 '무엇'은 중심사건, 스토리, 제재, 주제 등 여러 가지를 가리킬 수 있다. 스토리텔링 작업을 합리적으로 살피려면 이들을 구별할 필요가 있다.

그들 중 제재란 의미를 표현하고 정서적 효과를 낳는 데 사용되는 구체적·추상적 재료를 두루 가리킨다고 한 바 있다. 모든 재료는 본래의 일반적 의미를 지니고 있다. 가령 '경쟁' '낡은 집' 따위는 각기 본래 지닌 사전적 의미가 있다. 하지만 그것은 작품에 들어와 그 일부로 기능을 하고서야 비로소 '작품의 일부로서의 재료' 또는 '특정 이야기의 재료' 즉 제재가 된다. 그러므로 첫째, 작품의 '(원래) 소재' 같은 개념은 별 의미가 없다. 우리는 이미 작품의 일부가 된 것으로서 그것을 다루기 때문이다. 둘째, 같은 사물이라도 그것이 작품에서 맡은 역할에 따라 제재로서의 기능이 달라진다. 가령 '경쟁'의 경우 해당 주체(인물)의 동기, 목적 등에 따라, 또 그것이 어떤 스토리의 어디에 어떻게 놓이느냐에 따라 '제재'는 '발전을 위해 필요한 경쟁' '경쟁 사회에 사는 현대인의 고독' 등으로 달라진다.

제재는 구체적 사물일 수 있지만, 작품의 맥락에 놓이면서 고유의 추상적 의미를 띠게 되며, 점차 뭉쳐져서 중심제재로 수렴된다. 요컨대 제재는 구체적이면서 추상적이고, 스토리 층위의 것이면서 주제 층위와 밀접한 관계에 있는 것이다.

30세 전후의 남녀가 오랫동안 만나다가 헤어진다. 이 사건이 아래의 밑줄 친 것'에 관한' 이야기가 되도록, 즉 밑줄 친 것을 제재로 삼는 사건이 되도록 만들려고 한다. 남녀가 헤어진 동기나 이유를 어떻게 설정하면 그렇게 되겠는가? 그 동기나 이유가 포함된 '중간과정'의 행동을, 괄호 안에 1문장으로 적어 넣으시오.

1-1 제재: <u>돈(의 힘)</u>

남녀가 오랫동안 만난다.

→ (   )

→ 헤어진다.

1-2 제재: <u>사랑을 할 수 있는 자격/능력</u>

남녀가 오랫동안 만난다.

→ (   )

→ 헤어진다.

1-3 제재: <u>인간적 성장/성숙</u>

남녀가 오랫동안 만난다.

→ (   )

→ 헤어진다.

2 사건은 처음상황−중간과정−끝상황으로 이루어진다고 하였다. 그리고 대립 혹은 모순이 개입될 때 보다 의미 있고 극적인 '상황의 변화'가 일어날 수 있다고 보았다. 이는 작품 전체 스토리를 하나의 사건으로 볼 경우에도 마찬가지이다.

2-1 『춘향전』을 대상으로 한 보기(＊)를 참고하여, 다음 고소설들의 '대립, 모순을 내포한 처음상황'을 심층의 차원에서 각각 1문장으로 적어보시오.

	대립, 모순을 내포한 처음상황
『춘향전』	＊ 기생의 딸인 춘향이 양반 집안의 이몽룡과 사랑을 한다.
『홍길동전』	①
『심청전』	②

> **길잡이**
> 각 고소설의 핵심적 대립, 모순도 감상자가 작품 자체에 비추어 설정하는 것이다. 그것을 나름대로 설정하여 문장에 내포시킨다.

2-2 스토리의 처음상황에 내포된 대립, 모순을 '서술'(작품)의 처음부터 선명하게 제시하면, 핵심 갈등 속에 감상자를 보다 빠르고 강력하게 끌어들일 수 있을 것이다.

어떤 감독이 앞의 고소설들을 각색하여 영화를 창작하면서 그런 효과를 노린다면, 영화의 도입부에 어떤 장면(들)을 배치하면 좋겠는가? 보기(＊)를 참고하여, 또 문제 2-1의 답과 일관되도록, 처음상황을 선명하게 제시할 수 있는 도입부의 장면을 상상하여 적으시오.

	대립, 모순을 내포한 '도입부' 장면
『춘향전』	* 춘향과 사귄다고 공부방에 갇힌 이도령이, 몰래 춘향을 만나고 오다가 어른에게 발각되는 장면.
『홍길동전』	① 장면
『심청전』	② 장면

2
∶
서술방식과
허구적
스토리텔링의
특성

가. 서술의 상황과 방식

이야기에서는 두 가지 '상황'이 중요하다. 하나는 사건 혹은 스토리의 상황이요 다른 하나는 서술의 상황이다. 전자가 이야기된 행위의 상황이라면 후자는 이야기를 하는 행위 자체의 상황이다. 여기서는 후자 중심으로 살핀다.

의사전달 행위는 화자(발신자)—청자(수신자) 사이에서 일어난다. 스토리텔링 역시 마찬가지이다. 할머니가 아이한테 옛날이야기를 해주는 광경을 상상해보자. 할머니는 화자요 아이는 이야기를 듣는 청자이다. 이것이 화자—이야기—청자로 이루어진 스토리텔링의 기본 상황이다. 여기에 '이야기'의 대상 곧 제재를 추가하여 기본 상황의 요소를 넷으로 볼 수도 있음을 앞에서 언급한 바 있다.

그런데 이야기를 듣던 아이가 할머니께 여쭙는다. "할머니, 그 이야기 진짜예요?" 그러면 할머니는 "나도 들은 이야기라 잘 모른다"고 하면서 우물쭈물 넘어가 버린다. 할머니는 자신이 스토리텔러이기는 하지만 구연자口演者나 전달자일 뿐 작자는 아니라는 말이다. 이렇게 옛날이야기는 누가 지었는지도 모르고 구연자 자신조차 믿지 않는 '호랑이 담배 피우던 시절'의 엉터리 이야기인데, 그걸 알면서도 할머니는 정말인 것처럼 이야기하고 아이는 흠뻑 빠져든다. 따지고 보면 이상한 일이다.

이는 실제의 할머니—아이와는 다른, 이야기를 하고 듣는 할머니—아이가 별도로 존재하기 때문이다. 아니, 사람은 같아도 '이야기를 주고받는 상황'을 실제 현실 상황과 별도로 인정하고, 거기서는 출처가 모호하거나 있지도 않은 이야기를 해도 되는 관습이 있기 때문이라고 볼 수도 있다. 여기서 우리는 스토리텔링의 상황이 일반적 의사소통 방식을 기본으로 하되 복잡하고 특수한 것임을 짐작하게 된다.

스토리텔링은 이야기를 서술하는 행위이다. 따라서 스토리텔링의 상황은 다른 말로 '서술상황'이 된다. 이 상황을 아주 복합적으로 보여주는 갈래가 있으니, 바로 판소리이다. 마당이나 무대에서 판소리를 하는 이는 경우에 따라 작자이기도 하고 구연자 겸 창자唱者이기도 하며, 심지어 이 인물이 되었다 저 인물이 되기도 한다. 무대 또한 고수가 옆에서 추임새를 넣고 있는 무대였다가 춘향이가 그네를 타는 광한루가 되기도 하는데, 감상자 역시 이러한 '판'의 변동에 따라 여러 가지 역할을 번갈아 맡는다.

서술상황과 그 상황에서 삶을 형상화하는 방식 곧 '서술방식'에 대한 이해는 의외로 중요하다. 누가, 누구한테, 왜, 어떻게 서술하느냐가, 이야기의 기본 화법, 목적, 맥락, 구조 등을 좌우하기 때문이다. 어느 갈래에 일반적인 서술상황이 있는가 하면, 작품마다 특유의 서술상황이 있고, 그 상황에서 서술주체가 서술하는 태도, 화법 등도 일정하지 않다. 매체 또한 다양하며 과학이 발달함에 따라 기계가 많이 개입하므로, 이 서술상황과 매체가 각 작품의 개성, 스타일 등을 좌우하는 경우가 많다. 따라서 감상자 또한 작품을 그것이 속한 서술의 상황과 관습 속에서, 그에 맞추어 감상하게 마련이다.

이러한 사실은, 서술의 상황과 방식에 대한 이해가 스토리텔링의 '어떻게' 측면, 즉 이야기를 서술하는 구체적 방법을 모색하는 데 긴요함을 말해준다. 이야기 속에 다른 이야기가 들어간다든지, 믿어 의심치 않은 서술자가 알고 보니 '믿을 수 없는 서술자'였다는 식의 갖가지 기법들은, 대부분 이야기의 기본 상황을 겹치고, 비틀고, 뒤집어 만들어낸 것들이다. 이렇게 이야기 서술의 기법은 대부분 서술의 상황과 방식 창조의 기법이다.

소설이나 수기手記처럼 기본적으로 말로써 '들려주는' 경우에는, 말은 늘 하는 이가 있게 마련이므로, 화자가 있고 그의 말을 통해 모방된 것이 전달된다. 그런데 이때 수기의 '화자'는 작자 본인이지만, 소설 같은 허구적 이야기의 경우 화자는 경험적 자아®로서의 작자가 아니라 서사적 자아® 즉 서술자이다.

한편 연극, 영화, 텔레비전 드라마 같은 갈래들에는 기본적으로 앞의 할머니와 같은 중개자가 없다. 거기서 인물과 사건은 감상자의 눈

앞에 '실존하고,' 아무 매개 없이 그냥 '보이는' 것처럼 여겨진다. 물론 영화 따위에서도 카메라 같은 매체에 의한 초점화는 이루어지며, 할머니와 비슷하게 사건을 이야기하는 존재가 등장하기도 한다. 하지만 그는 화면이나 무대에 나오는 그 순간 먼저 '인물'이 되고, 그의 말은 인물로서 현재 여기에서 하는 (대화, 독백 등의 언어적) '행동'이 된다. 그래서 그가 무엇을 회상할 때, 현재 벌어지고 있었던 사건의 시간은 일단 정지되는 것처럼 여겨진다.

이러한 양상을 볼 때, 서술상황은 크게 이야기가 허구적인 경우와 경험적인 경우로 나눌 수 있다. 그리고 거기서 대상을 서술하는 방식은 매체를 기준으로 크게 언어만을 사용하는 경우와 여러 가지를 복합적으로 사용하는 경우로 나눌 수 있다. 하지만 갈래와 상관없이 서로 본뜨며 매체 자체가 뒤섞이기에, 양상이 단순하지 않다. 이런 문제들을 뒤(☞188~193쪽, 393~403쪽)에서 또 다루므로, 여기서는 먼저 소설같이 허구적이고 언어만 매체로 삼는 것 중심으로, 필요한 만큼만 살피기로 한다.

● **경험적 자아, 서사적 자아**
이야기 서술상황에 존재하는 두 개의 자아. 경험적 자아는 창작의 주체이며, 서사적 자아는 서술의 주체임. 허구적 이야기에서 둘은 각각 작자, 서술자로 구별함. 그러나 자전적 소설에서 보듯이, 둘의 근친성이 강한 경우도 있음.

나. 서술자와 초점자

　말 가운데 입말(음성언어)이 아니라 글말(문자언어)이 사용되면, 화자
—청자는 작자—독자로 불리게 된다. 글말 이야기 가운데 경험적인 이
야기, 즉 역사, 전기, 논픽션, 이야기 수필 등에서는 작자가 곧 화자이
다. 그래서 서술 속에 '나'가 등장하면, 그는 작자 자신이다. 이런 이
야기는 작자가 독자와 직접 소통을 하며, 말의 진실성도 보장한다. 이
때 사용되는 말은 텍스트 밖에 존재하는 사물을 지시하는 기능을 하므
로, 지시 대상이 없거나 그에 부합되지 않으면 거짓이 된다. 그리고 이
런 갈래들 가운데 특히 객관적 진실을 추구하는 역사, 논픽션, (스토리
있는) 신문 기사 등은 되도록 화자가 자신의 존재를 노출하지 않음으로
써 중개성을 최소화하는 경향을 띤다. 주관적으로 개입한다는 인상을
최대한 지우는 것이다.

　그러나 허구적 이야기의 경우는 다르다. 앞서 지적했듯이, 언어만
매체로 삼는 허구적 이야기 즉 이야기 문학에서, 화자는 작자와 구별
된다. 윤흥길의 중편소설 「장마」와 같이 일인칭 서술상황을 취한 소설
의 경우 '나'가 화자인데, 이 '나'는 물론 작자가 아니라 인물이다. 이
른바 삼인칭의 작가적 서술상황 혹은 삼인칭 전지적 시점의 경우에도
그 화자는 '작자 같은' 존재로 여겨질 수는 있어도 작자라고는 할 수
없다. 그가 하는 말 곧 작품의 서술이 작자의 일기나 수기가 아니기 때
문이다. 그러므로 이러한 화자는 따로 작중화자 또는 서술자narrator라
고 부른다. 창작주체로서의 작자와 구별되는, 서술(담화)의 주체인 까
닭이다.

작자가 자기가 지은 글을 허구의 이야기로 발표할 때, 또 독자가 자기가 읽는 이야기를 허구라고 여기는 순간, 그 화자는 서술자가 된다. 그는 허구세계 '때문에,' 그 속에서만 존재하는 가상의 존재, 말하자면 경험세계의 주민등록증이 없는 존재이다. 허구적 이야기가 허구虛構, fiction인 것은, 스토리가 꾸며낸 것이기 때문이기도 하지만, 그보다 먼저 서술을 하는 주체 자신이 허상虛像이기 때문이다. 있지도 않은 존재가 하는 말이 사실일 수는 없지 않은가?

허구적 이야기의 역사에서 전통적인 서술자는 이른바 삼인칭 작가적 서술상황의 전지적全知的이고 주권적主權的인 서술자, 그러니까 대상에 대해 속속들이 알면서, 자기 존재를 노출하며 개입하는 서술자이다. 사실 그는 '삼인칭 서술'의 서술자 운운하지만, 근대에 와서야 일반화된 일인칭 서술의 경우와는 달리, 서술에서 그 자신이 '삼인칭'으로 지칭되거나 등장하지도 않는 존재이다. 이야기의 서술은 기본적으로 과거시제인데, 그는 회상을 하는 작자처럼 여겨지기도 하고 때로 신처럼 보이기도 하지만, 실은 이야기의 관습이 만들어낸 존재이다. 사람과 세상을 이해해보려는 인간의 소망이 만들어낸, 상상적·초월적인 존재인 것이다.

서술자는 이렇게 허상이며 관습적으로 인정될 뿐인 존재지만, 말은 누가 어떻게 하느냐에 따라 현격히 달라지므로, 이야기 서술에서 그의 태도와 기능은 매우 중요하다. 소설로 대표되는 이야기 문학의 '서술'에서 '서술자'의 기능이 이렇게 중요함에도, 그를 잘 알고 또 적절히 활용하지 않는 경향이 있다.

서술자 즉 작중화자는 허구적 서술상황에서의 발신자이다. 그러므로 논리적으로 그 상대편 수신자로서 '작중독자'를 전제하게 된다. 작자(창작주체)—독자(독서주체)의 관계 속에, 이에 대응하는 서술자(서술주체, 작중화자)—인물(행위주체)—작중독자(작중 독서주체)의 관계가 허구세계에 다시 성립되는 것이다.[41] 이는 논리적 층위가 아니라 의사전달 행위의 문제이므로, 〔그림 1〕과 〔그림 2〕에서와는 달리 작자, 독자(감상자)를 상하가 아니라 좌우로 배열하여 나타내본다.

〔그림 3〕

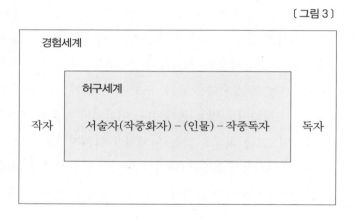

위의 〔그림 3〕에서 의사소통이 경험세계에서만 이루어지는 이야기가 경험적 이야기이다. 거기서 발신자—수신자 상황은 직접적이요 같은 차원이다. 이에 비해 허구적 이야기의 서술상황은, 허구세계가 더 있어서 차원이 둘이고, 그에 따라 작자—독자 사이의 의사소통이 간접적으로 이루어진다. 게다가 허구세계 안에서, 서술자가 다른 누구한테 들은 이야기를 전한다거나 이 이야기를 하다가 저 이야기를 하기도 하여 서로 다른 시공時空의 사건들이 뒤섞일 수 있으므로, 차원이 얼마든 지 더 겹쳐질 수 있다.

허구세계 속에 또 다른 허구세계, 즉 스토리 속에 또 다른 스토리가 들어 있어서 서술상황이 겹치는 형태의 대표적인 예가 액자소설이다. 김동리의 단편소설 「까치 소리」에서 그림의 액자에 해당하는 바깥 이 야기 서두에는, 스스로 작자라고 하는 인물 '나'가 우연히 헌책방에서 사형수의 수기를 입수하였는데, 내용이 볼만하여 소개하게 되었다는 사연이 서술되어 있다. 그리고 액자 속의 그림에 해당하는 수기에서는 사형수가 '나'로 등장하여, 자신이 저녁 까치가 울 때 살인을 저질렀다 는 놀라운 이야기를 한다. 이들이 함께 하나의 작품에서 두 겹의 스토 리를 이룸으로써, 허구세계의 시공 차원이 늘어나고, 내부 이야기가 외부 이야기의 대상이나 증거가 된다.

언어만 매체로 삼는 갈래를 벗어나 보아도, 허구적 이야기에서는 이 런 양파 같은 의사소통 구조가 자주 활용된다. 영화 「더 폴」(감독: 타셈 싱), 「잉글리쉬 페이션트」(감독: 앤서니 밍겔라) 등은 바깥 이야기가 단 지 '액자'에 그치지 않는 경우, 즉 이야기를 하는 행동 자체가 중심사 건을 형성하는 작품들의 예이다. 그런 작품들에서 화자는 서술자인 동 시에 인물이다. 겹치는 차원의 수가 매우 많은 예로는 SF 영화 「매트 릭스」(감독: 라나 워쇼스키·앤디 워쇼스키), 「인셉션」(감독: 크리스토퍼 놀 런) 등을 들 수 있다.

서술자가 존재하는 이야기의 서술은 기본적으로 모두 서술자의 '목 소리'로 하는 말이라고 할 수 있으나, 소설의 직접화법으로 된 대화처럼, 인물이 서술주체로서 자신의 목소리로 말하는 대목도 있다. 그런 가 하면 서술주체가 누구이든, 그는 자신의 눈으로 본 것에 관해 말할 수도 있고 남의 눈으로 본 것을 자기 목소리로 말할 수도 있다. 창작주체, 서술주체와 함께 인식(시각, 초점)주체 즉 초점자focalizer가 존재하는 것이다.

서술의 상황과 방식은 전통적으로 주로 시점point of view 개념으로 다루었는데, 제라르 주네트가 누가 말하는가와 누가 보는가를 구별하고 후자 중심으로 초점화[42] 개념을 세운 바 있다. 초점자는 거기서 '보는 주체'를 가리킨다.

그래서는 안 되지. 정말로 그래서는—

부엌을 나온 상욱은 텅 빈 한민의 방문 앞마루 끝에 걸터앉아 다시 한 번 원장의 말을 뇌까리고 있었다.

원장 말마따나 정말로 그래서는 안 되었다. 하지만 그것은 물론 상욱 자신도 처음부터 분명히 의식하고 있는 일이었지만, 원장이 그래서는 안 된다는 것과 그가 안 된다는 것은 결코 뜻이 같을 수가 없었다. 상욱은 지금 자신도 원장과 같은 소리를 하고 있으면서도 사실은 두 사람이 서로 정반대의 말을 하고 있다는 것을 똑똑히 알고 있었다.

원장은 한민의 자살을 부임 첫날밤에 일어난 탈출 사고와 같은 식으로 생각하고 있을 것이 분명했다. 낙토를 꾸미겠다는 그의 약속을 믿지 않고, 힘을 합해 그 낙토를 꾸밀 생각을 하지 않고, 한은 보기 좋게 그를 배반해버리고 만 것이었다. 그것은 이 섬과 낙토의 꿈을 등져버린 또 하나의 탈출 사고였다. 방법이 다른 두 개의 탈출 사고였다. 원장에겐 그렇게 생각되고 있는 게 <u>분명했다</u>. 그래서 그는 두 가지 사고 앞에 그래서는 안 된다고 낭패스런 원망을 짓씹고 있는 것이었다. 당연한 노릇이었다.

상욱은 물론 그렇게 생각지를 않았다. 그는 원장의 생각에는 눈을 감을 수가 없었다. 상욱에겐 두 가지 사고가 오히려 정반대의 성질의 것임을 알고 있었다. 하나를 진짜 섬에서의 탈출이라고 한다면, 다른 하나는 그 집요한 탈출 의지의 마지막 좌절이었다. 그리고 이 섬에의 귀의歸依였다.

—이청준, 『당신들의 천국』, 문학과지성사, 2012, 92~93쪽.

앞의 서술에서 사물을 바라보는 주체 즉 초점자는 상욱이라는 인물이다. 원장을 바라보는 자, 원장이 한민이라는 인물의 자살 사건을 보는 태도까지 "분명히" 알고 있는 자 역시 상욱이다. 그런데 앞의 서술은, 맨 처음의 독백을 제외하고는 대부분 "(상욱은) 똑똑히 알고 있었다"고 하는 서술자의 목소리로 되어 있다. 말은 주로 서술자가 하되 보기는 주로 상욱이라는 인물이 보는 서술인 셈이다. 이런 서술상황을 슈탄젤은 일인칭 서술상황, 작가적 서술상황 등과 구별되는 인물(시각)적 서술상황[43]으로 분류하였다.

서술자는 작자라는 스토리텔러(창작주체)가 설정한 또 하나의 스토리텔러(서술주체)이다. 스토리가 있고 서술자라는 가공의 스토리텔러가 있는 것, 이것이 소설을 비롯한 '언어를 매체로 삼는 허구적 이야기'의 핵심적 특성 중 하나이다. 소설 감상자는 암암리에 이 갈래의 관습에 따른다. 누가 어떻게 서술하든 일단 서술자를 인정하고 그의 말에 따르는 것이다. 그래서 주요섭의 단편소설 「사랑손님과 어머니」의 서술자 옥희가 유치원생인데도 말을 아주 잘하는 것을 이상하게 여기지 않는다. 어쩌다 이상하게 여기는 경우가 생긴다면, 그것은 독자가 이 약속을 잠시 잊었거나, 작자가 서술상황을 그럴듯하게 꾸미는 데 소홀했기 때문이다.

「사랑손님과 어머니」의 작자는 감상자가 서술자보다 우월한 위치에서 개입하는 재미를 느끼도록, 이 관습을 이용한다. 너무 어려서 모르는 게 있음을 드러내어 옥희를 '믿을 수 없는 서술자'로 만듦으로써, 서술자에 대한 믿음의 관습을 일부 뒤집는 것이다. 채만식의 단편소설 「치숙」의 경우, 감상자는 서술자 '나'의 가치관이 친일적이라서, 소설이 전개될수록 그를 믿기는커녕 아예 비판적인 태도로 바라보게 된다. 서술자에 대한 믿음을 역이용하여 인물─서술자 '나'는 물론 감상자 자신의 내면에 잠재된 친일적인 생각을 스스로 '낯설게' 여기도록 만드는 기법이다.

서술자는 보통 하나이다. 하지만 조세희의 중편소설 「난장이가 쏘아올린 작은 공」은 장마다 서술자가 바뀐다. 윌리엄 포크너의 장편소설 『압살롬, 압살롬!』은 서술자는 하나지만 자기가 체험하고 들은 이야기를 길게 이야기하는 인물이 여럿이다. 이러한 소설들에서는 한 사건에 대한 서술이 여럿이라서 그 내용이 겹치고 어긋난다. 서술자의 독점적 권위를 유보하여, 감상자가 여러 측면에서 사건을 바라보고 나름대로 스토리를 재구성하도록, 사건의 정체를 나름대로 사색하지 않으면 안 되게끔 만든 것이다.

서술자의 대상에 대한 앎의 정도와 중개 기능은 일정하지 않다. 주권적·개입적일 수도 있고 제한적일 수도 있다. 서술자의 기능을 제한하는 것, 그가 요약하고 설명하여 '들려주기'를 하기보다 사건과 인물 자체를 묘사하여 '보여주기'를 하는 것이 기법적으로 보다 근대적이고 발전된(예술적인) 것이라고 믿기 쉽다. 이야기의 역사를 보면 타당한 면이 있지만 본래 그렇다고 하기는 어렵다. 그 편이 좀더 형상화가 이루어진 '극적dramatic' 서술방식이라고 할 수는 있어도 더 나은 방식이라고는 하기 어려운 것이다. 서술방식이나 기법의 가치는 정해져 있지 않다. 그것이 주제와 제재에 얼마나 어울리느냐, 의미 탐색과 정서적 반응 창출에 얼마나 이바지하느냐에 달려 있을 따름이다.

한편 앞에서 허구적 이야기라도 연극, 영화 같은 공연 갈래는 '기본적으로' 서술자가 없는 갈래라고 하였다. 하지만 그리스 비극의 코러스처럼, 그와 비슷한 기능을 하는 존재나 인물을 활용하여 사건의 진행과 그 의미를 표현하는 데 도움을 받는 경우가 있다. 가령 한 인물이 다른 인물이나 사건에 대해 '서술'할 수 있다.

그리고 영화의 경우, 모든 사물이 카메라의 '중개'를 통해 제시되게 마련이므로 그것이 서술자와 비슷한 기능을 한다. 대상(피사체)을 초점화하여 스토리를 형상화하는 데 카메라가 서술자처럼 관여하는 것이다. 앞서 인용한 이청준 소설의 한 대목을 영화로 서술한다고 할 때, 원장이라는 인물, 혹은 지금 상욱이 앉아 있는 한민의 방 앞마루의 어떤 것 따위를 관객이 '상욱의 눈을 통해' 바라보게 함으로써, 자연스레 감상자가 그의 입장에 서도록 만들 수 있다. 카메라와 상욱의 눈을 일치시키는 이른바 '시점 숏point of view shot'의 방법이다. 그밖에도 클로즈업을 비롯한 여러 기법을 사용하여 카메라는 소설의 서술자처럼 감상자의 반응을 유도하고 의미를 생성한다. 여기에 몽타주, 디졸브dissolve 등의 화면 처리 및 편집 기법이 더해지면 카메라의 서술자적 기능은 더욱 커진다. 이러한 양상은 카메라를 사용하지 않지만 칸마다 대상을 보여주는 위치, 각도가 달라지는 만화의 경우에도 비슷하다.

다. 허구적 스토리텔링의 특성

안톤 체호프는, 만약 어떤 작가가 이야기의 도입에서 벽에 박힌 못에 관해 서술했다면, 이야기의 결말에서는 주인공이 그 못에 목을 매달지 않으면 안 된다고 하였다. 이야기는 요소들이 짜임새 있게 구성 혹은 동기화되어야 함을 재미있게 표현한 말인데, 허구적 스토리텔링의 여러 특성은 바로 여기서 출발하고 또 여기로 돌아온다.

앞에서 경험적 이야기에 사용된 언어의 지시적 기능에 대해 언급하였다. 그것은 작품 외부에 존재하는 대상을 제대로 지시하지 못하거나, 지시하는 대상이 경험세계에 실제로 존재하지 않는다면, 가치를 인정받지 못한다고 하였다. 물론 언어에만 해당되는 것은 아니다. 다큐멘터리의 그림, 사진 따위 역시 마찬가지이다. 이들이 전하고자 하는 것은 가능한 한 객관적인 '사실'이요 '진리'이다. 이것이 언어를 비롯한 매체의 지시적 기능이다.

이와는 달리 허구적 이야기에 사용된 여러 형태의 언어는, 지시적 기능을 하지 않는 것은 아니나, 주로 문학적(시적, 미적) 기능을 한다.

이는 외부 경험세계와의 관계에서 비롯된 지시적 의미에 더하여, 허구세계 내부 요소들이 동기화되어 형성하는 스토리의 맥락—스토리에 내포된 인과관계, 갈등, 인물의 성격, 주제적 의미 논리 등의 맥락—속에서 새롭고 고유한 의미를 지닌다. 이것이 표현하고 전달하는 것은, 객관적 '진리'라기보다 주관적이고 인간적인 '진실'이다.

황순원의 단편소설 「소나기」에서 소녀가 입고 묻힌 '분홍 스웨터'는 옷가게에서 파는 스웨터를 뜻하는 동시에 그런 스웨터를 뜻하지 않는다. 이 작품 고유의 맥락 속에서 지니는 의미와 이미지—소년과 소녀 사이에서 벌어진 만남의 기쁨과 헤어짐의 슬픔, 몸은 죽으나 마음에 살아 있기를 바람, 여성적인 것의 부드러움과 아름다움 등이 복합된—를 지니는 것이다. 그것은 소녀와 함께 땅에 묻히지만, 소년의 마음에, 그리고 독자의 가슴에 어떤 상징처럼 남는다. 몸이 죽으면 모든 게 끝이라는 것, 죽음 앞에서는 아무것도 의미가 없다는 사실은, 설령 그것이 과학적 '진리'일지라도, 이 작품에서 흙물 든 분홍 스웨터의 이런 '진실'을 부정하지 못한다.

예를 더 들어보자. 기행문, 여행 다큐멘터리, 로드 무비road movie 등의 갈래에서는 주로 사건이 넓은 의미의 '길'에서 일어난다. 그러나 기본적으로 이 길이라는 공간의 기능 또는 의미는 로드 무비에서의 그것과 나머지 둘에서의 그것이 매우 다르다. 나머지가 여행지의 길 자체라면, 로드 무비는 사건을 필연적이게 하는 공간(배경)이요 작품의 분위기와 주제를 표현하는 상징일 수 있다. 여행 다큐멘터리를 제작한 프로듀서가 여행지의 길에 관한 유익하고 정확한(연출을 억제한) 사실을 알려주기 위해 노력한다면, 로드 무비의 감독은 그 길이 어느 곳의 어떤 길이든, 그것의 형상과 이미지를 만들고 구성하여(연출하여) 제삼의 어떤 인간적 진실과 정서를 표현하거나 불러일으키고자 한다.

어디까지나 상대적인 말이지만, 진리가 '있는 것'이라면 진실은 '있을 수 있는 것'이다. 진리가 '실제 그러한 것'이라면 진실은 '그럴 법한 것'이다. 전자가 인식을 요구한다면 후자는 공감을 요구한다. 이 공감은 사실보다 정서 혹은 감정의 문제이다.

세상에는 진리도 필요하지만 진실도 필요하다. 진리만이 전부라고 믿는 세상에는 '인간적인 것'이 낄 틈이 없다. 과학, 역사와 함께 문학, 신화, 예술이 인간세계에 존재하는 것은 그 때문이다.

진리←……→진실이라는 잣대를 사용한다면, 이야기는 논증, 설명 같은 담화 양식과는 반대로 진실 쪽을 추구한다. 그런데 이야기 양식 안에서 다시 비교해보면, 경험적 이야기가 상대적으로 진리에 가까운 것을 다룬다면, 허구적인 이야기는 보다 진실 쪽에 가까운 것을 다룬다. 여기서 또다시 허구적 이야기를 현실의 폭로, 비판을 중시하는 이른바 리얼리즘 계열의 이야기와 내면의 탐색을 중시하는 모더니즘 계열의 이야기로 나눌 때, 전자가 진리 쪽을 추구한다면 후자는 진실 쪽을 더 추구한다고 할 수 있다.

소박한 감상자들은 허구적인 이야기가 현실을 있는 그대로 재현한다고 믿는 경향이 있다. 물론 허구세계는 경험세계와 밀접한 관계에 있고, 둘을 칼로 자르듯 구분할 수 없으며, 앞에서와 같이 종류에 따라 일정하지 않으나, 경험적 현실과 허구적 현실은 본질적으로 다르다. 거듭 언급했듯이, 물론 경험적 이야기와 같이 허구적 이야기도 현실을 모방하지만, 그에 일차적인 목적을 둔 게 아님을 강조할 필요가 있다. 허구적 이야기가 그럴듯함을 북돋우기 위해 '사실인 척'하는 경우도 많고, 실제로 경험세계의 현실을 폭로·고발하기도 하지만, 기본적으로 그 내용은 경험세계의 기록이기를 유보한 것이다. 작자가 자기 작품이 논픽션이라든가 다큐멘터리가 아니라 픽션이요 드라마라고 하였을 때, 그는 자기가 하는 서술의 지시성을 뒤로 돌림으로써 그것이 진리보다 진실을, 재현된 대상이 말하게 하기보다 '이야기 자체가 말하게 하기'를 택한 셈이다. 영화 「지슬」(감독: 오멸)은 다큐멘터리가 아니라 영화이다. 제주도 4·3 사건을 다루었다는 점도 중요하지만, 그 이전에 좋은 이야기 작품이기에 「지슬」은 감동을 주고 높은 평가를 받는 것이다.

허구적 스토리텔링은 의미의 형성과 전달에 있어, 말하자면 작품이 '홀로 서기'를 하도록 만든다. 허구적 이야기는 외부의 경험세계와 긴밀한 관계에 있되 그것에 의존하지 않는, 자체의 유기적 질서에 따라 고유의 의미를 생산하고, 감상자로 하여금 그 탐색에 참여하도록 자극하는 하나의 구조가 되어야 하기 때문이다. 허구적 이야기는 시간예술이요, 현실을 모방하되 인과성과 필연성을 지닌 새로운 현실을 만들어내는 이야기 예술이기에, 이 점을 특히 강조할 필요가 있다. 허구적 이야기는 경험적 이야기에 비해 상대적으로 경험세계의 구속을 덜 받으므로, 별도의 통일된 구조를 만들어내는 그 작업은 매우 자유롭고 창조적일 수 있다.

모든 창작자는 창안자이자 구성자이다. 스토리텔링의 경우 역시 그렇다. 허구적 이야기의 스토리텔러는 공적公的 소통 도구인 언어까지 허구적·문학적으로 사용하면서, 현실을 변용하고 재구성한다. 그리하여 그 제재들에 내포되고 또 자신이 추구하는 어떤 의미, 정서, 이미지 등을 표현하고 체험시킨다. 그러기 위해 작품 자체는 하나의 독립된 유기적 과정이자 미적 조직체가 된다.

라. 허구적 스토리텔링을 위한 몇 가지 지침

앞에서 허구적 이야기의 특성을 살폈다. 이를 바탕으로 그것의 창작에 도움이 될 지침을 몇 가지 마련해보자. 물론 이는 바로 앞 장에서 제시한 스토리텔링 일반을 위한 지침들에 더하여, 이번에는 허구적 스토리텔링에 특히 초점을 맞춘 지침들이다. 언어를 매체로 삼는 갈래 중심이지만, 기본 사항은 허구적 이야기 전반에 두루 해당될 수 있다.

첫째, 짓는 이야기에 적합한 서술의 상황과 방식 찾기에 관심을 기울여야 한다.
사건의 상황이 중요하듯이, 서술의 상황도 중요하다. 사건을 잘 꾸며내려면, 사건의 서술상황도 잘 꾸며내야 한다. 일반적인 서술방식에 막연히 따르기보다, 지으려는 이야기에 적합한 서술의 상황과 스타일, 초점화 방식, 분위기 등을 찾고자 노력하고, 그것을 이야기 전체에 일관되게 적용해야 한다. 이야기의 개성과 창의성은 많은 부분 서술방식의 그것에서 비롯된다. 따라서 이야기를 감상할 때는 물론 지을 때에도, 그 '보이지 않는 형식'에 관심을 쏟는 것이 바람직하다.

둘째, 예민한 주제의식을 지닐 필요가 있다.

구성하고 창안한 것이 고유의 논리와 질서, 즉 하나의 의사전달 구조를 지니려면 전체를 통어하는 '지배적인' 의미체계를 지녀야 한다. 허구는 허구이다. 허구의 가치는 외부의 어떤 것이 아니라 감상자에게 체험시키는 무엇에 달려 있다. 그러므로 모든 것이 그 '무엇'에 집중되고 그것을 위해 존재해야 하는데, 그것은 사건이나 재료 중심으로 보면 난제, 제재 등에 해당하고 의미 중심으로 보면 주제, 메시지 등에 해당한다.

'주제'라고 하면 거창하고 심각한 사상이나 윤리를 떠올리는 경우가 많은데, 앞에서 살폈듯이 그것은 어떤 이미지나 분위기일 수도 있다. 또 주제라는 것이 어떤 절대적 기준 아래 미리 정해져 있는 것처럼 여기는 경우도 있는데, 그렇지 않다. 그것은 작품에 유기적 구조를 부여하며 의미의 초점을 형성하기 위해 필요한 무엇이지, 선험적으로 실체가 규정되어 있는 무엇이 아니다. 그러므로 작자에게 필요한 것은 이미 정해져 있는 어떤 주제라기보다 새롭고 가치 있는 주제를 찾고 형성하고자 하는 의식, 즉 '주제의식'이다.

주제의식은 작품의 통합을 위해서만 요구되는 게 아니다. 작품의 개성과 주체성을 위해서도 필요하다. 그려진 세계의 의미와 양상은 결국 인간과 현실을 보는 작자의 안목과 취향에 달려 있다. 그것이 주제, 제재의 가치와 색깔, 세련성 등을 좌우한다. 중립적이고 객관적인 스토리텔링이란 존재하지 않는다. 많은 미국 영화가 미국 중심의 애국심을 부추기며, 가령 애니메이션 「썸머 워즈Summer Wars」(감독: 호소다 마모루)가 일본식 가족주의와 문화제국주의를 내세우는 것은, 일본인의 입장에서는 일면 당연한 면이 있다.

따라서 스토리텔러는 날카로운 눈과 따뜻한 가슴, 그리고 인간다운 윤리의식을 지니고, 아무리 작더라도 보다 새롭고 가치 있는 것을 추구한다는 자세로 임할 필요가 있다. 아울러 자신이 사는 현실에서 이데올로기, 가치관, 국가적 이해관계 등과 마주칠 수밖에 없음을 명백히 인식해야 한다. 흥미롭고 기발한 사건이나 인물을 손끝으로 얼마든지 만들어낼 수 있다. 하지만 그것을 조직하고 작동시켜서 자신이 살아가는 사회에 관한 뜻있는 의미 탐색 과정으로 만들 사령탑인 주제가 빈약하거나 현실성이 부족하면, 모든 게 별 의미가 없게 된다. 스토리텔러에게 주어진 자유는, 실은 엄청난 구속이다. 그는 현실의 진흙탕에 발을 디딘 채 자기가 창조한 세계의 신이 되어야 한다.

셋째, 상상력을 기르기 위해 힘써야 한다.

앞에서 이야기의 특성 가운데 하나로 '형상성'을 지적하였다. 이야기 작품은 감상자의 마음속에 온갖 형상으로 이루어진 세상을 구축하는데, 이것의 창조와 수용을 가능케 하는 게 상상력이다.

상상력imagination은 연결하고 구성하여 새로운 것을 만들어내며, 그로써 기존의 것을 쇄신하고 초월하는 정신적 힘이다.[44] 그것은 창조적 정신 능력의 핵심이다. 스토리텔링은 다름 아닌 '서술' 작업이요, 그 서술이란 여러 우연적·파편적인 것들을 결합하여 필연적인 스토리와 통일된 체험 과정을 새롭게 창작해내는 일이다. 작자는 자신의 온갖 경험과 지식을 동원하여 인물과 사건을 탄생시키는데, 그것을 담은 작품이 공상이나 망상이 되지 않으며, 감동적인 정서 체험과 새로운 의미 탐색 과정이 되도록 만들기 위해서는, 합리적이고 창의적이며 섬세하고 격조 높은 상상 능력이 요구된다.

재난 영화를 기획하는 사람은, 경상북도 경주 부근의 원자력 발전소가 폭발하면 인천공항에서 일어날 해외 탈출 사태를 상상한다. 그런데 사회학적 상상력*을 다소 지니고 있어서 현대 한국인의 내면에 뿌리박힌 폭력성에 늘 관심을 갖고 있던 그의 친구는, 그런 일이 일어나면 거기서 멀지 않은 부산에 사는 어떤 폭력배 무리가 혼란을 틈타 봉건 시대처럼 부산을 지배하게 될지도 모른다는 상상을 할 수 있다. 상상은 이렇게 다르고 또 중요하다. 만약 경주에서 가까운 울산에서 기업을 운영하는 어떤 사장이 그런 사태를 '경영자답게' 상상한다면, 장차 어떤 행동을 하게 될지 상상해보라.

상상을 촉발하는 가장 기본적 동기는 욕망이다. 욕망은 꿈을 꾸게 하고 상상을 낳는다. 가령 인간은 시간과 공간의 질서를 벗어날 수 없는데, 무슨 방법을 써서 시공간을 벗어날 수 있다면, 그리하여 죽은 자와 다시 만나고, 새처럼 하늘을 날아 위기에서 벗어날 수 있다면 얼마나 좋을까? 이러한 상상이 수많은 판타지와 공상과학 이야기를 낳는다.

물론 현실에서 일어날 수 없는, 공상적이거나 환상적인 이야기에만 상상력이 필요한 것은 아니다. 어떤 청년이 인상 좋은 여성을 소개받았는데, 그녀가 자기가 싫어하는 집단에 속한 사람임을 알게 된 장면을 상상해보자. 그는 상대방한테 어떤 태도를 취하고 무슨 행

> ● 사회학적 상상력
> 사회 공동체를 구성하는 것들 사이의 관련성을 파악하는 상상 능력. 기본적으로 개인의 행동과 사회적 현상이나 변동 사이의 관계를 파악하는 정신 능력을 가리킴.

동을 할 것인가? 이 상황에서 그에게 어울리는 차림새와 대화는 무엇인가? 이런 문제를 해결하고, 나아가 그 상황을 발전시켜 의미 있고 흥미로운 사건을 전개시키려면, 인물과 사건의 성격은 물론, 그럴듯하고 가치 있다는 반응을 낳을 만한 여러 요건(☞제1부 제3장)들을 충족시켜야 하는데, 여기에는 섬세하고 풍부한 상상력이 필요하다. 이렇게 볼 때 난관에 부딪힌 인물의 상황을 마법이나 특수한 장비, 숨겨진 과거의 비밀 따위를 마구 동원하여 적당히 넘어가는 것은, 실은 상상력의 빈곤을 드러내는 예들이라 할 수 있다.

흔히 스토리텔러는 폭넓은 교양과 지식, 섬세한 감수성, 그리고 앞에서 강조한 예리한 주제의식 등을 지녀야 한다고 하는데, 그런 것들이 있어야 상상 활동이 풍부하고 합리적이 되어, 서술이 섬세함과 그럴듯함을 얻을 수 있기 때문이다. 상상력은 구성하고 통합하는 능력인 동시에 "변용을 주도하는 정신 능력"[45]이다. 작자의 상상력이 풍부하고 합리적일 때라야, 그 이야기의 부분들은 통일성과 창조성을 얻게 된다. 새롭고 뜻있는 삶의 진실을 그럴듯하게 드러내고 감상자로 하여금 그에 공감하도록 설득할 수 있게 되는 것이다. 과학적 상상에 바탕을 둔 과학소설SF이나 영화가 공상적이면서도 얼마나 과학 지식에 바탕을 둔 상상을 펼치는가를 살펴보면, 상상력을 기르고 또 뒷받침하기 위해 작자가 어떤 노력을 해야 하는지 짐작할 수 있다.

넷째, 허구적 이야기는 오랜 시간에 걸쳐 정교해지고 굳어진 '언어'와 '문법'을 사용하므로 자기가 **지으려는 이야기 갈래와 매체 특유의 화법과 기법을 익혀야 한다.** 이는 뒤(☞188~203쪽)에 다루게 될 갈래 및 유형의 관습과 긴밀한 관계에 있기에 여기서는 간략히 언급한다.

우리는 자기 마음대로 말을 하지만, 한국어의 문법과 관습에 따라 말을 한다. 이와 마찬가지로 작자는 나름대로 작품을 짓지만, 자기가 택한 갈래의 형식과 규범, 즉 그 갈래 고유의 언어와 문법에 따라 짓게 마련이다. 소설은 소설의 방식으로, 영화는 영화의 기법과 문법으로 삶을 모방하고 감상자의 정서를 자극하는 까닭이다. 앞에서 살폈듯이, 소설에는 서술자라는 존재가 있으므로, 가령 무엇을 강조하거나 암시할 때 서술자가 나서서 그것을 반복하여 언급하는 방법을 쓸 수 있다. 이와 달리 영화에서는 카메라가 관련된 것을 클로즈업한다. 예를 더 들어보면, 아이러니* 효과를 얻고자 할 경우, 연극이나 영화에서는 소포클레스의 비극 「오이디푸스 왕」이 전형적으로 보여주듯이, 오이디푸스 왕의 비극적 운명을 감상자는 아는데 왕 자신은 모르게 함으로써 극적 아이러니* 상태를 조성한다.

이런 사실을 고려한다면, 가령 대화를 극적으로 구사할 줄 알아야 희곡, 텔레비전 드라마 등을 잘 쓸 수 있다. 그리고 화면 처리 기법을 비롯한 영화 특유의 스토리텔링 방법을 알아야 시나리오를 제대로 쓸 수 있다. 그리고 자기 이야기의 주요 감상자를 상정하고 그에 맞추어 써야 한다. 동화를 쓰는 이가 자기 작품의 독자를 일반 소설 독자와 구별하지 않아서는 곤란하다.

다섯째, 이상에서 이미 드러났지만, **이야기**

> ● **아이러니** irony
> 수사법의 하나. 반어反語. 말의 겉뜻과 속뜻이 어긋나거나 행동의 의도와 결과가 어긋나게 함으로써 삶의 부조화, 인생의 비합리성을 폭로하고 비꼼. 극에서 관객은 아는데 등장인물 자신은 모르도록 정보를 조절하여 아이러니한 상황이 빚어질 경우, **극적 아이러니** dramatic irony 라고 일컬음.

의 구조를 완성하여 '작품 자체로 보여주라'는 것이다. 이 말은 '작품이 말하게 하라' '인물과 사건으로 보여주라' 등으로 바꾸어 표현할 수도 있다. 스토리텔링은 의미의 형상화이다. 그래서 이야기는 차원 혹은 층위가 여럿이므로, 형상과 의미, 스토리와 서술 등이 모두 인과성 있고 그럴듯하며, 미적으로 조화되고 완결될 때까지 수정과 보완 작업을 계속해야 한다. 의도나 주제가 작품에 충분히 형상화되지 못한 상태에서 '서술자나 인물의 입으로 직접 말해버리는' 안이한 해결책에 대한 유혹 따위는 버려야 한다.

　허구적 스토리텔링은 하나의 세계를 만들어내는 작업이다. 우리는 일상생활에서 이야기를 많이 하고 또 듣지만, 입에서 나온 말이 다 이야기가 되는 것은 아니며, 모든 이야기가 작품이 되는 것도 아니다. 사건 전개가 필연성이 적고 인물이 하는 행위에 동기도 충분하지 않으면서, '내가 직접 체험한, 정말 일어난 일이니까' '이런 사건이 실제로 자주 일어나니까' '다른 작품들에도 이런 인물이 흔히 등장하니까' '많은 사람들이 이런 이야기를 좋아하니까' 등의 근거만 가지고 스토리텔링을 해서는 그럴듯한 작품을 얻기 어렵다. '이 부분은 왜 들어 있는가?' '어째서 그 인물은 그런 행동을 하는가?' '왜 그 장면을 그렇게 서술했는가?' '이 모든 이야기는 결국 독자로 하여금 무엇을 경험하게 하기 위한 것인가?' 따위의 질문에 나름대로 충분한 대답을 할 수 있을 때까지, 작품에 필요한 것이 모두 구비되며 그것들이 유기적으로 조화롭게 결합될 때까지, 작자는 열정과 끈기를 가지고 작품의 완성을 위해 최대한 노력해야 한다. 그러려면 관련 자료를 모으고, 직접 체험과 답사를 해야 하는 경우도 많다.

무엇을 창작하는 사람은 무한한 자유와 구속에 내던져진 모순된 존재이다. 무엇이든 가져다가 마음대로 조합하되 생명을 지닌 새로운 조직체를 만들어내야 하는 까닭이다. 허구적 이야기의 작자 역시, 경험 세계의 질서까지도 벗어나 어떤 세계를 창조해도 좋은 무한한 자유와, 창조된 세계가 불필요하거나 무의미한 게 없어야 함은 물론, 그 구성 요소들이 가치 있고 통일된 구조를 지니도록 해야 하는 구속, 또한 기존 작품을 진부한 것으로 만들어버릴 새로운 작품을 창조하는 자유와, 소통을 위해 기존의 관습을 지키거나 활용해야 하는 구속—상상력과 열정을 시험하는 이 모순된 상황에 그는 놓여 있다. 이 상황을 슬기롭게 넘어서려면, 앞에서 지적했듯이, **스토리텔러는 입담 좋은 이야기꾼인 동시에 웅숭깊은 사색가여야 한다.** 인물과 사건을 섬세하게 그리면서, 요소들을 작품 전체의 스타일과 논리에 통합시켜야 하기 때문이다.

1 다음 소설의 서술에서 서술자의 개입이 강하게 느껴지는 부분에 홑밑줄(___)을 쳐보시오. 또 '작중독자'의 존재가 강하게 의식되는(상상되는, 보다 구체적으로 전제되는) 부분에 겹밑줄(___) 을 쳐보시오.

초리가 길게 째져 올라간 봉의 눈, 준수하니 복이 들어 보이는 코, 뿌리가 추욱 처진 귀와 큼직한 입모, 다아 수부귀다남자壽富貴多男子의 상입니다.

나이? …… 올해 일흔두 살입니다. 그러나 시쁘 여기진 마시오. 심장 비대증으로 천식喘息기가 좀 있어 망정이지, 정정한 품이 서른 살 먹은 장정 여대친답니다. 무얼 가지고 겨루든지 말이지요.

그 차림새가 또한 혼란스럽습니다. … (중략) … 이 풍신이야말로 아까울사, 옛날 세상이었더면 일도의 방백一道方伯일시 분명합니다. 그런 것을 간혹 입이 비뚤어진 친구는 광대로 인식착오를 일으키고, 동경·대판의 사탕장수들은 캬라멜 대장 감으로 침을 삼키니 통탄할 일입니다.

인력거에서 내려선 윤직원 영감은, 저절로 떠억 벌어지는 두루마기 앞섶을 여미려고 하다가 도로 걷어 젖히고서, 간드러지게 허리띠에 가 매달린 새파란 염낭끈을 풉니다.

"인력거 쌕이(삯이) 몇 푼이당가?"

—채만식, 『태평천하』, 채만식전집·3, 창작사, 1987, 10~11쪽.

---

2 '상상력'은 관찰력, 사고력, 감수성 등과 긴밀한 관계에 있는, 창조적 능력의 핵심이다.

2-1 은행의 출입문은 보통 다른 사업장의 그것, 예를 들어 빵집의 출입문과 구조가 다르다. 어떤 점이 다른지 실제로 '관찰'하여 답하시오.

2-2 은행의 출입문은 왜 그런 구조로 되어 있을까? '추리'해보시오.

2-3 병원이나 학교는 방도 많고 생활하는 사람도 많은 곳이다. 그래서 대개 복도가 있는데, 병실, 교실 등의 복도 쪽 출입문은 어떻게 설계하는 게 좋을까? 앞의 문제들에서 알게 된 점과 관련된 경험, 지식 등을 바탕으로, 흡사 건축가처럼 '상상'하여 답하시오.

2-4 상상력은 인간의 여러 정신 능력과 연관되어 있을 뿐
아니라, 삶의 온갖 활동에 매우 중요하게 작용한다. 그런데 그
것은 주관성, 상대성을 띠고 있어서 사람에 따라, 또 문화적
배경과 시대에 따라 그럴듯함, 옳음, 적절함 등을 판단하는 기
준이 다를 수 있다.

　아래의 것들에 대해 자유롭게 관찰, 추리, 상상하되, 되도
록 현대 한국의 일반적 현실과 상식에 부합되도록 답하시오.

① 어떤 젊은이가 매우 이기적 성격을 지니고 있음을 잘 보여
　　주는 행동 한 가지를 적으시오.

② 도서관은 인적이 드문 한적한 곳에 짓는 게 좋겠는가, 시내
　　한가운데에 짓는 게 좋겠는가? 그 까닭은?

　　도서관은 (　　　　　　　　　　　　)에 짓는 게 좋다.
　　그 까닭은 (　　　　　　　　　　　　) 때문이다.

③ 네발로 움직이는 짐승들이, 사람들이 축구를 하는 모습을
　　보았다. 그들은 하나같이 참 이상하다는 표정을 지었다.
　　왜 그랬을까? 엉뚱하고 재미난 쪽으로 답하시오.

④ 미국의 서부 지역 들판에서 살아온 스토리텔러가 한국의 서울을 방문했다. 그는 고층아파트 밀집지역(단지)을 보고 강한 인상을 받았다. 그래서 자기가 짓고 있는 이야기에서 분위기, 인물의 내면 등을 제시하는 데 이바지할 공간(배경)으로 활용하기로 했다. 구체적으로 그는 그것을 어떤 분위기나 인물의 내면을 제시하기 위한 공간으로 활용하겠는가?

⑤ 조선 시대에 관아에서 가장 낮은 계급이 관비官婢인데, 이 관비에 두 가지가 있었다. 하나는 기생이고 또 하나는 급비汲婢였다. 급비는 주로 물 긷고 밥 짓는 일을 하는 여종이다. 다산 정약용은 『목민심서』의 '이전吏典' 항목에서, 수령이 관아에서 일하는 사람들을 관리하는 법에 대해 말하는 중에, 다음과 같이 지적하였다.

> 〔수령(사또)이〕 갈려 돌아가는 날 성 남문 밖에서 기생들은 좋아서 시시덕거리고 노비〔급비〕들은 울면서 눈물을 흘린다면 이를 일러 현명한 수령이라 해도 좋을 것이다.
> —『국역 목민심서 1』, 민족문화추진회, 1969, 302쪽.

(ㄱ) 이 말에는, "현명한 수령"은 기생과 급비를 각각 다르게 관리 혹은 대우해야 한다는 다산의 생각과 그 생각을 낳은 '사회학적 상상'이 내포되어 있다. 다산은 "현명한 수령"이라면 기생과 급비를 각각 어떤 태도로 대해야 하며, 왜 그렇게 대해야 한다고 생각하고 있는 것일까?

ⓐ 대하는 태도:

ⓑ 그렇게 달리 대해야 하는 이유:

(ㄴ) 결국 이 대목에서 다산은, "현명한 수령"이 되려면 노비, 나아가 아랫사람을 어떤 정신, 어떤 자세로 관리해야 한다고 말하고 있는가?

---

3 이야기, 특히 소설을 감상할 때 '작자의 의도'를 파악해야 한다는 생각이 널리 퍼져 있다. 이런 생각은 합리적이지 않다고 할 수 있다. 그 까닭은 무엇이라고 생각하는가? 소설의 경우를 중심으로, 간략히 답하시오.

> **길잡이**
> 소설이라는 갈래의 특성을 고려한다.

4 다음은 윤태호의 장편만화 『이끼』⁴⁶ 제47화의 일부이다. 먼저 이전 스토리를 읽고 만화도 본 후 물음에 답하시오.

〈이전 스토리〉

류해국은 아버지의 죽음에 의문을 품고, 아버지가 살던 마을에서 지내며 단서를 추적하고 있다. 느낌은 있는데 증거는 없는 채로 자기와 관련하여 연이어 사람이 죽는데, 마침내 그도 죽음의 위기에 몰린다.

긴박한 상황에서, 소송 문제로 류해국과 악연이 있는 검사 박민욱이 이 사건에 얽혀든다. 류해국이 소송 문제로 자기의 직장과 가정생활을 망쳤듯이, 그 일 때문에 박 검사도 좌천당한 상태이다. 박 검사는 범죄를 예감하면서 류해국이 사는 마을을 주의 깊게 둘러본다. 그러다가 옛 감정이 살아나면서 두 사람은 갈등한다.

박 검사는 류해국이 매우 못마땅하다. 그가 자기 자신의 인생은 물론 박 검사의 인생까지 망쳤는데, 도무지 변한 게 없다. 또다시 자기의 일에 박 검사를 끌어들이는 것도 마음에 안 들지만, 성격 자체가 마음에 들지 않는다. 세상과 멀어지겠다고 해놓고는, 그 멀어진 곳에서도 여전히 같은 짓을 하고 있다.

4-1   앞에 인용된 그림은 모두 8칸인데, 그림 ③~⑤는 그 앞의 ①~②와 뒤의 ⑥~⑧의 시간적 연속에서 벗어나 있다. 그 연속된 시간을 '오늘 저녁'이라고 한다면 ③~⑤는 '다음 날 아침'쯤으로 짐작된다.

서술의 이러한 배열은 인용 부분에서 어떤 효과를 낳고 있는가? '이전 스토리'를 참고하면서 '감상자의 반응' 중심으로 그 효과를 한 가지 이상 적어보시오.

4-2   이 만화는 본래 인터넷에 웹툰으로 연재되었다. 따라서 이 만화를 책으로 낼 때 불가피하게 페이지를 나누게 된다. (앞에 인용한 부분은 책에 수록된 것을 출제상의 필요에 따라 두 페이지에 모은 것이다.) 앞의 문제 4-1에서 파악한 바를 바탕으로 볼 때, 웹툰에서 칸과 칸 사이에 여백을 많이 주거나 종이 책에서 페이지가 나뉘도록 하는 게 적절한 곳은 어느 칸과 어느 칸 사이라고 여겨지는가? 그 이유는?

> **길잡이**
> 원본이 어떻게 되어 있는가에 구속받지 말고 나름대로 답한다.

① 여백을 많이 주거나 페이지가 나뉘면 좋을 곳:

② 그 이유:

4-3 앞의 문제 4-1과 4-2를 풀면서 경험한 바를 출발점 삼아, 갈래를 따질 것 없이, 이야기 작가가 되려면 평소에 어떤 자세로 무엇에 관심을 가져야 할 것으로 여겨지는가에 대해, 자유롭게 200자 내외의 글을 지으시오.

1 아래에 주어진 처음상황에 내포된 대립, 모순을 활성화시켜서, '성격이 초래한 불행'에 관한(그것을 제재로 한) 사건을 완성하시오. 중간과정과 끝상황을 각각 1문장으로 적되, 사건이 일관되고 인과성 있게 하시오.

> **길잡이**
> ....
> 사건 전체가 제재에 걸맞고, 반드시 끝상황이 객관적으로 보기에 불행해야 한다.

'성격이 초래한 불행'에 관한 사건

(대립, 모순이 내포된) 처음상황	중간과정	끝상황
놀기 좋아하는 사람이 결혼을 한다.	①	②
가정에서 폭군인 남자가 사회적 명예를 얻는다.	③	④
자기중심적인 상인이 큰돈을 벌게 된다.	⑤	⑥

2 같은 사물이라도 어떤 관점에서 보느냐에 따라 그 정체가 달라진다. 동일한 시대의 비슷한 현실에서 살고 있어도, '사회학적 상상력'이 있는 사람은 사물을 사회 차원에서 더 넓고 깊

게 보며, 사회적으로 유익한 창의적 사고를 할 수 있다.

아래 〈보기〉를 참고하여, 주어진 사회적 진실(◆)을 주제로 한 작은 스토리 하나를 상상하여, 그 처음—중간—끝을 각각 1문장으로 적어보시오.

〈보기〉

◆ 소외계층을 돌보면, 그 사회 전체가 행복해질 수 있다.

— 쓰레기 매립장이었던 넓은 공터가 있는데, 밤이면 주변에 사는 빈곤층 청소년들이 거기서 비행을 자주 저질렀다.

— 시장은 그곳에 서커스장을 건립하는 게 청소년 계도는 물론, 시 전체에 이롭다고 보아('상상하여') 반대자들을 설득한다.

— 서커스장이 들어서자 환경이 깨끗해지고 관광객이 몰려들어 주변의 경제 형편과 교육 여건이 나아졌다.

◆ 어떤 사람이 다른 사람을 차별하는 개인적 행동은, 그가 속한 집단이나 사회에도 해가 된다.

① 처음 :

② 중간 :

③ 끝 :

3 '영상 다큐멘터리'라고 일컫는 것에도 화자(대개 '내레이터'라고 부름)가 있다.

다음은 '고3의 하루'라는 영상 다큐멘터리의 동영상 일부를 묘사한 것이다. 물음에 답하시오.

어둠이 깔릴 무렵, 교문을 나서는 고등학생들이 무거운 가방을 멘 채 분주하게 학원 버스에 오른다. 붐비는 퇴근길에 휩쓸리는 그 버스 안에서, 학생들이 도시락을 배급받아 서둘러 먹는다. 학원 버스 옆구리에는 '자기 주도 학습으로 SKY를 정복하자'라고 적힌 학원 선전물이 붙어 있다.

　　　　　　　　* SKY: 일류대학 셋의 영문 첫 글자를 합성한 말.

3-1 영상 다큐멘터리에서 '내레이터'의 말로 하는 서술('내레이션')은 영상과 보완적 관계에 있다. 이 장면 위에 깔아서 그것을 보완해주는, '현실의 이면을 폭로하는 비판적 서술'을 2~3문장 적어보시오. (단, 서술을 일인칭으로 하지 말 것)

3-2 이 영상 다큐멘터리가 텔레비전에서 방영되었다고 하자. 앞에서 자기가 지은 서술을, 감상자는 궁극적으로 누구의 말로 간주하겠는가?

4   시베리아 툰드라 지역에서 학자들이 석기 시대의 것으로 추정되는 남자의 유골을 발굴했다. 그런데 그것은 어떤 다른 유골과 함께 묻혀 있었다. 연구 결과 그것은 늑대의 것으로 밝혀졌다. 왜 늑대의 유골이 함께 묻혀 있을까? 나름대로 그럴듯하게 상상하여, 그 까닭을 알 수 있게 하는 3~4문장 정도의 이야기를 지으시오. (단, 환상적 요소는 개입시키지 말 것)

제1장

제2장

제3장 이야기의 요건과 작자의 자세

좋은 작품이 펼치는 새로운 이미지와 상상력에 전율하면서도, 모르는 걸 안다고 믿거나 남의 생각과 느낌을 자기 것인 양 여기는 경우가 많다. 그러나 모름지기 '자기 세계' '자기 작품'을 창조하고자 한다면, 스스로 삶의 기미를 포착하여 누구도 사용한 적 없는 방식으로 표현하고자 힘써야 하지 않을까?

앞에서 이야기란 무엇이며 이야기를 짓고 만드는 활동은 어떤 것인 가에 대해 살폈다. 이는 다른 양식과의 차이에 주목하여 이야기의 일 반적 특성을 밝히고, 그것을 바탕으로 창작의 기본 방향을 모색한 것 이지, 이야기 자체의 수준과 가치에 관해 논의한 것은 아니다. 사건이 서술되어 있다고 해서 그것이 곧 좋은 이야기일 리는 없다. 하나의 이 야기 작품이 보다 이야기답고 감동적이며 쓸모가 있으려면, 다른 여러 기본적 필요조건 즉 요건要件들을 갖춰야 한다.

이 장에서는 이야기가 지녀야 할, 혹은 좋은 이야기라면 지니고 있 는 요건들에 대해 살피고, 이를 바탕으로 작자가 해야 할 일에 대해 살 피고자 한다. 이야기는 결국 감상자를 위한 것이고, 감상자를 통해, 감 상자 속에서 완성된다. 그러므로 여기서 다루는 이야기의 요건이란 이 야기 작품에 '내포된' 요소라기보다 그것을 짓고 감상하는 활동까지를 고려한, 이야기 행위 전반이 '지향하는' 목표에 가깝다. 요컨대 이 장에서는 이상적인 이야기의 기준을 세움으로써 그런 이야기를 지으려면 어떻게 해야 할지를 궁리할 논리적 바탕을 마련하고, 평가의 기준, 작자가 지녀야 할 기본자세 등을 확립하려는 것이다. 이는 뒤의 제2부에서 스토리텔링의 구체적인 방법을 익히기 전에 알아두어야 할, 보다 일반적인 원칙과 태도에 관한 논의이다.

여기서 전제할 점들이 있다.

첫째, 제시하는 요건들 가운데는 이야기 양식 고유의 것만이 아니라 이야기 행위가 포함된 의사소통 일반의 요건도 포함되어 있다.

스토리텔링은 인간의 갖가지 의사소통 행위 가운데 하나이다. 그러므로 이것도 일단 의사소통을 원활히 하기 위해 필요한 일반적 조건을 갖춰야 한다. 인간의 문화 활동 대부분이 그렇듯이, 이야기의 창작과 제작 역시 언어를 기본적인 매체로 사용한다. 스토리텔링은 듣기, 말하기, 읽기, 쓰기의 네 가지 언어활동 가운데 표현 측면에 해당하는 말하기 및 쓰기 자체이거나 그와 밀접한 관계에 있다. 따라서 그들과 관련된 원칙과 능력이 행위의 바탕을 이룬다. 한마디로 일단 '말이 돼야' 하고 '무슨 이야기인지 알 수 있어야' 하기 때문이다.

물론 스토리텔링은 언어활동의 일반 요건과 함께 그것에만 해당되는 고유 요건을 갖춰야 한다. 특히 구조가 복잡하고 기법이 정교한 소설, 연극, 영화, 오페라, 만화 등과 같이 특유의 형식과 스타일이 비교적 굳게 형성되어 있는 허구적 갈래들의 경우가 그렇다.

이들 일반 요건과 고유 요건은, 전자가 충족되어야 후자도 가능하기에 서로 단계적 관계에 있다. 따라서 나란히 놓고 진술하면 무리가 있으나 여기서는 편의상 함께 나열하기로 한다.

둘째, 가능한 한 나누고 간추렸으나, 요건들은 서로 겹치고 뒤얽히며, 심지어 대립될 수도 있다.

가령 어떤 텔레비전 드라마 대본이 갈래의 규범적 형식을 지키는 것은, 글로서의 일반 요건을 충족시키는 일인 동시에, '그럴듯함'이라는 이야기의 고유 요건을 충족시키는 일이기도 하다. 한편 이 대본은, 갈래의 관습에 따르기만 하는 게 아니라 도리어 이를 깨기도 하는 '참신성'을 지닐 때 더 가치 있는 작품이 된다.

이러한 사실은, 요건들이 단계적 관계에 있기도 하지만 단계를 짓기 어려운 복합적인 성격도 지니고 있음을 말해준다. 그리고 스토리텔링이 창조 작업—관습에 의존하는 동시에 관습을 깨며, 현실을 모방하되 그 현실의 본질과 진실성에 스스로 의문을 제기하는 모순적 성격을 지닌—임을 상기시켜준다.

셋째, 여기서 제시하는 요건들은 판단과 평가의 기준으로서 절대적일 수 없다.

모든 이야기는 그것을 낳고 즐기는 문화의 산물이다. 특히 허구적 이야기는 주제 혹은 메시지를 매우 간접적으로 전달하므로, 감상자에 따라 해석과 판단이 다를 수 있다. 애초부터 주관성과 다양성을 안고 있는 것이다.

객관성이 아주 개재되지 않는 것은 아니다. 작자와 감상자는 개인인 동시에 집단의 일원이기에, 보편적 성격을 띤 규범, 관습, 사상 등의 맥락에서, 그 논리와 '문법'의 지배 아래 작업하기 때문이다. 그런데 이 객관성마저도, 어디까지나 상대적인 것이다. 계층, 시대, 국가, 민족, 문화권 등에 따라 이성적 판단과 감성적 반응의 맥락, 기준 등이 달라질 수 있는 까닭이다. 용龍, dragon의 전통적 이미지가 동양과 서양에서 거의 반대라는 점, 효孝의 기준이 조선 시대와 오늘날 현격히 다르다는 점 따위만 생각해봐도 금세 짐작이 갈 터이다. 시대를 초월하여 존재하는 것도 있고, 국제화 시대로 접어들면서 전보다 문화권 사이의 차이가 줄어들기도 했지만, 가령 현대 한국인에게 '그럴듯하고' '진실된' 것이 미국인에게도 항상 똑같은 반응을 낳을 가능성은 적다.

　그러니까 이제부터 지적하는 바람직한 이야기가 지녀야 할 요건들은 어디까지나 기본적이고 원칙적인 것이며, 필자가 현재 한국 현실에서 강조할 필요가 있다고 생각하여 임의로 뽑은 것들이다. 앞의 전제들과 함께 이 점을 염두에 두면서, 유연하게 받아들임이 바람직하다.

좋은 이야기는 언어를 적절하고 세련되게 사용한다.

스토리텔러는 '서술'을 하는 자이고 그 서술 즉 작품이나 대본은 주로 언어로 이루어진다. 소설, 동화처럼 '언어의 모험'을 하는 언어예술에서 언어의 중요성은 말할 필요도 없고, 연극, 영화 등에서도 인물이 하는 한마디 대화가 그 무엇보다 강력하게 내면과 주제를 표현하는 경우가 많다. 한국 사회는 언어 능력을 경시하는 경향이 있고 체계적인 교육 또한 이루어진다고 보기 어려우므로 이 '언어 표현'의 중요성을 새삼 강조하지 않을 수 없다.

언어는 인간의 표현 활동 전반에서 기본적인 것이다. 그것이 화법, 문법, 맞춤법 등의 어문규범에 어긋나면 이는 의사소통의 기본 약속을 어긴 것이다. 물론 문자언어(글말)뿐 아니라 음성언어(입말) 즉 영화, 연극, 텔레비전 드라마 등에서 배우가 쓰는 어휘, 발음, 어조 등도 여기 포함된다. 그것들이 언어활동의 규범과 관습에 맞지 않으면 작품의 완성도는 고사하고 작품으로서의 자격조차 갖추기 어렵다.

언어는 사회 구성원 공동의 도구이다. 스토리텔링은 혼자 읽고 마는 일기 쓰기 같은 게 아니라 하나의 사회 활동이므로 언어 사용에 사회적 책임이 따른다. 어문규범 위반은 물론 거칠거나 비루한 표현, 외국 말이나 글자의 남용 등도 표현의 선명함과 아름다움, 작품의 품격 등을 떨어뜨리며 나아가 사회적 해악을 끼친다.

언어는 단순히 도구에 머물지 않는다. 우리는 언어로 '짓기' 이전에 주로 언어로 '사고하기'에, 그것은 생각과 정서, 사상과 문화 등을 형성하는 질료이자 틀이기도 하다. 한마디로 언어는 '존재의 집'인 것이다. 그래서 문자언어가 전혀 쓰이지 않은 영상물이나 만화 작품의 경우에도 사실은 언어가 바탕을 이룬다. 또 그래서 언어가 제구실을 하지 못하거나 본뜻이 왜곡되고 그 의미가 헝클어지면, 의사소통이 어려울 뿐 아니라 지적知的 발전에 지장을 받으며 문화적 퇴행이 일어난다. 이 점이 바로 오늘날 한국에서 우려되는 현실이다.

이는 번역의 경우에도 비슷하다. 번역은 단지 외국어를 독해하는 데 그치지 않고 한국어로 옮겨 쓰는 작업이다. 번역도 일종의 '짓기'이므로 국어 능력이 부족해서는 제대로 하기 어렵다. 한국에서는 이런 사실과 번역의 수준에 대한 사회적 관심이 빈약하여 학문과 문화 발전을 저해하고 있다. 예를 들어 차이콥스키의 무용곡에 「호두까기 인형」이 있다. 제목이 가리키는 그 인형이 어떤 인형 같은가? 호두 까는 도구를 겸한 인형이므로 '호두까개 인형'으로 옮겨야 인형의 춤추는 모습이 얼른 떠오르지 않을까?

예를 더 들어보자. 꽤 알려진 외국 소설이나 영화의 제목을 아래와 같이 다르게, 되도록 본래의 뜻을 살리면서 자연스러운 우리말로 옮겼을 때, 감상과 이해가 전보다 깊어지거나 명료해질 수 있다. 이에 수긍한다면, 문화 활동 전반에서 언어가 적절히 사용되지 않음으로써 생기는 문제가 매우 큼을 조금이나마 실감할 수 있을 것이다.

○주홍 글씨The Scarlet Letter → 주홍 글자
○죽은 시인의 사회Dead Poets Society
　　　　　　　　　　→ 죽은 시인 클럽/죽은 시인 동아리[47]
○반지의 제왕The Lord Of The Rings
　　　　　　　　　→ 반지의 지배자/절대반지/제왕 반지
○노인을 위한 나라는 없다No Country for Old Men
　　　　　　　　　→ 노인이 바라는 세상은 오지 않는다

아무리 의미 있는 내용이라도 적절한 단어와 어울리는 화법, 문체로 표현되지 않으면 값어치가 적어진다. 아니, '의미'라는 것 자체가 주로 언어로 형성되고 표현되기 때문에, 어떤 생각이나 느낌이 그에 적합한 언어를 만나지 못하면 그것은 존재하지 않는 것에 가깝다. 흔히 마땅한 표현을 찾지 못해 우물쭈물하던 사람이 뒤늦게 "아! 나도 그렇게 생각했어!"라고 변명하는데, 좀 심하게 말하면, 표현하지 못한 것은 생각하지 못한 것과도 같다. **탁월한 생각이란 탁월하게 표현된 말이다.** 문장가나 웅변가는 다름 아닌 사상가이다. 그리고 '글은 곧 그 사람'이다.

언어 표현을 판단하는 기준은 정확성이라기보다 적확성, 적절성, 세련성이다. '적확성'은 어문규범을 지켰는가를 따지는 기본 단계의 기준이고, 보통의 기준은 그것을 포함한 '적절성'이다. 어떤 말이 어문규범은 물론 화자(필자)의 상황과 의도, 대상의 실제, 문화적·논리적 맥락 등에 부합하는가 여부를 판단하는 기준이 적절성인데, 거기에도 이를테면 초급, 중급, 고급의 급수가 있다. 언어를 고급 수준으로 적절하게 구사할 수 있으려면, 모두 알다시피, 아주 많이 읽고 써봐야 한다. 모름지기 능력을 기르는 데는 훈련과 경험이 제일이다.

언어 표현의 '세련성'은 '적절성'보다 한 차원 높은 미적·사상적 특성으로서, 어문규범을 지키고 정보를 적절한 화법으로 충실히 전달하는 정도로는 도달하기 어렵다.

다음 예를 보면서 표현의 수준과 그 판단 기준에 대해 생각해보자.

① 그는 우리는 도우며 사는 사람이 되어야 한다고 말한 적이 있다.

② 그는 말했었다. 나는 남의 도움 없이 살지 못해. 그러니 나도 남을 도와야지.

③ 그가 언젠가 말했다. "사람은 손을 둘 가지고 태어나는데, 하나는 자기를 위한 것이고 다른 하나는 남을 위한 것이야."

①은 어문규범에 어긋나지는 않지만 적절성이 떨어진다. '—는'의 중복, '적이'로 쏠리는 수식관계 등이 자연스러움을 해친다. 이에 비해

②는 표현이 적절하다. 하지만 '나'와 '남'이라는 대립적 대명사와 독백 투의 화법이 '우리'로 확산돼야 할 뜻을 제한하는 면이 있어 ③에 비해 세련성이 떨어진다. 세련되기 위해서는 반드시 비유를 구사해야 하는 것은 아니지만, ③은 비유의 적절함과 참신함, 표현의 섬세함이 부드러운 말의 흐름에 녹아 있어서, 앞의 둘에 비해 세련된 표현으로 볼 수 있다. 또 세련되려면 항상 에둘러 표현해야 하는 것은 아니지만, ③은 '돕다'라는 말을 쓰지 않으면서도 그에 관한 생각을 강력히 제시하고 있다.

물론 이러한 판단은 주관적일 수 있다. 그렇지만 이런 논의가 결코 불가능하거나 무의미하지는 않다. 한마디의 대사가 인물의 상황과 성격을 강렬하게 부각시키고, 문체의 힘이 돌연 감동에 떨게 할 때, 우리는 비로소 세련된 언어의 힘과 아름다움을 실감하게 된다. 다음 예들을 보자.

먼저 희곡에서 심리와 상황 표현에 탁월한 기능을 하는 대사(밑줄 부분)이다.

〈극의 상황 설명〉

안톤 체호프의 희곡 『바냐 아저씨』에서, 농장 관리나 하며 노는 중년의 지식인 보이니쯔끼(바냐)는 늙은 어머니 마리아 바실리예브나에게 걱정을 듣는다. 그가 대꾸를 하자 어머니와 입씨름이 벌어진다. 그 자리에는 그의 자형의 새 아내 엘레나 안드레예브나도 있다. 그녀는 젊고 아름답다. 결혼을 하지 않은 보이니쯔끼는, 그녀를 좋아하고 있다. 그 자리에는 외할머니와 외삼촌 사이의 다툼을 한두 번 본 게 아닌 조카 소냐도 있다.

(전략)

보이니쯔끼   제가 밝은 성격을 가졌었다…… 그런 독설로 비아냥거리시면 안 되지요! 이제 저도 마흔일곱 살이에요. 어머니처럼 저도 작년까지는 진정한 삶을 보지 않으려고, 일부러 어머니의 그 스콜라 철학으로 제 두 눈을 흐리게 하려고 애쓰면서, 스스로 잘하고 있다고 생각했었어요. 하지만 지금은, 어머니가 아시기나 하세요! 저도 그 모든 것을 가질 수 있었던 때가 있었는데, 그때를 바보같이 허비하고, 지금은 이렇게 늙어버린 것이 화가 나고 억울해서 밤에 잠도 못 자고 있어요!

소   냐   바냐 아저씨, 따분해요!

마리아 바실리예브나   (아들에게) 너는 마치 예전의 네 신념이 뭔가 잘못되었다고 말하는 것 같구나…… 하지만 잘못된 것은 그 신념이 아니라 네 자신이야. 신념 자체는 아무것도 아닌, 죽은 문자라는 사실을 너는 잊은 게로구나…… 일을 했어야만 했어.

보이니쯔끼   일이라구요? 어머니의 교수님처럼 모두가 다 글을 쓰는 페르페투움 모빌레perpe tuum mobile('영원한 기계')가 될 수는 없는 거예요.

마리아 바실리예브나   너는 무슨 말을 하고 싶은 거냐?

소   냐   (애원하듯) 외할머니! 바냐 아저씨! 제발 그러지 마세요!

보이니쯔끼　내가 잠자코 있으마. 입을 다물고 사과하마.

(사이)

옐레나 안드레예브나　오늘은 날씨가 참 좋군요…… 덥지도 않고……

(사이)

보이니쯔끼 <u>이런 날씨에는 목을 매달기도 좋지요……</u>

　쩰레긴이 기타를 조율한다. 〔늙은 유모〕 마리나가 집 주변을 거닐며
닭을 불러 모은다.

—안톤 체호프, 『바냐 아저씨』, 홍기순 옮김, 범우, 2010, 26~28쪽.

　이번에는 소설에서 세련된 언어의 맛을 느껴볼 차례이다. 다음 소
설에서 '나'는 어렸을 때 자기를 사랑해준 '석공石工'이 혼례를 치르던
날 밤의 일을 회상하고 있다. 그가 '신랑 달기'로 곤욕을 치를 것을 걱
정하는 어린 '나'의 마음, 늦가을의 달밤 풍경 등이 '고향을 잃은 자'의
목소리에 무르녹아 빚어내는 세계로 함께 들어가 보자.

　별수 없이, 나는 쌍례아배와 복산아배가 움직이면 움직인 대로, 옮겨
가면 옮겨진 자리까지 뒤를 졸래졸래 따라다니며 지켜보는 수뿐임을 알

왔다. 그네들이 석공을 밧줄처럼 여물고 단단한 기계새끼줄로 옭아 들보에 매달거나, 부러진 도리깨자루와 솔개비도막으로 석공을 때린다면 나 혼자라도 덤벼들어 말려 보리라고 결심했던 것이다. 나는 정말 그럴 작정이었다. 내 생각에도 내가 중간에 뛰어들어 석공을 가로막고 나선다면, 내가 어느 어르신네 손자란 것만 안다더라도, 쥐어박거나 떼밀어내지 못하게 될뿐더러, 그네들이 져 주고 말 것 같았던 것이다. 나는 마음을 단단히 다져먹고 그들만 줄곧 감시하고 있었으며, 어딜 가는가 싶어 따라가 보면 뒷간이라든가 한데 오줌독이곤 했지만, 몽둥이와 새끼타래를 놓지 않는 한 그네들에 대한 경계는 게을리할 수가 없었다.

모닥불은 계속 지펴지는 데다 달빛은 또 그렇게 고와, 동네는 밤새껏 매양 황혼녘이었고, 뒷산등성이 솔수펑 속에서는 어른들 코골음 같은 부엉이 울음이, 마루 밑에서 강아지 꿈꾸는 소리처럼 정겹게 들려오고 있었다. 쉣쉣쉣쉣…… 머리 위에서는 이따금 기러기떼 지나가는 소리가 유독 컸으며, 낄룩— 하는 기러기 울음소리가 들릴 즈음이면, 마당 가장자리에는 가지런한 기러기떼 그림자가 달빛을 한 옴큼씩 훔치며 달아나고 있었다. 하늘에서는 별 하나 주워 볼 수 없고 구름 한 조각 묻어 있지 않았으며, 오직 우리 어머니 마음 같은 달덩이만이 가득해 있음을 나는 보았다. 달빛에 밀려 건듯건듯 볼따귀를 스치며 내리는 무서리 서슬에 옷깃을 여며 가며, 개울 건너 과수원 울타리 안에서 남은 능금과 탱자 냄새가 맴돌아, 천지에 생긴다고 생긴 것이란 온통 영글고 농익어 가는 듯 촘촘히 깊어 가던 밤을 지켜본 것이다. 어쩌면 술꾼들을 지켜본다기보다 늦가을 밤에만 이루어질 수 있는 신비로운 정경에 얼이 홀렸던 것인지도 몰랐다. 문득 내 이마에 보드라운 오뉴월 이슬이 맺히는 느낌이더니 늦

늦한 아주까리 기름내가 코를 가리는 거였다.

"서방님께서 알으시면 되게 혼나야……" 옹점이가 속닥거리고 있었다.

"………" 나는 고개를 저어 이마에 와 닿은 옹점이의 보드라운 앞머리칼을 귓결으로 치웠다.

"나리만님께서 걱정허신다먼…… 구만 가 자자닝께는."

밤새껏 그러고 서 있는다면 할아버지 걱정을 들음이 자명한 일이었다. "저이들이 석공을 몽둥이루 팬다는디…… 산내끼루 천장에다 달어맨디야." 나는 근심스러워 풀죽은 목소리로 중얼거리며 연방 도래질을 하였다. 그녀는 "신랑 달어먹는 겨. 그런 건 노상 장난으루 허는 거랑께." 그녀는 히뜩히뜩 웃다 말고 나를 덥석 둘러업었다. 옹점이 등에 업혀 돌아오면서 나는 다시 하늘을 쳐다보았다. 얼마나 드높고 가없으며 꿈속에서의 하늘처럼 이상하게만 보인 하늘이었던가. 하늘을 가득 채우고 있던 달도 나만을 쳐다보고 있었고, 내 그림자를 쫓아 대문 앞까지 따라오던 것이 아직도 눈에 선하게 남아 있다. 옹점이는 나를 안방 윗목의 푹신한 새요잇 위에 부리고, 새물내가 몸으로 배어드는 누비이불을 덮어주며 실풋실풋 웃었고, 어서 잠이 들기를 바라고 있었지만, 나는 사모 썼던 석공의 모습과 몽둥이와 새끼타래를 잔뜩 움켜쥐고 별러대던 쌍례아배, 복산아배와 덕산이, 그리고 조패랭이의 숨결 고르지 못하던 얼굴이 떠올라 잠을 이룰 수가 없었다.

—이문구, 『관촌수필』, 문학과지성사, 1977, 206~208쪽.

이야기를 짓는 이가 언어 능력 기르기에 관심이 적고, 표현의 적절성과 세련성이 작품의 수준과 가치를 좌우한다는 사실에 대해 잘 모르면, 좋은 이야기를 생산하기 어렵다. 언어 능력은 표현 능력의 척도이며, 언어 훈련은 사고력과 표현력, 나아가 상상력을 기르는 대표적인 방법이다. 갈래가 무엇이고 어떤 매체를 쓰든 간에, 언어 능력은 표현 활동의 기본이다. **기법과 요령 익히기에 앞서 언어 능력을 기르는 데 많은 노력을 쏟아야 한다.**

인간의 핵심 능력인 언어 능력에 대한 관심이 빈약한 사회, 문자맹 文字盲은 면했으나 '문의맹文意盲,'[48] 곧 읽어도 그 속뜻을 모르는 문맹이 허다한 사회가 한국이다. 읽기가 그러하니 쓰기는 말할 것조차 없다. 언어 능력에 급수가 있으며, 특히 읽고 쓰는 글말 능력은 입말보다 훨씬 더 체계적으로 훈련해야 높은 수준으로 길러진다. 한국 국민 대다수가 글을 읽고 쓸 수 있게 된 기간이 반세기밖에 되지 않았고, 근대적 언어교육이 이루어진 기간도 짧은 탓에, 스토리텔링을 하려는 이마저도 언어 능력에 대한 인식이 부족한 경우가 있다.

개인이든 국가든, 문화 수준은 말 그대로 언어 능력의 수준에 크게 좌우된다. 적절한 표현을 찾아 끝까지 노력하지 않으면 사고가 명료해지기를 기대하기 어렵고, 나아가 다른 이에게 전달할 수준 높은 그 무엇을 마련할 수 없다. 스토리텔링을 잘하려면 오랜 기간 연습하고 경험을 쌓아 언어 능력을 길러야 한다는 사실을 거듭 강조해둔다.

1 한국 사회는 부정확하거나 부적절한 표현에 지나치게 둔
감하다.

다음은 흔히 볼 수 있는 표현들이다. 문제되는 부분을 바람
직하게 고쳐보시오.

1-1 "손님, 거스름돈이 삼백 원 되시겠습니다."

　　→

1-2 우리 식구는 이 강아지와 칠 년을 살았다.

　　→

1-3 〔일기 예보〕 "내일은 흐린 날씨를 보이겠습니다."

　　→

1-4 나는 사랑을 통한 인간 구원의 가능성에 대해 신뢰한다.

　　→

1-5 "너는 정말 무엇이 엣지 있게 산다라고 생각하니?"

　　→

1-6 이 영화는 내러티브가 빈약하다.

　　→

2 근래 한국 영화에서는 인물들의 대사가 불명확하거나 어조가 부자연스러운 경우가 많다. 또 욕설을 자주 내뱉는 경향이 있는데, 이는 인물은 물론 작품의 품격을 떨어뜨리기 쉽다. 욕설 같은 비속어는 어떤 경우에만 제한적으로 사용해야 옳을까?

---

3 언어 능력의 기본 가운데 하나가 어휘력이다. 어휘를 많이 알며 적절히 사용하기 위해서는 사전을 자주 찾아 그 뜻을 정확하게 아는 습관을 들일 필요가 있다. 그리고 일단 알게 된 단어는 실제로 사용해봐야 자기 몸에 붙는다.

> **길잡이**
> 일반 국어사전은 물론 관련 전문 용어사전, 백과사전 등을 다 함께 활용한다.

다음 낱말의 뜻을 적확하면서도 간명하게 풀이하고, 이 낱말을 넣어 문장을 하나 지으시오.

3-1 (작품의) 각색脚色
　① 뜻:
　② 문장:

3-2 문화 원형文化 原型
　① 뜻:
　② 문장:

3-3 비장미悲壯美

  ① 뜻:

  ② 문장:

3-4 (판소리의) 아니리

  ① 뜻:

  ② 문장:

---

4 다음은 주로 연극과 영화 분야에서 외국어 그대로 사용되거나 남용되는 경향이 있는 말들이다. 본래의 뜻에 충실하게, 적절한 한국어로 옮겨보시오. (모두 명사로 사용되는 경우만을 대상으로 함. 필요하다면 여러 단어로 풀어서 옮겨도 좋음.)

4-1 스펙터클spectacle →

4-2 서스펜스suspense →

4-3 드라마투르기Dramaturgie, dramaturgy →

4-4 비주얼 visual →

4-5 파일럿 필름pilot film →

5 다음은 김승옥의 단편소설 「무진기행」의 일부이다. 이 글에서 표현된 것과 표현하고 있는 것, 즉 '나'의 상태와 그것을 제시하는 서술의 방식 혹은 문체적 특성은 어떻게 조화되어 있는가?

다음을 읽은 후, 먼저 '나'의 심리적 상태를 적고, 그것을 효과적으로 표현하는 데 이바지한다고 여겨지는 서술의 특성을 적으시오.

여자는 아까보다 좀더 명랑한 목소리로 말했다. "앞으로 오빠라고 부를 테니까 절 서울로 데려가 주시겠어요?" "서울에 가고 싶으신가요?" "네." "무진이 싫은가요?" "미칠 것 같아요. 금방 미칠 것 같아요. 서울엔 제 대학동창들도 많고…… 아이, 서울로 가고 싶어 죽겠어요." 여자는 잠깐 내 팔을 잡았다가 얼른 놓았다. 나는 갑자기 흥분되었다. 나는 이마를 찡그렸다. 찡그리고 찡그리고 또 찡그렸다. 그러자 흥분이 가셨다. "그렇지만 이젠 어딜 가도 대학시절과는 다를 걸요. 인숙은 여자니까 아마 가정으로나 숨어버리기 전에는 어느 곳에 가든지 미칠 것 같을 걸요." "그런 생각도 해봤어요. 그렇지만 지금 같아선 가정을 갖는다고 해도 미칠 것 같은 생각이 들어요. 정말 맘에 드는 남자가 아니면요. 정말 맘에 드는 남자가 있다고 해도 여기서는 살기가 싫어요. 전 그 남자에게 여기서 도망하자고 조를 거예요." "그렇지만 내 경험으로는 서울에서의 생활이 반드시 좋지도 않더군요. 책임, 책임뿐입니다." "그렇지만 여긴 책임도 무

책임도 없는 곳인 걸요. 하여튼 서울에 가고 싶어요. 절 데려가 주시겠어요?" "생각해봅시다." "꼭이예요 네?" 나는 그저 웃기만 했다. 우리는 그 여자의 집 앞에까지 왔다. "선생님, 내일은 무얼 하실 계획이세요?" 여자가 물었다. "글쎄요. 아침엔 어머님 산소엘 다녀와야 하겠고, 그리고 나면 할 일이 없군요. 바닷가에나 가볼까 하는데요. 거긴 한때 내가 방을 얻어 있던 집이 있으니까 인사도 할겸." "선생님, 내일 거긴 오후에 가세요." "왜요?" "저도 같이 가고 싶어요. 내일은 토요일이니까 오전수업뿐이예요." "그럽시다." 우리는 내일 만날 시간과 장소를 약속하고 헤어졌다. 나는 이상한 우울에 빠져서 터벅터벅 밤길을 걸어 이모 댁으로 돌아왔다.

　내가 이불 속으로 들어갔을 때 통금 싸이렌이 불었다. 그것은 갑작스럽게 요란한 소리였다. 그 소리는 길었다. 모든 사물이 모든 사고思考가 그 싸이렌에 흡수되어 갔다. 마침내 이 세상에선 아무것도 없어져 버렸다. 싸이렌만이 세상에 남아 있었다. 그 소리도 마침내 느껴지지 않을 만큼 오랫동안 계속할 것 같았다. 그때 소리가 갑자기 힘을 잃으면서 꺾였고 길게 신음하며 사라져 갔다. 내 사고思考만이 다시 살아났다. 나는 얼마 전까지 그 여자와 주고받던 얘기들을 다시 생각해보려 했다. 많은 것을 얘기한 것 같은데 그러나 귓속에는 우리의 대화가 몇 개 남아 있지 않았다. 좀더 시간이 지난 후, 그 대화들이 내 귓속에서 내 머리 속으로 자리를 옮길 때는 그리고 머리 속에서 심장 속으로 옮겨갈 때는 또 몇 개가 더 없어져버릴 것인가. 아니 결국엔 모두 없어져 버릴지도 모른다. 천천히 생각해보자. 그 여자는 서울에 가고 싶다고 했다. 그 말을 그 여자는 안타까운 음성으로 애기했다. 나는 문득 그 여자를 껴안고 싶은 충동에 사로잡혔다. 그리고…… 아니, 내 심장에 남을 수 있는 것은 그것뿐이었다. 그러나 그것도 일단 무진을 떠나기만 하면 내 심장 위에서 지워져 버리리라. 나는 잠이 오지 않았다. 낮잠 때문이기도 하였다. 나는 어둠 속에서 담배를 피웠다. 나는 우울한 유령들처럼 나를 내려다보고 있는 벽에 걸린 하얀 옷들을 흘겨보고 있었다. 나는 담뱃재를 머리맡의 적당한 곳에 털었다. 내일 아침 걸레로 닦아내면 될 어느 곳에. '열두 시 이후에 우는' 개구리 울음소리가 희미하게 들려오고 있었다. 어디선가 한 시를 알리는 시계소리가 나직이 들려왔다. 어디선가 두 시를 알리는 시계소리가 들려왔다. 어디선가 세 시를 알리는 시계소리가 들려왔다. 어디선가 네 시를 알리는 시계소리가 들려왔다. 잠시 후에 통금 해제의 싸이렌이 불었다. 시계와 싸이렌 중 어느 것 하나가 정확하지 못했다. 싸이렌은 갑작스럽고 요란한 소리였다. 그 소리는 길었다. 모든 사물이 모든 사고가 그 싸이렌에 흡수되어 갔다. 마침내 이 세상에선 아무것도 없어져 버렸다. 싸이렌만이 세상에 남아 있었다. 그 소리도 마침내 느껴지지 않을 만큼 오랫동안 계속할 것 같았다. 그때 소리가 갑자기 힘을 잃으면서 꺾였고 길게 신음하며 사라져갔다. 어디선가 부부들은 교합交合하리라. 아니다. 부부가 아니라 창부와 그 여자의 손님이리라. 나는 왜 그런 엉뚱한 생각을 하고 있는지 알 수 없었다. 잠시 후에 나는 슬며시 잠이 들었다.

> —김승옥, 「무진기행」, 『서울 1964년 겨울』, 창우사, 1966, 84~87쪽.

5-1　'나'가 처한 상황 혹은 심리 상태(구체적으로, 그러나 가급적 1문장으로 답할 것):

5-2　그런 상황 혹은 심리 상태를 표현하는 데 이바지하는 서술의 특성(두 가지 이상 적을 것):

1   보기(*)와 같이, 주어진 대립이나 모순을 넣어 제재에 적
합한 사건의 처음상황 혹은 기본 상황을 만들어보시오.

제재	대립, 모순	대립, 모순이 내포된 처음상황
자본의 병폐	진실\거짓	* 한 신문 기자가, 자기 신문사의 큰 광고주인 대기업이 저지른 비리를 알게 된다.
먹고사는 문제	개인적 욕망 \사회적 규범	①
환경의 영향력	육체(행동) \정신(의지)	②

2   한국의 이야기 전통에는 '가련한 여인' 혹은 '수난받는 여
성'이라 부를 수 있는 인물 유형이 있다.[49] 도미 부인(『삼국유
사』 수록 설화), 심청(『심청전』), 바리공주(서사무가 '바리데기')
등은 물론 초봉(채만식의 『탁류』), 선비(강경애의 『인간문제』),
그리고 많은 텔레비전 드라마와 영화의 여성 주인공들이 그
유형에 속한다. 이 '가련한 여인 이야기'의 주인공은,

> 길잡이
>
> 달라진 사회 현실을 반영하다 보면, 인물이나 스토리가 기본형과 달라질 수 있다. 심한 경우 패러디가 될 수도 있는데, 그역시 기본형을 '활용하는' 것이다.

    착하고 용모가 아름답지만 가족/가정이 온전하지 않다.
    부당한 억압 때문에 시련을 겪는다.
    결말에서 행복을 얻는다/얻지 못한다.

이 '가련한 여인' 인물형 혹은 수난받는 '여인의 일생' 스토리는, 전통적인 남성 중심의 가부장 질서와 밀접한 관계가 있는 것으로 보인다.

이 인물형 혹은 스토리의 기본형을 '활용하여' 4~5문장 길이의 짧은 스토리를 엮되, 반드시 가부장 질서가 무너져가는 현대 한국의 사회 현실을 반영하시오.

2

갈래와 유형의
관습성

좋은 이야기는 해당 갈래(장르), 유형 등의 관습을 활용하고 재해석한다.

모든 담화는 기본적으로 어떤 갈래나 유형에 속하며, 문화적 조건과 매체의 특성을 바탕으로 형성된 특유의 화법, 스타일, 구조 원리 등에 따른다. 이야기 양식과 그 하위 갈래들 역시 일단 이러한 전통적 관습에 따라 만들어지고 받아들여지게 마련이다. 본받거나 되풀이한다는 점에서 통하지만, 이는 부정적 색채를 띤 '클리셰*의 사용'과 거리가 있는 문제이다.

예를 들어보자. 연극, 오페라, 뮤지컬 등과 같이 무대에서 공연되는 이야기들은 무대의 공간적 제약 때문에 생긴 여러 관습이 있는데, 그중 하나가 방백傍白이다. 베르디의 오페

> ● **클리셰** cliché
> 진부한 것. 흔하기에 표현이 쉽고 빠르지만 내용이 뻔하며 새로움이 없는 문구, 장면, 생각 등을 가리킴. '갈래의 관습과 구조적 원리'에 비해 표층적이고 부분적인 것.

라 『아이다』 제2막 마지막 장면에서, 삼각관계에 놓인 라다메스—아이다—암네리스 공주가 한자리에서 함께 노래를 부른다. 거기서 애정적 불안, 정치적 복수심 등이 뒤얽힌 세 인물의 속마음이 '독백' 투로 표출되는데, 각각 세 인물의 말을 관객은 들어도 자기들끼리는 듣지 못하는 것으로 되어 있다. 일상 공간에서라면 있을 수 없는 일이지만, 그렇게 간주하는 것이 무대극에서의 관습이고, 관객도 그 약속에 따라 이해한다.

이 관습을 표현상의 관습과 구조 원리상의 관습으로 나누어 살펴보자. 우선 어떤 갈래나 유형에는 특유의 표현상의 관습이 있다. 그래서 가령 소설을 희곡이나 텔레비전 드라마 대본처럼 장면 중심으로만 전개한다든지 대화 위주로 서술한다면, 독자들은 '소설 같다'고 여기지 않으면서 어떻게 감상해야 할지 혼란스러울 터이다. 그럴듯함을 느끼기 어렵게 되는 것이다. 또 만화에서는 당황스럽고 긴장된 마음을 표현할 때 인물의 이마나 뒤통수에 커다란 땀방울 하나가 맺히게 하는데, 영화에서도 그런 방법을 사용한다면 매우 우스꽝스러울 것이다. '앗!'이라는 감탄사도 그렇다. 만화가 아닌 데서 사용하면 어색하다.

표현의 관습에 비해 구조 원리의 관습은 매우 추상적이며 작품의 질서 전반에 관한 것이다. 기—승—전—결, 권선징악, 도입(발단)—전개—위기—절정—대단원,[50] 한의 맺힘—풀림[51] 등이 그런 예이다. 다른 예로, '멜로드라마melodrama'(격정극)가 있다. 멜로드라마는 많은 할리우드 영화나 한국의 텔레비전 드라마가 취하는 흔한 이야기 유형인데, 거기에는 유형적 성격을 지닌 선인과 악인이 등장하여, 감상자의 감성을 자극하는 과장되고 자극적인 사건을 벌이며,[52] 권선징악의 과정을 밟는 경우가 많다. 이 구조 원리 혹은 유형에 익숙해진 감상자는, 그에 속한다고 여겨지는 텔레비전 드라마가 그에 어긋날 때, 말하자면 눈물을 흘리게 하는 대목 따위가 없을 때, 기대가 무너지고 몰입하기 어려울 것이다.

이런 구조 원리들은 스토리나 플롯의 형태와 관련이 깊은데, 대중적인 이야기에만 해당되는 것은 아니다. 가령 교양소설에는 한 인간이 성숙해가는 '상승적 구조' 혹은 '성장'의 원리가 존재한다.

앞에서 이야기의 관습을 표현상의 관습과 구조 원리상의 관습으로 나누어 살폈는데, 이것은 관습의 형식적 측면과 내용적 측면이라고 바꾸어 말할 수 있다. 갈래의 관습 가운데 형식적인 것은 '서술 층위'의 문제이므로 가시적이지만, 내용적인 것은 비교적 눈에 보이지 않으므로 전자에 비해 관찰하고 일반화하여 논의하기가 어렵다. 게다가 형식이든 내용이든, 창조적인 작품은 노상 관습적인 것을 깨뜨리고 뒤섞으며 혁신한다. 이문구의 장편 연작소설 『관촌수필』은 대부분 실재했던 인물들의 전기적 내용을 극적이지 않은 형태로 서술하고 있는데, 표지에는 '소설집'이라고 적혀 있는 동시에 제목에는 '수필'이란 말이 들어 있다.

한편 갈래와 유형의 관습은 시대, 문화권 등에 따라 다르며 세월이 흐르면 변하거나 없어지기도 한다. 일대기 형식의 이야기(전傳, 행장行狀, 고소설 등)를 우리 조상들은 흥미롭게 짓고 읽었지만 오늘의 우리는 그다지 관심을 갖지 않는다. 이야기의 화법과 스타일 역시 탄생하고 소멸하며, 뒤섞이고 유행을 탄다.

이런 여러 사실들은 이야기의 관습이 고정된 것이 아니라 유동적이라는 사실을 말해준다. 또 모든 텍스트는 상호텍스트적인 관계, 즉 상호 영향관계에 있음을 보여준다. 게다가 오늘날은 '장르 융합의 시대'요 '혼성 모방의 시대'라고들 한다. 갈래의 관습을 깨고 뒤섞는 게 유행인 시대인 것이다.

그렇다고 해도 스토리텔러가 일단 자기가 지으려는 갈래와 유형의 '일반적이고 기본적인 관습과 형식'을 익히며 또 염두에 두고 작업해야 한다는 사실은 여전히 중요하다. 미술에서 화풍에 관계없이 데생이 중요하듯이, 이야기 창작에서 그것이 중요한 기초요 기본이기 때문이다. 또 앞서 지적했듯이, 갈래의 관습은 오랜 세월 동안 다듬어지고 굳어진 인식과 표현의 틀이요 원리이므로, 이를 지키고 활용해야 작품이 더 그럴듯해지고 의사소통도 원활히 이루어지기 때문이다. **혁신을 하더라도 기존의 것을 알아야 하며, 새로운 것의 새로움을 강화하기 위해서도 묵은 관습은 필요하다.** '장르 융합'을 하고자 한다면 융합할 장르들에 대해 먼저 잘 알아야 하는 것이다. 최인훈의 희곡 『달아 달아 밝은 달아』가 『심청전』(고소설)과 『심청가』(판소리)를 바탕으로 이해되듯이, 깨뜨리고 뒤섞으며 패러디를 한다 하여도 작품은 일단 묵은 관습을 바탕으로 지어지고 또 이해되게 마련이다. 이른바 '포스트모더니즘적' 이야기는 관습을 깨고 뒤섞는 데 유난히 몰두하는 특징이 있는데, 거기서 기존 작품의 패러디나 오마주hommage가 자주 눈에 띄는 것은 아이러니하다. 이런 문제에 대해 루이스 자네티는 이렇게 말했다.

고대 그리스의 예술가들은 일치된 신화체계에 의존해 있었으며, 극작가와 시인들이 같은 이야기로 되돌아가 계속 반복하더라도 그것을 이상하게 생각하는 사람은 아무도 없었다. 무능한 예술가들은 다만 되풀이하는 데 그친다. 진지한 예술가들은 재해석한다. 잘 알려진 이야기나 스토리 양식의 대체적인 윤곽만으로도, 스토리텔러는 그 주인공들을 통해 장르의 여러 관습과 예술가의 창조 사이에서, 익숙한 것과 참신한 것 사이에서, 일반적인 것과 독특한 것 사이에서 흥미롭고 도발적인 긴장감을 이끌어낼 수 있다.[53]

한편 앞에서 다룬 어문규범에 비해 갈래의 규범은 익히기가 어렵다. 해당 갈래의 형식과 스타일을 적절하고 통일성 있게 구사할 수 있으면, 가령 시나리오를 시나리오답게 쓸 줄 알면 일단 기본은 갖추었다고 볼 수 있다. 한데 내용과 형식은 한 몸이기에, 시나리오를 시나리오답게 쓴다는 것이 그 외적 형식 규범—장면 번호 사용, 지문과 대화의 구분, 촬영과 화면 처리 관련 용어 사용 등—을 지키는 데 그치는 게 아니므로 이는 쉬운 일이 아니다. 장면의 분할과 구성, 대화와 행동에 의한 인물 그려내기, 촬영 및 편집 기술의 활용 등에 대한 폭넓은 이해가 받쳐주지 않을 때, 나아가 '시나리오식으로'(궁극적으로는 '영화식으로') 삶을 인식하고 표현하는 데 능숙하지 못할 때, 시나리오도 아니요 희곡이나 텔레비전 드라마 대본도 아닌 이상한 게 만들어질 수 있기 때문이다. 만화에서 칸을 나누되 각각 다른 각도에서 그리며 또 그것들을 연결하는 작업이 단지 형식의 문제만이 아님을 생각해보면 사정을 짐작할 수 있을 것이다. 영화는 컷을 '편집'해서 만들기에 소설보다 만화를 영화화하기가 비교적 쉬운데, 이런 사실에서도 칸이나 컷의 분할 같은 형식이 구조적 원리와 관련되어 있음을 알 수 있다.

이렇게 볼 때 스토리텔링을 하려는 이는, **자기가 택한 이야기 갈래의 관**

습을 많은 감상과 창작 실습을 통해 익혀야 한다. 소설을 쓰려는 이가 소설을 많이 '읽고' 쓰지 않고, 영화나 텔레비전 드라마를 '보는' 데만 골몰해서는 곤란하다. 그는 특히 걸작 소설들─해당 갈래의 전통을 혁신하면서 새로운 형식을 창조해낸 작품들─을 많이 감상하고, 작품을 유기적으로 살아 움직이게 하는 원리를 몸으로 익혀야 한다. 필요하다면 걸작을 베껴보는 것도 도움이 된다. 그리고 연극, 영화, 텔레비전 드라마, 디지털 이야기 게임 등과 같이, 대본을 바탕으로 연출이나 제작을 해야 완성되는 이야기물, 그러니까 스토리텔링이라는 것이 소설처럼 '글쓰기'만을 의미하는 것이 아닌 갈래의 작품을 창작하는 데는, '제작'에 필요한 매체 및 기술의 이해와 경험이 더 필요하다. 방 안에서 자판만 두드리지 말고 무대나 촬영 현장에 찾아가 직접 작업을 해보는 것도 도움이 될 터이다.

1 근래 한국 문화계에서 '장르 영화' '장르 소설' '장르 만화' 따위의 용어가 자주 쓰인다. 이들 중 일부는 외국에서도 자주 쓰이고 있는 말이지만, '영화' '소설' 등이 장르 명칭이므로 불합리하거나 불충분한 면이 있다고 볼 수 있다.

1-1 이런 말에서 '장르'는 대개 어떤 뜻으로 쓰이는가? '관습'이라는 표현을 반드시 사용하여 답하시오.

1-2 이런 말들은 어떤 말로 바꿔 쓰는 게 본뜻의 전달에 보다 적합할까? '장르 영화'를 예로 들어 답하시오.

장르 영화 →

2 한국 만화계에서 작자를 표시할 때 '글'과 '그림'을 구별하여 적고, 둘이 다를 때 '글'의 작자를 '그림'의 작자와 비슷하게 대우하려는 경향은 근래에야 생긴 듯 보인다. 이는 그동안 둘을 구별하지 않았기 때문일 수도 있지만, 만화의 대본과 그것을 짓는 일의 중요성에 대한 인식이 부족했기 때문이라고 할 수도 있다.

> **길잡이**
> 실제의 관습이나 규범을 알아볼 수도 있지만, 일의 성격이나 갈래의 특성을 볼 때 어때야 할 것인지를 따진다.

만화 제작 과정에서 한 사람이 두 가지 일을 다 하지 않는 경우, 그 대본 즉 '글'의 작자가 창작하여 '그림' 작가에게 주는 '원고'는, 주로 무엇에 관한, 어떤 형태의 것일까? '글'의 작자가 담당한 분야와 작업의 범위에서 할 수 있고 또 해야 하는 일을 염두에 두면서, 간략히 적어보시오.

3 소설, 영화, 연극 등의 갈래를 초월하여, 흔히 스릴러 thriller라고 부르는 것이 있다. 이 역시 하나의 갈래 혹은 유형인데, 어떤 이야기를 스릴러라고 부르는가? 주로 사건이나 플롯과 관련된 관습 위주로 지적하시오.

4 뮤지컬은 연극과 마찬가지로 무대에서 공연된다. 하지만 연극과 구별되는 뚜렷한 특징을 지니고 있다. 그중 하나가 음악과 춤(무용, 율동)이 매우 중요하게 활용된다는 점이다.

이 특징과 관련된, 뮤지컬 연출가가 연극 연출가와 달리 지녀야 할 '스토리텔링 능력'은 어떤 능력일까?

5   텔레비전 드라마는 영상매체를 사용하므로 영화와 가깝게 느껴진다. 실제로 점차 영화에 가까워지며 그 형태도 다양해지고 있지만, 일단 텔레비전 드라마는 '드라마(극)'이다.

5-1   텔레비전 드라마의 특징을 살피기 위해 그것을 연극과 비교해보려고 한다. 각각 여러 종류가 있으므로 비교가 단순하지 않다. 연극은 전통적인 사실주의 연극, 텔레비전 드라마는 이른바 가족 드라마('일일연속극' 종류)로 한정하여, 현대 한국에서 창작된 것의 어디까지나 '일반적 양상'에 관해 빈 곳을 채우시오.

길잡이

'가족 드라마'에 대해 주어진 다른 말을 참고하고, '사실주의 연극'에 대한 말과 대조되게 한다.

	사실주의 연극	가족 드라마
감상 시간	2시간 내외	매우 김/여러 달 '연속'
사건(서술된) 시간	비교적 짧음	①
사건 규모	비교적 작음	②
작품 구조	완결 구조, 드라마틱	③
공간(배경, 의상 등)	매우 제한됨, 상징적	④
조명	중요함, 기능이 큼	⑤
카메라	사용 안함	사용함/표현 기능 제한적임
인물의 관계	특정 유형 없음	가족관계 중심
인물의 성격	내향적, 개성적, 입체적	⑥
인물의 모습, 움직임	전신全身, 동적動的	대개 상반신/표정 중심, 정적

제재	비교적 본질적, 근원적인 것	⑦
주요 관객	주로 지식인, 학생층	⑧
창작 목적	비판, 사색	⑨

5-2 어떤 텔레비전 드라마를 놓고 '막장 드라마' 운운한다. 이른바 '막장 드라마'란 어떤 드라마를 가리킬까? 앞의 비교 항목들 가운데 관계 깊은 것을 고려하여 답하시오.

5-3 앞의 비교 결과를 놓고 볼 때, 가족 드라마 종류의 텔레비전 드라마는 대체로 '통속소설'(대중소설)과 통하는 점이 많다. 어째서 그렇게 볼 수 있는가? 가장 적합한 것을 고르시오.

① 미적 완성을 목표로 삼기 때문이다.

② 창의적 서술을 지향하기 때문이다.

③ 정서의 해소를 추구하기 때문이다.

④ 현실을 비판하고자 하기 때문이다.

1   다음은 영화 「피에타」(감독: 김기덕)의 일부이다. 움직이는 연속된 영상을 책에 옮기는 데는 무리가 따르지만, 주어진 이전 스토리, 장면 설명, 그림 등을 모두 잘 보고 물음에 답하시오.

――――――――― ⟨이전 스토리⟩ ―――――――――

　'강도'라는 이름의 청년이 있다. 그는 채무자의 몸에 상해를 입혀 보험금을 타내는 무자비한 방법으로 사채업자의 빚을 받아주는 일을 하며 살아간다. 그를 낳자마자 버렸던 어머니라는 여자가 30년 만에 그 앞에 나타나서는 자기를 용서해달라고 한다. 그러나 <u>강도는 그녀가 집에 들어오자 내쫓아버린다.</u>

　어느 날 강도는 빚에 몰려 자살한 사람의 어머니한테 대신 돈을 받으러 갔다가 허탕을 치고, 그 어머니가 기르던 토끼를 빼앗아 온다. <u>그는 그런 동물을 스스로 잡아 끓여먹곤 하였다.</u>

　강도의 어머니라는 '미선'은 계속 자기를 용서해달라고 애원한다. 결국 강도는 자기 집 문 앞에서 울고 있는 <u>미선을 들어오게 한 후</u> '엄마라는 증거를 대라'면서 참혹한 수모를 준다. 기진맥진한 미선은 그날 강도의 집에서 밤을 보내게 된다.

⟨장면 설명⟩

　새벽. 어둠 속에서 미선이 일어나 화장실에 간다. 거기서 툭 튀어나오는 토끼. 미선은 잠시 바라보다가 집 밖으로 내보내준다.

장면 1

아스팔트 도로에서 갈 곳을 찾는 토끼

장면 2

토끼를 내다보는 미선의 얼굴에 미소가 스친다.

창가에서 사라지는 미선. 자동차의 급브레이크 소리. 창가로 달려오는 미선. (생략)

장면 3

멈춰 선 차에서 운전자가 내려 바퀴 밑을 살피는 게 보인다.

장면 4

그 광경을 내다보는 미선

1–1 앞은 짧은 시간에 걸친, 얼핏 보면 사소해 보이는 장면들이다. 하지만 이 장면들은 어떤 사건을 이루면서 정서적 반응을 유발하고 있다. 그것이 분명히 드러나게끔, 이 사건 혹은 장면의 연쇄를 아래 조건에 따라 소설 양식으로 바꾸어 서술하시오.

〈조건〉

㉮ 삼인칭 주권적 서술상황(삼인칭 전지적 시점)의 소설 양식으로 서술할 것.

㉯ '미선'에 초점을 두고 주어진 '이전 스토리' '장면 설명' 등을 충분히 활용하여 서술할 것.

㉰ 300자 내외의 분량(띄어 쓴 칸 포함).

㉱ 아래 ①, ② 중 하나만 택하여 답해도 좋음.

㉲ "미선이 정신을 차려보니 새벽이었다"를 첫 문장으로 삼을 것.

---

① 영화 「피에타」의 실제 내용을 고려한 답:

미선이 정신을 차려보니 새벽이었다.

② 영화 「피에타」를 고려하지(감상하지) 않고, 앞에 주어진
   것만 가지고 나름대로 상상한 답:

   미선이 정신을 차려보니 새벽이었다.

1–2　이야기에서 인물의 심리, 그의 행위 동기나 목적 등은
추상적인 것이다. 그것을 구체적으로 '서술' 혹은 '형상화' 함에
있어 소설과 영화는 어떻게 다른가? 소설의 방법을 영화도 사
용할 수 있으므로 비교하기 어려우나, 소설은 삼인칭 전지적
서술의 소설을 주로 염두에 두고, 갈래의 특성상 '일반적인' 차
이점을 지적해보시오. 앞의 문제 1–1을 풀면서 경험한 것을 활
용하여, 핵심적인 점 한 가지만 적으시오.

2 많은 이야기가 권선징악勸善懲惡의 관습에 따른다. '권선징악'은 스토리, 플롯, 주제 등 여러 가지를 가리킬 수 있는 말인데, 여기서는 일단 플롯—요소들을 구성하고 결합하는 원리로 보기로 하자.

그것이 어떤 갈래에 속하든, 권선징악 유형 이야기의 스토리 전개는 '관습적으로' 대개 다음과 같이 이루어진다.

선한 현실(정상) — 악의 득세(비정상, 혼란)
— 악의 몰락(대결, 징벌) — 선한 현실의 회복(정상)

이 4단계는 기(사건의 발단)—승(이어받아 전개시킴)—전(전환, 반전)—결(결말)에 가깝게 만들 수도 있고, 일부를 합쳐서 3단계로 만들[54] 수도 있다. 하여간 여기서 '선을 권장하고 악을 징벌하는' 일을 가능하게 하는 주체는, 근대 이전 시기에는 보통 초월적 존재(하늘, 신, 조상의 영혼 등)나 절대 능력자(왕, 영웅 등)였다. 하지만 근대 이후에는 보통 인간에 의해 그 과정이 사실적으로 전개되고 결말을 맺는다. 따라서 무엇이 선이고 악인가 하는 선악의 기준도, 근대 이후에는 개인과 그 집단(사회)의 상식, 가치관 등에 따라 설정된다.

다음 주어진 상황을 권선징악의 제1단계(선한 현실)라고 보고, 현대 한국인의 '사회 현실에 대한 일반적 생각'에 비추어 그럴듯하다고 여겨지는 권선징악 스토리를, 앞의 4단계에 맞추어 전개시켜보시오. (각 괄호 안에 1~2문장을 적을 것)

30대 후반의 독신 남자가, 아버지가 운영하는 작은 자동
차 수리업체에서 일에 파묻혀 산다. 부근이 개발되면서 수
입이 좋아지고 있다.

　　— ①

　　　　　　　　　　　　　　　　　　　　　　　　　　　　　　）

　　— ②

　　　　　　　　　　　　　　　　　　　　　　　　　　　　　　）

　　— ③

　　　　　　　　　　　　　　　　　　　　　　　　　　　　　　）

3

·
·
·

그럴듯함

가. 개념

좋은 이야기는 '그럴듯함'[55]을 지니고 있다. 감상자에게 '그럴듯하다'는 반응을 일으킨다.

그럴듯함이란 감상자가 이야기에 서술된 것(스토리)과 그것을 서술하는 것(서술)에서 종합적으로 맛보는, 합리적이라는 느낌과 판단이다. 이는 이성적인 동시에 감성적인 것, 즉 논리적 요소와 정서적 요소가 융합된 것으로서, '인과성' '필연성' '진실성' '박진성迫眞性, verisimilitude' '사실성' 등과 밀접한 관계에 있다.[56]

이야기는 일정한 시간 동안에 일어나는(지속되는) 사건을 다루며, 감상자가 비교적 긴 시간에 걸쳐 읽고 본다. 그럴듯함은 무엇보다 이 시간 동안 감상자가 이야기 세계를 하나의 현실로 받아들이며, 그에 몰입하고 공감하여 끝까지 감상하도록 하는 기본적 요건이다. 사건이 우연스럽다든가 인물의 성격이 일관되지 않아 이야기가 자연스럽지 않다고 느껴 감상자가 중간에 감상을 그만두면(영화나 연극은 강제로라도 끝까지 감상하지만, 소설은 책을 덮으면 그만이다) 모든 게 소용없어지는 까닭에, 이는 아주 기본적인 요건이다. 스토리텔링의 여러 목표는, 그럴듯함이 결여되면 아예 기대하기 어려워진다. 그럴듯하지도 않은데 누가 동감이나 아름다움을 느끼며, 뒤에 논의하게 될 다른 요건들, 즉 '가치성' '참신성' 따위를 느낄 수 있겠는가.

그럴듯함은 이야기의 기본 요건일 뿐 아니라, 총체적이고 최종적인 요건이기도 하다. 텍스트와 관련된 모든 요소와 기법이 함께 작용하여 빚어내는 결과인 까닭이다. 특히 서술 층위의 요소들——플롯, 인물 그려내기, 초점화——은 일차적으로 이 그럴듯함을 창출하기 위한 것들이라 할 수 있다. 그중에서도 플롯은 요소들을 동기화하여 인과성 형성에 핵심적 기능을 한다.

한편 그럴듯함은 개인적인 것일 뿐 아니라 집단적·문화적인 것이다. 감상자는 자기만의 경험을 지닌 한 개인이면서 사회와 문화의 지배를 받는 존재이기에, 개성적으로 반응하는 동시에 집단적으로, 세대(나이), 계층(신분), 이데올로기, 문화 등에 따라 반응하기 때문이다. 말하자면 그럴듯함을 판단하는 배경지식과 기대지평이 그것들의 지배를 받기 때문이다.

이런 점들을 고려하다 보면, 무엇이 그럴듯함을 규정하는지, 이야기의 어떤 점이 감상자로 하여금 그럴듯하다고 여기게 하는지를 간단히 해명하기 곤란하고, 앞서 전제했듯이 그 일반적 판단 기준도 세우기 어려움을 알 수 있다.

얼핏 생각하면, 그럴듯함은 이야기에 펼쳐진 세계가 얼마나 현실과 닮았느냐, 그것이 얼마나 치밀하고 실감나게 그려졌느냐의 문제인 듯 보인다. '실화實話'를 다루는 경험적 이야기의 경우에는 당연한 말이고, 허구적인 이야기도 현실을 모방하여 '실화처럼' 보이려고 애쓰므로 비켜갈 수 없는 문제이다. 조선 시대를 배경으로 삼은 역사소설에서 남편을 여읜 여자가 수절을 하지 않고 재혼하기 위해 노력한다면 일단 자연스러운 모습으로 보기 어렵고, 그 행동이 그럴듯함을 얻기도 어려울 것이다. 하지만 같은 허구적 이야기인데도 여우가 사람처럼 말을 하는 우화나, 선 몇 개로 거리 풍경을 그려낸 만화에서도 그럴듯함과 실감을 맛본다는 사실을 떠올려보면, 그럴듯함이라는 것이 단순히 물리적·역사적 현실과의 동일성이나 유사성만의 문제가 아님을 짐작할 수 있다. '현실'에는 외면적 현실만이 아니라 내면적(심리적, 상상적) 현실도 있으며, '리얼리티'는 오히려 내면적 진실성에 더 좌우되는 면이 있다.

그럴듯함에는 이러한 외면적 유사성, 내면적 진실성과 함께 문화적 관습성, 논리적 인과성 등의 측면이 있다. 그럴듯함은 일차적으로 자연스럽고 합리적이라는 정서적 느낌이자 논리적 판단이라고 하였는데, 이는 그려진 것이 경험하거나 꿈꾸는 것과 얼마나 닮았는가와 아울러, 관습과 논리의 맥락에 놓고 볼 때 얼마나 '사실적으로 여겨지는가'의 문제이다. 할리우드 영화에서 흔히 '행복한 결말'은 주인공 남녀의 입맞춤으로 표현된다. 지금은 한국인에게도 자연스럽지만, 과거 한국인을 일차 관객으로 삼은 영화에서 그런 장면은 드물었다.

여기서 말하는 허구적 이야기의 '합리성'은, 자연과학적 합리성과는 다른 것이다. 이는 '관습적 합리성' '미적 합리성' 등으로 부를 수 있는 이야기 특유의 합리성으로서, 과학적 사실보다 작품 자체의 구조적 논리, 감상자의 감정과 소망, 작품이 속한 갈래와 문화의 관습 등을 기준으로 판단되는 '있을 법함' 혹은 '있음직함'을 뜻한다. 이와 관련하여 일찍이 아리스토텔레스는, 작자는 역사가와 달리 "실제 일어난 사건을 이야기하는 것이 아니라 일어날 수 있는 일, 개연성이나 필연성의 법칙에 따라 일어나리라 기대할 수 있는 일을 이야기하는 것이다"[57]라고 하였다.

예를 들어보자. 왼손잡이는 우성으로 유전되는 게 아니지만, 「메밀꽃 필 무렵」의 도입부와 결말부에 두 인물이 왼손잡이라는 사실이 배치됨으로써, 허생원과 동이가 부자간임을 그럴듯하게 만든다. 영화 「E.T.」(감독: 스티븐 스필버그)에서 외계인과 그 친구 아이들이 탄 자전거가 하늘로 날아오르는 있을 수 없는 사건은, 그들이 잡히지 않기를 바라는 마음(약자에 대한 동정심, 순수하고 선한 것 편에 서는 양심), 행복한 결말에 대한 관습적 기대, 그리고 관객이 그것을 기대하도록 짜여 있는 작품의 구조에 따르면 합리적이다. 『흥부전』에서 박에서 금은보화가 나오고 『심청전』에서 맹인이 눈을 뜨는, 이른바 권선징악의 시적 정의poetic justice가 실현되는 '꿈의 후반부' 역시 마찬가지이다.

작품 구조 면에서 볼 때, 그럴듯함은 요소들이 플롯에 의해 통일되어 합리적인 질서와 조화를 이룰 때 빚어진다. 모든 것이 반드시 '있어야 하는 것' 혹은 '일어나야 하는 것'이 되었을 때, 한마디로 구성이 유기적이고 극적일 때 얻어지는 것이다. 그래서 그럴듯함은 구조적 통일성, 미적 완결성 등과 직결되며 감동의 원천 중 하나인 가치성(☞ 227~248쪽)과도 직결된다. 앞에서 그럴듯하지 않으면 감동과 아름다움을 맛보기 어렵다고 한 것은 이 때문이다.

요컨대 그럴듯함은 유사성, 관습성, 구조적 합리성 등과 함께 통일성의 문제이다. 아울러 그것은 감상자의 기대를 충족시키는 문제, 곧 기대 충족성의 문제이기도 하다. 감상자가 기대하는 행동이나 사건이 벌어지지 않으면, 그럴듯함이 떨어지는 까닭이다. 물론 이야기의 관습, 작품 자체의 구조와 논리 등에서 벗어난 엉뚱한 기대는 고려할 가치조차 없지만, 감상자마다 기대가 일정하지 않기에 이는 단순하지 않은 문제이다. 하여간 이렇게 볼 때, 작자는 창작을 할 때 자기 이야기의 감상자층(집단)을 대강이라도 미리 정할 필요가 있다. 그리고 그들이 품을 수 있는 기대, 심지어 불합리하거나 습관적인 기대까지 염두에 둠이 바람직하다. 그럴듯함을 강화하는 데는, 그것을 해칠 감상자의 빗나간 기대마저 미리 차단하는 '그럴듯함 유지/방어 장치' 같은 것도 필요한 것이다.

이런 점을 확인시켜주는 예는 헤아릴 수 없이 많다. 영화 「본 아이덴티티」(감독: 더그 라이만)에서, 주인공 본은 우연히 한 패가 된 여자의 낡은 소형차로 도주를 하게 된다. 그는 특수요원이므로 어떻게든 붙잡히지 않겠지만, 차가 정말 어울리지 않는다. 그래서 추격전이 벌어지기 전에, 본이 여자한테 자동차는 손을 보는 편이냐, 아까 보니 타이어에 공기가 적은 것 같더라고 묻는 짧은 장면이 마련된다. 그래 봐야 추격자들 차와는 비교가 안 되지만, 그 장면이 있음으로써 최소한 감상자가 영 그럴듯하지 않다고 느끼는 사태는 막을 수 있게 된다.

나. 기준

앞의 논의를 바탕으로, 작품이 어떠할 때 감상자가 그럴듯하다고 여기는가를 거칠게나마 정리해보자. 물론 이는 스토리텔러가 그럴듯하다는 반응을 창출하기 위해 염두에 두어야 할 점들을 알기 위해서이다.

그럴듯함이란 기본적으로 무엇과 비교하거나 어떤 것을 참조해볼 때 '그럴듯한' 것이다. 그러므로 먼저 감상자가 텍스트에 그려진 것의 그럴듯함 여부를 판단하는 주요 비교 혹은 참조 대상을 정리해본다. 허구적 이야기의 경우, 그것이 매우 다양하고 복합적이므로, 혼란을 막기 위해서도 필요한 작업이다.

(작품 외부 현실에)	(실제로) 있는(있었던, 있다고 믿는) 것
(인간의 경험, 상상 속에)	있을 수 있는(있다고 인정하는) 것
(작품 구조상 그 고유 현실에)	있어야 하는(어울리는) 것
(해당 갈래, 유형에 관습적으로)	있어 온 것

감상자는 무엇보다 작품에 그려진 것이 '실제로 있는 것'일 때, 혹은 그렇게 믿어지도록 치밀하고 섬세하게 서술되어 있을 때 그럴듯하다고 느낀다. 이런 면에서 보면, 이야기가 역사에서 흔히 소재를 취하는

것은, 무엇보다 '실제로 있었던' 상황이나 배경을 이용하여 실제로 일어난 일이라는 느낌 곧 그럴듯함을 조성하는 데 이롭기 때문이다. 사실 이런 역사적 이야기뿐 아니라 대다수 이야기의 도입부에서 사건이 벌어지는 배경이 제시되는데, 그것은 각 이야기 특유의 그럴듯함을 형성하기 위해 그 비교·참조 대상 혹은 맥락을 제공하기 위해서이다. 여기서 연극이나 영화같이 어떤 형태로든 '보여주어야 하는' 공연 갈래들에서 공간⁕의 디자인과 배치가 매우 중요한 까닭을 짐작할 수 있다.

그런데 경험적 이야기와 달리, 허구적 이야기는 말 그대로 허구이다. 거기에서는 역사적 현실이나 경험적 삶을 모방하되 그것을 바탕으로 추리·상상하기도 하므로, 여기에는 '있는 것'과 함께 '있을 수 있는 것'이 담긴다. 그와 함께 작품 구조상 다른 요소들 때문에 반드시 '있어야 하는 것'도 담긴다.

따라서 허구적 이야기의 그럴듯함을 판단하는 데는 그려진 것이 인간과 사회의 자연적·상식적인 겉모습과 얼마나 닮았는가 하는 재현再現, representation의 정도보다, 인간과 사회의 속모습, 즉 욕망, 고뇌, 규범, 가치관 등을 얼마나 깊이 있게 제시하였는가 하는 표현表現, expression의 정도가 더 중요하다. 이렇게 볼 때 그럴듯함의 판단 기준은 겉모습보다 인물의 전형성, 사건의 상징성, 욕망의 원형성原型性 등과 같은 보다 내적인 것이 된다. 실제로 우리는 이미 그것을 알고 있다. 아예 객관적 재현을 떠난 환상적인 이야기(우화, 환상소설, SF, 디지털 이야기 게임, 애니메이션 등)에서, 사

> **⦿ 공간**
> 인물과 사건이 존재하는 장소(공간적 배경)와 그 장소를 구성하는 물체들. 그 서술이나 사물 위주로 **공간소**空間素라고 부를 수 있음. 공연물의 경우 세트, 의상, 분장, 소품 등이 해당됨. (☞ 373쪽)

물의 겉모습은 거의 그럴듯함을 판단하는 대상이나 기준이 되지 않는다. 나무가 말을 하고 개구리한테 배꼽이 있어도 얼마든지 그럴듯하게 여긴다. 겉모습이야 어떻게 변형되고 재창조되었든, 그것이 인간의 내적 경험, 욕망 등과 집단의 문화, 관습, 이념 등의 맥락에 부합하면 그럴듯하게 받아들이는 것이다.

이상 논의한, 감상자가 그럴듯함을 느끼는 경우를 대강 간추려보면 다음과 같다.

○ 제재가 '실제 있는 것'을 바탕으로 했을(했다고 믿어질) 때
  (유사성, 역사성)

○ 내용이 자연의 법칙, 문화적 규범과 관습, 인간의 보편적 욕망과 윤리 등에 부합할 때(합리성, 진실성)

○ 작품 고유의 논리와 문법이 있고, 요소들이 그에 통합되어 하나의 전체를 이루었을 때(인과성, 일관성, 통일성)

○ 해당 갈래나 형식의 관습과 스타일에 어울릴 때(갈래의 관습성, 미적 형식성)

○ 서술 혹은 표현이 매우 섬세하고 치밀할 때(서술의 치밀성)

이야기의 전개 과정은 우연偶然이 개연蓋然이 되었다가 필연必然이 되

는 과정이다. 세상의 모든 일이 필연적으로만 일어난다고 보기 어렵고, 작품의 어느 부분을 의도적으로 '틈'이나 '여백'으로 남길 필요도 있지만, 모름지기 이야기는 우연한 것도 우연스러워 보이지 않아야 한다. '놀람의 결말surprise ending'에서도, 그 놀람은 어디까지나 예측이나 상상 가능한 놀람, 감상자가 그럴듯하다고 인정할 수 있는 놀람이어야 한다.

이렇게 볼 때 이야기 작자는 날카로운 눈으로 인생을 관찰하고, 지적·정서적 교양을 쌓아 감수성과 상상력을 기르며, 끊임없이 기법을 훈련할 필요가 있다. 그래야 사람의 내면을 섬세하게 포착하고, 그것을 가능한 한 누가 보아도 그럴듯하게 형상화하여, 공감을 이끌어낼 수 있다. **'사실'도 그럴듯하지 않으면 '사실성'이 떨어진다.** 앞에서 스토리텔러는 입담 좋은 이야기꾼인 동시에 웅숭깊은 사색가여야 한다고 했는데, 자신의 '실제 경험'이나 창작 의도만 앞세우고 그럴듯함을 창출하기 위한 사색, 학습, 훈련 등을 소홀히 하면, 작품은 밑바닥부터 흔들리게 된다. 한마디로 스토리텔러가 인간과 사회를 보는 안목이 얕고 판단력이 부족하며 이야기하는 솜씨가 미숙하면, 감상자들은 "그 영화, 화면은 멋있는데 무슨 이야기인지 모르겠어!"라든가, "그 소설, 관심이 가는 글감이긴 하지만, 인물의 행동이 도무지 말이 안 되고 공감이 가지 않더라"는 반응을 보이게 되기 때문이다.

탁월한 이야기가 지닌 그럴듯함은, 궁극적으로 논리적 합리성과 미적 완결성에서 온다. 우리는 '잘 만들어진' 이야기에서 직관으로 그것을 맛보지만, 막상 그것을 창출하기는 어렵다. 머리로 이해하고 손으로 훈련하여 얻기 어려운 어떤 것이 거기에 필요한 듯하다. 그것이 무엇인지는 경험을 쌓아가면서 차차 궁리할 문제로 남겨두고, 여기에 스토리텔러가 지향할 바를 한 가지 더 환기해둔다—**창작자는 구성자이다. 그럴듯하게 구성하는 데 힘써야 한다.** 스토리텔러는 자기가 창조해낸 것이 합리성은 물론 미적 리듬을 지닐 때까지 줄곧 상상하고, 엮어 짜고, 조정해가야 한다.

1 액자소설額子小說에는 그림을 끼운 액자에 해당되는 부분이 있다. 이런 부분은 소설만이 아니라 영화나 만화 같은 다른 허구적 이야기에도 많다. 전해지는 내부 이야기 바깥에 그것을 전하는 외부 이야기가 또 있는 이런 서술방식은, 왜 자주 사용되는 것일까? '그럴듯함'을 핵심어로 사용하여 답하시오.

....

2 소설의 서술은 보통 대화와 지문(바탕글)이 섞여 있다. 비교적 대화의 양이 적은 편인데, 만약 어떤 소설이 거의 대화로만 이루어져 있다면, 일단 소설로서는 형식이 '그럴듯하지' 않을 것이다. 그렇다면 이 작품은 소설이 아닌 어떤 갈래에 가깝게 여겨지기 쉽겠는가?

....

3 어떤 애니메이션을 기획하는데, 되도록 여러 나라와 문화권의 관객들에게, 또 모든 연령층에게 두루 '그럴듯하다'는 반응을 얻을 스토리나 인물을 찾아 활용하려고 한다. 어떤 갈래,

> **길잡이**
> 월트 디즈니사의 장편 애니메이션들이 지닌 특징을 생각해 본다.

혹은 어떤 특성을 지닌 이야기들에서 찾는 것이 효과적일까?

....

4   역사소설, 역사 드라마 등은 흔히 고증을 중요시한다. 배경으로 삼은 과거 시대의 가옥, 의상, 도구, 화법 등을 원래에 가깝게 재현하여 그럴듯함을 살리고, 감상자의 이해에 도움을 주는 것이다. 고증이 소홀할 경우, 그 자체가 문제가 되기도 한다. 그래서 한국의 역사소설, 역사 드라마는 대부분 고증과 재현에 유리한 한국의 과거 시대를 배경으로 삼는다.

그러나 가령 다중접속역할게임MMORPG의 경우, 그와 매우 다른 양상이 벌어진다. 대개 서구의 고대나 중세를 배경으로 삼는데, 사용자가 어느 나라 사람이든, 그 고증의 엄밀성을 그다지 문제 삼지 않는 경향이 있다. 역사소설, 역사 드라마 등의 경우와 대조되는 이런 양상이 벌어지는 까닭은 무엇일까? 중요한 차이로 생각되는 것 한 가지를, 게임 사용자(이용자) 중심으로 지적하시오.

5 다음은 연습용으로 엉성하게 지은 짧은 스토리이다. 그럴 듯하지 않은 점들, 즉 그럴듯해지려면 수정하거나 보완해야 할 점들을 아래의 측면별로, 있는 대로 지적해보시오.

빨강 구두

수미는 서울 강남에서 갈빗집을 경영하는 집의 두 딸 중 맏이이다. 수미는 용모도 괜찮고 영문과를 다녀서 영어회화에도 능통하지만, 대학을 졸업한 지 이 년이 지났는데도 취업을 하지 못하고 있다. 그래서 어딘가로 훌쩍 떠나고 싶은 심정이다. 근래에는 매우 자존심이 강한 여동생 수진과 다툼이 잦아 더욱 그렇다.

어느 날 수미는 돈을 잘 쓰는 친구 정희와 함께 백화점으로 쇼핑을 간다. 늘 칙칙한 옷 몇 가지만 걸치고 다니는 수미는, 한창 유행하는 스타일의 굽 높은 빨간색 구두를 보자 갖고 싶어진다.

그날 이후 수미는 그 구두가 머릿속에서 떠나지 않아 카드를 이용하여 많은 돈을 주고 그것을 산다. 수미는 그 구두를 옷장 속에 숨긴다.

이 일이 있은 후 수미는 소개팅에서 지훈을 만난다. 매우 지적인 데다 그 역시 취업을 못하고 있어서 수미는 강한 호감을 느낀다. 수미는 그를 만나러 갈 때 빨강 구두를 신고 싶지만 자기가 가진 옷과 어울리지 않는 것 같아 신지 못한다. 그래서 그 구두에 어울릴 만한 옷과 장신구를 이것저것 사들인다. 그것들도 몰래 옷장 안에 감춰두었는데, 동생 수진이 이 일을 알게 된다.

지훈이 잘 만나주지 않자 수미는 그의 마음의 변화를 직감한
다. 지훈과 간신히 약속을 잡은 날, 옷장을 열어보니 입으려던
옷은 수진이 몰래 입고 나간 상태였다. 그래서 수미는 빨강 구
두도 신지 못하고 그냥 나간다. 그날, 수미는 지훈으로부터 그
만 만나자는 말을 듣는다.

한밤중에 터덜터덜 집으로 돌아와 보니, 동생이 옷을 가져다
놓았다. 수미는 그것을 입고 빨강 구두를 신은 후 여행을 떠난
다. 얼마 후 그녀의 집에는 많은 액수가 적힌 카드 대금 청구서
가 도착한다.

길잡이

문제에 주어진 세 가
지 측면은 엄밀히 구
분되지 않지만, 대강
구분을 하여 골고루
답을 한다.

5-1 인물의 특질(신분, 기질, 욕망 등)과 하는 행동, 처한
상황 사이의 상호관계(어울림) 측면:

5-2 사건의 인과성(합리적인 전개) 측면:

5-3 전체 이야기의 초점(표현하려는 것), 전체 이야기에 대
한 감상자의 반응 등의 측면:

6　한국전쟁의 전장을 배경으로 '형제간의 극진한 우애'를 그리려고 한다. 그것을 그럴듯하게 서술하기 위해,

첫째, 형제가 한 부대에 속해 있는데,

둘째, 형이 동생을 싸움터에서 빼내 후방으로 살려 보내기 위해 남보다 열심히, 목숨을 내던지며 전투를 한다고 설정하였다.

이런 설정이 보다 그럴듯해지려면 다음 중 무엇을 함께 제시해야 할까? 그럴듯함을 위해 가장 필요한 것을 하나 고르시오.

① 동생이 다소 모자라고 사고뭉치이다.

② 형제한테는 꼭 하기로 약속한 일이 있다.

③ 형제가 참가한 한국전쟁은 근본적으로 나쁜 전쟁이다.

④ 형제 중 하나가 공을 세우면 다른 사람을 후방으로 보내주는 제도가 있다.

7　이야기의 극적 효과는, 주인공이 처한 상황 혹은 그 상황이 초래한 어려운 문제(난제)가 해결 불가능해 보일수록 높아진다. 그래서 모순 혹은 대립이 '스토리'의 처음상황이나 기본 상황을 이루는 이야기가 많다. (경우에 따라서는 '서술'도 그 심각하고 긴장된 상황에서 시작되는 이야기도 많음을 이미 앞에서 논의한 바 있다.) 오락용 영화나 만화가 특히 더하지만, 종류와 수준을 가릴 것 없이 다수의 이야기가 그러하다. 구조적

'대립'을 해결하기보다 단지 말초적인 '위험'에서 벗어날 뿐인 난제투성이의 영화 「미션 임파서블Mission Impossible」 시리즈 류만 그런 것이 아니라는 뜻이다. 다음은 그런 이야기들 중 몇 편을 뽑은 것이다.

- 희곡 「시련」(아서 밀러) 「안티고네」(소포클레스)
- 영화 「광해, 왕이 된 남자」(감독: 추창민) 「빌리 엘리어트」 (감독: 스티븐 달드리) 「킹스 스피치」(감독: 톰 후퍼)
- 소설 『우리들의 일그러진 영웅』(이문열) 『칼의 노래』(김훈)

7-1　위에서 한 작품을 골라 그 '해결 불가능해 보이는' 모순이나 대립을 내포한 처음상황이 어떤 상황인가를 1문장으로 적으시오.

① 작품 이름:

② 처음상황 혹은 기본 상황:

7-2　그 처음상황에서 주인공은 여러 길을 갈 수 있다. 난제를 비극적으로 해결하지 못할 수도 있으며, 반대로 우여곡절 끝에 해결할 수도 있다.

앞서 자기가 택한 작품에서, 주인공이나 그를 돕는 자helper가 수행한, 처음상황을 변화 또는 전개시키는 데 큰 기능을 한 어떤 행동이나 사건들이 있을 것이다. 그 가운데 핵심적인 것 한 가지를 적으시오. 그리고 그것이 왜 상황의 변화에 '그럴듯하게' 이바지했다고 할 수 있는지, 그 이유를 밝히시오.

① 처음상황의 변화에 큰 기능을 한, 주인공이나 돕는 자가 수행한 행동 혹은 사건:

② 그 행동이 '그럴듯한' 이유(상황 변화에 합리적으로 기여했다고 볼 수 있는 이유):

1 다음 물음에 답하시오. 그리고 3~4명이 한 조가 되어 각자의 답을 비교한 후, 보다 적절한 답을 선정하거나 새로 만들어보시오. 또 그것을 다시 조끼리 비교해보시오.

1-1 30대 후반의 여자 회사원이 있다. 21세기 초 한국 현실에서, 그녀의 '생각과 감각이 매우 섬세함'을 '간접적으로' 제시하고자 한다. 그 특질을 그럴듯하게 제시하는 데 어울리는 것들을 각각 한 가지씩 적으시오.

① 아끼는 소지품:

② 용모, 차림새:

③ 습관적 행동:

④ 꿈(소망, 이상):

1-2 어느 젊은 한국 남자가 턱수염을 길렀다고 하자. 이야기에서 그의 얼굴 모습이 그럴듯하게 여겨질 장면과, 그럴듯하지 않게 여겨질 장면을 상상하여 구체적으로 적어보시오.

① 그럴듯하게 여겨질 장면(상황):

② 그럴듯하지 않게 여겨질 장면(상황):

2 다음은 필자가 문제를 내기 위해 지은 콩트이다. 읽고 물음에 답하시오.

100만 원

정희, 은미, 예진은 대학에 다닐 때 삼총사로 불렸다. 뭐가 그렇게 잘 맞았는지, 늘 붙어 다녔다.

졸업 후에는 어쩐 일인지 가끔 전화나 주고받다 소식이 끊겼는데, 십 년쯤 지난 어느 날 예진이 소집을 하였다. 궁금한 걸 경쟁하듯 묻고 답하는 시간이 지났을 때, 예진이 불쑥 돈 이야기를 꺼냈다. 아이들을 모두 유학 보내다 보니 이럴 때가 있다며, 급한 돈을 막아야겠으니 100만 원씩만 빌려달라는 것이었다. 그 무렵 두 사람한테는 그다지 큰돈도 아니었고, 부부가 번듯한 직장에 다니면서 그런 이야기하는 걸 보면 무슨 사정이 있으려니 하고, 오히려 가벼운 마음으로 그날 안에 돈을 보내주었다.

그러고는 또 서로 연락이 없었다. 가끔 나던 기억조차 까무룩 해진 몇 년 후, 정희는 소문을 들었다. 은미가 여기저기 돈을 빌리고 다닌다는 것이었다. 자꾸 마음에 걸려서 연락처를 수소문해 가까스로 만나보니, 은미는 행색이 말이 아니었다. 남편과 함께 사업을 벌였는데, 모두 날렸다는 것이었다.

은미는 그날 돈 얘기는 꺼내지 않았지만, 일주일쯤 지났을 때 전화를 하여, 가느다란 목소리로, 언제 돌려줄지 모르겠으나,

1,000만 원을 빌려줄 수 있느냐고 물었다. 정희는 즉답을 피하고 시간을 보내다가 며칠 뒤 100만 원만 보내면서, 내 형편도 별로 안 좋아 청을 들어줄 수 없다, 작지만 이거라도 도움이 되었으면 좋겠다는 편지를 보냈다.

그리고 다시 세월이 흘렀다. 정희는 병원에서 치료를 받고 나오다가 우연히 예진과 마주쳤다. 으레 하는 말이 오가던 중에 예진이 불쑥 말했다.

"은미가 좀 이상해진 것 같아. 이 사람 저 사람한테 자꾸 돈을 꾼대. 작년이던가, 나한테도 갑자기 전화를 했어."

"그래? 빌려줬니?"

"아니. 우리들 붙어 다니던 이야기만 하고, 자존심 때문인지 돈 말은 안 꺼내더라. 꺼냈어도 못 꾸어줬을 거야. 그럴 돈이 어딨어. 나도 노상 쫓기며 사는데."

정희는 무슨 말을 하려다 말았다.

몸이 계속 좋지 않아서 정희는 일 년에 반은 병원에서 살다시피 하였다. 이제 누구를 그리워할 나이도 아니었고, 어쩐지 그립지도 않았다. 오래 앓다 보니 가족끼리도 서먹해졌다.

하루는 손전화를 여니 은미로부터 문자메시지가 와 있었다. 은행 계좌번호를 알려달라는 것이었다. 전화를 하려다 말고, 정희는 문자판을 눌렀다.

다음 날 통장에 돈이 110만 원 들어왔다. 은미가 문자로 보낸 편지는 길지 않았다.

빌린 돈을 이제야 갚는다. 조금 붙인 돈은 이자라고 생각
해. 네가 계좌번호를 알려주어서, 죽지 않고 돈을 받아주어서
고맙다.

_____

_____

2-1　이 이야기는, ①세 사람 모두의 만남—②정희, 은미
의 만남—③정희, 예진의 만남—④정희, 은미의 만남(편
지와 돈을 주고받음)의 순서로 짜여 있다. 만약, 정희가 은미에
게 요구한 액수 중 100만 원만 보내주는 것과 같은 주요 내용
은 유지하면서 ②와 ③의 순서를 바꾼다면, 이 이야기는 어떻
게 바뀔까? 달리 말하면, 정희가 그냥 "소문"을 들은 게 아니
라, 우연히 예진을 만나 이야기를 들어서 은미를 만났고, 돈도
주고받게 되었다면, 이 이야기에는 어떤 변화가 일어날까?

실제로 바꾸어 써보거나, 복사하여 순서를 바꾸어 오려 붙
여놓고 읽어보는 방법 따위를 써서 차이를 확인한 뒤 답을
하되, 반드시 '그럴듯함'이나 '인과성' 문제를 중심으로 답하
시오.

2-2 이 이야기는 무엇에 관한 이야기라고 보는가? 그 '중심제재'를 전체 이야기에 부합되게, 자기 나름으로 설정하여 하나의 구句로 답하시오.

길잡이

이 이야기의 질서와 논리, 서술의 방식과 초점 등에 주목한다. 그것들을 나름대로 파악/설정하여 마무리를 한다.

2-3 이 이야기를 그럴듯하게, 합리적으로 마무리하려면, 어떤 서술이 더 필요하다고 하자. 앞에서 자기가 설정한 제재에 부합되게, 또 전체 구조에 어울리게 비어 있는 부분에 그것을 1문장만 지어 넣어보시오.

3 인과성은 원인이 많을수록, 또 갈등이 겹칠수록 강해지고 입체적이 된다. 여러 측면의 이유 혹은 갈등이 중첩될수록 더 필연적이 되는 것이다.

다음 스토리의 밑줄 친 곳에 넣으면 그럴듯할 '원인'을 오늘의 한국 현실에서 찾아, 정해진 측면별로 적으시오. 그리고 또 밑줄 친 곳에 넣으면 그럴듯할, 앞의 원인들이 '종합된' 하나의 사건을 적어보시오.

도시에서만 살아온 어떤 40대 가장이 가족과 함께 시골로 이사를 하였다. 그는 거기서 농사를 지으며 살고자 노력했지만, ＿＿＿＿＿＿＿＿＿＿＿＿＿＿ 때문에 다시 도시로 돌아왔다.

　　① 경제적 측면의 원인:

　　② 정신적 측면의 원인:

　　③ 앞의 원인들이 종합된(겹쳐진) 사건:

길잡이

①, ②는 추상적인 원인만 적어도 좋으나 ③에는 그 둘이 내포된 구체적 사건을 적는다.

4

⋮

가치성

이야기가 그럴듯하지 않으면 다른 걸 기대하기 어렵다. 그러나 그럴듯하기만 해서는 충분하지 않다. 감상할 가치가 있고 삶에 도움을 준다는 반응과 평가가 더 필요하다.

앞에서 이야기란 '의미 있는 변화의 서술'이라고 하였다. 거기서 '의미'는 '감상할 만한 가치가 있다'는 반응 혹은 그러한 반응이 생기게 하는 이야기의 가치적 요소와 밀접한 관계에 있다.

'가치 있다'는 반응은, 일단 앞에서 지적한 이야기의 본질적 의의와 기능이 충분히 실현됐을 때 생겨난다고 할 수 있다. 즉 이야기가 뜻있는 것을 알게 하고(인식적 가치), 재미와 위안을 주며, 미적 체험을 하도록 할 때(정서적 가치) 일어난다. 그에 더하여, 이야기를 활용하여 어떤 실용적 목적을 추구할 경우, 이야기가 목적을 달성하는 데 이로울 때(효용적 가치) 나온다. '그럴듯함'이 이야기 자체의 구조적 완결성에 중점을 둔 문제라면, 이 '가치성'은 감상자와 그가 처한 현실에서 이야기가 지닌 의미 혹은 기능에 중점을 둔 문제이다. 그래서 이는 관련자들의 개성과 활동 목적, 곧 이야기를 누가, 왜 짓고 감상하느냐에 크게 좌우된다.

감상자들은 보통 이야기가 내면적으로 자신의 취향과 욕망, 지적인 관심, 윤리적 지향 등을 충족시켜주며, 외면적으로 어떤 목적을 달성하는 데 이바지할 때 가치가 있다고 여긴다. 앞에서 그것을 세 가지로 나누어보았는데, 사실 셋은 서로 긴밀히 연관되어 있을 뿐 아니라 종류와 수준이 매우 다양하여 일정한 판단 기준을 세우기 어렵다. 정치 이념, 종교적 계율 등이 모든 삶을 지배하는 전제적인 국가나 집단에서는, 그와 관련된 가치만이 옳고 그름의 기준이 되는 것은 물론 즐거움과 아름다움의 기준까지 좌우한다는 사실을 참고해보면 짐작이 갈 것이다.

또 가치라는 것은 가치관 즉 주체가 대상을 바라보는 관점과 그때 동원되는 가치체계에 따라 다르기에, 보는 사람은 물론 보는 맥락에 따라 달라질 수 있다. '감상할 만한 가치가 있다'는 판단에 내포되어 있는 '재미'나 '즐거움'만 하더라도 여러 가지 색깔과 맛이 있고, 그에 대한 반응 또한 일정하지 않은 것이다. 게다가 범위가 개인을 넘어 국가와 민족, 문화권, 시대 등으로까지 확대되면, 과연 두루 존재하는 보편적 가치나 재미라는 것이 있는지, 도대체 그것을 판단하는 일반적 기준을 세울 수 있는지에 대한 근본적 의문에 맞닥뜨리게 된다. 문화적·이념적 주체성이라는 것을 인정한다면, 한국인한테 가치 있는 게 반드시 일본인한테도 가치 있지는 않다. 앞에서 중립적 스토리텔링이란 존재할 수 없다고 한 것은, 인간의 온갖 행위가 그렇듯이, 이야기와 관련된 가치의 문제 역시 이런 특성을 지니고 있기 때문이다.

그렇다 하더라도, 우리가 사는 현실에서는 끊임없이 욕망과 욕망이 부딪치며 가치관과 가치관의 갈등이 계속된다. 삶은 이 상황에서 '보다 가치 있는' 길을 찾는 과정이며, 이야기는 그 과정을 모방하고 또 해결하는 하나의 방법이자 행위이다. 이야기의 전개는 다름 아닌 갈등의 전개인데, 그 갈등이란 바로 가치의 갈등, 혹은 더 나은 가치를 추구하는 갈등이다. 춘향과 변사또의 대립은 다름 아닌 여자의 정절 문제를 둘러싼 가치관의 대립인 것이다. 스토리텔링은 본질적으로 '의미 추구' 행위라고 하였는데, 이는 이러한 가치를 둘러싼 온갖 활동을 축약한 말이다. 요컨대 이야기는 가치 혹은 의미를 추구하는 갈등을 담고 있다. 이야기 활동은 그것을 재현하고 조정하며 보다 높은 수준으로 고양시키는 활동이다.

이렇게 볼 때 **스토리텔러는 가치의 문제를 외면해서는 안 되며, 또 외면할 수도 없다.** 이야기라면 어떤 갈등이든 갈등을 다루게 마련이고, 닫힌 결말이든 열린 결말이든, 그것의 해결 혹은 해소[58]를 향해 나아가야 하는 까닭이다. 작든 크든 가치의 문제를 진지하게 다루지 않으면, 그 이야기의 가치 역시 낮아지게 되어 있다. 같은 '복수復讐의 스토리'를 가지고, 어떤 작품은 인간의 폭력 본능을 만족시키는 데 몰두하는가 하면, 어떤 작품은 인간의 폭력성을 얼마나 제어하느냐에 그 사회의 성숙도가 달려 있음을 깨닫게 할 수도 있다. 사건의 갈등 혹은 그것을 통해 추구되는 가치의 궁극적 의미를 결정하는 것은, 앞서 강조한 바 있는 작자의 가치의식이다. 그것이 작품 자체의 가치와 그 수준을 결정한다. 물론 여기에는 스토리텔링 자체의 목적도 관련된다. 지식 전달에 주력하는 이른바 에듀테인먼트edutainment 스토리텔링과, 재미, 쾌락 등에 가치를 두는 엔터테인먼트entertainment 스토리텔링의 가치 및 평가 기준이 같을 수는 없다.

여기서 '가치'와 '가치의식'이라는 말의 뜻을 짚고 넘어갈 필요가 있다. 어떤 이야기가 가치성을 지닌다고 할 때의 '가치'는, 교훈을 주려는 교육적 가치나 실용성 위주의 효용적 가치는 예외로 하고, 어떤 고정되고 확립된 도덕, 이데올로기, 세계관 등과는 거리가 있다. 앞(☞ 143쪽)서 지적한 바와 같이, '주제의식'이 어떤 거창한 가치관이나 특정 주제에 관한 의식이라기보다 무엇이 의미 있고 진실된 것인가를 탐색하는 의식이듯이, '가치의식' 또한 어떤 기존의 가치를 확인하거나 선양宣揚하는 의식이라기보다 무엇이 진정 가치가 있는 것인가를 끊임없이 회의하고 추구하는 의식, 혹은 기존의 가치가 외면하거나 억압한 것에서 새로운 가치를 발견하고 되살리려는 의식이다. 이야기는 삶을 모방하므로 기존의 가치관이나 규범과 항상 연관되게 마련인데, 진지한 이야기는 그것을 합리화하고 공고히 하기 위해서가 아니라 비판하고 갱신하기 위해 존재하는 것이다.

이렇게 본다면, 이야기의 가치성은 막연히 이야기가 '건전하다'고 해서, 그리고 결말이 '행복하다'거나 '바람직하다'고 해서 얻어지지 않는다. 진지한 이야기가 추구하는 가치와 진실은, 기존의 도덕이나 규범이 의문시되는 상황에서 새로운 윤리를 모색하도록 감상자를 '창조적 혼돈' 혹은 '성찰의 혼돈' 속에 빠뜨릴 때 효과적으로 형성된다. 그러므로 스토리텔러는 항상 비판적·반성적 의식을 지니고 기존의 질서에 부단히 의문을 던지며, 자기가 확신하는 바를 성급히 내세우려 들기보다 자신을 어떤 가치의 충돌점 혹은 경계선 위에 놓을 필요가 있다. 방법적으로라도 자신을 가치의 경계에 세우라는 말이다. 이 작자가 자신을 **'경계에 세우기'**로부터 가치문제를 효과적으로 다룰 스토리텔링의 방법 하나가 도출된다. 그것은 어떤 가치가 의문시되는 상황을 기본 상황으로 택하거나, 그 상황에 인물을 빠뜨리는 방법이다(인물 '경계에 세우기').

가치문제와 관련된 스토리텔러의 자세나 방법을 자세히 알아보기 위해 앞의 세 가지 가치에 대해 따로 더 살펴보기로 한다.

가. 인식적 가치

이야기의 인식적 가치는 주로 알아야 할 사실로서의 '가치가 있다'든가 '진실하다'는 반응과 관련되어 있다. 이는 감상자로 하여금 사물의 본질, 인간의 내면, 사회 현실 등에 대해 더 알고 새로이 경험하거나 깨닫게 할 때 생겨난다. 이는 이야기 행위의 가장 기본적이고 일차적인 기능이자 가치로서, 다른 말로 '교육적 가치'라고 할 수 있다.

인식적 가치를 쪼개어 살펴보면, 그것은 첫째, 모르던 것을 알게 하는 '지적 가치'이다. 텔레비전 드라마 「대장금」, 만화 『식객』 등은 한국의 음식문화에 관한 정보를 준다. 최인훈의 장편소설 『광장』은 한국의 분단이 외세에 의한 것만이 아니라는 점, 남한과 북한은 한때 선택의 대상이었다는 점 등을 알게 한다. 감상자에게 유익한 정보들, 가령 신라 화랑들의 삶, 멕시코 밀림 속에 버려진 피라미드에 얽힌 역사 등을 다룰 때, 이야기는 지적 가치를 지니게 된다.

그런데 앎은 정보를 인지하고 발견하는 데서 나아가 새로운 체험을 통해 더 깊이 얻어진다. 그러므로 인식적 가치는 이야기를 감상하는 동안 얻는 정보 차원을 넘어, 새로운 경험이나 깨달음을 포함한다. 남이 해놓은 작품 해석을 듣거나 외우기만 하는 노릇이 작품에 대해 깊이 '알기' 위한 행동이라 할 수 없음을 인정한다면, 이야기를 '경험'하는 과정에서의 앎과 깨달음이 핵심적인 '인식'의 대상이자 내용임을 납득할 수 있을 터이다.

둘째, '비판적 가치'라고 할 수 있다. 인식적 가치는 고정관념을 깨거나 비리를 폭로하는 것과 같은, 사물을 새롭게 보며 보다 나은 진실을 추구하는 비판정신의 산물이다. 기존의 질서와 도덕을 혁신하는 새로운 정의, 합리성, 진실됨 등을 추구하는 데 초점을 두고 보면, 이는 '윤리적 가치'요 '반성적 가치'이다. 어떤 이데올로기나 정권을 선전하는 영화, 오락 위주의 텔레비전 드라마, 자기 합리화투성이의 자서전 등이 감상자를 지루하고 공허하게 하는 이유는, 거기서 비판적 가치를 느끼기 어렵기 때문이다.

앞(☞207쪽)에서 잠시 살폈듯이, 이야기가 주는 '진실'은 자연과학적인 그것과 다르다. 자연과학적 '진리'가 사물에 대한 객관적이고 추상적인 사실이라면, 이야기의 '진실'은 인간과 사회에 대한 주관적이고 구체적인 사실이다. 물론 이러한 차이는 정도의 문제이고, 또 이야기 안에서도 허구적인 것과 경험적인 것 사이에 차이가 있지만, 일단 객관적 진리는 현실에 부합되지 않으면 가치가 없어지기에 그에 종속될 수밖에 없다. 그에 비해 주관적 진실은 현실과의 부합 여부에 구속되어 있지 않으므로, 오히려 그로부터 무한한 자유를 누린다. 허구적 이야기는 그 공간에서, 마음대로 꾸며낸 인물과 사건을 통해 사람의 꿈과 애환을 자유롭게 표현하는데, 그것이 제시하는 인간적 진실은 현실에 대한 비판 혹은 반성을 바탕으로 한 것이다.

요컨대 허구적 이야기가 감상자에게 불러일으키는 '가치 있다'는 반응은, '그럴듯하다'는 반응이 그렇듯이, 현실과 밀접한 관계에 있지만 현실에 매여 있지 않다. 인식적 가치에 초점을 두고 말할 때, 허구적 이야기의 가치는, 그것이 특정 사물에 대한 앎을 얼마나 증진시켰느냐보다는, 인간과 사회에 대한 새로운 진실에 얼마나 눈뜨게 했느냐를 기준으로 판단된다.

정명환의 다음 진술은, 문학 전반을 대상으로 삼고 있지만, 이런 점을 간명하게 요약하고 있다.

내가 강조하고 싶었던 것은 문학의 중요한 기능이 낯설게 하기라는 것이었습니다. 그것은 한편으로는 우리가 당연한 것으로 여기고 의심하지 않았던 것에 대한 이의제기異議提起를 위한 것이고, 다른 한편으로는 애초부터 몰랐던 야릇한 것에 대한 인식을 촉구하기 위한 것입니다. 그런 것이 참을 향하는 길입니다.[59]

이렇게 볼 때, 창조적인 스토리텔링을 하려는 사람은, 남들과 같은 눈으로 세상을 보거나 흔한 이야기를 흉내 내려 들지 말고, **'지금, 여기'**

의 사람과 현실을 노상 민감하고 비판적인 눈으로 직시할 필요가 있다. 그러면서 어떤 기존의 가치를 고수하기보다는, 무엇이 과연 가치 있고 선하며 아름다운(진선미眞善美를 지닌) 것인가를 고민하는 가치의식을 지닐 필요가 있다. 고정관념을 깨는 상상력, 인간과 사회에 대한 비판정신, 당연한 것을 반성해보는 새로운 차원의 윤리의식 등을 지니고자 힘써야 한다는 말이다. 많은 작가들이 시대와 불화하는 반골反骨이었던 것은 결코 우연이 아니다.

나. 정서적 가치

알아야 느끼고, 느껴야 안다. 머리는 가슴이 없으면 온기를 잃기 쉽고, 가슴은 머리가 없으면 방향을 잃기 쉽다. 정서적 가치는 이렇게 인식적 가치와 긴밀히 연관되어 있다. 인식적 가치가 이성적 가치라면, 정서적 가치는 감성적 가치이다. 전자가 '앎'과 긴밀한 관계에 있는 데 비해 후자는 '재미' '흥미' '즐거움' '감동' 등의 정서적 만족과 관련이 깊다. 정서적 가치는 이른바 쾌락적 가치, 미적 가치 등을 포함하는 넓은 개념이다.

정서적 가치는 주관성이 강하고 매우 상대적이라, 그 양상을 일일이 나열하기로 들면 끝이 없다. 이를테면 원하는 것을 간접 경험으로 성취하는 '대리만족'의 재미가 있는가 하면, 맺히고 억눌린 것을 풀고 해방하는 감정적 '카타르시스'의 재미도 있다. 감상하는 도중에 기대하는 것이 충족되는 재미가 있는가 하면, 반대로 기대나 의문이 충족되지 않고 계속 지체되는 데서 느끼는 재미도 있다. 따분한 일상에서 벗어나 무언가 색다르고 신비로운 것을 맛보는 낭만적 재미가 있는 한편, 현실의 문제점을 파헤치고 비판하는 리얼리즘의 재미도 있다.

앞에서 앎과 재미를 구별하였지만, 앎의 추구 자체에서 재미를 느낄 수도 있다. '아는' 재미도 재미의 일종, 즉 '지적인 재미'라고 볼 수 있기 때문이다. 이는 인식적 가치와 정서적 가치가 겹치는 부분인데, 추리소설이나 범죄영화가 주는 재미 같은 일종의 두뇌 게임을 예로 들 수 있다.

정서적 가치는 대개 욕망의 충족과 감정의 정화를 통해 실현된다. 대중은 지적 욕망의 충족보다 감각적 욕망의 충족에 즐거움을 느끼며 더 가치를 두는 경향이 있다. 상업적 효용을 노리는 이야기들은 이런 성향을 과장하고 부추기는데, 감각적 재미도 쾌락의 일종이요 하나의 가치이므로 이것을 무조건 '불건전'하다거나 '순수하지 않다'고 비판만 할 일은 아니라고 본다. 비판할 것은 과도한 감각적 재미가 성욕, 지배욕, 파괴욕 등의 본능적 쾌락을 거칠게 만족시킴으로써 사람을 황폐하게 만들어 아름다움, 세련됨, 따뜻함, 너그러움 같은 인간이 지향해야 할 바람직한 품성을 훼손하는 점이다.

한국 문화에 뿌리박힌 유교 전통은 '재미'나 '쾌락'을 억압하거나 부정적으로 보는 경향이 있다. 그리고 예부터 문화생활을 너무 정신 수양이라든가 도덕적 실천하고만 연관 짓는 경향도 있다. 그리하여 한국인은 예술을 통한 미적 초월美的 超越에 관심이 적고, 재미나 쾌락을 겉으로는 멀리하는 척하면서 속으로 추구하는 이중적인 태도를 지니게 된 듯하다. 이런 연유로 한국의 이야기 문화에서는 인식적 가치와 정서적 가치, 현실 비판적 가치와 미적 가치가 지나치게 분리되어 있어서, 서로 적절히 통합되지 못한다. 중등학교 소설 교육에서 작품의 완성도는 따지지 않고 '민족의 수난'이라는 제재만 너무 강조한다든가, 동화에서마저 틀에 박힌 '건전함'을 앞세워 환상적 요소를 밀어낸다. 그리하여 『해리 포터』 이야기나 『반지의 제왕』은 매우 좋아하면서도, 이른바 '환상동화'가 비교적 자리 잡지 못한 면이 있다. 역사 드라마에 등장하는 인물들의 전근대적 충성심을 과대평가하는 한편, 그에 내포된 오락성은 애써 부정하거나 과소평가하는 것도 하나의 예이다.

그 결과 한국에는 진지하기는 하나 재미가 적다든가, 감동적이기는 하지만 지적 충격과는 거리가 먼 이야기가 많은 편이다. 이러한 환경에서 청소년들은, 교과서의 이야기 작품이 재미도 없고 현실성도 떨어지다 보니, 국가나 민족을 위한다는 거창한 명분에 눌려 시험공부용으로만 읽고, 재미용으로는 감각적 가치만 추구하는 일부 폭력적인 만화나 게임에 몰두하는 면이 있다.

인간의 기본 담화 양식 가운데 하나가 이야기인 것은, 인간이 그만큼 이야기를 '즐기기' 때문이다. 그러므로 너무 정서적 가치만 추구하는 것도 문제지만, 그것을 과소평가하여 이야기를 지나치게 이데올로기나 도덕에 종속시켜서도 곤란하다. 더구나 문화산업이 미래의 산업으로 부상하여 스토리텔링의 중요성이 날로 커지고, 학문 간의 경계는 물론 전문적인 것과 일반적인 것, 고급문화와 대중문화의 경계가 무너지는 융합의 시대에, 이야기가 지닌 가치의 범위를 고정하고 좁힘은 바람직하지 않다. 이야기 감상자에게 이상적인 상태는 '의미 있게 즐기는' 혹은 '재미 속에서 보람을 얻는' 상태일 터이다. 작가의 개성과 스타일은 존중하면서, 그 '의미'와 '보람'을 넓고 다양하게 잡을 필요가 있다. 여러 측면에서 균형 잡힌 안목이 요구되는 것이다.

이렇게 볼 때 이야기 작가는, 균형 잡힌 이야기를 짓기 위해 자기 자신부터 **인간적 감수성을 고루 발달시킴으로써 상식과 균형감각을 지녀야 한다.** 이것들은 작가로 하여금 인생을 바라보고 표현하는 대립적인 양상— 낭만적\현실적, 비극적\희극적, 이성적\감성적, 리얼리즘적\모더니즘적 등—에 대한 폭넓은 이해를 제공할 것이다.

다. 효용적 가치

인식적 가치와 정서적 가치가 그 자체를 목적으로 삼는 자족적自足的 혹은 자기 목적적 성격의 가치라면, 효용적 가치는 이야기의 그런 가치들이 어떤 목적을 달성하는 데 얼마나 효과적으로 사용되는가에 초점을 둔 수단적 가치이다. 물론 인식적, 정서적 재미도 이야기를 통해 얻게 되는 보람인 만큼 하나의 '효용'이라고 볼 수 있으나, 이는 이야기 감상 행위 자체 속에서 그 주체인 감상자 자신이 체험하는 것인 데 비해, 효용적 가치의 '효용'은 상품의 판매, 상대방의 설득, 사상의 전파 같은 외부의 객관적 목적 달성에 이바지하는 것이므로 구별된다. 여기서는 후자 중심으로 논의한다.

이야기는 인간의 기본 담화 양식이며, 객관적 사실과 주관적 감정,

외면적 현실과 내면적 정서가 융합된 하나의 체험으로 존재하기에, 여러 용도로 광범위하게 활용되어왔다. 대부분의 경전이나 역사 기록이 이야기라는 사실에서 알 수 있듯이, 이야기는 사상, 경험, 지식 등의 보존과 전파에 사용되어왔다. 따라서 문화 콘텐츠 시대, 문화산업의 시대로 접어들면서 이야기의 효용적 가치가 부쩍 주목을 받게 되어 영화나 게임은 말할 것도 없고, 교육, 홍보, 경영 등에 이르기까지 스토리텔링이 중요해진 것은 자연스러운 일이다. 한 예로 만화, 애니메이션, 인형극 따위를 활용하여 공부를 가르치는 이른바 에듀테인먼트 '상품'이 전통적인 교과서와 참고서를 대체해가면서 교육(산업)계에서도 스토리텔링이 중요해지고 있다.

효용적 가치는 다른 가치에 비해 가늠하기 쉽다. 비교적 객관적인 결과를 놓고 따지기 때문이다. 문제는 이야기 자체가 그것을 통해 얻으려는 효용에 얼마나 이바지하는가 하는 기능적 적합성이다. 그리고 이야기 자체를 지배하는, 그래서 그 효용을 좌우하는 이야기의 성격과 질이다.

기능성이 우수한 이야기를 창작해내기 위해서는 수준 높은 이야기 능력을 갖추어야 함은 물론, 창작한 **이야기가 기능을 발휘할 현실 상황의 분석에 힘을 쏟아야 한다.** 이야기 광고를 예로 들면, 상품 수요자가 처한 현실, 특히 그의 심리 상태를 알지 못하면 이야기 특유의 '기억과 감정을 상기시켜 마음을 움직이는' 효과를 얻기 어렵기 때문이다.

한편 이야기 자체의 성격과 질에 주목하다 보면, 우리는 자연스레 효용적 가치와 다른 가치들의 관계를 문제 삼게 된다. 기독교 우화『천로역정天路歷程』[60]은 그 주인공의 이름이 '크리스천'이다. 제목과 주인공의 이름만 보아도, 이 이야기는 포교라는 목적을 위해 정서적 가치 추구를 억눌렀음을 알 수 있다. 그런가 하면, 근래에 자본의 논리가 스토리텔링을 잠식하면서, 이야기가 감각적 쾌락만을 위하여 기획·제작·판매하는 상품이 되는 경우가 많다. 가령 대중소설이나 상업적 만화, 오락 영화 등에서는 경제적 이익의 추구가 인식적 가치를 외면하는 경우가 많고, 정서적 가치의 질이 '일회 소비용'에 머문다. 이에 비해 암흑가 영화 「로드 투 퍼디션」(감독: 샘 멘디스)[61]은 『천로역정』을 패러디한 작품인데, 폭력에 물든 현실에 대한 인식적 가치와 함께 수준 높은 정서적 가치를 함께 만족시킨다.

이야기 작가는 한밤중에 깨어나 무의식적으로 '자기 구제' '자기 해소'를 위해 이야기를 짓는 사춘기 청소년이 아니다. 그는 자기가 창작하는 이야기의 효용, 자기가 하는 이야기 행위의 효용적 가치를 고려하지 않을 수 없다. 이때 맹목적으로 '순수한' 태도를 취해도 비합리적이고, 처음부터 '히트할 욕심'에만 사로잡혀 있어도 바람직하지 않다. 백 년 뒤의 독자를 위해 쓰고 싶은 것을 쓴다는 자세도 필요하기에 작자에 따라 다르긴 하나, 이 일에서도 스토리텔러에게 일종의 균형감각과 문화적 세련성이 요구된다.

애초부터 오락용 상품으로 기획되는 게임, 이야기 광고 등도 균형감각이 요구되기는 마찬가지이다. 근래 일부 한국 온라인 디지털 게임들이 권력, 물질 등을 위한 투쟁과 폭력에 쏠리는 것은, 인식적 가치를 외면하고 정서적 가치도 말초적인 것만을 추구하여 판매량을 늘리는 데 몰두한 결과로 보인다. 본능적 욕망을 거칠게 만족시키는 데 머무는 한, 사이버 공간을 현란하게 채우는 컴퓨터 그래픽 기술은 돈벌이

수단에 지나지 않게 될 것이고, 보다 높은 수준의 '효용' 창출을 기대하기 어렵게 될 터이다. 영화가 처음에는 단순한 오락물이었다가 예술로 자리잡았는데, 게임 또한 공중전 게임이 비행 훈련에 쓰이는 것 같은 도구의 단계를 넘어, 예술로 발전하지 말라는 법이 없다.

1   번역가 김석희는 자신이 번역한 시오노 나나미의 『로마인 이야기』의 갈래를 "역사평설歷史評說"이라 부르면서 다음과 같이 말했다.

> 이 작품은 사료史料에 바탕을 두었으되 역사적 기술로부터 벗어나 있고, 사료가 채워주지 못한 부분에서는 상상력을 발휘했으되 픽션에 빠지지도 않았다. ─제1권, 한길사, 300쪽.

길잡이
앞에 인용한 글을 짜 깁기하지 말고 자기 나름으로 쓴다.

그렇다면 『로마인 이야기』는, 역사는 역사이되 어떤 면에서 일반 역사와 다르거나 특색 있는 역사일까? 앞에서 풀이한 이야기의 세 가지 가치 가운데 하나의 가치를 택하고 그것을 중심으로 간략히 적으시오.

이야기의 (   ) 가치 측면에서 볼 때,
『로마인 이야기』는 (   ) 역사이다.

2   남녀 간의 사랑을 다룬 이야기는 많다. 그 가운데 『보바리 부인』(플로베르), 『안나 카레니나』(톨스토이), 『채털리 부인의 사랑』(D. H. 로런스) 등과 같이 일반적인 도덕과 규범에 어긋

난 면이 있는, 보통 '불륜'이라고 부르는 사랑을 다룬 소설들
이 있다. 이 소설들은 여러 감독에 의해 거듭 영화화되기도 하
였다.

2-1 이런 이야기는 왜 많이 지어지고 또 감상되는 것일까?

2-2 일반적인 도덕과 규범에 어긋난 면이 있음에도 불구하
고, 이 소설들은 고전이 되었다. 어째서 그럴 수 있었던 것일
까? '가치'라는 말을 사용하여 답하시오.

2-3 이 소설들을 영화화한 작품 중에는, 상업성을 추구하
다가 원작의 예술성을 훼손한 작품도 없지 않았다. 이런 예를
통하여 볼 때, 본격적·예술적인 이야기와 대중적·상업적인
이야기의 차이점은 무엇일까?

> **길잡이**
> 이 소설들을 가지고
> 상업적 효용을 추구
> 한다면, 감독이 소설
> 의 어떤 요소를 어떻
> 게 활용할 것인지에
> 대해 생각해보고 답
> 을 한다.

3 한 호텔이 홍보용 행사(이른바 '이벤트')를 열려고 한다.

3-1 그 호텔이 '매우 고상하고 품위 있는 이들이 모이고 즐
겨 이용하는 곳'이라는 인식 혹은 이미지를 형성하려면, 어떤
스토리를 낳거나 담고 있는 행사를 벌이면 좋겠는가? 2~3문
장으로, 구체적으로 제시해보시오.

3–2 그 행사를 보도하는 어느 텔레비전 방송이, 그 보도 행위를 통하여 아이를 기르는 여성 시청자들이 자기 방송에 한층 더 호감을 갖게 만들고자 한다. 그렇다면 앞에서 자기가 답한 행사를 어떤 각도에서, 무엇에 중점을 두어 보도하면 효과적이겠는가?

3–3 문제 3-1의 행사가 열렸을 때, 그것은 '실제로 벌어진' 사건이되 '순전히 자연 발생적이거나 중립적인(순수한)' 사건은 아니다. 이른바 의사사건擬似事件, pseudoevent인 것이다. 이런 사건은 우리 주변에서 의외로 흔히 볼 수 있다. 그것을 하나 찾아 적으시오.

---

4 위기에 빠져 절망 상태에 놓인 주인공에게 어떤 인물이 찾아온다. 그는 주인공의 이미 타계한 윗사람(아버지, 형, 스승 등)과 친구 혹은 지인知人 사이이다. 그는 주인공에게 그의 윗사람이 예전에 그를 얼마나 사랑했으며, 비슷한 시련에 처했을 때 어떻게 그것을 극복했는지에 대해 이야기해준다. 그 말을 듣고, 주인공은 분연히 일어나 새로운 각오로 힘쓴 결과, 마침내 위기를 극복한다.

이 '윗사람 친구와의 만남'은 '고독한 영웅 이야기'에서 가끔 쓰이는 모티프인데, 감상자로 하여금 주인공의 그런 행동 변화가 제법 그럴듯하며, 작품이 감상할 만한 '가치가 있다'는 반응을 일으킨다. 과연 그렇다면, 그 사건이 그런 반응을 불러 일으키는 이유는 무엇인가? 가장 거리가 먼 것을 고르시오.

① 윗사람에 따르는 게 좋다는 상식을 옹호하기 때문이다.

② 가족애, 의리 등을 중요시하기 때문이다.

③ 용기, 인간의 선함 등에 대한 보편적 믿음을 확인시켜 주기 때문이다.

④ 악은 항상 패배한다는 원칙에 따르기 때문이다.

5　어떤 이야기에 난폭한 인물(불한당, 깡패, 도둑, 살인 청부업자 등)이 등장한다고 하자. 그가 하는 행동은 '상식과 윤리에 맞는다'는 반응, 즉 동정을 받거나 진실된 면이 있다는 반응을 얻기 어렵다.

하지만 만약 사건 전개상 필요하여 그런 평가나 반응을 다소 얻고자 한다면, 그의 성격이나 행동에 어떤 점을 보태거나 더 설정해 넣어야 할까? 구체적으로, 한 가지만 적으시오.

길잡이
지구 온난화와 관계 깊은 존재를 택해, 그것을 어린이의 '정서를 자극할' 수 있는 상황 속에 놓는다.

1   에듀테인먼트 프로그램들은 과장되거나 억지스러운 경우가 많은 경향이 있다. 교육적 내용과 이야기의 그럴듯함이 조화되지 못한 탓일 것이다. 인형극으로 초등학교 저학년 어린이에게 '지구 온난화'에 대해 가르치는 교육 프로그램을 만들려고 한다. 이 프로그램의 효용성, 즉 교육적 가치를 높이기 위해 '정서적' 요소를 활용하려고 한다. 어린이들의 정서에 호소하기 위해서, 주인공을 어떤 상황에 놓인 누구(무엇)로 잡으면 좋겠는가?

길잡이
인물 '경계에 세우기'를 활용해본다.

2   작든 크든, 자기가 평소에 깊이 느껴온 한국 사회의 문제점이 있을 것이다. 20대 젊은이를 주인공으로 삼아 그것을 다룸으로써, 감상자도 그에 대해 어떤 '가치의식'을 갖게 이끄는 이야기를 지으려고 한다. 주인공을 어떤 현실 상황 속에 놓으면 그런 효과를 거둘 수 있겠는가? 아래 순서에 따라 자기 나름대로 적은 뒤, 다른 이들의 것과 비교해보시오.

2-1   한국 사회의 문제점:

2-2 앞의 문제점을 다루기에 적절한 주인공의 상황

　① 주인공의 신분 사항:

　② 주인공의 욕망, 가치관:

　③ 주인공이 처한 구체적 상황:

----

3 이야기에 가치 혹은 이념(이데올로기)과 관련이 깊은 갈등을 추가하면, 이야기의 성격이 변함은 물론 주제에 깊이를 더할 수 있다.

　다음 〈가〉와 〈나〉 영화 중 하나를 골라 '다시 짓기' 혹은 '바꿔 짓기' 작업을 해보시오. 만일 아래의 두 영화를 구해 보기 어렵다면, 다른 작품을 택하여 그런 작업을 해보시오.

　〈가〉 영화 「괴물」(감독: 봉준호)의 도입부에는, 인근에 있는 외국인 시설에서 한강에 흘려보낸 독극물 때문에 괴물이 생긴 것처럼 설정되어 있다. 이 점을 확대시켜, 여기에 외국(인)＼한국(인)의 갈등을 도입한다면, 이 작품은 어떻게 변할까? 변화 가운데 가장 핵심적인 것을 사건 혹은 스토리 중심으로, 2~3문장으로 적어보시오.

　〈나〉 영화 「추격자」(감독: 나홍진)의 주인공 엄중호는 출장 안마소를 운영하는 전직 형사이다. 세파에 찌든 그는, 내면적

고민이 적은 인물이다. 자기 사업의 손해를 막으려다가 우연히 살인마를 추격하게 된 그에게, '사회 현실의 개선을 추구할 것인가\개인적 이익을 얻는 데 만족할 것인가'로 표현되는 '내면적 갈등'을 강하게 부여한다면, 이 영화는 어떻게 변할까? 나름대로 상상하여, 중요하다고 생각하는 변화를 한 가지 택하여 2~3문장으로 적어보시오.

길잡이

막연히 사건을 전개하지 말고, 주어진 중심제재를 감상자가 진하게 알고 느끼도록 전개한다. 또한, '폭력'에는 여러 종류가 있음을 고려한다.

4 어느 도시 변두리에 있는 작은 기업의 말단사원인 A와 B가 친하게 지낸다. 그들은 모두 미혼의 20대 남자인데, 주말이면 유흥가를 쏘다니며 놀기에 바쁘다. 어느 날 술을 마시고 함께 차를 타고 가다가 우연히 뺑소니 사고를 목격한다. 잠시 둘이 머뭇거리던 중, 운전대를 잡고 있던 A가 뺑소니차를 추격, 결국 그를 붙잡는다. 그런데 뺑소니차의 운전자 K는 오히려 온갖 협박을 하며 두 사람에게 못 본 일로 하라고 강요한다. 이 사건은 어찌어찌 전개되었는데, 그 과정에서 (혹은 그 결과) 두 친구는 서로를 다시 보게(전보다 나은 사람으로 보게) 되고, 우정도 한층 깊어진다.

두 친구가 인간적으로 성장하는 이 스토리의 '중간과정'을 다음 빈 곳에 4~5문장으로 지어 넣되, 중심제재가 '폭력이 판

치는 사회에서 인간답게 살아가기 위해 필요한 것'이 되게 하
시오.

　한 회사에 다니는 젊은이 A와 B가 친하게 지낸다. 어느 날 그들
은 사고를 내고 뺑소니치는 운전자 K를 잡았는데, K는 오히려 두
사람을 협박한다.

　두 친구는 서로를 다시 보게 되고, 우정도 한층 더 깊어진다.

좋은 이야기는 참신성斬新性을 지니고 있다. 형식과 내용 어느 면에서든, 기존의 것보다 새롭고 다른 면이 있다는 반응, 곧 개성적이며 창조적이라는 반응을 낳는다.

참신성은 앞에서 열거한 요건들, 곧 언어 표현의 적절성과 세련성, 갈래와 유형의 관습성, 그럴듯함, 가치성 등과 다소 모순된 관계에 있다. 물론 그것들 사이에도 차이가 있지만, 그것들이 기존의 일반적인 것에 따르는, 혹은 기존의 것을 바탕으로 삼는 면이 있는 요건들이라면, 참신성은 기존 것과의 차별성, 이미 굳어져 존재하는 것을 쇄신하는 면에 중점을 둔 요건인 까닭이다. 이렇게 볼 때 참신성은 다른 요건들에 비해 작자의 창의력을 보다 더 요구한다.

하늘 아래 새로운 이야기는 없다—일리 있는 말이긴 하나, 좋은 작품이 노상 기존의 것을 혁신하는 면이 있음도 사실이다. 사건이 비슷해도 인물의 성격, 공간의 활용, 기법, 스타일 등 무엇 한 가지라도 다른 이야기와 다르고 새로워 보이지 않으면, 이야기는 진부해지고 감상자의 반응 또한 심드렁해진다. 따라서 별 감흥이나 공감이 일어나지 않고 주제의 전달도 강력하게 이루어지기 어렵다.

참신함은 '새로움'이요 '다름' '특별함'이다. 물론 표면적인 것만이 아니라, 내면적인 것까지 포함한다. 그리고 이전의 관습적인 것, 유형으로 굳어진 것을 창조적으로 혁신하는 것이라야 한다.

참신함도 서술 층위와 스토리 층위로 나누어 논의할 수 있다. 애니메이션을 제작하면서 재료로 그림, 진흙(클레이) 따위를 쓰는 대신 각종 식물을 사용하여 효과를 거뒀다면, 서술 방법상 참신하다는 반응을 얻을지도 모른다. 수사극에 등장하는 형사가 유난히 공처가여서 관객을 즐겁게 했다면, 인물에 참신한 면이 있다고 할 수 있을 것이다.

한편 참신함은 이야기의 제재 측면과 주제 측면으로 나누어 생각할 수도 있다. 한국 전통 사회에서는 산신山神사상, 풍수사상, 조상숭배 사상 등이 매우 중시되었는데, 역사 드라마에서 그것들을 활용하여 부모의 '조상 묘지 터 싸움'에 휘말린 연인들이 산신의 도움을 받는 환상소설을 창작한다면, 제재가 참신하다는 평을 받을 가능성이 있다. 이렇게 범위를 넓혀가다 보면, 참신함은 인물이나 제재보다 주제에서 더 얻기 어려움을 알 수 있다. 삶에 대한 새로운 안목과 통찰은 작자의 사상적 독창성을 요구하기 때문이다.

진정 참신한 작품은 그 자체가 하나의 새 갈래를 창조하고, 새로운 유행과 문화적 흐름을 일으키기도 한다. 참신함은 그렇게 중요하고,

또 그만큼 충족하기 어려운 요건이다. 게다가 한국 사회는 참신하고 개성적인 것을 억압하는 경향이 있다. 창조를 외치면서 자율을 허용하지 않으며, 자유롭게 하라면서 케케묵은 기준을 들이댄다.

아쉬운 대로 여기서 참신함을 얻기 위한 한 가지 방법을 제시한다면, 그것은 좋은 작품의 스타일, 그 작품이 재료를 변용하고 결합하여 아우라를 창출하는 그 양식을 본뜨는 것이다. 모방은 창조의 어머니이다. 스타일을 본뜨되 가령 그 작품의 서술, 스토리, 제재 등을 의외의 형태로 바꾸거나 혼합할 수 있는데, 영화「베를린」(감독: 류승완)을 예로 들 수 있다. 이 작품은 첩보영화 본Bourne 시리즈처럼 자기 정체성을 찾아가는 살인전문가(킬러) 이야기 형태를 활용하되, 남한 사람에게는 악한으로 이미지가 고정된 북한 기관원을 '동정받는' 주인공으로 내세움으로써, 분단의 현실과 슬픔을 절실하게 그려낸다. 하지만 이런 방법이 참신성을 얻는 근본적 방책이라고 하기는 어렵다.

서구의 수사학은 표현 행위에서 창안創案 즉 아이디어 창출을 중요시하는데, 스토리텔링에서도 마찬가지이다. 스토리텔러는 이야기의 새로운 형식과 주제를 창안하기 위하여, 끊임없이 **사물을 다르게 바라보고 다르게 표현하고자 힘써야 한다.** 사물을 다르게 표현하는 일은 부단히 '손을 훈련'하면 되지만, 다르게 바라보는 일은 내면의 힘이 필요하기 때문에 소홀하거나 회피해버리는 경우가 많다. 그러나 일work하지 않으면 작품work은 없다. 좋은 작품의 새로운 이미지와 상상력에 전율하면서도, 잘 모르는 걸 안다고 착각하거나 남의 생각과 느낌을 자기 것인 양 여기는 데 머물다 보면, '자기 세계' '자기 작품'을 창조하기 어렵다. 창작을 하려는 사람이라면, 모름지기 아무도 주목하지 않았던 인생의 어떤 기미나 지점을, 누구도 사용한 적 없는 방식으로 표현함으로써, 참신함의 높은 수준에 도달하기를 꿈꾸어야 하지 않을까?

1 아래 주어진 인물과 제재들을, 그에 관한 일반적인 관념
과 이미지를 깨는 방향으로, 또 가급적 감상자의 관심을 끌 수
있도록 설정해보시오. 보기(＊)와 같이 괄호 안에 새로운 성
격 혹은 특질을 적어 넣으시오. (아래 네 가지는 서로 관계가 없
는 별개의 것임.)

수사관 → (＊ 인간은 처벌을 받아도 별로 달라지지 않는다
고 믿는) 수사관

어머니 → (①   ) 어머니

호수湖水 → (②   ) 호수

추적(추격) → (③   ) 추적

2 비슷하다고 해서 늘 진부하지는 않다. 같은 행동, 같은 사
건도 상황과 맥락이 다르면 모습과 의미가 다르게 변용되고
동기화되기 때문이다. 다음 단편소설들에는 모두 주요 인물
두 사람이 업고 업히는 행동이 나온다. 하지만 각 인물들의 욕
망과 처한 상황, 사건의 단계 등이 다르므로 겉모습은 비슷해
도 그 의미는 같지 않다.

다음 네 편의 단편소설들 중 둘을 택하여 그 업고 업히는
행동이 소설 속에서 지닌 의미와, 독자에게 일으키는 정서적

반응이 어떻게 다른지 서로 비교하시오. (분량: 200자 내외)

   ■ 「삼포 가는 길」(황석영)   ■ 「메밀꽃 필 무렵」(이효석)

   ■ 「수난 이대」(하근찬)   ■ 「소나기」(황순원)

3   근래 한국 텔레비전 드라마에서는 '혈연관계의 비밀'에 얽힌 사건이 자주 등장해왔다. 인물 일부에게(그래서 감상자에게도) '드러난 비밀'이었던 그 혈연관계가 당사자들에게 알려짐(폭로됨)으로써 사건이 반전되거나 새 국면으로 넘어가는 경우가 많았다. 대개 그 사연은, '지금 서로 사랑하는 너희들은 부모(세대)의 얽힘에서 비롯된, 피를 나눈(것이나 다름없는) 관계'라는 것이다.

  이것이 여러 작품에서 되풀이되어 하나의 관습처럼 굳어진 데는 여러 원인이 있겠지만, 일단 감상자들이 거기서 그럴듯함과 재미를 느끼기 때문이다. 적어도 그로 인해 그럴듯함과 재미가 깨지고 줄어든다는 반응을 대부분의 감상자가 보이지 않았기 때문이다.

3-1   이러한 양상은, 그런 드라마를 즐기는 감상자들의 사

고와 정서가 어떠함을 드러낸다고 할 수 있는가?

3-2 그런 관습은 텔레비전 드라마의 바람직한 발전에 지장을 줄 수 있다. 어떤 지장을 준다고 보는가?

....

4 다음은 각 작품을 참신하게 만드는 데 이바지한 기법, 제재 등이다. 이들 중 하나를 택하여, 그것이 '표현방식' 면에서 어떻게 참신한가, 다시 말해 그것이 감상자에게 반응을 일으키는 방법이 어떤 점에서 새로운가에 대해 간략히 적으시오.

① 영화 「건축학개론」(감독: 이용주)에서 주인공 남녀의 대학생 시절을 연기한 배우와 나이 든 시절을 연기한 배우를 다르게 캐스팅한 점.
② 영화 「디 아워스」(감독: 스티븐 달드리)에서 로라가 누워 있는 호텔 방의 침대를 삼킬 듯이 차오르는 물.
③ 소설 「미해결의 장」(손창섭)에서 아무것도 해결되지 않는 결말.
④ 애니메이션 「붉은 돼지」(감독: 미야자키 하야오)에서 주인공의 머리를 돼지 모양으로 설정한 점.

1 앞의 〈연습 7 · 이해〉의 문제 5-1에서 텔레비전 드라마 가운데 이른바 '가족 드라마'의 일반적 특성에 대해 살펴보았다. 그것을 바탕으로 가족 드라마 계열이기는 하되, 보다 참신한 가족 드라마를 창작한다면, 어떤 점을 어떻게 변화시키면 좋을까? 나름대로 두 가지만 구체적으로 지적해보시오.

> **길잡이**
> 변화시킨 구체적 결과가 아니라, 변화시킬 대상과 방향을 지적한다.

　①

　②

---

2 선악을 판단하는 기준은 자명하지 않은 경우가 많고 시대에 따라 변하기도 한다. 따라서 권선징악 형태의 이야기가 진부함을 면하고 나름대로 참신함을 얻는 방법 가운데 하나는, 감상자로 하여금 기존의 선악 판단 기준에 대해 의문을 갖게 하여 '가치의식'을 자극하는 것, 그리하여 무엇이 선이고 악인가에 관한 새로운 기준을 모색하도록 유도하는 것일 수 있다.

　앞의 〈연습 7 · 짓기〉의 문제 2번에 주어졌던 것과 같은 상황에서 출발하여 권선징악적 스토리를 그때 했던 답에 비해 매우 '새롭게' 지어보시오. 특히 2010년대 한국인 감상자에게

> **길잡이**
> 앞에서 설정한 것과 비슷해도 되지만, 요구 사항을 만족시켜야 한다. 한편 설정한 결과 다소 권선징악적 성격이 흐려질 수 있다.

'기존의 선악 판단 자체에 대한 의문' 혹은 '새로운 선악의 기준 모색'이 일어나도록 설정해보시오.

> 30대 후반의 독신 남자가, 아버지가 운영하는 작은 자동차 수리업체에서 일에 파묻혀 산다. 부근이 개발되면서 수입이 좋아지고 있다.

— ⓵
)

— ⓶
)

— ⓷
)

---

3 다음은 한국에 널리 퍼져 있는 설화 '여우 누이'의 공통소를 뽑아 스토리를 정리한 것이다.[62] 읽고 물음에 답하시오.

여우 누이

① 옛날에 한 부부가 부자로 산다.
② 부부에게는 아들이 있었지만 딸이 없어서 딸 갖기를 바란다.

③ 간절히 치성致誠을 드린다/빌다가 실수를 한다.

④ 부부가 딸을 낳는다.

⑤ 가축이 무단히 죽기 시작한다.

⑥ 아들(오빠)에게 그 연유를 알아보라고 한다.

⑦ 아들은 누이가 여우로 변하여 가축의 간을 빼먹는 것을 본다.

⑧ 아들은 부모에게 사실대로 말한다.

⑨ 부모가 누이를 모함한다고 꾸짖어서 아들은 집을 나간다/집에서 쫓겨난다.

⑩ 아들은 초월적 존재인 돕는 자를 만난다/만나 결혼한다.

⑪ 아들이 집으로 돌아가려 하자 돕는 자가 주술적인 물건을 준다.

⑫ 아들이 망해버린 집에 돌아온다.

⑬ 아들은 여우 누이를 주술적인 물건(과 아내)의 도움을 받아 죽인다.

⑭ 아들은 가정을 이루고/집안을 회복하고 행복하게 산다.

이 설화는 나름의 의미를 지니고 있는데, 그것에 대한 해석은 다양할 수 있다. 설화 갈래인 데다 환상성을 지니고 있기에 더 그렇다. 이 스토리의 기본 상황 혹은 제재의 가능성을 살려서, 이것을 뼈대로 다양한 의미와 형태의 작품을 재창작할 수 있다.

3-1 이 이야기는 무엇에 관한 이야기라고 할 수 있는가? 〈보기〉는 이 이야기의 제재라고 할 수 있는 것 가운데 하나를

적고, 그것을 초점으로 이 스토리의 기본 상황을 설정해본 것이다.

이와 같은 작업을 이 이야기에 부합되게, 하지만 자기 나름으로 '다르게' 해보시오.

〈보기〉

제재: 집안의 멸망

기본 상황: 귀엽게 키운 자식이 집안의 흉물이 된다.

---

① 제재:

② 기본 상황:

3-2 앞에서 자기가 설정한 제재와 기본 상황에 부합되게 본래의 스토리를 활용하여 이 이야기를 15문장 내외로 재창작하시오.

단, 시대는 현대 한국이며, 제재에 대한 자신의 생각(주제)은 나름대로 설정한다. (별지 사용)

상황의 설정 / 인물의 설정 / 플롯 짜기 / 인물 그려내기 / 서술의 상황과 방식 설정

제2부

스토리텔링의 방법

세상은 이야기로 가득하다. 신문과 텔레비전은 사건으로 넘쳐나며, 날마다 우리 자신도 갖가지 사건을 겪는다. 그런데도 왜 스토리텔링은 쉽지 않은 것일까? 그것은 무엇보다 우리가 그냥 하거나 듣고 마는 이야기가 아니라, 하나의 갖추어진 체험을 제공하는 이야기를 짓고자 하는 까닭이다.

이야기가 체험의 대상이 되려면, 육체와 영혼을 지녀야 한다. 그것이 감상자에게 의미 있는 체험을 맛보도록 하기 위해서는, 상상을 비롯한 인간의 온갖 정신 활동을 효과적으로 자극하여 무엇을 떠올리게 하며, 떠올려진 것들을 의미 있고 조화롭게 통합하도록 만드는 하나의 완결된 유기적 과정이자 생명체여야 한다. 우리는 그 생명체의 '창조' 작업에서 어려움을 겪는 것이다.

제2부에서는 이야기의 육체와 영혼을 탄생시키는 데 도움이 되는

구체적 방법, 다른 말로 이야기의 '기법'과 '장치'에 대해 살핀다. 어떻게 해야 이야기의 요건들을 갖춘 작품을 창작할 것인가에 대한 답을 모색하는 셈인데, 앞에서 했던 학습을 종합하고 한 차원 높이 발전시키게 될 것이다. 이야기 가운데 허구적 이야기, 그중에서도 스토리가 전통적 형태로 존재하고 형식적으로 발달된(극화된) 이야기를 주요 대상으로 삼는다.

앞에서 보았듯이, 작품은 흔히 생명을 지닌 하나의 유기체로 비유된다. 과연 그렇다면, 모든 생명의 신비가 끝내 설명 불가능한 것처럼, 스토리텔링의 방법에 관한 논의 역시 한계를 안고 있다. 여기서 주요 대상으로 삼는 이야기 또한 허구적이고 전통적인 스토리를 지녔다 해도 다큐멘터리 스타일의 사실주의적 이야기에서 판타지까지 그 종류가 다양하므로, 일반적인 논의를 펴기 곤란한 점이 많다. 이런 한계를 전제하면서, 지름길을 암시하거나 시행착오를 줄이는 데 도움을 주리라는 기대를 품고, 스토리텔링의 방법을 몇 가지 국면으로 나누어 궁리해보기로 한다.

제2부의 장章은 주로 이야기의 요소와 그것의 창작 국면을 기준으로, 모두 다섯 장으로 나뉜다. 먼저 스토리 층위의 사건 및 인물 설정 문제를 다룬 후, 서술 층위의 플롯 짜기, 인물 그려내기, 서술의 상황과 방식 설정 등을 다룬다. 먼저 내용 구상에 대해 살핀 다음, 실제 서술 기법을 살피는 순서이다.

각 장에서는 적합한 명작을 택하여 스토리텔링의 방법을 찾는 데 도움이 되도록 분석한 뒤, 그것을 활용하여 분석 연습을 해보게 한다. 명작의 작자나 감독이 스토리텔링 과정에서 했음직한 작업을, 함께 또혼자, 거꾸로 추적해보는 것이다. 대상 작품들의 갈래는 다양하게 잡되, 주로 다섯 작품을 다루기로 한다. 황선미의 장편동화『마당을 나온 암탉』과 박완서의 소설「그 가을의 사흘 동안」은 종합적 이해를 위해 두 곳에서 거듭 분석 연습 대상으로 삼는다. 미리 준비하는 데 도움이 되도록 대상 작품을 정리하면 다음과 같다.

장 제목	분 석	분석 연습
1. 상황의 설정	애니메이션「해피 피트」	동화『마당을 나온 암탉』
2. 인물의 설정	영화「센스 앤 센서빌리티」	동화『마당을 나온 암탉』
3. 플롯 짜기		소설「그 가을의 사흘 동안」
4. 인물 그려내기		텔레비전 드라마「혼수」
5. 서술의 상황과 방식 설정		소설「그 가을의 사흘 동안」

스토리 층위에서의 방법을 다루는 제1장과 2장에서 명작을 다각도로 분석하면서 그 창작 과정과 기법에 대해 설명할 때는 일관된 논리나 해석을 추구하기보다 기본적인 작업 방법 모색에 도움이 되도록 기술한다.

그다음에는 구체적인 방법과 요령을 항목화하여 나열한다. 제1부에서 제시한 여러 '지침' 및 작자의 자세에 관한 논의들과 중복을 피하되, 강조할 필요가 있는 것은 해당 방법 위주로 구체화하여 다시 언급한다.

　그리고 제1부에서와 같이 연습을 통해 익히도록 문제들을 제시한다. 연습 문제는 두 종류이다. 하나는, 필자가 본문에서 명작을 대상으로 한 분석을 독자도 다른 작품을 대상으로 해보는 '분석' 문제이다. 다른 하나는, 실제로 자기의 작품 한 편을 구상하면서 장마다 단계를 밟아 점차 완성해가는 '자기 작품 짓기' 문제이다. '자기 작품 짓기' 1~5는 연습 12, 14, 16, 18, 20에 해당하는데, 이들은 제1부의 연습 1~10에서 각각의 말미에 놓여 있는 '짓기' 연습을 통해 기른 능력을 발전시켜, 자기 작품 한 편을 구상하고 완성해가는 연속 작업이다. 이 '자기 작품 짓기' 1~5는 틀 잡힌 작품을 나중에 되짚어 분석, 비평, 퇴고하는 데도 활용할 수 있을 것이다.

　한편 제3~5장에서 다루는 '방법'은 서술 층위의 형식적인 기법들이다. 그러므로 제1~2장에서와 같이 특정 작품을 분석하며 설명하는 대신, 곧장 방법과 요령을 간추려 진술한다. 그리고 앞 장들에서처럼 명작의 '분석' 연습 문제를 풀며 요령을 익힌 후, 그것을 연속된 '자기 작품 짓기'에 활용하도록 한다.

제1장 상황의 설정

제2장

제3장

제4장

제5장

사건은 발견된다기보다 발명되는 것, 단순히 재현된다기보다 만들어지는 것이다. 설령 '이미 있었던 것'(실화)을 가지고 짓는다 하더라도, 그것을 모르는 감상자의 내면에 '형성시켜야 하는 것,' 되도록이면 뜻있고 감동적이게 '체험시켜야 하는 것'이 사건이다. 따라서 불가피하게, 기본 상황으로 설정한 상황은 면밀히 분석하며 변용해나가지 않을 수 없다.

이야기에서는 두 가지 상황, 곧 스토리 상황과 서술상황이 중요하다고 하였다. 스토리 상황은 '서술된 상황,' 즉 특정 시간과 공간 속에서 벌어지는 사건의 상황이고, 서술상황은 그 스토리를 '서술하는 상황'이다. 이 장에서는 먼저 사건의 상황을 설정하고 전개시키는 문제를 다룬다. 허구적 이야기의 스토리 층위의 내용 구상 문제를 다루되, 인물에 앞서 사건부터 다루는 것이다.

사건은 눈에 보이지 않는다. 하지만 우리는 항상 어떤 상황 속에서, 사건의 길 위를 걷고 있다. 이 길은 알 수 없는 숲에서 시작되어 분잡한 도시로 들어간다. 이 도시에서 어떤 의미 있는 상황들과 만나며, 그것을 어떻게 변용하고 전개시켜 놀랍고 감동적인 사건의 연쇄로 만들 것인가?

먼저 명작의 분석을 통해 그 기본 원리를 이해해보기로 한다.

1

애니메이션
「해피 피트」
분석

가. 발상

애니메이션 「해피 피트」는 무엇으로부터 시작되었을까?

이런 물음은 사실 별 의미가 없을지 모른다. 이야기의 씨앗에 해당되는 게 무엇인지, 하나의 작품이 어디서부터 시작되었는지는 작자 자신조차 모르는 경우가 많다. 그것은 작자나 감독의 기억에 새겨진 한 장면일 수도 있고 어떤 글의 한 구절이 불러일으킨 상상일 수도 있다. 심지어 우연히 마주친 얼굴의 이미지나 어느 순간 마음에 잠깐 스친 느낌일 수도 있다.

스토리텔링의 씨앗에 해당하는 그것을 다룰 때 여러 말이 사용된다. 흔히 작자 중심으로는 '창작 동기' '창작 의도' 등이, 대상 중심으로는 '소재' '모티프' 등이 쓰인다. 이런 용어들은, 스토리텔링을 할 때 작자가 처음에 어떤 '의도'에 따라 (순수한) '소재'를 택하며 스토리를 정해 놓은 후에 서술을 하는 식으로, 일정한 순서에 따르는 것 같은 인상을 준다. 하지만 스토리텔링의 과정에 정해진 순서는 없다고 보는 편이 낫다. 창작 과정을 쪼개어 살피려다 보니 어쩔 수 없이 '논리적' 단계를 밟아 설명할 따름이지 실제 활동은 그렇지 않다.

어떤 착상이 발전되어 하나의 스토리, 나아가 작품을 형성하는 데는 정해진 순서가 없다. 식물은 시간이 지남에 따라 씨앗이 나무나 풀로 자라는데, 작품의 창작 과정이 꼭 그렇다고 하기는 어렵다. 처음에 어떤 계획을 세웠다 하더라도, 짓다 보니 중심인물보다 주변인물 하나가 흥미로워서 그 인물 중심으로 사건을 대폭 고치기도 하고, 결말부에서 튀어나온 멋진 장면이나 표현이 마음에 들어 그것을 살리기 위해

● 「해피 피트 Happy Feet」
2006년 발표된 조지 밀러, 워렌 콜맨, 주디 모리스 공동 감독의 애니메이션. 각본은 감독들에 존 콜리까지 합하여 모두 4명이 썼다. 제79회 아카데미상 장편 애니메이션 부문과 제64회 골든 글로브상 주제가 부문을 수상했다. 2011년에 후속편 「해피 피트 2」가 나왔다. 여기서 대상으로 삼는 것은 제1편이다.

몇 달 동안 작업한 원고를 도입부에서부터 뒤엎기도 한다. 그러다 보니 애초의 의도와는 거리가 멀어져서 제재나 주제를 새로 설정하게 되기도 한다.[1]

사정이 이러하기에, 발상 자체도 중요하지만 그보다 더 중요한 것이 발상의 전개이다. 창조력은 발상 못지않게 발상을 전개시키는 데도 필요하다. 착상은 좋은데 작품이 좋지 않은 경우가 얼마나 많은가? 의도든 모티프든 이미지든, 씨앗에 해당하는 것을 하나의 풍부하고 완결된 이야기로 키우는 게 과제이다. 무수히 지었다 허물고 맞추었다 깎아내는 작업을 되풀이한 후 그것이 완결되었을 때, 애초의 발상은 아주 다른 무엇으로 변용되었거나 거의 흔적만 남을 수도 있다.

이런 점을 염두에 두면서, 먼저 상황의 설정과 전개에 대해 살펴보기로 하자. 이는 중심사건을 설정하는 작업으로, 다음 장에서 이어서 살필 인물의 설정 및 구체화 작업과 함께 스토리 층위에서의 구상 활동이다. 감상자에게 그것을 효과적인 방식으로 서술하는 문제, 즉 플롯 짜기, 인물 그려내기, 서술의 상황과 방식 설정 등과는 '논리적으로' 층위가 구분된 문제이다.

「해피 피트」는 무엇으로부터 시작되었을까? 이 질문에 대해, 여기서는 이 이야기가 다음의 삽화 혹은 아이디어에서 출발했다고 가정해 본다. 물론 이 작업은, 스토리텔링의 방법을 알기 위해 「해피 피트」라는 결과물을 놓고 시나리오 작가와 감독이 했으리라고 짐작되는 작업을, 필자 나름으로 추측하여 거꾸로 재구성해본 것이다.

그 삽화 혹은 아이디어를 문장 형태로, '상황' 진술에 가깝도록 표현해본다.

노래로 짝을 찾는 황제펭귄 무리 가운데 음치가 하나 태어난다.

　누구한테나 흥미를 끌 수 있고(가족 모두가 즐길 수 있고), 대립 또한
내포하고 있는 발상이다.

나. 상황 분석, 제재

　앞에서 사건은 '상황 혹은 상태의 변화'라고 하였다. 그 변화는 당연
히 인물 내부에서 일어날 수도 있고 외부에서 일어날 수도 있다(내면적
사건/외면적 사건). 또 인물이 일으킬 수도 있고 수동적으로 경험만 할
수도 있다(능동적 사건/수동적 사건). 그리고 하나의 사건은 작거나 클 수
있고, 중심적이거나 주변적일 수도 있으며, 행동을 진전시키는가 하면
그것을 꾸미고 지연·확장시킬 수도 있다(중심적 사건/주변적 사건, 핵사
건/위성사건).[2] 그 가운데 중심적 사건(중심사건)이란 작은 사건들이 뭉
쳐져, 즉 요약되고 재진술再陳述되어 지배적인 위치에 놓이게 된 사건
이요, 이야기의 기본 줄기main storyline를 이루는 사건이다. 그 줄기가
항상 선명하거나 한 가닥이라고는 할 수 없지만, 여기서는 설명의 편
의를 위해 그러하다고 간주하고 논리를 펴기로 한다.
　앞서 가정한 「해피 피트」의 발상 자체는 처음상황─중간과정─끝상
황의 상황 변화를 충분히 내포하고 있지 않다. 실제 작품에서는 그것
자체도 하나의 작은 사건(알을 품던 '아버지의 실수')으로 서술되지만, 그

것을 씨앗으로 긴 스토리를 창출하려는 구상 단계에서 볼 때, 그것은 본격적 사건이라기보다 가능성을 내포하고 있는 하나의 사실 혹은 아이디어에 가깝다. 작자는 그 발상을 씨앗 삼아 여러 사건을 만들고 연쇄시켜 스토리를 전개하며, 중심사건을 형성해내야 한다. 그러기 위해서는 먼저 이 사실의 특성, 즉 그에 내포되거나 그와 관련된 대립, 모순을 발전시켜 중심사건의 처음상황 혹은 이야기 전체의 기본 상황으로 키워내야 한다.

이처럼 **사건은 발견된다기보다 발명되는 것, 단순히 재현된다기보다 재창조되는 것이다.** 설령 작자의 내면이나 외부 현실에 '이미 있었던 것'(실화)을 가지고 짓는다 하더라도, 그것을 모르는 감상자의 내면에 '형성시켜야 하는 것,' 되도록 뜻있고 감동적이게 '체험시켜야 하는 것'이 사건이다. 따라서 불가피하게, 기본 상황으로 설정한 상황도 계속 면밀히 분석하며 변용해나가지 않을 수 없다.

'노래로 짝을 찾는 황제펭귄 무리 가운데 음치가 하나 태어난다'는 세 가지 제재의 씨앗이 들어 있는 발상이라고 본다.

첫째는, '소통'이다. 주인공은 음치이므로 다른 펭귄들과 소통하기 어려울 것이다.

둘째는, '자아실현' 혹은 '성장'이다. 주인공은 문제점 혹은 상처를 타고난 존재이다. 이 주인공이 짝을 구하고 행복해지기 위해서는 노래로만 짝을 구하게 되어 있는 황제펭귄 사회에서 어떻게든 자기를 인정받고 성장시킬 다른 길을 찾아야 한다.

셋째는, '소통'과 '자아실현'을 가능케 할 구체적인 도구이다. 그것은 '노래'(음악)와 함께, 혹은 그것을 대신할 사건 전개의 구체적인 질료나 방법의 문제이다.

이 셋은 상황 분석의 결과로 드러난, 아직 키우고 해결해야 할 문제의 '씨앗' 같은 것이지만, 인간의 삶에서 보편적 중요성을 띠고 있으며, 특히 어린이들에게 교육적 가치가 높다. 애니메이션 애호층이 주로 그들이기에, 이야깃거리로 괜찮은 셈이다.

하지만 이 상태는 흡사 여행을 떠날 때 여행지를 정한 정도이다. 작자의 의도 또는 지향과 결합된 구체적인 사건이 기획되어야만, 이 이야깃거리는 보다 구체적이고 초점이 잡힌, 사건 전개와 의미 형성의 재료, 즉 '제재'가 된다. 목적을 가지고 움직여야 그것이 어딘가를 '헤맴'이 아니라 '여행'이 되듯이.

다. 갈등, 스토리

갈등은 '대립하는 것들의 대결, 혹은 모순적인 것의 뒤얽힘'을 가리킨다. 이야기에서 갈등은 흔히 특정 인물이나 집단들 사이에서 일어나는 것으로 그려지지만, 그렇지 않은 경우도 많다. 서술상 드러난 경우가 있는가 하면 잠재된 경우도 있고, 한 인물 내면에서만 일어나기도 한다(인물 간 갈등/구조적 갈등, 드러난 갈등/잠재된 갈등, 외적 갈등/내적 갈등). 그것은 표면적으로 어떤 모습을 띠든, 결국은 대립적인 의미 요소(대립소)로 요약된다. 그래서 갈등은 보다 정적인 의미의 '대립'과 바뀌어 쓰이기도 한다.

갈등은 이야기의 엔진과 같다. 그것의 추동으로 이야기는 앞으로 나아가면서 사건을 전개하고 주제적 의미를 형성한다. 이야기 '서술'은 주로 갈등의 발전 단계에 따라 진행된다. 따라서 사건의 종류는 갈등의 종류라 할 수 있고, 이른바 '플롯의 몇 단계'는 갈등의 전개 단계에 해당된다고 할 수 있다.[3]

갈등과 제재 및 주제의 관계는 손의 양면과도 같다. 어떤 사건에 관한 이야기인가와 무엇을 표현하는 이야기인가, 작품에서 어떤 갈등 때문에 사건이 일어나는가와 그 사건을 통해 무엇이 전달되고 체험되는가는 분리하거나 선후를 따지기 어렵다. 그러므로 이 둘을 긴밀히 결합하지 않으면, 사건 자체가 내포하고 있는 것과 그 사건에서 알고 느끼게 되는 것, 혹은 작자의 의도와 감상자의 반응 사이에 균열이 생기기 쉽다. 사건은 계속 일어나지만 왜 일어나며 그 초점이 무엇인지, 한마디로 도대체 무슨 이야기를 하고 있는 것인지 종잡기 어려워지는 것이다.

앞의 '상황 분석'을 바탕으로, 「해피 피트」는 그 제재들에 적절한 갈등으로서 다음과 같은 갈등들을 설정한 것으로 보인다.

(노래로) 타인과 소통하고 싶은 욕망(꿈, 이상)＼음치라는 현실(장애)
자아를 실현하려는 의지＼기존의 규범이 지배하는 사회

이들은 각각 이상＼현실, 개인＼사회라는 매우 보편적인 갈등에 속한 것이다. 그만큼 의미도 있지만 흔하기도 하다. 이것을 보다 흥미롭고 참신하게 발전시키려면, '음치 펭귄'이라는 애초의 아이디어를 살리고, 이 작품을 짓는 목표에 따라 갈등의 전개 및 극복 과정을 그에 맞추어 새롭게 구체화할 필요가 있다.

먼저 주인공과 갈등하는 여러 '사회'——가족(아버지), 학교(선생), 그리고 황제펭귄 집단 전체(우두머리 '노아')——가 설정된다. 그리고 뮤지컬 애니메이션이라는 갈래에 어울리도록, 또 펭귄의 생김새에 걸맞게, 주인공의 자기표현과 소통의 방식을 '노래'나 '음악'과 긴밀하게 관련된 탭댄스로 설정한다. 하지만 그것만으로는 여러 갈등을 극복하며 소통과 자아실현을 성취하기 어렵다. 특히 이 영화에 거대한 신전 혹은 감옥처럼 '그려진' 집단 서식지를 벗어나거나 그 지배자의 힘을 꺾을 수 없다.

이 갈등을 극복하고 주인공이 욕망을 실현하려면, 자아실현의 계기를 마련해줄 다른 갈등을 도입할 필요가 있다. 그가 앞의 갈등을 극복해나갈 힘을 지니도록 성장시켜줄 '매개 갈등'은, 다음과 같은 사회적 갈등으로 설정된다.

　　펭귄의 생존 욕망＼인간들의 환경 파괴, 고기 남획

이 '환경 문제'라는 제재와 갈등을 도입하고, 그것을 극복하는 역할을 주인공이 맡음에 따라, 작품 전체의 지배적 갈등은 앞에서 살핀 '주인공 중심의' 갈등을 포함하면서 확장되어, 새롭게 변하고 발전한다. 그것은 다음과 같이 새롭게 바꾸어 표현할 수 있다.

현실을 타개하려는 모험＼현실에 순응함

외부의 인간과의 새로운 소통 추구＼펭귄 내부에 머무르며 기존

소통 질서에 안주

　개인의, 또 자기 사회 안에서의 소통과 자아실현 문제가, 펭귄 사회 전체와 인간 사이의 소통, 그리고 그를 통한 자아실현 문제로 확대된 셈이다. 여기서 주인공이 당면한 난제—자기 집단에서 소외되었고, 문제점을 지닌 주인공이 어떻게 동족을 위기에서 구하고 자기를 성장시킬 것인가—가 모습을 드러낸다. 이야기는 그것을 중심으로 짜이고 구체화된다.

　그런데 아무리 애니메이션이고 환상적인 이야기라고 해도, 어린 주인공 혼자서 이 엄청난 과제를 푼다면 그럴듯하지 않다. 그래서 돕는 자가 필요한데, 그 존재가 바로 옆 동네에 사는 아델리 펭귄들이요 인간세계의 언론이다. 그들의 도움으로 주인공은 모험을 감행할 수 있고 또 성공하게 된다.

　이렇게 해서 이 이야기는 『홍길동전』을 비롯한 숱한 영웅 이야기들처럼 상처를 지닌 인물이 자신은 물론 집단의 문제점을 해결하여 영웅 혹은 새로운 지도자가 되는 스토리를 지니게 된다. 그리고 그를 통해 전 세계인 누구나 공감할 수 있는, '인간은 더 이상 자연을 파괴하지 말고, 자연과 공생할 길을 찾아야 한다'는 메시지를 제시할 수 있게 된다.

　만약 여기서 그쳤다면, 이 이야기는 펭귄이 명곡에 맞추어 탭댄스를 추는 모습이 재미있고 신기한 '영웅 소년 이야기'류에 머물렀을지

모른다. 그러나 이미 살펴왔듯이, 이 이야기에는 개인과 사회의 갈등으로 추동되는 사건의 연쇄, 즉 '기존 질서(이데올로기, 권력)를 깸으로써 현실의 위기를 극복하는 스토리'가 함께 존재한다. 인간과 소통하여 자기네 펭귄 집단의 식량을 확보하는 공을 세우고 돌아왔을 때, 주인공이 동굴로 '피해' 있는 아버지를 밖으로 데리고 나오는 장면에서 제시되는 '아버지와 화해하기 및 넘어서기'와, 마침내 황제펭귄 집단 모두가 주인공을 따라 탭댄스를 추는 장면에서 이루어지는 일종의 '혁명' 혹은 '지도자 교체'는, 사실 가부장 질서가 짙게 깔려 있고 개인주의 전통이 약한 동양에서는 조심스러운 제재이다. 그래서 한국의 감상자에게는 눈에 잘 띄지 않을 수 있다. 그러나 아델리 펭귄 사회의 '러브레이스에게 선물 바치기' 사건을 통해 먼저 암시하고 풍자할 정도로, 「해피 피트」에서 이 제재가 차지하는 비중은 크다. 적은 내부에도 있다. 집단의 위기는 식량 위기만이 아니라 이데올로기 혹은 가치관의 위기이기도 하였다. 환경이라는 대외적·물질적 조건의 문제와 함께, 거기서 살아가는 존재들의 대내적·정신적 문제를 함께 다루고 있는 것이다.

마침내 꼴이 잡힌 기본 스토리를 정리해보면 다음과 같다.

> 자기 집단에서 소외된 한 펭귄이 한계상황에 놓인 자신과 집단을 구하려고 한다.
> ―난관을 뚫고 인간세계로 가서 그들과 소통한다.
> ―자기 집단 안팎의 위기를 극복하고 새 질서를 세우며, 모두의 사랑을 받는 (새 지도자 같은) 존재가 된다.

상황의 설정과
전개 방법

제1부의 설명이나 '지침' '작자의 자세'에 관한 논의에도, 상황의 설정과 전개 방법에 관한 언급은 없지 않다. 하지만 그것들은 '작품 자체로 보여주라' '상상력을 길러야 한다' 등과 같이 매우 포괄적이다. 여기서는 되도록 중복을 피하면서, 좀더 구체적인 방법을 제시하려고 한다.

다음에 열거하는 것들은 필요한 방법이나 요령 가운데 필자가 중요하다고 본 그 '일부'에 해당한다. 그 전부를 논의하거나 정리하는 일은 불가능하기도 하지만 불필요할 것이다.

다음은 기본적으로 사건의 설정과 전개에 관한 구상을 하기 위한 것이다. 그것을 실제로 서술하는 방법은 주로 뒤의 '제3장 플롯 짜기'에서 다룬다.

> 자신의 내부에서 잊히지 않는 기억이나 감정을 찾는다. 그
> 리고 그것을 살릴 '상황'을 꾸민다.

사건은 '상황의 변화'이다. 그러니 **상황을 만들면 사건이 시작된다.**

상황의 씨앗은 먼저 자기 체험에서 찾는 게 좋다. 잊을 수 없는 기억 속의 장면, 감정이 아주 격렬하고 절실했던 순간이 있다. 대개 감정과 기억은 하나다. 감정과 결합된 기억이 오래 남고, 타인의 기억에 감정을 불어넣는다.

자기의 그 잊히지 않는 '감정과 결합된 기억'에서 구상의 싹을 찾아, 그 일이 어떤 상황에서 일어났는지를 분석하고, 그것을 살릴 상황, 그것을 감상자로 하여금 체험할 수 있게 할 상황을 꾸민다. 그러면 자연스럽게 스토리텔링은 자기 삶의 일부가 된다. 또 자신의 사고력과 상상력의 시험장이 된다.

되풀이해 강조하건대, 체험한 것만큼 잘 아는 것은 없다. 그러니 **자기 체험에서 출발하라.** 작더라도 자기를 사로잡았던 괴로움, 혼란, 감동, 인상, 간절히 느끼고 생각해온 것에서 출발함으로써, 발상의 터를 먼저 자기의 내면, 체험, 환경 등에 잡는 것이다. 그래야 타인의 느낌을 움직일, 즉 감동感動시킬 힘이 생기고, 사건과 인물의 세부 또한 섬세하고 그럴듯하게 그려낼 수 있다. 개인적인 것에서 사회적인 것으로 관심을 넓히거나, 개인적인 것이 사회적인 성격을 갖도록 의미를 확장하는 것도 필요하지만, 그것은 나중 일이다. 어떤 면에서 스토리텔러는 결국 자기 이야기를 하는 자이다. 좋은 이야기가 감상자의 상처를 치유하는 까닭은, 그것이 작자 자신의 상처에서 비롯되었기 때문인 경

우가 많다.

기존의 익숙한 것들, 다시 말해 자기가 멋지다고 생각해온 사건, 모름지기 이야기는 그래야 한다고 막연히 믿어온 인물, 스토리…… 그런 것들로부터 가능한 한 멀어지고자 노력하는 게 좋다. 그것들은 대개 환상이나 고정관념에 가까운 것이다. 그것을 버리면 모든 게 무너질 성싶지만, 그것에 사로잡혀 있는 한 '자기 이야기'로부터 멀어지게 된다.

| 강한 반응을 일으킬 상황이나 사건을 사회 현실에서 찾고 만든다.

이야기가 많은 사람한테 관심을 끌고 반응을 불러일으키려면, 이야기가 모방하는 삶이 그럴 만한 의미와 재미가 있어야 하고, 무엇보다 인간의 근원적인 욕망, 감정과 연관되어 있어야 한다. 이야기를 짓고 감상하는 행위는 물론 이야기 자체의 전개 과정까지가 인간의 욕망, 감정의 산물인 까닭이다.

사랑, 복수, 공포, 환상 따위는 많은 사람의 관심을 끈다. 그런데 각각을 다시 사랑의 극적인 성취, 복수로 원한 풀기, 살인마의 연쇄살인이 일으키는 공포감, 온갖 소망이 이루어지는 환상세계 등으로 좀더 구체화시켜보면, 어디서 많이 본 것 같지 않은가? 자극적인 이야기들은 온갖 극한 상황을 끊임없이 제시하고, 우리는 거기에 길들여져 있다.

그러므로 진부함을 피해 보다 흥미롭고 가치 있는 상황을 '새롭게'

포착하기 위해서는 '나'와 '우리' 현실을 노상 섬세하게 관찰해야 한다. 나와 우리의 현실이야말로 욕망의 산실이자 대결장이며 특유의 감정이 유행하는 곳인 까닭이다. 이야기 짓기의 역사에서 이미 그 가치가 검증된 원형적인 사건 혹은 제재들(☞101쪽)을 시대 현실에 맞추어 참신하게 변형하는 것도 한 방법이다. 걸작들이 어떤 상황이나 사건을 다루고 있는지 유심히 살펴야 함은 두말할 것 없다.

이런 노력들을 하다 보면, '비슷한 것은 있으나 마나 한 것'임을 뻔히 알면서도 흉내 내기에만 몰두하여 스스로 하기 어려웠던 생각, 즉 '나의 체험 속에 창조적인 것이 들어 있다'는 생각을 자신 있게 품을 수 있다. 그때 비로소 영화 「8월의 크리스마스」의 기본 상황—'죽어가는 사람이 사랑을 한다'—이 바로 자기 옆에서도 찾을 수 있는, 하지만 자기가 미처 깊이 '체험'하지 못한 감동적인 이야기 상황임을 새삼 깨닫게 된다.

> 스토리의 처음상황 또는 기본 상황을 문장 형태로 정리해본다. 그리고 거기에 모순이나 대립을 내포시킨다.

처음상황은 중심사건의 바탕이자 전제이다. 따라서 그것은 스토리 전체의 기본적 상황이기도 하다. 거기에 모순이나 대립이 내포되어 있으면 이야기 전개의 가능성이 훨씬 풍부하고 극적이 된다고 앞에서 거듭 지적하였다. 왜냐하면 그 대립과 모순은 인간의 삶을 지배하는 '어떤 가치를 문제 삼는' '어떤 가치가 혼란에 빠져서 불거진' 것이기 때문이다.

처음상황이 구상의 초기 단계부터 선명하지 않을 수는 있으나, 어떻게든 구체적이고 창조적이게 설정해내야 전체 작업의 틀이 잡힌다. 가령 처음상황에 내포된 대립, 모순은 이야기 전체를 지배하는, 이야기가 끝날 때까지 사건을 통해 풀어가야 할 난제 혹은 딜레마를 낳기 때문이다. 그것은 대개 주인공이 당면한 풀기 힘든 문제, 갈등을 겪으면서 해결해야 하는 과제(이른바 '미션'), 극복해야 할 난관 등으로 등장하고, 그래서 감상자가 시종 머리와 가슴으로 관심을 쏟는 이야기의 초점이 된다.

예를 들되, 꼭 그래야 하는 것은 아니지만, 난제는 의문문 형태로 적어본다.

■ 단편소설 「봄·봄」(김유정)

처음상황: '나'가 약속을 잘못하여 일만 해주고 장가를 들지 못한다. //꾀바른 장인이 어리숙한 '나'를 일만 부려먹고 약속대로 결혼을 시켜주지 않는다.

난제: 어리숙한 '나'가 꾀바른 장인으로 하여금 약속을 지키게 할 수 있는가?

■ 장편만화 『이끼』(윤태호)

처음상황: 절망적인 처지에 놓인 '나'가 가정을 버렸던 아버지의 죽음에 의문을 품는다.

난제: 세상에 절망하였고 아버지에 대한 애정도 적은 '나'가 과

연 비밀을 풀 수 있을까?

//힘없는 '나'가 막강한 이장(천용덕)의 집단을 이기고 진실을 밝힐 수 있을까?

- 영화 「용서받지 못한 자」(감독: 클린트 이스트우드)

처음상황: 과거를 청산하고 사는 총잡이가 약자를 돕고 생계를 잇기 위해 다시 총을 잡는다.

난제: 이유가 정당하면 살인을 해도 되는가?

//살인을 저지른 사람이 진정으로 용서를 받을 수 있는가?

- 희곡 「햄릿」(셰익스피어)

처음상황: 우유부단한 햄릿은 왕위를 차지하고 어머니와 결혼한 숙부가 부왕을 독살했음을 알게 된다.

난제: 우유부단한 햄릿이 아버지의 원수를 어떻게 갚을 것인가?

//결단력이 부족한 햄릿이 악에 물든 왕궁을 정화할 수 있는가?

//불의한 현실을 바로잡는 게 한 사람의 힘으로 가능한가?

어떤 이야기를 번안, 패러디, 리메이크, 환치displacement [4] 등의 방식으로 재창작할 때 가장 중요시되는 것이 처음상황이다. 그것의 중요성은 작품의 제목이라든가 다음과 같은 선전 문구가, 다름 아닌 처음상황에서 비롯된 난제를 활용하는 경우가 많다는 사실에서도 확인된다.

떠날 것인가, 남을 것인가?

삶에 대한 갈망과 신에 대한 믿음 사이에 선 일곱 수도사!

1996년 알제리 산골 수도원. 그곳에 신과 인간 사이에서 숭고한 신념을 지켜낸 7명의 수도사와 1명의 의사가 있었다. 그들은 사람들을 치료하고 마을의 대소사를 함께하며 가난한 사람들과 종교를 뛰어넘는 사랑으로 평화롭게 지낸다. 하지만 이슬람 근본주의자들에 의한 내전 사태가 점차 심각해지자 평화롭던 생활은 위기에 빠진다. 신을 영접하는 수도사로 신의 사랑과 믿음을 몸소 실천하려 하지만, 그들 역시 인간이기에 생명을 위협하는 폭력 앞에서 두려울 뿐이다. 이제 그들은 신을 따르기 위해 수도원에 남아야 할지 안정된 삶을 좇아 떠나야 할지, 삶과 신념을 사이에 둔 중대한 선택의 순간을 맞이하는데……

— 영화 「신과 인간」(감독: 자비에 보부아)의 한국 상영 때(2012) 사용된 선전용 전단지에서

> 처음상황 자체가 '스스로 앞으로 나아가게' 해본다. 이때 어
> 떤 계기가 되는 사건을 개입시킨다.

처음상황에 함축된 바, 혹은 그것으로 가능한 바를 다각도로 분석한다. 그리고 상황 자체가 합리적으로, 자연스럽게 발전해나갈 계기가 될 사건을 설정한다. 여기에는 인물의 성격을 구체화하면서(☞ 307~335쪽), 중심사건을 합리적으로 전개하는 데 필요한 세부의 매개적 사건이나 갈등을 설정해 넣는 일이 포함된다. 인물의 행위 동기는 작품의 논리 형성과 요소들의 동기화에 핵심 기능을 한다. 그러므로 이때 특히 주된 인물의 행위 동기와 갈등의 원인 설정에 유의한다. 그것이 사건의 의미와 방향을 좌우하기 때문이다. 「해피 피트」의 멈블은 자기가 속한 황제펭귄 집단을 위기에서 구하기 위해 모험을 떠나므로, 그의 이야기는 '자기 종족 구하기' 이야기가 된다. 뿐만 아니라 그가 지구를 황폐하게 만드는 인간 세력과 싸우기 이전에 자기 종족을 황폐화시키는 내부의 적과 싸우기에, 그의 이야기는 '환경 보호' 이전에 자아 성장, 내부 혁신의 이야기가 된다.

> 제재를 선명하고 참신하게 잡는다.

하나의 상황으로부터 헤아릴 수 없이 많은 사건이 전개될 수 있다. 이때 사건의 초점, 즉 그 전개 방향과 의미의 중심을 결정하는 것이 바로 난제요 제재이다. 이야기에는 항상 형상과 의미가 결합되어 있음을

고려할 때, 난제가 사건의 초점이라면, 제재는 그 의미의 초점이라고 구분하여 말할 수도 있다.[5]

각도를 바꾸어 주제 측면에서 보면, 주제는 함축적이고 일반적일 수 있는 데 비해, 그것을 표현하는 재료로서의 제재는 되도록 명시적이고 개성적일 필요가 있다. 제재가 선명하고 새로우면 사건을 왜, 어느 방향으로 전개할지가 보다 구체화되고 참신해질 수 있기 때문이다. 가령 '젊은이'보다는 '젊은이의 우울증'이, 또 그보다는 '한국 젊은이의 우울증과 실업의 관계' '한국 전통 가족의 붕괴에 따른 젊은이의 우울증' 등이 사건 전개에 구체적 초점을 부여하고 개성 있는 스토리를 전개할 수 있게 해준다. 새로울 것 없는 인물과 사건을 다 아는 이유에 따라 전개하면, 감상자는 기대가 무너지면서 흥미를 잃게 된다. 이전의 이야기와 별로 다를 게 없어서 굳이 시간을 들여 감상할 만한 가치가 있어 보이지 않는 까닭이다.

거시적으로 보면 제재의 수는 많지 않다. 주로 갈등의 대상과 발생 원인, 거기 얽혀든 인물들의 성격, 사건의 전개 방향 등을 무언가 다르게 설정해야 제재가 구체적이고 참신하게 된다. 한국에는 한국전쟁과 그로 인한 남북 분단 상황을 제재로 삼은 소설이나 영화가 매우 많은데, '한국전쟁에 나타난 인간의 폭력적 본성' '일제강점기의 민족 분열과 한국전쟁' '남북 대결이 가져온 한국 정치의 후진성' 등과 같이, 그것을 세분하고 다른 관점에서 바라봄으로써 새로움을 얻은 작품은 드문 듯하다.

> 의도와 스토리 전개를 일치시킨다. 이를 위해 적절한 공간
> 혹은 환경을 설정한다.

작자의 의도는 구체적인 시공간에서 벌어지는 사건과 인물로 '형상화'되지 않으면 별 소용이 없다. 그러지 않으면, 앞(☞142~149쪽)의 지침들에서 강조했듯이, '이야기 자체로 보여주고' '작품 자체가 말하게' 할 수 없으며, 의도가 효과적으로 '감상자에게 체험되기' 어렵기 때문이다. 달리 말하면, 이야기 세계 자체의 논리를 만들고, 그에 따라 사건을 전개시키면서, 그를 통해 의도 혹은 주제를 표현하라는 것이다. 이때 그것이 그럴듯하게 이루어지는 데 적절한 공간 혹은 환경을 설정할 필요가 있다. 가령 '삶은 부조리하지만 견뎌내야 한다'가 창작 의도라면, 인물의 생각, 사건 전개의 양상과 맥락, 서술의 초점 등을 통해 감상자 스스로 그 의도를 느끼고 체험할 수 있게 하고, 그것을 도와줄 적합한 배경도 설정해야 한다.

이렇게 볼 때, 논리적으로는 의도가 먼저 마련되고 작품의 구상이나 창작이 뒤따르는 것이 옳아 보이지만, 발상을 발전시켜 구상하고 창작하는 과정에서 그에 걸맞는 의도를 '설정'하고 다듬는 것이 현실적일 수도 있다. 사실 애초의 의도는 대개 모호하며, 실제 창작 과정에서 비로소 꼴이 잡히거나 바뀐다.

> 적절한 크기가 될 때까지 사건의 규모를 축소한다. **가지를 쳐내
> 고 줄기는 강화한다.** 그리하여 중심사건의 뼈대를 세운다.

중요한 것은 스토리 전체의 자세한 내용이라기보다 그것을 통해 표현하고 체험시키려는 '무엇'이다. 사건의 기록을 목표로 삼는 다큐멘터리조차도 선택(편집)과 집중(강조)은 불가피하다. 따라서 필요한 것은 살리고 나머지는 과감히 버린다. 한편으로 그것은 사건 규모를 갈래, 형식 등의 관습에 맞게 잘라내고 변형하는 일이기도 하다. '단편'과 '장편'의 차이는 길이 이전에 사건 규모의 차이이다.

작자가 처음에 상상한 사건, 머릿속에 꼬리를 물고 마구 떠오른 사건들이 모두 그대로 작품의 스토리가 되는 경우는 거의 없다. 물론 갈래에 따라 다르지만, 사건을 너무 크게 잡으면 감당하기 어렵고 초점을 잡기도 어렵다. 너무 많은 것을 말하려는 사람은 대개 아무것도 말하지 못하게 마련이다.

이야기에 선택된 스토리가 있을 때 그것이 일어나는 데 걸리는 시간 즉 '서술된 시간'[6] 전체의 길이(양, 범위)와, 거기서 '가지를 쳐내고 줄기는 강화한' 결과 남게 된 중심사건의 길이는 대개 같지 않다. 가령 전체가 1년일 경우, 중심사건은 그중 2개월 동안 일어난 사건일 수 있다. 그런데 서술을 할 때, 이 중심사건도 모두 다 자세히 서술할 필요는 없다. 다시 한 번 '가지를 쳐내고 줄기는 강화하여' 몇 개의 중요한 대목 또는 장면 위주로 서술해도 충분하고, 대개 그것이 더 효과적이다. 이렇게 볼 때 스토리의 중심사건이 있는가 하면, 서술의 중심사건 곧 '주로 자세히 서술하는 사건'이 있다고 할 수 있다. 중심사건도 스토리 층위의 그것과 서술 층위의 그것으로 나눌 수 있는 것이다.

하여간 자세히 다룰 필요가 없는 사건을 생략하거나 요약하여 처리함은 스토리텔링에서 항용 일어날 수밖에 없는 일이다. 이것은, 앞(☞

103~110쪽)에서 언급하였듯이, 우리가 현실에서 삶의 의미를 찾고 형성하기 위해 그것을 변용하는 작업과 비슷하다. 즉 작품의 유기적 질서를 세우기 위해 스토리의 범위를 제한하고 또 거기서 다룰 사건과 서술할 대목을 선별하는 작업이다. 작품이 유기체라면, 필요 없는 부분이 없어야 한다. 유기체에는 기능상 필요한 것만 존재한다. 사건을 가지치기하여 중심 줄기를 드러낼 줄 모르는 사람, 반대로 시적詩的인 분위기에 젖어 몽롱해진 서술을 걷어내고 거기에 사건의 뼈대를 심을 줄 모르는 사람은, 자기 이야기에 '기능상 필요한 것'이 무엇인지 자신도 잘 모르는 사람이다. 한편 어떤 삽화나 장면을 너무 아낀 나머지 세부 묘사에만 매달리는 사람이 있다면, 그는 가지에 몰두하다가 줄기가 없는 이야기를 짓기 쉽다.

> 갈등을 겹치고, 원인을 늘린다. 가급적 인물의 내면과 외면 모두에서 '상황'과 그 '변화'를 제시할 '매개적 사건'을 개입시킨다.

갈등이 반드시 여럿이거나 유달라야 하는 건 아니다. 하지만 그려진 세계의 모습과 의미를 풍부하게 하고 무엇보다 사건을 필연성 있게 만들려면, 「해피 피트」가 잘 보여주듯이, 갈등을 거듭 중첩시킬 필요가 있다. 그래야 행동의 의미가 심화되고, 사건의 원인이 복합적이 되기 때문이다. 영웅은 적대자나 장애물이 많을수록 더 영웅다워진다. 비극은 주인공의 수난이 겹칠수록, 불행해지는 원인이 여럿일수록 더 심각해지고 의미가 풍부해진다. 아울러 내면과 외면의 '상황' 및 그 '변화'를 함께 다루면 그럴듯함이 강화된다. 이때 사건이나 그 주체(인물)를 달리하여 겹칠 경우 스토리 라인이 달라지므로 이중 플롯 또는 복선複線 플롯이 형성된다.

이는 뒤의 '제3장 플롯 짜기'에서 다시 다룬다.

| 작은 삽화 하나, 인물의 행동 하나도 인과관계를 따진다. |

작은 사건(디테일, 삽화)이 그럴듯하지 않으면 그것이 속한 큰 사건도 그럴듯하기 어렵다. 그러므로 작은 삽화라도 항상 그 과정이 인과적인가, 그 상황에서 왜 그런 행동이 필요한가를 자문한다. 즉 그것이 무엇의 결과 혹은 원인인가를 따져서, 어떻게든 그 관계를 합리화한다. 만약 인과성이 떨어지면 아예 빼버린다.

| 필요한 경우, '대결' '경쟁' 따위의 사건을 넣는다. |

대결(투쟁), 경쟁(시합) 등은 감상자를 긴장시키고 흥분시키는 원형적 사건이다. 쫓고 쫓기며, 지다가 이기는 그 과정 자체가 극적인 까닭에, 승부욕 따위를 충족시키는 정서적 효과를 북돋우는 동시에 이야기에 미적 질서(리듬)를 부여한다.

스포츠 만화, 무협영화는 물론 추리소설, 범죄영화, 법정 드라마 따위가 모두 이러한 사건을 적극 활용하는 갈래이므로, 예를 들자면 한이 없다. 가령 텔레비전 드라마 「대장금」에 음식 만들기 경합이 없다면 어떨지 상상해보라. 애니메이션 「마당을 나온 암탉」(감독: 오성윤)에는 원작 소설에 없는 파수꾼 선발 대회가 나오는데, 그 사건이 삽입됨으로써 재미가 커지고 분위기 또한 밝아진다. 이야기와 거리가 먼 텔레비전 음악 프로그램까지도 경쟁방식을 도입하는 경우가 많은데, 그 결과 훨씬 더 흥미진진해질 뿐만 아니라 프로그램 자체가 하나의 '이야기'가 되는 것을 확인할 수 있다.

> 지금 여기 '있는 것'과 '있어야 할 것'을 함께 고려하여 사건을 전개시킨다.

시대적 가치와 초시대적 가치를 함께 고려한다. 변하는 것으로 변하지 않는 것을, 눈앞의 평범한 현실을 통해 보편적인 진실을 표현하고자 힘쓴다.

감상자는 상식적인 도덕이나 교훈을 확인하기 위해 이야기를 감상하지 않는다. 그래서 작자는 항상 문제의식을 지니고, 기존의 도덕이나 윤리를 비판적으로 바라보는 가치의식을 날카롭게 함으로써, 교훈보다 진실을 추구해야 한다고 앞서 언급한 바 있다. 처음상황에 내포되는 게 바람직하다고 한 대립과 모순도, 실은 거의가 지금 여기 있는(현상적) 가치를, 있어야 하는(당위적) 가치를 바탕으로 바라볼 때 포착되는 것이다. 만약 잘 납득이 되지 않는다면, 이런 질문을 자신에게 던져보자. 내가 짓고 있는 이 이야기는 해피엔딩인데, 여기서 나는 실제로 무엇이 '해피하다'고 이야기하고 있는 것인가? 중심사건의 전개에 비추어 볼 때 그 결말은 과연 필연성 있고 '진정으로 해피한' 것인가?

● 「마당을 나온 암탉」

황선미가 2000년에 발표한 장편동화. 독자에게 큰 반응을 얻어 그림책, 애니메이션 등으로 재창작되었다. 영어로 번역되어 영국에서 베스트셀러가 되고 '워터 스톤즈' 서점, 「인디펜던트」 신문 등이 선정한 '2014 올해의 책'으로 거듭 뽑히기도 했다. 위의 삽화에서는 알(새끼)과 그것을 품고 있는 '잎싹'을 지키려다 '나그네'가 족제비한테 죽임을 당하고 있다. (사계절출판사, 2010, 84~85쪽에서 인용)

동화『마당을 나온 암탉』의 사건 분석

장편동화『마당을 나온 암탉』[7]의 처음상황과 그 전개 과정, 곧 중심 스토리의 형성 과정을 추측해봄으로써, 이야기 창작에 필요한 상상력을 기르고 기법도 익히기로 한다. 이 작품을 인물 설정 문제 중심으로 뒤의 〈연습 13〉에서 다시 다루므로, 그것도 함께 풀어보면 좋을 것이다.

앞에서 「해피 피트」는 '노래로 짝을 찾는 황제펭귄 무리 가운데 음치가 하나 태어난다'는 주인공에 관한 '사실'에서 시작되었다고 보았다. 「해피 피트」와 비슷하게 주인공이 영웅적 존재로 성장해가는 이야기지만, 『마당을 나온 암탉』의 발상은 주인공 자신이 품은 '욕망'에서 시작되었다고 볼 수 있다.

이 작품의 주인공 잎싹이 품은, 이 이야기의 모든 것이 시작되는 근원적 욕망은 이렇게 표현할 수 있다.

사람들이 알을 얻기 위해서만 기르는〔난용종卵用種〕암탉인 '잎싹'이 알을 품어 자식을 기르고 싶어 한다.

주인공은 닭장 철망 속에 갇혀 부화시킬 수 없는 알을 낳고, 그 알도 이젠 잘 낳지 못하며, 또 낳는다 해도 낳자마자 빼앗기는 처지에 그런 욕망을 품는다. 이는 그대로 하나의 '모순이 내포된 '처음상황'이다. 여기에는 별 매개 과정 없이도 곧바로 활성화될 수 있는 갈등이 들어 있다. 이 상황이 어떻게 전개되고 확산되는지, 그 과정에서 어떤 제재와 주제가 형성되는지가 우리의 관심사이다. 동화를 지으려는 사람이라면, 어둡고 무거운 면이 있는 이 상황을 작자가 어떻게 동화 갈래에 맞게 발전시켜가는지에 더 흥미가 쏠릴지도 모른다.

1 앞에 제시한 모순이 내포된 처음상황을, '어머니'라는 말을 사용하여 다르게 표현해보시오.

....

2 잎싹이 지닌 이러한 모순된 욕망은, 다시 외적 환경(양계장, 마당 등의 현실)과 대립된다. 잎싹은 자신의 욕망(꿈)을 추구할 경우와 추구하지 않을 경우가 거의 반대되는 결과를 초래하는, 다시 말해 욕망을 추구하면 고난에 빠지는 환경에 놓여 있다.

   다음은 이 이야기에서 실제로 벌어지거나, 읽는 동안 감상자가 저절로 상상하게 되는 그 결과를 나타낸 말이다. 작품 자체에 어울리는 말로, ①과 ②에 한 가지씩만 적어 넣으시오.

> **길잡이**
> ....
> 각 대립의 짝을 염두에 두고, ①과 ②의 위/아래와 좌/우를 종합적으로 고려하여 답한다.

욕망을 추구할 경우	욕망을 추구하지 않을 경우
떠돌며 산다/생명의 위협에 시달린다.	①
②	억압당한다/생명을 낳고 기를 수 없다 /자신의 본성과 꿈에 따라 살지 못한다.

앞에서 살핀 것을 종합해보면, 이 작품에는 모순적이거나 대립적인 요소가 겹쳐 있음을 알게 된다. 잎싹이 애초에 지닌 욕망 자체가 모순적일 뿐 아니라, 외부 환경이 매우 적대적이어서, 그것을 추구하는 행동 또한 그러하다. 예컨대 잎싹은 자기의 꿈을 추구하다가 어렵게 '떠돌며' 살지만 그 대신 누구에게 '억압당하지' 않는 것이다. 요컨대 이 잎싹의 욕망 추구 이야기는 함께 존재하면 안 되는 모순과 대립이 함께 존재하는 삶의 모습, 혹은 부정적인 것이 긍정적인 결과를 초래하고 그 반대도 가능한 삶의 아이러니 자체를 제재로 삼고 있다.

이 작품은 이렇게 단순하지 않은 상황을 몇 가지 반복적인 갈등 혹은 사건을 설정함으로써 효과적으로 형상화하고 또 전개시킨다.

길잡이
지엽적인 것은 생략하고, 상황의 변화 위주로, 되도록 간략하게 쓴다.

3-1 다음은 잎싹이 자신의 욕망을 실현하기 위해 애쓰는 과정에서 겪는 갈등을 알기 위해, 스토리상 핵심적인 사건들을 간추려본 것이다. 작품에 충실하게, 또 앞뒤에 이미 해놓은

요약을 참고하면서 빈칸을 채우되, 특히 장소의 변화에 유의
하여 요약하시오. (출제의 편의상 ①과 ②는 각 사건을 1문장으
로 진술함.)

① 잎싹이 양계장에서 탈출한다.

② 잎싹이 '마당 식구들'에 의해 마당(헛간 포함)에서 쫓겨
  난다.

③-1. 잎싹이 찔레덤불에 있는 알을 품는다.

  -2. 청둥오리(나그네)가 (   ).

  -3. (병아리로 오해하는 청둥오리) 새끼(초록머리)가 태어
    난다.

④-1. 잎싹이 (   )

  -2. 잎싹이 마당에 사는 동물들에게 배척당하고, 초록머
    리가 주인한테 날개 끝이 잘릴 위험에 놓인다.

  -3. 잎싹이 초록머리와 함께 마당에서 나온다.

⑤-1. 잎싹이 초록머리를 키우며 저수지 근처 들판에서 힘
    들고 불안하게 살아간다.

  -2. 잎싹이 (   )

  -3. 초록머리가 성장하여 날 수 있게 된다.

⑥-1. 초록머리가 외톨이로 사는 게 싫다고 마당으로 간다.

  -2. 초록머리가 (   )

  -3. 잎싹이 붙잡힌 초록머리를 구출한다.

⑦-1. 초록머리가 들판의 청둥오리떼 속에서 따돌림당하
    지 않는 데만 몰두한다.

-2. 잎싹이 초록머리의 행동에 서운해한다.

-3. 초록머리가 (   )

⑧-1. 초록머리가 족제비한테 잡힐 위기에 빠진다.

-2. 잎싹이 족제비의 새끼를 인질로 삼아 족제비를 위협
하여 초록머리를 구한다.

-3. 초록머리가 (   )

⑨-1. 잎싹이 족제비도 새끼를 둔 어미임을 알게 된다.

-2. 잎싹이 (   )

-3. 잎싹이 족제비한테 먹힌 채 하늘을 난다.[8]

3-2 잎싹의 욕망 실현을 가로막는, 즉 잎싹과 갈등하여 그를 시련에 빠뜨리는 반동인물은 여럿이다. 그들 때문에 사건이 발전되고, 잎싹이 성장하며, 제재와 주제가 확장·심화된다. 앞에 요약한 스토리를 살펴보면, 반동인물로 족제비와 사람(주인) 외에 또 누가 있는가? 잎싹과 초록머리가 함께 혹은 혼자 반복하는 행동을 참고하여 괄호 안에 적어 넣으시오.

잎싹과 갈등관계에 있는 존재들:
족제비, 사람(주인), (   )

3-3 문제 3-2의 답에 해당하는 존재(아래 '?'로 표시함)와 잎싹(초록머리 포함) 사이의 갈등은, 이 작품의 스토리에 어떤 '의미의 대립'을 도입하고 있는가? 다시 말해, 잎싹과 그 존재

사이의 갈등은, 보기(∗)로 주어진 대립소들을 내포한 잎싹\
족제비 및 사람의 갈등에, 어떤 대립소를 새로 추가하기 위해
설정되었는가? 보기를 참고하고, 또 이 작품의 제목('마당을
나온 암탉')도 참고하여 답하시오.

  잎싹\족제비, 사람

  ∗ 약육강식하는 먹이사슬의 밑에 있는 약자

       \위에 있는 강자

  ∗ 욕망과 꿈을 빼앗기고 억압당하는 자

       \빼앗고 억압하는 자

  ∗ 새끼를 살리(기 위해 자기를 희생하)려는 마음

       \자기가 살기 위해 남의 생명을 짓밟는 마음

  잎싹 \ ?

  (\   )

3-4 문제 3-2의 답에 해당하는 존재와 잎싹 사이의 대립을
더 설정함에 따라 생긴 효과는? '사건(의) 전개'라는 말을 반
드시 사용하여 구체적으로 답하시오.

4   이 이야기에서 잎싹과 나그네의 소망이 마침내 달성되었음을 나타내는 절정climax의 대목은 초록머리가 동족인 청둥오리떼와 함께 '겨울나라'로 날아가는 장면이라고 할 수 있다. 이 작품의 갈등들을 고려할 때, 왜 굳이 그런 장면 혹은 행동으로 그들의 소망이 달성되었음을 그려냈을까?

---

5   결말부에서 잎싹이 족제비 새끼를 위해 자신의 육신을 내어주고 '하늘을 날아가는' 사건은 충격적이다. 하지만 이제까지의 분석을 바탕으로 볼 때, 다소 비약적일지는 모르나, 그럴듯함을 지니고 있다. 즉, 앞에서 형성되어온 갈등(들)의 전개 과정에서 나올 수 있는 행동이요, 형성되어온 제재(들)에서 벗어나지 않는 사건이라고 볼 수 있는 것이다.

그렇다면 결말부에서 잎싹의 그 행동을 통해 표현되는 것은 무엇일까? 다음 중 가장 <u>거리가 먼</u> 것을 고르시오.

　① 대결에서의 승리

　② 더 큰 희생의 실천

　③ 갈등으로부터의 초월

　④ 자연의 질서에 순종함

　⑤ 꿈을 한층 높이 실현함

6 『마당을 나온 암탉』과 「해피 피트」는 '전체 사건의 전개 형태'를 어떤 하나의 이미지 혹은 그림으로 나타낼 때 그 모습이 비슷하다고 볼 수 있다. 그것과 가장 가까운 것은?

① 하강적인 선

② 상승적인 선

③ 순환적인 원

④ 연쇄된 고리

⑤ 흩뿌려진 점

상황을 설정하고 전개하기

　제2부의 각 장 말미에서는 자기의 이야기 작품 한 편을 짓는 연습을 연속해서 하게 된다. 각 장에서 다루는 활동을 계속 추가하여, 마지막에 이르러서는 자기가 짓고자 하는 이야기 작품의 구상과 서술 계획을 완결하게 된다. 물론 구상과 계획이 창작의 전부는 아니고, 창작 과정이 항상 정해진 절차에 따라 단계적으로 이루어지지도 않으며, '서술'이 끝나야 작품이 완성되지만, 이와 같은 책을 통해 할 수 있는 작업과 연습을 가능한 데까지 해보고자 한다.

　하지만 처음부터 이 과정을 밟아가는 게 부담스러운 사람은, '자기 작품 짓기' 1~5를 일종의 체크 리스트처럼 사용하면서 작업하고, 일단 작품이 어느 정도 틀 잡힌 뒤에 이 과정을 다시 제대로 밟아갈 수도 있다.

　그럼 이제부터 자기 마음대로 갈래를 택하여, 집을 짓듯이 이야기를 한 편 지어보자. 여기서는 먼저 가장 기본적인 '상황의 설정과 전개'를 해보는데, 뒤에 가서 바꾸고 싶으면 언제든지 돌아와 고치고 다시 시작할 수 있으므로, 과감하게 출발해보자. ('자기 작품 짓기' 연습 문제의 답은 제시하지 않는다.)

1　지으려는 이야기의 갈래(장르), 스타일
＊ 허구적이고, 되도록 일반적인 갈래로 잡을 것. 언어로만 서술

하지 않고 그림, 영상 등 여러 매체를 이용해 '제작'까지 할 수
도 있음.

2 규모 혹은 길이
* 단편소설, 단편영화 시나리오, 단막 희곡, 텔레비전 단막극 정
도의 규모가 바람직함.

3 창작 의도
* 최대한 명료하게, 되도록 1문장으로 적음.

4 일단 잡아본, 주요 사건의 전체 윤곽
* 처음부터 끝까지, 3문장 내외로, 나중에 바꿀 수도 있으니 자유
롭게 적음.

5-1 문제 3에 적은 '창작 의도'에 따라 문제 4의 '주요 사건'을 전개했을 때, 그것을 감상한 이가 자기 작품을 한마디로 무엇에 관한 이야기라고 생각하기를 바라는가? 그 '무엇'에 해당되는 것, 즉 중심제재를 하나의 구句로 적으시오.

5-2 문제 4에서 답한 '주요 사건'이 일어난 근본 원인은 무엇 때문인가? 어떤 결핍, 욕망, 갈등, 환경 등을 두루 고려하여, 간략히 답하시오.

5-3 과연 앞에 적은 '주요 사건'과 그것이 일어난 '근본 원인'은, '창작 의도'에 부합하는 '제재'를 충분히 형성시킬 수 있다고 보는가? 문제가 있다면, 다시 돌아가서 넷 가운데 무엇이든 수정하여 그렇게 될 수 있도록 만드시오.

....

6 자기가 꾸밀 전체 스토리의 '중심적 사건'이 있고, 그것의 처음—중간—끝이 있다고 하자.
6-1 이제까지 구상한 것들을 종합하여 그 '처음'에 해당되는 기본적 상황, 즉 중심적인 사건이 놓여 있거나 일어나는 상

황은 어떤 상황인가? 특히 문제 5-2의 답을 반영하여 괄호 안
을 채우시오.

(   ) 상황

6-2   앞의 상황은 결국 어떻게 변화하는가? 그 '끝상황'을
예상하여 적어보시오.

(   ) 상황

6-3   스토리의 '중간과정'은 처음상황의 발전·전개 과정일
수도 있고, 그것을 끝상황으로 변화시키는 매개 사건이 일어
나는 과정일 수도 있다.

  앞에서 설정한 두 상황을 토대로 '중간과정'을 설정하여 전
체 스토리의 중심사건을 완성하시오. 그것이 좀더 연속되고
인과성 있게 하기 위해 필요하다면, 앞에서 이미 설정한 처음
과 끝의 상황도 수정하시오. 이때 처음상황에는 반드시 자기
가 지을 이야기의 기본적인 대립이나 모순을 내포시키시오.

  ① 처음상황(1문장):

  ② 중간과정(1~2문장):

  ③ 끝상황(1문장):

7   앞의 중심사건이 벌어지는 주요 장소 및 시간(시대)은?

....

8   앞에서 설정한 스토리 가운데, 실제 작품에서 주로, 그리고 전면前面에 구체적으로 '서술'할 예정인 부분은?

제1장

제2장 인물의 설정

제3장

제4장

제5장

인물의 행동을 궁리할 때 그 동기를 따지고, 인물의 성격을 고려하여 행동을 전개한다. 이때 되도록 다양한 특질을 내포시켜 인물을 개성 있고 복합적인 존재로 만든다.

이야기는 항상 어떤 인물에 관한 이야기이다. 스토리의 기본 문장이 주어＋동사인데, 주어 자리에 놓이는 게 주로 인물이다. 스토리텔링이라고 하면 대개 먼저 사건 위주로 생각하지만, 인물은 사건과 대등한, 아니 어쩌면 그 이상의 비중을 차지하고 있다. 이야기의 모든 요소가 그와 관련되어 있거나 그에게로 수렴되는 까닭이다. 인간에 대한 관심 때문에, 인간을 그려보고 싶어서 스토리텔링을 시작한 사람이 있다면 아주 바람직하게 출발한 셈이다. 누가 좋은 이야기의 특징을 굳이 하나만 말하라고 한다면, '인물의 내면을 잘 그린 점'이라고 할 수 있을 것이다.

사건은 변하는 행동을 뼈대로 삼기에 비교적 파악이 용이하고 다루기도 쉬운 편이다. 그에 비해 인물의 성격은 그 자체가 내면적·추상적이고 그것을 제시하는 여러 요소들을 종합해야 하므로, 초기의 구상 단계에서 설정하고 구체화하기가 쉽지 않다. 인물 창조의 기법에 대한 논의는 사건의 그것에 비해 빈약한 경향이 있는데, 이처럼 사건이 시간적이라면 인물은 하나의 독립된 '사물'로서 공간적인 특성을 지니고 있기 때문으로 보인다. 관련 요소들이 선線처럼 이어진 것이라기보다 면面에 흩어져 있는 것, 주로 인과성이라는 시간적·수평적 관계보다 유사성, 대조성이라는 공간적·수직적 관계로 연관되는 것, 그래서 관련짓고 종합하여 윤곽을 드러내기가 단순치 않은 것이기 때문이라는 뜻이다.

인물은 이야기에서 '특질들의 결합체'로 존재한다. 특질特質이란 인물이 지닌 지속적인 속성 혹은 자질로서, 이것들이 모여 '성격'을 이룬다. 작자는 갖가지 '성격소'• 혹은 성격지표로써 인물의 특질들을 구체화하고 그려낸다.[9] 이것이 인물 그려내기 또는 인물형상화characterization 이다.

사건이 동사적이라면 인물의 특질은 형용사적이다. 그런데 특질

> ● **성격소性格素**
> 인물의 성격을 구성하는 특질을 작품에서 직·간접적으로 제시하는 서술이나 그에 내포된 정보, 사물. 예를 들면 영화나 만화에서 흰색 말(馬)은 흔히 그 주인의 '순수함' '뛰어남' 등의 특질을 환유적으로 제시하는 성격소임. 필자가 지어낸 용어.

은 '자상하다' '웅숭깊다'와 같이 형용사적으로 표현되는 것만 있지 않고, '꽃을 좋아한다' '진상을 밝히려는 집념이 강하다' 등과 같이 동사적(행위적)으로 표현되는 것, 그리고 '강력반 형사이다'처럼 명사적(정보적)인 것도 있다. 하지만 이런 것들도 표면적으로만 그럴 뿐, 가령 마지막 예의 경우 강력반 형사라는 정보를 '날카롭다'거나 '냉정하다'는 특질을

제시하는 성격소로 본다면, 결국은 '형용사적' 기능을 한다고 할 수 있다.

인물의 성격에는 크게 개인적 측면, 사회적 측면, 기능적 측면이 있다.[10] 바꿔 말하면, 인물은 어떤 심리, 욕망의 소유자인 동시에 이데올로기, 가치의 모색자이며 이야기 속에서 어떤 기능, 역할을 하는 행위자이다.[11] 인물이 특질들의 결합체라는 말은 작품 곳곳에 흩어져 있는 이러한 여러 측면의 특질들이 복합된 존재라는 뜻이다. 이러한 특질들이 두루 구체적으로 그려지고 사건 전개와 주제 표현에 그럴듯하게 이바지해야 인물의 성격 구축, 즉 인물 그려내기가 입체적으로 이루어졌다고 할 수 있다.

인물은 사건의 부속물이 아니다. 어떤 인물이 어떤 행동을 하는 것은 그가 사건에서 그런 역할을 맡았기 때문이기도 하지만, 그가 어떤 욕망과 기질의 소유자이기 때문이기도 하다. 단지 행동의 주체에 머물지 않고, 그가 하는 행동의 총합을 넘어서는 어떤 무엇을 더 지니고 있을 때 인물은 매력적이 된다.

아울러 인물은 인간이 사회적 존재인 것처럼 '관계적 존재'이므로 고정불변의 존재가 아니다. 그는 사건 속에서, 또 인물들과의 관계 속에서 정체성을 지니고 또 변하는, 여러 특질의 복합체이다. 앞에서 사건을 설정함에 있어 '대립, 모순을 내포한 처음상황'이 중요하다고 하였는데, 이를 인물 중심으로 바꿔 말하면, 성격 자체에 대립이나 모순이 내포된 인물을 설정하면 효과적이다. 혹은 어떤 인물을 대립과 모순의 상황 속에 놓을 때 스토리의 전개 가능성이 풍부해진다고 할 수 있다.

기능적 측면에서 볼 때, 인물은 하나의 존재라기보다 '기능'이다. 한 인물은 여러 기능을 지닐 수 있다. 예를 들면 아버지로서 자상한 사람이 사장으로서는 폭력적이어서 노사쟁의를 유발할 수 있고, 조력자가 돌변하여 적대자가 될 수도 있는데, 그때 인물은 하나지만 그가 맡은 기능은 둘 이상이다. 이런 경우, 그는 대립적인 여러 '특질'을 지닌 한 명의 '행위자'이다.

이 장에서는 인물을 설정하고 구체화하는 방법을 스토리 층위에서, 사건 설정과 밀접한 내용 구상의 일부로 다룬다. 그것을 실제로 '서술'하는 방법은 뒤의 '제4장 인물 그려내기'에서 다루게 된다. 앞의 제1장에서와 같이, 먼저 명작 분석을 통해 그 기본 원리를 이해해보자.

1

⋮

**영화「센스 앤
센서빌리티」
분석**

가. 특질, 성격

영화「센스 앤 센서빌리티」는 결혼을 제재로 삼은 이야기이다. 그런
이야기답게 결말에서 두 쌍이 결혼하는데, 결혼식 비용을 거의 혼자
부담했을 브랜던 대령이 하객들 머리 위로 동전을 뿌린다. 풍습에 따
른 행동으로 그려지지만, 매우 상징적이다.

이 작품의 사건 전개는 결혼이 얼마나 돈(재산)과 밀접한 관계에 있
는가를 줄곧 보여준다. 제재가 그냥 '결혼'이라기보다 '돈과 결혼'으로
한 단계 구체화되는 셈인데, 성격소들 또한 무엇보다 먼저 돈과 관련
된 특질을 제시한다.

그런데 결혼은 돈과 함께 애정으로 이루어진다. 이 애정은 매우 주
관적이며 '감성sensibility'적인 면이 강하다. 그래서 돈과 그에 따른 권

력, 신분적 이해관계 등으로 견고하게 구축된 사회질서를 위협한다. 애정에 눈이 먼 '철없는' 젊은이와, 사회적 이해관계를 '이성sense'적으로 따지는 어른 사이의 결혼 갈등은, 동서양을 막론하고 단골 이야깃거리 중 하나이다.

이 작품은 그러한 제재를, 갈등 유발자라 할 수 있는 어른과 그 피해자인 젊은이 사이의 부딪침은 뒤로 돌리고, 결혼 당사자인 젊은이들 중심으로 다룬다. 사건과 인물을 세대 간의 갈등보다 젊은이들의 결혼 성취 과정, 그 과정에서 나타나는 내적 갈등에 초점을 두어 다루는 것이다. 그래서 갈등의 사회성이 약화되고, 재산권을 쥐고 결혼을 좌우하는 어른들은 이 이야기에서 대개 후면後面에만 존재하게 된다.

● 「센스 앤 센서빌리티
Sense and Sensibility」

영국 작가 제인 오스틴의 같은 이름의 소설을 바탕으로 한 여러 영상물 가운데 하나로, 이안 감독이 1995년 발표한 영화이다. 베를린 국제영화제 황금곰상 수상작. 큰딸 엘리너 대시우드 역을 연기한 엠마 톰슨은 각색도 맡았는데, 이 작품으로 아카데미상 각색 부문을 수상했다.

결혼과 돈의 관계, 혹은 결혼 제도의 경제적 의미를 사실적으로 보여주면서 감상자의 정서를 자극하려면, 결혼 당사자인 남자와 여자 어느 편이 '돈이 없다'(가난하다)는 특질을 지니는 게 좋을까? 또 남자와 여자 중 어느 편에 초점을 두고 이야기를 전개해가는 게 좋을까? 여기서부터 인물 성격의 '구체화'가 시작된다.

남자와 여자, 어느 쪽이 좋을까? 물론 여자 쪽이 훨씬 낫다. '가련한 여인'은 어느 나라 이야기에서나 동정을 사기에 좋은 인물 유형이다. 그리고 그녀가 결혼에 성공하여 행복해지면, 동정은 부러움으로 바뀐다. 감상자의 소망을 대리 충족시켜주는 신데렐라이기 때문이다.

대시우드 집안의 맏딸 엘리너와 둘째 딸 메리앤 자매는 아버지가 갑자기 죽고 재산 대부분이 이복 오빠 존의 수중에 넘어가자, '가난한 처녀'가 된다. 이것이 이들의 핵심적인 사회적 성격이다. 결혼을 낭만적으로만 생각하는 감상자는 의외로 놓치기 쉽지만, 영화의 처음부터 끝까지, 사건의 고비마다 줄곧 이 점이 노골적으로 문제시된다.

두 처녀가 가련한 처지에 놓인 것은 상속 제도 때문이요, 지참금이 중요한 당대의 결혼 풍습 때문이다. (그런 제도나 풍습이 없는 곳에서도, 또 예나 지금이나, 결혼에서 경제적 조건이 중요하기는 마찬가지다.) 거기에 올케인 패니의 몰인정함과 방해가 추가된다. 이제 둘은 애정밖에 기댈 것이 없다. 이런 상황이 돈\애정, 재산\마음, 물질적 가치\정신적 가치 등으로 표현할 수 있는 이 작품의 기본 갈등을 낳는다.

이런 점들을 바탕으로 이 영화 스토리의 '처음상황'을 기술해보면 다음과 같다.[12]

가난한 두 처녀가 마음에 드는 남자와 결혼하고 싶어 한다.

이 상황에서 우여곡절 끝에 두 여성 인물이 행복한 결말에 이르는 것이 이 영화의 기본 스토리이다. 그 과정을 통해, 돈\애정 갈등에서 애정이라는 인간적 가치를 긍정하며 돈, 나아가 돈이 막강한 힘을 발휘하게 하는 제도와 풍습을 비판하려면, 아니 마지막의 동전 뿌리는 장면이 상징하듯이, 애정도 중요하지만 실은 돈이 현실을 지배하고 있음을 폭로하고자 한다면, 인물들과 그들의 특질을 어떻게 더 설정해야 할까?

당연히 무엇보다 먼저 돈(재산)이 있다/없다(경제권을 손에 쥐지 못했다)가 설정돼야 한다. 현재 결혼을 했다/하지 않았다는 말할 것도 없고, 애정 이야기므로 이성의 관심을 끌 만한 용모를 지녀서 호감을 준다/주지 않는다 같은 사항도 빠질 수 없다. 그리고 가치관이 돈과 애정 가운데 돈을 더 중요시한다/애정을 더 중요시한다, 남녀 교제에 있어서 기질이 소극적이다/적극적이다 등도 성격 형상화와 스토리 전개를 위해 필요하다.[13] 상속받는 자 중심이고 여성 인물 중심이며, 돈(재산)의 획득을 위한 경제활동이 중심사건을 이루지 않으므로 그와 관련된 대립적 성격소들, 가령 돈을 잘 번다/벌지 못한다 따위는 부재하거나 부수적이 된다.

그 결과 이 작품에서 기능성이 강한 인물들은 대강 다음과 같은 특질들을 지니게 된다.

(다음 [표4]에서 특질을 나타내는 말들은, 작품의 중요 성격소를 종합적으로 해석하여, 어디까지나 상대적으로 그렇다는 것이다. 인물의 성격은 복합적이며

전개 과정에서 변하기도 하므로, 아래의 몇 가지만 가지고는 충분히 드러내기 어렵다. 따라서 아래의 특질들은 어디까지나 설명의 편의를 위해 단순화한 것일 뿐이다. 한편 사건 전개를 돕고 분위기를 북돋우는 역할을 하는 제닝스 부인 같은 보조적 인물은, 자주 등장해도 중심사건에서의 기능성이 떨어지므로 여기서 다루지 않는다.)

〔표 4〕

인물	경제 상태 (돈)	가치관		기질	용모
		애정	돈		
메리앤	없음	중요시		적극적	호감
존 월러비	없음	중요시	중요시	적극적	호감
엘리너	없음	중요시		소극적	호감
에드워드	없음	중요시		소극적	호감
루시 스틸	없음		중요시	적극적	비호감
패니	있음		중요시	적극적	비호감
브랜던 대령	있음	중요시		적극적	비호감

나. 성격 분석, 기능

사건 전개를 위해서는 인물이 대립 혹은 모순을 한 몸에 지니고 있거나 그런 대립과 모순을 내포한 상황의 한가운데 놓여 있는 것이 효과적이라고 하였다. 그렇다면 사건 전개를 위해 '상황 분석'이 필요하듯이, 인물 설정과 구체화를 위해서는 '성격 분석' 혹은 '인물 분석'이 필요하다. 그 분석의 결과 작자가 설정하고 배치했을 것으로 가정해본 특질들을, 앞에서 주로 개인적 특질과 사회적 특질 중심으로 살폈으므로 이제는 기능적 특질 즉 이야기에서 맡은 역할 중심으로 더 살펴보자.

앞의 표를 보면, 가장 모순적인 성격을 지닌 인물이 메리앤과 존 윌러비 쌍이다. 그들은 돈이 없는 현실을 외면한 채 적극적으로 애정에 몰두한다. 그들에 비해 엘리너와 에드워드 쌍은 보다 현실적이고 평범하다. 결혼에 이르는 데 시간이 걸리게 마련인 엘리너—에드워드 쌍의 '밋밋한' 이야기가 스토리의 바탕을 이루고, 앞의 메리앤—존 윌러비 쌍이 거기에 파란을 일으키는 편이 합리적이다.

앞의 두 쌍의 인물들은 모두 애정을 중요시한다. 적극적 기질 때문이든 그것밖에 기댈 게 없는 (돈이 없는) 현실 때문이든, 애정 없는 결혼은 결혼이 아니라고 믿는 것이다. 그런데 대립소 '애정'은 '돈'과의 갈등관계 속에서 의미를 지닌다. 인물의 특질 역시 마찬가지여서, 다른 특질들과의 관계 속에서 그 의미가 정해지고 변한다. 따라서 인물의 성격은 애초부터 '지니고 있는' 것도 있지만 다른 인물과의 관계 속에서, 또 사건에서 맡는 역할이 변함에 따라 점차 '지니게 되는' 것도 있다. 돈\애정의 갈등이 격화되면서, 존 윌러비가 돈을 획득할 수 없게 되자 메리앤의 애정을 배반하고, 쓰디 쓴 현실의 맛을 본 메리앤이 브랜던 대령의 애정을 받아들여 결국 그의 돈까지 긍정하게 되듯이, 인물들의 성격은 변하며 갈등에 내포된 삶의 진실도 심화된다. 이러한 과정에서 인물의 성격을 구체화하고 사건 전개를 그럴듯하게 만들기 위해서는, 의미를 산출하는 기능소로서 대립의 다른 쪽, 즉 '돈'을 중시하는 인물이 필요하다.

관계의 기본 형태는 유사와 대조이다. 패니는 돈이 있고 애정을 중요시하지 않는다. 또 돈이 없는 루시 스틸은 돈의 막강한 힘을 알기에, 그것을 집요하게 추구한다. 순진한 에드워드와 약혼을 하는가 하면, 끝내 그의 동생과 결혼한다. 이 두 인물은 돈을 중요시하고 애정을 중요시하지 않는다는 공통되고 변함없는 성격으로, 앞의 두 쌍과 반대쪽에서 갈등의 한 축을 담당한다. '애정'을 중요시하는 낭만적인 감상자들이 미워하게 마련인 이 세속적 인물들은, 오히려 그렇기 때문에 '돈의 힘을 믿는 게 이성적'이라는 현실의 규율을 강력히 제시하면서, '애정' 때문에 시련을 겪는 인물들에 대한 동정심을 북돋우는 기능을 한다. 루시 스틸은 미혼으로, 용모나 교양이 귀족 신붓감으로 호감을 줄 수 있는 수준이 못 되므로, '돈의 힘을 믿는 게 이성적'이라는, 현실에 엄존하는 가치를 더욱 강력히 제시한다. 존 월러비와 에드워드(의 결혼)를 뒤에서 강력히 지배하는 재산권자들은 아예 등장하지도 않고, 패니와 루시 스틸은 등장했어도 보조적인 인물로 활동할 뿐이지만, 갈등 구조 혹은 주제 산출의 논리 속에서 이렇게 그들은 큰 기능을 맡고 있다. 등장의 빈도와 관계없이 의미 구조 속에서, 기능적으로 중요하다는 말이다.

갈등을 조정하고 전개시키며 사건을 종결짓는 데는 '중간적 인물'(중간자)이 적합하다. 그는 양쪽의 특질을 일부 공유하고 관련 인물들과 일정한 관계도 맺고 있는 경계선상의 인물이다. 이 작품에서 중간자로 설정된 인물이 브랜던 대령이다. 이 이야기에서 중간적 인물은 무엇과 무엇 중간에 있는, 혹은 무엇과 무엇을 함께 지닌 존재여야 하는가? 물론 '돈'과 '애정'이다. 브랜던 대령은 젊었을 적에 애정을 추구하다가 어른들의 반대로 상처를 입은 적이 있는, 나이 든 부자이다. 그는 메리앤을 두고 존 윌러비와 삼각관계에 놓이는데, 여기서 윌러비가 '돈이 없지만 애정을 얻기 쉬운' 용모와 성격을 지닌 데 비해, 그는 '돈도 있고' '애정도 중시하지만,' '애정을 얻기 어려운' 특질들(투박한 용모, 사교적이지 못함, 많은 나이, 어두운 과거)을 지닌 남자이다. 그래서 그는 메리앤의 선택을 받지 못한다. 여기서 '용모'를 비롯한 애정을 얻기 어려운 특질들이 사건 전개상 필요한 또 하나의 특질로 부각된다.

윌러비가 돈을 좇아 애정을 배반하여 반전이 일어났을 때, 브랜던의 돈은 그런 부정적 특질들을 극복하는 힘이 된다. 결국 돈은 신랑감으로서 부정적인 그의 특질들을, 신부 메리앤은 물론 (엘리너─에드워드 쌍을 포함한) 그 가족 전체를 행복하게 만들어주는 긍정적 특질, 즉 보호자다운 '믿음직함' '중후함'으로 바꾸어놓는다. 그가 애정을 추구하다가 지니게 된 불행한 과거 역시, 상처를 지닌(신붓감으로 결격 사유가 있는) 메리앤을 포용할 만한 '아량'과 '배려심'이 있음을 제시하는 성격소로 바뀐다. 행복한 결말은 이렇게 이전의 부정적인 특질과 성격을 오히려 '행복'에 필요한 것으로 바꾸고 수렴시킨다. 끝이 좋으면 다 좋아지는 것이다.

이상의 분석을 통하여, 사건이 인과성 있게 설정돼야 하듯이 인물 역시 치밀한 구도에 따라 설정되고, 그 성격이 여러 성격소와 그것이 제시하는 특질로써 합리적으로 구체화되어야 함을 실감했을 터이다.

:

인물의 설정과
구체화 방법

> 특이한 사건을 궁리하기보다 왠지 끌리는 인물을 찾아 발전
> 시키는 것이 나을 수 있음을 기억한다.

　사건이 인물을 요구하기도 하지만, 인물이 사건을 만들고 이야기의
모든 요소를 지배할 수 있다. 같은 사건이라도 어떤 인물에 의해 수행
되느냐에 따라 그 의미와 색깔이 달라지기도 한다. 「해피 피트」의 멈
블과 『마당을 나온 암탉』의 잎싹은 비슷한 길을 걷는 영웅적 인물이지
만, 그들의 성격은 얼마나 다르며, 그에 따라 작품의 분위기와 독자의
반응 또한 얼마나 다른가? 『마당을 나온 암탉』이 동화로서 비교적 딱
딱하고 어둡게 느껴지는 것은, 잎싹의 성격이 그렇기 때문이다.

　그러므로 자기를 사로잡는 인물, 왠지 끌리는 인물을 먼저 설정하고
사건을 설계하는 편이 나을 수 있다. 그런 인물이 매력적이라면 좋겠

지만, 반드시 '다들 매력적이라고 하는' 인물일 필요는 없다. 그런 인물을, 뒤에서 다룰 전형성이나 사회성 있는 인물로 발전시키면 좋겠지만, 그것은 나중 이야기다. 인물의 설정 역시 '자기로부터 출발한다.'

| 사람에 대해 관찰하고 경험한 것을 적극 활용한다. |

인간은 단순하지 않다. 그리고 우리는 경험한 만큼 짓는다. 물론 상상력은 중요하지만, 관찰하고 경험한 밑천이 빈약하면 상상한 내용 또한 빈약해진다. 스토리텔러한테는 인간 세상에서 일어나는 사건들의 창고와 함께 인간 자체가 지닌 특질들의 창고가 있어야 하는데, 거기를 채우려면 '인생이라는 극장' '인간들의 저잣거리'를 노상 관찰할 필요가 있다. 인간이 얼마나 다양한지, 그들이 하는 행동이 왜 그러하며, 그들은 어째서 그렇게 되었는지 등을 상상하고 따져보며, 거기서 얻은 바를 인물 설정에 몽타주하듯 활용한다. 천재적 이야기꾼은 경험하지 않고도 아는 것처럼 보이는데, 아마 그는 관찰과 상상의 천재일 것이다.

걸작은 거기 등장하는 인물 때문에도 걸작이다. 그러니 걸작에 등장하는 개성 있고 의미심장한 인물들을 섬세하게 살펴보는 방법도 있다. 자기 마음과는 반대로, 평소에 미워하거나 싫었던 주변 사람을 가급적 객관적으로, 자세히 관찰해보는 작업도 도움이 된다. 인간을 보는 자기의 편협한 안경을 벗어던지기 위해서이다. 자기 자신에서 벗어나, 인간을 폭넓게 관찰하고 이해하기 위해서이다. **알지 못하면서 잘 표현할 수 없고, 편협한 시각으로 여러 사람한테 감동을 주기는 어렵다.**

| 전형적 인물을 찾고 만들되, 그의 심리와 욕망에 주목한다. |

전형적 인물이란 사회적 집단이나 계층은 물론, 내면적 욕망, 심리 등의 보편적 특질을 지닌 인물이다. 그는 어떤 유형에 '공통된 특질들'의 집합이어서, 많은 사람이 그한테서 자기 모습을 발견하게 만드는 존재이다. 앞에서 상황을 설정할 때 '여러 사람이 강한 반응을 일으킬 상황 혹은 사건을 찾고 만들라'고 하였는데, 전형적 인물은 인물로서 그런 존재인 셈이다. 초심자는 자기도 모르게 자기를 닮은 인물을 설정하는 경향이 있다. 물론 그래도 좋지만, 그 인물에게 사회성을 부여하기 위해서는 이 '전형성,' 즉 어떤 집단의 일반적 성격을 부여할 필요가 있다.

전형성을 띤 인물은 보다 흥미롭고 뜻깊은 사건을 벌여서 감상자의 공감을 이끌어낼 가능성이 크다. 그가 스토리텔링에서 지닌 '가능성'의 실체는 이렇다. 욕망 중심으로 볼 때, 전형적 인물은 전형적 욕망을 지닌 인물이다. 욕망은 결핍을 채우려는 것이기에, 전형적 인물은 전형적 결핍을 지닌 인물이요, 그의 욕망은 감상자들이 보통 지니고 있거나 상상할 수 있는 결핍을 환기한다. 그래서 그 인물과 감상자는 감정적으로 쉽게 동일시되고, 그가 욕망을 추구해가는 과정 즉 스토리의 전개 과정은 감상자가 원하는 바로 그것이 되어 큰 공감을 불러일으킨다. 애니메이션 「겨울왕국」(감독: 제니퍼 리·크리스 벅)의 엘사는 결핍 혹은 비정상적 요소 때문에 소외되고 억압된 자(여성, 소녀)의 전형적 심리를 보여준다. 비밀이 폭로되어 산 속으로 숨는 광경과 그때 그녀가 부르는 주제가 「렛 잇 고Let it go」는 '정상'의 규범에서 벗어나 맛보는 자유로움과, 하지만 소외된 자의 떨칠 수 없는 불안감을 아울러 표현하고 있다.

　전형적 인물은 진부한 인물, 즉 뻔한 인물이 아니다. 한국 영화에 자주 등장하는 진부한 인물의 예로 '푼수형 인물'◦을 들 수 있는데, 그가 분위기를 띄우는 보조적 역할을 넘어 주요 등장인물이 될 경우,[14] 그를 통해 발견적이거나 비판적인 주제를 형성하기는 어렵다.

　　인물을 상황의 일부로 만든다. 그가 처한 현실에서 지닌 특질을 구체적으로 여럿 준비한다. 이때 가급적 그를 대립, 모순이 내포된 상황 속에 넣거나, 그런 특질을 지닌 존재로 그린다.

　사건 전개를 위해 갈등과 환경을 마련하듯이, 인물 그려내기를 위해 인물의 특질을 구체적으로 마련한다. 「센스 앤 센서빌리티」의 〔표4〕에서 보았듯이, 이와 같은 작업은 인물의 성격을 입체화하여 사실성을 북돋움은 물론, 제재와 주제 형성, 전체 이야기의 초점과 맥락 형성 등을 위한 것이다. 바꿔 말하면, 자기 이야기가 인간의 무엇에 관한 이야기인가, 또 인생이나 현실의 어떤 점에 대한 이야기인가를 구체화하는 핵심적 방법의 하나가, 인물의 특질을 그에 맞추어 정하는 일이다.

● 푼수형 인물

선량하고 명랑하지만, 다소 모자라며 지질한 인물에 필자가 붙여본 이름. 정이 가나 보통 이하로 여겨지고, 모두가 부러워하는 의외의 능력을 지니기도 하나 실수가 잦아 웃음을 주는 성격. 감상자가 동일시하고 대리만족을 맛보기 쉬운, 한국 영화에 자주 등장하는 인물로 대개 남성임.

따라서 막연히 이름만 붙여놓거나 사건 수행자 자리에 세워놓는 데 그치지 말고, 직업, 계층, 나이 등의 '신분(에 관한) 사항'부터 챙긴다. 그리고 사건을 합리적으로 전개시키려면 반드시 '준비되어' 있어야 할 특질이 무엇인지 분석하여 찾아낸다. 거기에는 작품 전체 구조에서 맡은 기능이 요구하는 특질도 포함된다. 예컨대 그가 사건의 흐름에서 주동인물protagonist인가 반동인물antagonist인가, 주제의 맥락에서 긍정적 인물인가 부정적 인물인가, 핵심 의미를 제시하는 중심적 인물인가 단지 사건 전개를 위한 주변적·매개적 인물인가 등을 고려하여 적합한 특질을 부여한다. 「센스 앤 센서빌리티」의 루시 스틸은 주인공이 아니지만, 기능상 중요하기에 그 생김새, 행동거지 같은 성격소가 제시하는 특질들(계산적이다, 교양이 모자라 보인다, 신붓감으로 특별한 장점이 없다 등)이 필요하다. 그녀는 에드워드와 약혼함으로써 엘리너는 물론 감상자의 마음을 졸이게 하고, 패니한테 핍박을 받지만 끝내 결혼에 성공하여, 돈\애정의 갈등의 실상을 제시하는 ─그녀는 '돈만을' 얻은, 하지만 보기에 따라서는, 그래서 모든 것을 얻은 '승리자'이다─ 또 하나의 스토리 라인을 형성한다. 여기서 우리는, **작자는 감상자가 주로 관심을 보일 인물에만 관심을 가져서는 안 된다**는 것을 알 수 있다.

> 인물의 행동을 궁리할 때 그 동기를 따지고, 인물의 성격을 고려하여 행동을 전개한다. 이때 동기와 필연성 부여를 위해 되도록 다양한 특질을 개입시켜 인물을 개성 있고 복합적인 존재로 만든다.

생각 없는 인간이 빈약해 보이듯이, 성격이 단순하고 개성이 없으면 인물은 인형 같아 보인다. 그리고 사건의 전개 방향과 그 의미는, 행동 주체의 성격은 물론 행위 동기에 크게 좌우된다. 그러므로 항상 인물과 사건을 함께 고려하면서 그 적절성과 의미를 연관 지어 따져볼 필요가 있는데, 인물을 여러 특질을 지닌 다면적 존재로 설정하여 행동 가능성을 열어두면 도움이 된다.

가령 복수심에 가득 찬 인물을 설정했다고 하자. 그 인물 이야기의 전개 방향, 색채와 특성 등은, 복수심 자체라기보다 그가 왜 그러한 감정을 지니게 되었는가, 그것 때문에 그가 어떤 일을 벌이고 해결하는가 등에 달려 있다. 가족이 피해를 입었기 때문에 복수심을 지녔고, 자기의 과학지식을 이용하여 개발한 무기로 잔인하고 무자비하게 복수를 한다면, 그는 가족애를 지닌 인물이요 그에 관한 이야기는 겉모습이 과학적인 것처럼 보여도 본능적 욕망과 가족이라는 범위를 벗어나지 못한 이야기가 된다. 이에 비해, 가족의 원수를 갚기 위해 복수심을 품은 인물이 복수를 행하는 과정에서, 가족들은 사실 가족답지 않았고, 자기가 꿈꾸어온 가족은 실상 존재하기 어려운 세상이 되었음을 깨닫는다면, 그가 그럴 만한 감수성과 지적 능력을 지닌 존재라면, 그의 이야기는 사회비판성을 지니게 될 것이다.

│ 관계 속에서 성격이 형성되고 드러나도록 인물을 배치한다. │

인물은 관계적 존재이다. 꽃 한 송이가 어떤 꽃과 다발을 이루는가에 따라 달라 보이듯이, 한 인물의 성격적 개성은 무엇보다 다른 인물과의 관계 속에서 형성되고 구체적으로 드러난다. 따라서 서로 직접적인 관계가 없이 '구조적 관계'에 놓여 있기만 해도 되지만, 한 인물 주변에 그와 대조되는 인물, 환경 등을 배치하면 그의 개성이 또렷해지고 사건 전개 가능성도 풍부해진다. 「센스 앤 센서빌리티」에 등장하는 세 명의 신랑감, 곧 존 월러비, 에드워드, 브랜던 대령 등을 감상자(특히 여성)가 영화를 보는 동안 계속 비교한다는 점을 떠올려보면, 인물의 성격이 혼자서가 아니라 다른 인물과의 관계 속에서 형성되고 드러남을 실감할 수 있을 터이다. 앞에서 주요 인물 '경계에 세우기'를 권한 것은, 이러한 '관계 짓기'에 매우 이롭기 때문이다.

> 인물이 갈 수 있는 길 중 하나를 끝까지 가보게 한다. 그때 그의 여행이 '성격의 시험'이나 '가치의 모험'이 되게 만드는, 어떤 계기가 되는 사건을 설정한다.

이야기의 처음상황에 인물을 놓고, 그가 어떤 존재이며 거기서 무엇을 추구하는가를 대강 정한다. 그리고 일단 세워놓은 전체 스토리가 있다면 그 틀 안에서, 그가 갈 수 있는 길 중 하나를 끝까지 밀고 나가 그 '인물 스토리'를 적어본다. 이때 그의 성격과 욕망이 잘 드러나는 매개적 사건이 있을수록, 또 그가 어떤 '가치의 경계선에 놓인 자'일수록 그 스토리는 역동적이 되고 의미심장해진다.

이러한 작업은 인물을 일단 상상 속에서 독자적 존재로 키운 후, 택하거나 합치고 또 변형시키기 위해서이다. 두 사람 이상이 공동 창작을 할 경우, 특히 이 방법이 효과적일 수 있다. 이 작업을 여럿이, 또 주인공뿐 아니라 주요 인물에 대해 거듭해본 뒤 한자리에 모아보면, 인물 설정이 매우 흥미로워질 것이다.

좋은 이야기의 인물들은 생생히 살아 있고, 감상자를 매혹시킨다. 그들이 우리 자신처럼, 혼란 속에서 보람을 찾아 여행하게 만드는 일이 스토리텔링이다. 이렇게 볼 때, **스토리텔링은 인간 탐구이자 실험이다.**

| 중간자, 조력자, 매개인물 등을 활용한다. |

영화「반지의 제왕」(감독: 피터 잭슨)에서 골룸은 사람 형상을 하고 있지만, 짐승처럼 네발로 움직이는 모습이 잘 보여주듯이, 온전한 인간의 모습을 한 선한 존재들과 그렇지 않은 모습의 악한 존재들 사이의 중간자 혹은 '경계에 선 자'이다. 인격 자체가 이중적인 그는, 절대 반지 앞에 흔들리는 모든 존재의 모습을 효과적으로 제시하면서 사건을 진전시키고 감상자의 긴장을 고조시킨다.

조력자는 주인공의 행동 전개와 갈등 해결을 도와주고 그럴듯하게 만들어주며, 이야기 내용을 풍부하게 한다. 매개인물은 매개적 사건의 주체로서, 인물의 의지가 발현되거나 실현될 계기 혹은 상황을 마련해 준다. 반지를 없애러 가는 길을 안내할 때, 골룸은 조력자가 되기도 한다. 뿐만 아니라 그가 같은 조력자인 샘을 모함하여 프로도로 하여금 샘을 멀리하게 만들 때, 그는 프로도의 정신이 흐려졌음을 드러냄으로써 위기 상황을 조성하는 매개적 기능도 한다.

> 인물에게 인간적 친화감을 느낄 수 있게 한다. 인간적 상식
> 을 존중한다.

'인간성'은 인간이 지닌 특질이다. 그 '인간다운' 특질을 흔히 바람직한 것 위주로 생각하지만, 바람직하지 않은 것도 있다. 과연 무엇이 바람직한 것이냐도 항상 문제인데, 보통 우리는 한 인간 속에 그 두 가지가 뒤섞여 있다고 생각한다.

그러므로 첫째, 동화 같은 단순 형태의 이야기라면 몰라도, 지나치게 한 가지 특질만 지닌 단순하고 평면적인 인물은 피하는 게 좋다. 공감이나 몰입을 위해, 설령 부정적 인물일지라도, 또 아주 작게라도, 인물은 감상자에게 친화감을 줌이 바람직하다. 그런데 성격이 지나치게 단순하면 '인간처럼' 여겨지지 않아서 친화감을 느끼기 어렵다.

둘째, 특이한 성격을 지닌 인물이 예외적인 행동을 하더라도, 그가 참여하는 사건의 전개는 보편적 가치 의식과 상식의 선 안에서 이루어질 필요가 있다. 물론 그 상식은 이야기 관습에서의 상식이지만, 그것도 건전한 시민이 지니고 있는 지식과 가치로서의 상식을 지나치게 위반해서는 곤란하다. 그럴 경우 '감상자의 상식'이 사건을 그럴듯하다고 판단하지 않으며, 인물에 공감하기보다 그를 혐오하게 되기 쉽기 때문이다. 이른바 '장르' 갈래들, 즉 특수한 관습과 스타일을 지닌 하위 갈래들에 속하는 이야기도 마찬가지이다. 근래에 오직 자극만을 위

해 이른바 '막장'으로 치닫는 이야기가 많은데, 건전한 재미를 주지도 못할뿐더러 감상자의 정서를 해친다. 이런 이야기들은 감상자가 폭력이나 파괴 행위와 비판적 거리를 유지하도록 어떤 장치를 마련할 필요가 있다.

　좋은 이야기는 감상자를 놀라게 만드는데, 그 놀람은 인물이나 사건이 상식을 넘어서기 때문인 경우도 있겠지만, 감상자의 마비된 상식을 각성시키기 때문이다. 인물의 매력은, 감상자가 소망하는 멋진 것을 지닌 경우보다, 잊고 있었던 '당연한 것'을 지니고 있는 경우에 더 값지고 신선하다.

동화 『마당을 나온 암탉』의 인물 분석

장편동화 『마당을 나온 암탉』을 앞의 〈연습 11〉에서 상황의 설정과 전개 중심으로 분석해보았다. 여기서는 인물 설정과 성격 구체화의 방법 살피기 위주로 다시 분석한다. 연속된 연습이니만큼, 반드시 앞으로 돌아가 거기서 파악했던 것을 다시 확인한 뒤 시작하기 바란다.

1 이 이야기에서 인간(양계장 주인)과 족제비는 한 계열 paradigm에 든다. 둘의 공통된 특질을, '생명'이란 단어를 사용하여 한 가지 지적하시오. (단, 문장 형태로 적을 것)

....

2-1 잎싹은 닭장을 탈출하여 마당(헛간 포함)으로 가지만 거기서 쫓겨난다. 이 상황에서 마당의 동물들, 특히 그 가운데 '마당에 사는 닭'과 대조되는 특질은?

생김새   (①   )

가족, 소속 집단   (②   )

소유한 것(재산, 보호자 등) (③   )

심리적 특질   (④   )

2-2　왜 잎싹은 닭으로 설정됐을까? 가령 까치나 독수리로 설정할 수도 있는데 그러지 않은 이유는 무엇일까? 잎싹의 성격과 행동, 작품의 중심 갈등 등을 고려할 때 중요한, 닭이 지닌 동물로서의 특질을 활용하여 답하시오.

··

3-1　나그네는 매우 중요한 여러 기능을 맡은 인물이다. 그 것은 그가 중간자적 성격을 지니고 있기 때문이다. 이 이야기에서 중요한, 그가 지닌 '중간자적 특질을 제시하는 성격소'로서 가장 부적합한 것은?
　① 청둥오리인데도 잎싹과 친함.
　② 새인데도 족제비와 싸움.
　③ 청둥오리이면서도 날 수 없음.
　④ 야생 오리인데도 집오리와 지냄.

3-2　나그네가 지닌 여러 중간자적 특질은, 대부분 족제비한테 한쪽 날개를 다쳤기 때문에 생긴 것이다. 그 사건에 대한 '정보'는 나중에 제시되어 감상자를 놀라게 하기도 한다.
　그런데 나그네가 '족제비한테 날개를 다쳤다'는 사건을 설정한 까닭은, 이런 중간자적 특질을 형성하기 위함도 있지만,

이후에 전개되는 사건이 그럴듯하도록 준비하기 위함도 있다.

그 사건을 설정함으로써, 나그네가 한 이후의 어떤 행동이 더 필연성을 얻게 되는가? 다시 말하면, 그 과거 사건 때문에 나그네의 어떤 현재 행동이 더욱 그럴듯해지는가? 그 행동들 가운데 작품에서 가장 중요하다고 생각하는 것 한 가지만 적으시오.

길잡이

초록머리의 '날 수 있음'은 그의 부모와 대립되는. 그러나 그들이 간절히 바란 것이다. 따라서 그 특질의 의미는 잎싹과 나그네의 욕망. 그들이 겪은 갈등 등과 밀접히 연관되어 있다.

4 잎싹과 나그네가 낳고 키운 초록머리는 그들과는 달리 하늘을 '날 수 있다.' 초록머리가 지닌 이 특질이 '이 이야기의 구조에서' 지닌 의미는 무엇인가? 보다 중요한 것으로만 된 항을 고르시오.

① 딴 곳으로 갈 수 있음. 억압받지 않고 살 수 있음.

② 자유롭게 살 수 있음. 무리의 보호를 받으며 살 수 있음.

③ 집단의 파수꾼이 될 수 있음. 꿈을 추구하며 살 수 있음.

④ 자기를 인정받을 수 있음. 족제비에게 위협당하지 않고 살 수 있음.

---

5 결말부에서의 잎싹의 행동은 놀람을 준다. 족제비와 싸우지 않고 그에게 자기 몸을 내어주기 때문이다. 하지만 그 행동

은 줄곧 잎싹이 지녔던 어떤 특질 혹은 성격의 맥락에서 보면, 당연하고 자연스러운 면이 있다. 잎싹에게 일관되게 부여된, 그래서 그 마지막 행동을 그럴듯하게 만드는 '준비된' 특질로서 가장 적합한 것은?

① 희생심　② 용기　③ 끈기　④ 투지　⑤ 자존심

6　이 동화를 바탕으로 창작된 애니메이션 「마당을 나온 암탉」에서는 원작에는 없는 '달수'(수달)라는 인물이 등장한다. 그는 수다스럽고 여기저기 잘 끼지만 핵심적 스토리와는 거리가 있는 '푼수형 인물'이다. 이 인물이 애니메이션에 새로 추가된 이유를 찾아 한 가지 적으시오.

> **길잡이**
> 그 인물이 추가되어 새로 생겨난 효과를 따져본다.

인물을 설정하고 구체화하기

자기가 지으려는 이야기의 갈래, 처음상황, 중심사건 등을 앞의 〈연습 12〉에서 설정했었다. 여기서는 거기에 등장할 인물을 구체화하는 작업을 해보자. 이 작업을 하다가 앞서 설정한 것들을 바꿀 필요가 생기면, 돌아가서 수정을 한 뒤 그에 맞추어 다시 답을 하기 바란다. 그리고 아래는 주인공 위주로 되어 있는데, 적어도 1명 이상의 다른 주요 인물에 대해서도 같은 작업을 해보기 바란다.

1　주인공의 신분 사항

성별	남, 여	나이, 세대	
가족관계		계층, 직업	
사는 시대, 지역		학력, 지식 수준	
기타			

2 〈연습 12〉에서 설정한 중심사건이 그럴듯하게 전개되고 제재나 주제를 적절히 형성하려면, 주인공한테는 애초부터 어떤 특질이 '준비되어' 있는 게 적절할까? 아래와 같이 나누어 적어보시오.

심리적 기질	
동기, 욕망, 이상	
(개인적·사회적) 자격, 능력	

3 욕망을 추구하고 난제와 씨름하는 주인공의 행동에서, 감상자가 인간과 사회 현실에 대해 어떤 점을 느끼거나 알게 하고자 하는가?

4 그냥 자유롭게 한번 상상해보자. 주인공이 '어떤' 환경이나 인물과 대립 혹은 대조관계에 놓일 때, 그의 성격이 보다 잘 드러나고 사건도 활성화될까?

길잡이
....
특질에는 심리적인
것, 사회적인 것, 기
능적인 것 등 여러
가지가 있다.

5 이야기의 서술이 진행되는 과정이나 결말부에서, 주인
공은 특질이 바뀌는가? 바뀐다면 어떤 특질이 어떻게 바뀌는
가? 그리고 그 원인은? (바뀌지 않으면 답하지 않아도 됨.)

① 바뀌는 특질: →
② 바뀌는 원인:

6 이야기가 끝났을 때, 감상자가 주인공에 대해 다음 두 가
지 면에서 어떤 반응을 하리라고 예상하는가? 그 이유는?

① 주인공에 대한 감상자의 반응:

　　긍정적 평가/부정적 평가, 친밀감 느낌/거리감 느낌
② 그런 반응을 예상하는 이유:

7 주인공에게 조력자나 보조적 인물이 필요하다면 어떤 인
물이 필요한가? 이야기 안에서 그가 맡을 구체적인 기능(역
할)은? (필요하지 않으면 적지 않아도 좋음.)

① 필요한 조력자나 보조적 인물:
② 그가 맡을 구체적인 기능:

제1장

제2장

제3장 플롯 짜기

제4장

제5장

플롯 짜기는 요소들의 의미를 부여하고 생성하는 일인 동시에, 한 이야기 안에서 일어나야 하는 것과 일어나서는 안 되는 것의 기준을 세우는 작업이다. 이는 궁극적으로 대상에 대한 작자의 해석 작업이면서, 갈래의 규범 안에서 작품의 논리와 미적 질서를 창출하는 일이다.

1
⋮
플롯 짜기의
방법

이야기 능력은 곧 '서술' 능력이다. 어떤 흥미로운 인물이나 사건을 구상했더라도 그것을 이야기의 요건에 부합하는 작품으로 서술해내지 못하면 별 소용이 없다. 이와 반대로 스토리가 참신하지 않아도 서술이 잘되면, 나름대로 한 편의 이야기 작품이 될 수 있다.

스토리 구상과 서술 행위가 별개가 아니듯이, 서술도 어떤 요소나 부분만 떼어서 할 수는 없다. 좋은 글이 말하는 형식과 내용이 하나인 것처럼, 좋은 이야기 작품 역시 서술 방법이 내용을 형성하고 내용이 서술 방법을 결정한다. 그리고 어느 대목의 무엇을 얼마만큼 서술하든 간에, 서술은 항상 작품 전체를 의식하면서 하는 서술이요, 여러 요소가 융합된 서술이다. 그러므로 서술 활동의 '방법'을 스토리의 구상과 분리하고, 그것을 다시 몇 가지로 나누어 논의함은 어디까지나 편의상 그러는 것일 뿐이다.

스토리가 사색을 요구한다면 서술은 수련을 요구한다. 그래서 서술은 앎의 문제라기보다 실천을 통해 익힐 기법의 문제라고 볼 수 있으며, 갈래마다 매체와 관습이 다르기에 그 방법을 일괄하여 살피기 어렵다. 소설과 영화의 차이는 말할 것도 없고, 같은 소설이라도 역사소설과 일반 사실주의 소설, 또 같은 영화라도 실험적 기법을 사용한 영화와 전통적 형태의 영화가 매우 다르다. 그래서 여기서는, 이제까지 그래 왔듯이, '이야기 나무'의 뿌리 혹은 기둥줄기에 해당하는, 이야기 서술 일반의 기본 사항만을 요령 위주로 다룸으로써, 기초적 안목을 기르는 데 그치고자 한다. 제1부 스토리텔링의 '지침' '작자의 자세' 등에서 다룬 점들은 중복을 피하여 가급적 제외한다.

따라서 이제부터 제3~5장에서 제시하는 서술 방법들—플롯 짜기, 인물 그려내기, 서술의 상황과 방식 설정—이 언제나, 어떤 작품에나 효과적이라고 할 수 없음을 기억하기 바란다. 갈래별로 보다 특수하고 전문적인 사항은 해당 서적을 따로 참고하기 바란다.

먼저 플롯 짜기plotting부터 살펴보자.

어떤 의미에서, **작자는 감상자와 대결한다.** 자기가 표현하려는 것을 몰랐거나 느끼지 못했던 감상자가 그것을 흥미롭게 알고 또 느끼도록 만들어야 하기 때문이다. 그래서 작자는 어떻게든 감상자를 설득하고 감동시키기에 적합한 작품 구조를 '구성'해내고자 힘쓴다. 그 과정에서 앞(☞103~110쪽)에서 논의한 사물의 변용이 일어나는데, 거기에 사용되는 방법 중 대표적인 것이 플롯이다. 그래서 이야기의 하위 유형이나 세부 갈래를 나눌 때 흔히 플롯을 기준으로 삼는 경우가 많다.

이야기란 '사건의 서술'이라고 하였다. 이야기에는 사건만 있는 게 아니므로, 이러한 뜻매김은 이야기에서 요소들이 사건 중심으로 결합되는 경향이 있음을 전제한다. 플롯은 이 "사건을 중심으로 한, 의미를 형성하며 독자의 관심과 흥미를 끌고 유지하는 수단이다."[15] 다시 말하면, 사건을 중심으로 요소들을 배열하고 결합하는 원리가 플롯이다. 이는 '요소들의 결합 원리'에 중점을 두고 보면 구성composition에 가까워지고, 서술방식에 중점을 두고 보면 '인물 그려내기'와 짝을 이루는데, 이는 스토리 층위에서 사건과 함께 인물이 또 하나의 중심적 기능을 하기 때문이다.

요컨대 서술방식 위주로 볼 때, 이야기 행위 즉 스토리텔링의 핵심은 플롯 짜기와 인물 그려내기이다. 이 둘의 차이를 비유적으로 말해 보면, 인물 그려내기가 공간적인 작업이라면 플롯 짜기는 시간적인 작업이다. 플롯 짜기가 시간적인 것은, 사건이 일정한 시간 동안에 일어난 변화이기 때문이요 그것을 담은 이야기를 감상하는 데 일정한 시간이 걸리기 때문이다. 여기서 두 가지 사실을 알 수 있다. 하나는, 이야기 논의에서 인물 그려내기에 비해 플롯이 더 주목받아왔는데, 그것은 플롯이 이야기의 본질적 특성인 시간성과 보다 밀접한 관계에 있기 때문이다. 다른 하나는, 플롯 짜기는 시간적 또는 동적動的인 성격을 띤 것—사건이라는 상황 변화, 감상자의 지적·정서적 흐름 등—을 규율하는 방법의 문제라는 점이다. 한마디로 플롯을 짜는 일은 우연스럽거나 파편적인 것들을 결합하여 필연적인 구조를 만드는, 그리하여 감상자가 흥미롭고 뜻있는 체험을 하면서 변화되어가도록 만드는 일이다. 달리 말하면, 플롯 짜기는 무질서한 삶에 질서를 부여해 인공적 세계—실제 세계를 통일성 있게, 또 총체적으로 체험하기 위한 허구적 이야기 세계—를 창조하는 일이다. 이런 뜻에서 '작자는 감상자와 대결한다'고 한 서두의 말은, 국면을 달리하여 '작자는 혼란스러운 현실과 씨름한다' '작자는 시간과 씨름한다' 등으로 바꾸어 표현할 수 있을 것이다.

플롯이란 용어는 전통적으로 스토리와 비슷한 의미로 쓰이기도 하고, 그와 대조되는 의미로도 쓰인다.[16] 스토리 층위에서는 사건이 본래 일어난 자연적 시간 순서대로, 즉 인과관계대로 존재한다. 따라서 서술이 그 순서에 따르지 않는다든지 일부를 생략하면, 인과관계에 구멍이 나면서 그에 대한 관심이 커진다("왜 이런 일이 일어난 거지?" "지금 상황이 어떻게 돌아가는 거야?"). 좁혀 말하면, 이렇게 '스토리가 낯설어지게 서술하는' 원리, 특히 사건의 배열과 결합이 자연적 질서와 달라지게 함으로써 감상자의 '인과 감각'을 자극하는 원리가 플롯이다. 플롯이 일으키는 주된 반응은 "'거듭되는 의문'과 '지속되는 기대'"[17]이다. 그렇다면 여기서는 플롯을 스토리와 대조되는 개념으로 보는 셈이다. 그리고 이렇게 볼 때, '영웅의 일생'(조동일)이라든가 영웅의 '출발(분리)—입사(통과initiation)—귀환'(조지프 캠벨) 등은 플롯의 유형이라기보다 스토리의 유형이다.

세상의 처음과 끝은 알 수 없다. 엄밀히 따져보면, 개인의 삶이나 특정 사건의 처음과 끝 역시 그렇다. 그러나 이야기는 처음이 있고 끝이 있다. 처음과 끝이 그냥 '있는' 게 아니라 필연적인 내용과 모습으로 '있어야' 한다.

플롯 짜기는 부분unit을 엮어 통일성unity과 필연성이 있는 하나의 작품을 만들어 그럴듯함, 가치성 등의 이야기 요건을 충족시키는 작업이다. 앞(☞204~213쪽)에서 살폈듯이, **그럴듯함은 본래 그럴듯해서라기보다 그럴듯하게 여겨지도록 서술해서 얻어지는 결과이다.** 작품의 구성 요소들은 "스토리를 형성하고 그것에 의미의 특정한 방향이나 지향을 부여하는"[18] 플롯에 의해 유기적 조직의 일부가 되어, 감상자한테 필연적이고 흥미로운 체험을 제공하는 새로운 의미와 기능을 지니게 된다. 플롯이 기획하는 그 '특정한 방향이나 지향'은, 말하자면 처음상황에 내포된 모순이나 대립, 나아가 거기서 비롯된 갈등이 안고 있는 '난제'를 풀어가는 방향이고, 그 과정에서 형성되는 주제적 의미의 지향이다.

플롯에 대한 이러한 진술은, 각도를 달리해보면, 플롯 짜기가 요소들의 의미를 '부여'하고 생성하는 일인 동시에, 한 이야기 안에서 일어나야 하는 것과 일어나서는 안 되는 것의 기준을 세우는 작업임을 뜻한다. 이는 궁극적으로 사물에 대한 작자의 해석 작업이면서, 갈래의 규범 안에서 작품의 논리와 미적 질서를 창출하는 일이다. 예를 들어 영화 서두의 크레딧credits에 어떤 형상이 '배치'되면, 보통 사실적인 영화는 역사적 배경을 환기하고 환상적인 영화는 초역사적 배경을 환기하는데, 그 형상들이 바뀌어 제시되는 경우는 거의 없다.

사건 중심으로 요소들의 배열과 결합방식을 논의할 때, 행동이나 사건만이 아니라 그와 관련된 정보도 기본 대상이 된다. 사건은 장면적인 묘사 형태로만 서술되지 않고 요약적인 정보(사실) 형태로도 서술되는 까닭이다. 가령 인물이 누구와 만나는 행동을 어디서 보여줄 것인가(어디서 감상자가 '보게' 할 것이냐)와 함께, 그 만남에 관한 정보를 어디서 제공할 것인가(어디서 감상자가 '알게' 할 것이냐)도 중요하다. 플롯 짜기는 인과성을 낳기 위한 **사건의 배열과 결합 문제**인 동시에 **정보의 조절 문제**인 것이다. 플롯 논의에서 이 둘을 나누지 않거나, 후자를 전자에 비해 소홀히 다루는 경향이 있는데, 그것은 사건의 묘사적 제시와 요약(정보)적 제시를 구별하지 않은 탓으로 여겨진다. 여기서는 둘을 구별하면서, 후자도 전자만큼 기본적인 플롯 기법이라고 본다. 사건의 배열 순서는 깨지 않으면서 정보는 조절한 이야기도 많으므로, 실제로 보다 관심을 가질 문제는 정보 조절이라고 할 수도 있다.

앞(☞31쪽)에서 사건 즉 상황의 변화는 기본적으로 욕망—실현/좌절, 결핍—충족/불충족, 균형 깨짐—회복/회복 못함 등의 양상으로 일어난다고 하였다. 이는 갈등과 그것을 조정하는 '중간과정'을 동반하는데, 그것은 어디까지나 스토리 층위에서의 '중간'과정이다. 그것이 서술 층위에서는 앞에 놓일 수도 있고 뒤에 놓일 수도 있으며, 이러한 서술 층위에서의 교란anachrony 즉 사건 질서의 파괴 및 그에 따른 정보의 감춤—드러냄은, 감상자의 의문—대답, 기대—충족, 긴장(맺힘)—이완(풀림) 등을 일으킨다. 이 지적이면서 정서적인 과정에서, 사건의 전개 속도에 따라 빠른 플롯/느린 플롯, 스토리 라인의 수와 기능에 따라 단선 플롯/복선複線(다중) 플롯, 주플롯main plot/부플롯subplot이 나뉠 수 있다. 사건의 전체 결합 양상에 따라 상승적 플롯/하강적 플롯, 원형 플롯/계단형 플롯, 시간적 플롯/공간적 플롯[19] 등도 있을 수 있다. 이렇게 유형을 나누다 보면 플롯의 개념이 확대되어 작품 구조의 미적 원리 전반을 가리키게 되는데, 로버트 맥기의 아크플롯/미니플롯/안티플롯[20]은 그런 예의 하나이다.

고전 연극의 전통 속에 있는 이른바 '극적dramatic 플롯'의 단계[21]는 감상자의 정서적 반응을 이끌어내기 위한 플롯의 한 형태이다. 매우 오래되어 익숙하고 효과가 입증된 '고전적' 플롯임은 분명하지만, 이 것이 최상의 플롯도 아니고, 모든 이야기가 이에 따라야 하는 것도 아니다. 전상국의 「동행」, 황석영의 「삼포 가는 길」, 홍성원의 「삼인행」 같은 단편소설들은 사건의 관계가 다소 돌발적이고 느슨한 '길의 플롯'이지만, 단편소설다운 긴장과 밀도를 얻고 있다. 잘 짜인 플롯을 거부하는, 혹은 아예 스토리 라인조차 최대한 지우려는 스타일의 이야기도 많으므로, 어떤 플롯이 더 좋거나 나쁘다고 하기 어렵다. 전통적인 플롯을 취하지 않은 이야기도 나름의 질서는 있기에, 그 구성의 요소나 원리가 다를 뿐 플롯이 없다고도 보기 어렵다. 이렇게 볼 때, 물론 플롯의 유형이라는 것을 설정할 수도 있지만, 어쩌면 **플롯의 수는 작품의 수와 같다**고 할 수 있다.

| 한꺼번에 다 서술하지 않는다. 정보를 조절한다. |

앞서 지적했듯, 인과관계를 교란시키면 인과성에 대한 감상자의 관심이 커진다. 그 교란 방법 가운데 대표적인 것이 사건을 본래 일어난 스토리 순서에 따라 서술하지 않는 것과 그와 관련된 정보의 조절이다. 정보 조절이란 사건의 순서가 어떻든 간에, 사건의 세부나 속뜻에 관한 정보를 제때에, 또 충분히 명시明示하지 않아 틈*을 만드는 방법이다. 여기서 '정보'는 요약적 언어만이 아니라 이미지, 상징 등 여러

가지로, 또 직접적·간접적으로 제공되는데, 의미 있는 틈은 물론 중요치 않아서가 아니라 중요한데도 생략한 '의도적인 공백'이요, 이후의 전개와 관련이 깊은 '의도된 결핍'이다. 따라서 그것은 주의 깊은 독자라면 의식할 수 있는 암시°가 되기도 하며, 의문을 일으키거나 나중에 놀람을 일으키게 마련인데, 그것이 뒤에서 메워지면 '정보의 지체'요 영구적으로 메워지지 않으면 '정보의 생략'이다. 어떤 행동의 동기나 배경을 모호하게 서술하여 의문을 일으킨 후, 나중에 가서 그 내막을 밝히는 방법이 대표적이다. 정보 조절의 결과, 암시되었다 명시되는 것들이 별도의 스토리 라인을 이루는 것처럼 보일 경우, 그것은 '복선伏線'이 된다.

정보의 조절은 단지 '비밀'을 감추고, 그것을 다른 인물이나 감상자에게 노출하는 것만 가리키지 않는다. 그것은 감상자를 단계적으로, 작자의 지향에 따라 이야기에 참여시키고 반응하도록 만들기 위한 정보의 감춤—드러냄 장치 전반을 가리킨다. 정보를 한꺼번에 다 서술하지 않고 조절하는 까닭은, **다 말해버리면 감상자가 상상할 여지가 없다**는 점 때문이다. 바꿔 말하면, 약간의 정보로 무엇에 관해 '일부' 알려주고 암시함으로써 감상자가 그 방향으로 상상하도록 자극하고 유도하기 위한 것이다. 가령 소설에서 'ㄱ은 ㄴ을 두려워했는지도 모른다'는 서술을 읽으면, '모른다'고 발뺌하였으니 확실치는 않지만, 독자는 ㄴ에 대한 ㄱ의 감정이 '두려움'에 가까운 것이고, 머지않아 ㄱ이 실제로 두려워서

> ● **틈** gap, **암시** 暗示
> '틈'은 서술상의 공백, 특히 사건 전개상 필요한 서술(정보)이 비어 있는 부분을 가리킴. 서술의 번다함을 줄이기 위한 것도 있고 플롯의 효과를 위한 것도 있음. 감상자가 틈을 틈으로 눈치 채게 하되 정보를 충분히 명시하지 않는 조절기법이 '암시'임.

ㄴ을 피하게 되리라고 예상한다. 결국 그 서술은 '모른다'고 하면서 일정 정도 어떤 방향으로 알려주고 지시하는 셈이다.

감상자는 아직 확실하지 않은(정보가 비어 있는) 인물의 동기를 짐작하거나 사건의 원인과 과정을 추리하면서 인식의 지평을 넓히기도 하고 자기 속에 맺힌 것을 카타르시스하기(풀기)도 한다. 추리물에서처럼 그 자체를 지적 게임으로 즐기기도 한다. 『마당을 나온 암탉』에서 나그네가 잎싹과 새끼를 위하여 했던 행동과 말의 속뜻은 나중에 그가 죽은 뒤에야 밝혀진다. 잎싹이 그것을 놀라면서 알게 되는 그 대목은, 바로 감상자 역시 놀라면서 감동을 하는 대목이다. 한편 「해피 피트」에서 자연물만 있는 펭귄 세상에 불쑥불쑥 등장하는 인공물들의 반복──갈매기의 발에 채워진 식별표, 러브레이스의 목에 걸린 비닐 쓰레기, 얼음 절벽에서 떨어지는 굴삭기, 포경산업의 잔해와 교회 건물 등에서부터 결말부에 등장하는 헬리콥터까지──은 자연을 약탈하고 훼손하는 인간 세력의 힘을 제시하는 일종의 상징들이다. 그러한 사물 혹은 이미지들은 처음에는 모호하고 우연스럽게, 다만 섬뜩한 느낌만 주면서 제시된다. 그러나 인간의 폭력적이고 압도적인 힘을 점층적이고 상징적으로, 또 감상자 스스로가 인간으로서 반성적으로 인식하도록 이끈다.

| 도입부에서 스토리의 처음상황 혹은 난제를 제시한다. |

이야기 작품의 앞부분 즉 도입exposition은 '발단'이라고도 부르는데,

이는 스토리가 아니라 '서술'의 앞부분이다.[22] 감상자를 허구세계에 끌어들이기 위해서는, 도입부에서 인물, 배경(시간, 공간) 등을 소개하는 정보와 함께, 되도록 '스토리'의 처음상황 혹은 기본적 상황을 '먼저' 알려주고 드러내야 한다. 물론 플롯이 요구하는 정보 조절 계획에 따라서지만,[23] 보통 그것이 전체 이야기를 전개하거나 인식하는 데 필요한 바탕이자 전제가 되기 때문이다.

도입은 '서술'의 처음이지만 처음상황은 '스토리'의 처음이기에, 여기서 단순하지 않은 문제가 생긴다. 처음상황을 제시하는 서술로 도입부가 시작될 수도 있으나, 처음상황과 관련된 사건은 이미 오래전에 일어난 시점에서, 곧장 중심적인 '사건 한가운데서in medias res'[24] 시작될 수도 있다. 이 경우 서술은 스토리의 '중간과정' 중심이 되고, '처음상황'은 과거로 존재하면서 그에 관한 정보가 여기저기에, 여러 형태로 삽입된다.

어떤 소설들처럼, 처음상황을 도입부에서 전지적 서술자가 다 요약하여 '들려줄' 수 있다. 하지만 특히 영화나 연극같이 기본적으로 서술자가 없고 모두 '보여주어야' 하는 갈래에서는, 처음상황과 관련된 정보의 처리가 단순하지 않다. 처음상황은 일단 '과거적인' 것이어서, '현재 주로 서술되는' 사건 자체가 아니거나 그와 직접 연관되지 않는 경우도 많으므로, 지루하고 산만해지기 쉬우며 뒤섞여 혼란이 일어날 수 있다. 그래서 도입부에 필요한 어떤 사건을 보여주면서 처음상황과 관련된 정보를 그 장면 속에 흘리는 '풀장 안의 교황' 기법을 쓰기도 한다.[25]

앞에서 처음상황은 되도록 모순이나 대립을 내포함이 바람직하다고 하였다. 그렇다면 처음상황이 도입부에 제시되는 게 바람직하다는 말은, 도입부에서는 갈등이 일어날 상황, 즉 모순이나 대립이 내포된 상황에 관한 정보가 제시되거나, 나아가 갈등이 '발단'되어 핵심적 '난제'를 감상자가 알게 해주는 것이 바람직함을 뜻한다.

| 되도록 중심사건 중심으로 서술한다. |

'스토리'는 다 서술할 수 없고 그럴 필요도 없다. 스토리의 중심사건이 있는가 하면 서술의 중심사건, 곧 주로 서술되는, 그래서 서술의 양이 많은 사건(중심서술사건)이 있다. 스토리의 중심사건도 일일이 다 서술하는 것은 불가능하고 또 불필요하기에, '가지를 치고 줄기는 강화하여' 중요한 대목이나 장면 위주로 서술하는 게 좋다. '줄기' 이외의 것들은 회상, 플래시백, 그리고 앞에서 말한 '풀장 안의 교황' 따위의 방법으로 거기에 삽입하면 된다. 이러한 여러 층위 및 단계의 선택과 집중, 생략과 확장은, 물론 감상자의 관심을 끌며 그의 정서와 사고를 단단히 붙잡고 이끌어가기 위해서이다.

중심사건 위주로 서술을 하되, 서술의 도입부에 중심사건의 핵심 대목을 대뜸 제시하는, 다시 말해 처음부터 '중심사건 한가운데' 뛰어들어 감상자를 긴장시키는 기법은 예전부터 자주 쓰였다. 김수현의 텔레비전 드라마 작품에는 이러한 기법이 자주, 강렬하게 사용되곤 한다. 「내 남자의 여자」의 경우, 친구의 남편과 불륜에 빠진 주인공이 제1회에서부터 그 친구네 파티에 나타나, 친구의 남편과 입맞춤을 시도한다.

한편 소설 『광장』(최인훈), 영화 「올드 보이」(감독: 박찬욱), 「피에타」(감독: 김기덕) 등은 중심사건의 핵심 장면이 도입부에 제시되되, 갑자기 중단되었다가 후반의 결정적 대목에 다시 나와서 연속된다. 이는 감상자가 앞의 장면을 중심사건 혹은 그 가운데 핵심 사건의 '시간 기점'[26]으로 삼고, 그 충격적 상황의 원인에 대해 계속 의문을 갖고 긴장하도록 만든다. 이때 생기는 효과 중 하나가 긴박감(서스펜스)인데, 원인에 대한 예상이 빗나갈 때는 '놀람' '발견' 등의 효과가 아울러 생긴다.

| 원인은 과거에 있다. 과거 사건을 활용한다. |

인과관계는 자연적(물리적) 시간의 지배를 받는다. 미래에 일어난 일 때문에 과거의 일이 일어날 수는 없다. 따라서 행동의 동기나 사건의 원인은 항상 과거에 있다.[27] 그러므로 어떤 시간적 기점을 기준으로 '현재적 사건'의 원인을 밝히고 필연성 있게 전개하려면, 그 이전의 '과거적 사건'을 활용하는 것도 한 방법이다.

물론 그러한 방식은 인물의 성격과 사건 전개의 논리에 부합돼야 그럴듯하다. 그리고 과거 사건을 제시하는 방법은, 장면으로 제시하기 위해 역진逆進 구성을 하거나 플래시백을 사용할 수도 있지만, 서술자의 서술이나 인물이 현재 하는 '대화 행위'에 삽입된 정보 형태로, 다시 말해 정보 조절의 한 형태로 제시할 수도 있다.

문제는 과거를 동원하여 인과관계를 만드는 이 방법이 인물의 성격과 사건의 논리에 부합되지 않거나, 너무 흔히 사용되기 때문에 진부해 보이기 쉽다는 점이다. 근래의 한국 텔레비전 드라마에서 이 기법이 자주 또 너무 유사하게 쓰이는 경향이 있다. 예를 들어보면, 지금 한 남자가 한 여자를 지극히 사랑하는데, 그 까닭은 '어렸을 적에 가까운 사이'(첫사랑)였기 때문이라는 것이다. 또 다른 예로, 지금 두 남녀가 결합을 할 수 없는 위기에 봉착했는데, 그 이유는 부모들이 과거에 맺은 '혈연관계의 비밀' 때문이라는 것이다.

> 중요한 행동(사건)은 반복하거나 병렬한다. 되도록 점층적으로 그렇게 한다.

그럴듯함은 그럴듯하게 서술해서 얻어지는 결과라고 하였다. 여기에는 감상자의 '불신의 자발적 보류'[28]가 필요한데, 반복은 이 상황에서 확신과 기대를 조성하는 데 이바지한다.

반복이란 유사한 것의 계기적 배열이다. 반복되는 것은 행동이나 사건이 기본이지만 그와 관련된 정보, 이미지, 사물 등 무엇이든 해당된다. 그리고 반복되는 것을 공간적으로 인식할 경우, 반복은 '병렬' 혹은 '병치'라고 일컬을 수 있다. 감상자의 관심은 크게 두 가지—표면적 사건에 관한 것(어떤 일이 일어나고 있지?)과 그 의미에 관한 것(무슨 뜻으로 해석해야 하지?)—인데, 무엇과 관련된 것이 반복되면 각인 효과가 생긴다. 반복은 곧잘 잊어버리는 감상자의 뇌리에 사건의 줄기를 선명하게 각인시키며 초점을 형성한다. 나아가, 음악의 라이트모티프Leitmotiv처럼, 전체 흐름에 리듬을 부여한다. 상황을 설정하고 전개시킬 때 갈등을 겹칠 필요가 있다고 앞서 지적했는데, 물론 그것도 반복의 일부이고, 서술의 반복을 통해 실현된다.

본래 이야기의 중심사건과 주변사건 사이에는 "계열체적 관계"[29] 즉 반복적 관계를 비롯한 여러 관계가 존재한다. 이야기는 시간성을 띠므로 반복은 일단 앞에 나온 것의 선적線的 반복이다. 하지만 감상자의 내면 공간에서는 비슷하거나 대조적인 것들이 중복되거나 병렬된 것처럼 여겨지기도 한다. 따라서 반복에는 여러 종류가 있다. 하여간 한 사건의 원인을 중복 설정한다든지, '이중 플롯'의 경우처럼 유사하거나 대조적인[30] 여러 사건을 병렬시키거나 점층시키면, 필연성이 강화되고 스토리도 입체적이 된다.

『마당을 나온 암탉』에서 잎싹은 마당에서 쫓겨났음에도 불구하고 거기로 돌아갔다가 다시 나온다. 나중에는 잎싹의 자식인 초록머리까지 그런 행동을 한다. 이러한 반복은 인간 및 '마당 식구들'과의 갈등과 그것을 극복해가는 사건을 선명하게, 또 점층적으로 제시하고, 이후의 행동에 필연성을 더한다. 「센스 앤 센서빌리티」에서 브랜던 대령은 메리앤을 위해 여러 가지 일을 하는데, 그 점층적 반복의 정점에 죽어가는 그녀를 살리기 위해 그녀의 어머니를 모셔오는 행동이 놓여 있다. 그 과정에서 브랜던 대령의 사랑의 깊이가 드러나고, 메리앤의 마음도 열린다. 이러한 반복을 통해, 메리앤이 그와 결혼하는 결말이 그럴듯함을 얻게 되는 것이다. 이는 그것을 통해 돈\애정의 갈등이 해결되었음을, 혹은 둘에 대한 욕망이 모두 긍정됨으로써 그 갈등이 일시적으로 일어난 혼란에 불과하게 됨을 뜻한다.

필연적인 결과를 도출하기 위해 플롯을 짜는 일은, 그 이전의 것들을 '플롯상의 준비'로 만드는 일이다. 반복은 같거나 유사한 것 사이에 성립되므로, 플롯이 잘 짜인 작품 안에서는 결말에 가까워질수록 '준비된 것'들의 반복이 여러 가지로, 여러 차원에 걸쳐 이루어진다고 볼 수 있다. 흡사 교향악처럼.

> 필요한 경우 역전, 놀람, 아이러니 등이 일어나게 한다. 그
> 러기 위해 감상자의 예상을 깬다.

역전은 '반전'이라고도 하는데, 어리석은 자가 높은 지위에 오르고 이기던 자가 돌연 지듯이, 상황이 이제까지와는 반대로 뒤집어짐을 뜻한다. 이는 상황의 변화가 진행되어온 방향, 곧 감상자가 예상해온 방향과 다른 전개이므로, 흔히 '놀람surprise'을 동반한다. 이러한 기법은 이야기의 질서에 변화를 주고, 사물에 대한 상식적인 인식이나 반응을 깨며, 억눌렸던 소망과 기대(어리석은 사람도 높은 지위에 올랐으면 좋겠다, 노상 이기는 자도 지는 때가 있었으면 좋겠다)를 충족하는 즐거움을 주기 때문에, 매우 중요한 서술 기법으로 활용되어왔다.

앞(☞147쪽)에서 아이러니는 말이나 행동의 어긋남 혹은 그때 일어나는 풍자적 효과를 가리킨다고 하였다. 가령 '행동의 아이러니' 효과는 행동의 의도와 결과가 어긋난 상태, 혹은 예상되는 행동과 실제 행동이 일치되지 않는 상태에서 일어난다. 여기에는 감상자는 아는데 인

물(의 일부)은 모르는 '드러난 비밀'이 개입되기도 하고, 뻔히 알면서도 막지 못하는 상황이 벌어지기도 하므로 앞서 살핀 '정보 조절' '역전' '놀람' 등과 긴밀한 관계에 있다. 「센스 앤 센서빌리티」의 결말부에서, 브랜던 대령의 재력에 힘입어 풍족해진 환경에서 메리앤이 식구들과 함께 웃을 때, 감상자는 그 달라진 표정에서 애정적 불행(버림 받음)이 오히려 경제적 행복을 낳은 아이러니를 느낄 수 있다. 이렇게 아이러니는 예전부터 삶의 모순과 부조화를 드러내는 데 큰 효과를 발휘하므로 자주 사용되어왔다.

홍미 위주의 이야기에서는 보통 역전이 몇 차례 일어난다. 그렇다고 해서 본래 역전이 상업적인 기법이라고는 할 수 없다. 아이러니가 항상 의미심장한 효과를 낸다고도 결코 말할 수 없다. 방법의 가치는 정해져 있지 않다. **방법은 방법일 뿐이다. 필요한 경우에 목적하는 효과를 내면 그것이 좋은 방법이다.**

| 결말에서는 통합하고 매듭짓는다. |

결말짓기는 스토리텔링을 완성하는 일이다. 이야기의 끝에서는 모든 것이 매듭지어졌다는 느낌을 감상자한테 주어야 한다. 작품을 어디서 끝내야 할지 판단하기 어려운 경우가 많은데, 결말을 짓기 위해서는 지속되던 갈등이 해결되고, 애초의 욕망이 실현되거나 좌절되어야 한다. 처음상황에 내포된 대립이나 모순이 충분히 전개되어 끝상황에 이르러야 한다고 할 수도 있다. 결말을 짓는 일은 사건의 결말만이 아

니라 주제적 의미의 귀결까지를 포함한 '끝맺음'을 뜻한다. 자기 이야기를 어디서 끝내야 할지 갈피를 못 잡는 이는, 중심적 사건이나 갈등, 그것을 지배해온 의미의 초점과 논리, 아울러 그것들이 이끌어온 감상자의 관심과 기대 등을 자기 자신도 잘 모르기 때문에, 설혹 안다 하더라도 그것들을 귀결 지을 사상과 전망이 부족하기 때문이라고 할 수 있다.

'결말'이 모든 것의 '완결'은 아니다. 사건이 완전히 종결되지 않은 채 끝나는 '열린 결말open ending'도 있고, 갈등은 일단 해결되었으나 대립이 근원적으로 해소되었다고 보기 어려운 경우도 있다. 하지만 이야기의 제재와 초점이 일관성을 잃지 않으면서, 고유의 질서와 논리가 필요한 만큼 연속되게 제시되었다면, 구태여 끝상황이 전개되거나 서술에 명시되지 않아도 감상자는 '결말감' 또는 '종결감'을 느낄 수 있다. 오정희의 단편소설 「중국인 거리」는 이렇다 할 중심사건이 드러나 있지 않아 읽는 동안 혼란스러운 면이 있는데, 마지막 문장 "초조初潮 (첫 월경)였다"가 모든 삽화와 이미지들을 성장의 이야기, 특히 성적性的 성장의 이야기로 종결짓는다. 그런 이야기로 통합하고 매듭을 짓는 것이다.

문제는 그 '작품 고유의 질서와 논리'가 무엇인가이다. 그것을 형성하는 기본 원리가 플롯인데, 전형적인 스토리와 효과적인 플롯의 형태가 있다는 가정 아래 이야기 창작용 컴퓨터 프로그램까지 개발되고 있지만,[31] 작품마다 제재가 다르고, 어떤 이야기가 흥미롭고 의미 있으며 그럴듯한가에 관한 일반적 기준 또한 세우기 어려운 까닭에, 쉽지 않은 문제이다. 스토리보다 서술이 '작품 고유의 질서와 논리,' 나아가 이야기로서의 가치를 좌우한다고 볼 때, 스토리 위주의 프로그램이나 창작 태도는 한계를 안고 있다. 여기에 이르면, 화가가 화폭에서 손을 떼는 순간을 경험으로 알듯이, 오랜 경험을 통해 스토리텔러는 그 작품 고유의 질서와 논리를 형성하여 밀고 나가는 감각, 마침내 어느 순간 그 '서술'에서 손을 떼는 **'결말 감각'을 몸으로 익혀야 한다**는 것을 절실히 느끼게 된다.

● 「그 가을의 사흘 동안」

박완서가 지은 단편소설. 사건 규모나 분량(200자 원고지 약 230매)으로 보아 중편소설로 볼 수도 있다. 1980년 『한국문학』에 발표되고 그해 한국문학 작가상 수상작으로 선정되었다. 사진은 이 작품이 표제작으로 사용된 책.

소설 「그 가을의 사흘 동안」의 플롯 분석

박완서의 단편소설 「그 가을의 사흘 동안」[32]을 읽고 물음에 답하시오.

1 이 소설의 중심사건을 최대한 간략하게, 총 3개의 문장으로 적으시오. 처음상황은 되도록 이 작품의 기본적 대립이나 모순이 내포되게 표현하시오.

① 처음상황:

② 중간과정:

③ 끝상황:

길잡이
엄밀히 계산할 수 없으므로 대강 적는다.

2 이 소설에 존재하는 여러 차원의 '시간'에 대해 적으시오.

① 서술된 시간(스토리 시간)의 전체 양(길이):
② 서술된 시간에서 배경으로 삼은 한국 역사상의 시기:
　　　＿＿＿＿＿＿＿＿ 부터 ＿＿＿＿＿＿＿＿ 까지

③ 서술된 시간 가운데 중심사건이 벌어지는 데 걸린 시간
　의 양:

④ 서술자 '나'가 서술하는 시간의 기점('서술하는 현재'의
　시작 시점):

....

3　이 소설은 "사흘밖에 남지 않았다"는 문장으로 시작된다.
이는 병원이 문 닫는 날까지의 시간, 즉 살아 있는 아기를 받
고 싶은 '나'에게 남아 있는 시간이 그렇다는 말이다.

3-1　총 3장 가운데, 중심사건의 처음상황과 관련된 것들
이 주로 제시되는 장은 도입부인 제1장이다. 이 장은 짧은 시
간 동안 긴 세월에 걸쳐 일어난 일들을 서술하므로, '서술된
시간'과 '서술하는 시간'의 순서, 양 등의 차이가 다른 두 장에
비해 매우 크다. 그래서 다소 혼란스럽거나 지루할 수 있다.

　이 점을 완화하기 위한 방법 중 하나가 제1장을 앞의 문장
으로 시작하고, 또 그것을 자꾸 반복하는 방법이라고 볼 수 있
다. 그 말의 반복이 어떤 효과를 내기에 그런 판단이 가능한
가? 중요한 것 한 가지만 적으시오.

3-2　그 문장을 비롯한, 이 작품 전체에서 자꾸 반복되는 남
은 시간(날짜)에 관한 서술들은, 그 말을 하는 서술자이자 주
인공인 '나'라는 인물에 대하여 무엇을 알려주는가?

4 '나'가 의사로서 임신 중절 수술만 해온 데에는 여러 내적·외적 이유가 있다. 다음 중 그와 가장 거리가 먼 것은?

① '나'는 수완이 좋고 돈벌이에 관심이 많은 성격이다.

② '나'는 겁탈을 당해 임신하여 아기를 지운 경험이 있다.

③ '나'는 성을 매매하는 지역에 자리 잡고 의료업을 해왔다.

④ '나'는 가족이나 친구가 없어 변화를 꾀하기 어려운 처지이다.

---

5 '나'가 살아 있는 아기를 분만시키고 싶다는 욕망을 품게 된 내면적·외면적 계기와 환경은 여러 가지 설정되어 있다. 다음 중 그 욕망을 품게 된 가장 '직접적인' 계기나 이유는?

① '나'는 아기 떼는 일만 해와서 가책을 느낀다.

② '나'가 황 영감 며느리의 부풀어 오른 배를 본다.

③ '나'는 건물이 헐려서 곧 병원 문을 닫지 않을 수 없다.

④ '나'가 개업하고 처음 한 일이 살아 있는 아기를 받은 일이다.

---

6 제3장('3. 마지막 날')은 어느 소녀의 아기를 중절시키는 하나의 긴 장면과 그에 따른 '나'의 격렬한 행동 위주이다. 제1장과 제2장은 이 장을 준비하기 위한 것이라 할 수 있다.

이 제3장의 절정부에서, 줄곧 감추어져 온 하나의 사실이 드러난다. '나'가 폐업하기 전에 '살아 있는 아기를 받고 싶다'고 계속 반복하여 생각(하고 말)한 것은, 실은 '내 아기를 갖고 싶다'는 욕망 때문이었으며, "아기에 대한 욕심이 쓰고 있는 가면에 불과했다"(318쪽)는 것이다. 감상자를 놀라게 하는 이 '고백'에 의한 정보 노출은, 알고 보면 갑자기 이루어진 게 아니라 반복하여, 조금씩 점층적으로 이루어진 결과 필연성을 얻고 있다.

'나'는 겉으로 하는 자신의 말(서술)과는 달리, 줄곧 그 욕망을 지니고 있었다. 그와 관련된 정보나 행동, 그 놀라운 고백을 준비하고 암시해온 의식적·무의식적, 내면적·외면적 행동들은 매우 많다. 자꾸 반복되는 것이다. 그런데 '나' 자신이 자기에 대해 서술하는 상황에서, 자기 자신도 모르는(모르는 척 '정보 조절'을 하는) 사실이므로 그것이 '간접적으로' 서술된다. 그리하여 독자가 주의 깊게 읽지 않으면 무슨 일이 벌어지고 있는지 얼른 알기 어렵다.

자기 아기를 갖고 싶다는 감춰진 욕망을 간접적으로 제시하는 반복된 행동은, 제1장('1. 사흘 전')에서는, 황 영감이 마땅찮아 하는 줄 알면서도 안채로 들어가서 그의 갓 낳은 손자를 보는 행동이 대표적이다. 그러면 그 이후, 곧 제2장과 제3장에서는 어떤 행동이 대표적인가? 각각 가장 외면적이고 구체적인 행동으로 지적하시오.

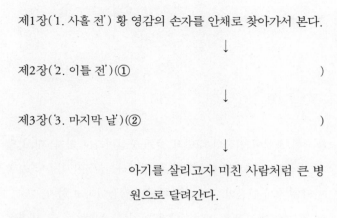

제1장('1. 사흘 전') 황 영감의 손자를 안채로 찾아가서 본다.

↓

제2장('2. 이틀 전')(①   )

↓

제3장('3. 마지막 날')(②   )

↓

아기를 살리고자 미친 사람처럼 큰 병원으로 달려간다.

---

7 이 작품에는 '우단 의자'에 관한 서술이 여러 차례 반복된다. 이것과 관련된 일들, 특히 이것을 버리거나 외면하지 못하는 '나'의 행동들 때문에, 이 '공간소'(☞373~374쪽)는 이 작품에서 하나의 상징이 된다.

7-1 이것이 상징하는 것은? 하나의 구句로 답하시오.

7-2 이것은 놓여 있는 장소('나'의 병원)와 어울리지 않는다. 그곳을 출입하는 사람과도 어울리지 않는다. 아기의 태반을 먹으러 온 근처 가겟집 아줌마가 거기에 앉으려고 할 때, '나'는 "질색을 하면서 소파로 떠다민"다. 확대하여 볼 때, 이 행동은 이 작품에 그려진 사회 현실과 어울리지 않는다. 이것과 대조되는, 이 작품에 그려진 '나'라는 인물이 살아온 사회

현실의 문제점은?

....

8 이 소설이 인물의 내면적 갈등 중심이라고 하자. 다시 말
해, '작품 고유의 질서와 논리'를 형성하는, 어떤 지속되고 발
전되는 것이 인물의 내면에 존재하는 작품이라고 하자.

8-1 계속 긴장을 높여가다가 마침내 폭발하는 그 내면적
갈등과 관련된 것으로 가장 <u>거리가 먼</u> 것은?

① 증오＼사랑

② 억압＼해방

③ 부정＼인정

④ 금욕＼성욕

⑤ 복수＼용서

> **길잡이**
> ....
> 가장 거리가 먼 제재
> 를 낳는 항목을 고른
> 다.

8-2 이 작품의 결말은, 앞의 갈등 끝에 마침내 '나'의 내면
이 어떻게 되었음을 보여주는가? 다음은 '나'라는 인간이 겪
는 과정을 통해 이 작품의 플롯이 형성한 의미의 질서를 그림
으로 나타내본 것이다. 결말이 제시하는 '나'의 내면상태 중심
으로 볼 때, 가장 적절한 것은?

① ／   ② ＼   ③ ∧／   ④ ↻

플롯 짜기

앞에서 지적했듯이, 서술은 어느 부분을 하더라도 작품 전체의 서술이며, 어떤 한 요소만이 아니라 모든 요소가 융합된 서술이다. 그런 면에서 보면 이제부터 제3~5장의 〈연습 16, 18, 20〉에서 하게 될 자기가 지을 이야기의 각 요소별 '서술' 연습은, 엄밀히 말해 작품 자체를 짓는다기보다 그 서술 방법에 관한 이해와 능력을 북돋우기 위한, 일종의 특별히 마련된 코스에서 하는 훈련 활동이다. 그러나 실제로 작품 창작이 언제 어떻게 시작되는지는 아무도 모른다. 따라서 특히 여기서부터, 연습의 순서는 별로 중요하지 않다.

1 자기가 구상해온 이야기의 여러 시간 차원에 대해 적으시오. 아직 그것을 정하지 않았다면, 여기서 '대강' 정해보시오. 단, 존재하지 않거나 따로 구별이 안 되는 항목이 있으면 적지 마시오.

① 스토리 시간(서술된 시간)의 전체 양(길이):

② 스토리 시간이 놓인 역사상의 시대(시기)와 장소:

③ 스토리 시간 가운데 중심사건이 벌어지는 때와 시간의 양:

④ 스토리의 중심사건에서 주로 서술되는 대목(서술중심사건)의 때와 시간의 양:

2 　자기 작품의 도입부에서 감상자에게 꼭 '제시해야' 한다고 생각하는 사건이나 정보는 무엇인가? 그리고 그것을 도입부에 배치하는 이유는? 핵심적인 것 한 가지만 택하여 답하시오.

① 도입부에서 제시해야 하는 사건이나 정보:

② 그것을 도입부에 배치하는 이유:

3 　자기 이야기를 감상하는 동안 감상자가 주로 어디에 초점을 두고, 즉 주로 무엇에 관심이나 기대를 갖고 감상해가도록 유도하려고 하는가?
3-1 　사건 전개상의 초점과 의미상의 초점으로 나누어 적되, 되도록 의문문 형태로 적으시오.

① 사건 전개상의 관심의 초점:

② 의미(주제)상의 관심의 초점:

3-2 감상자가 그러한 관심의 초점에서 벗어나지 않도록 만들기 위해 관련된 행동(사건)이나 서술을 반복한다면, 무엇을 되풀이하겠는가? 문제 3-1의 두 가지 초점을 '함께' 고려하여, 그 행동(사건)이나 서술 자체를 한 가지만 제시하시오.

---

4 자기 작품을 지을 때, 자기 이야기의 내용이 좀더 풍부해지도록, 중심사건과 대조되는 사건이나 주인공과 대조되는 인물을 병치해볼 수 있을 것이다. 실제로 그렇게 하든 하지 않든, 둘 중 하나를 택해 구체적으로 적고, 그 기대되는 효과도 예상해보시오.

① 대조·병치할 것:

② 기대 효과:

5 작품을 감상하는 동안 감상자가 어떤 의문이나 기대를 갖고 그것이 해결되거나 충족되기를 기다리도록 유도할 수 있다. 자기 작품에서 그런 감춤−드러냄의 기법을 사용한다면 무엇에 혹은 어디에 사용하겠는가? 관련된 사실(정보), 행동, 사건 등을 간추려서 그 과정을 간략히 적으시오.

....

6 자기 이야기를 어떻게, 무엇에 관한 서술로 끝내고자 하는가? 그렇게 결말짓고자 하는 이유는?

  ① 결말부의 서술 대상:

  ② 그렇게 결말짓는 이유:

7-1　이제까지 자기가 해온 작업을 되돌아볼 때, 자신은 무엇을 자기 이야기의 중심적 갈등으로 잡고 있는가? 그것을 적으시오.

　■ 중심적 갈등:

7-2　앞에서 적은 중심적 갈등은 '자기 작품 짓기 1'의 문제 6-3에서 설정했던 처음상황에 내포된 대립, 모순과 연속성 혹은 일관성이 있는지 살펴보시오. 만약 그렇지 않은 점이 있다면 처음으로 돌아가서 앞에서부터 모두 다시 검토하고 손질하시오.

8　이제까지 구상하고 계획한 것을 종합해볼 때, 자기 작품의 제목은 무어라고 붙이면 좋겠는가? 특히 중심제재, 플롯에 따른 독자의 반응 등을 고려하여 답하시오.

　■ 자기 작품의 제목(가제):

제1장

제2장

제3장

제4장 인물 그려내기

제5장

　행동은 연쇄되어 사건을 형성하는 동시에, 거꾸로 그 주체의 성격을 형성한다. 행동 없이 성격은 없다. 인물은 성격이 이러해서 이런 행동을 하며, 행동을 그렇게 하기 때문에 그런 성격의 소유자로 인식된다.

인물 그려내기, 즉 인물형상화 또는 성격 구축은 설정하고 구체화한 인물을 실제로 서술하는 일이다.

인물 그려내기는 갖가지 성격소로써 인물의 특질, 그가 하는 행동의 이유와 동기 등을 '그려 보여주는' 작업이다. 나아가 그것은 인물의 정체, 그가 참여하는 사건과 그 의미를 형성하는 작업이다. 인물 그려내기는 '그는 허영심이 많은 사람이다'와 같이 요약하여 직접적인 말로 할 수도 있으나, 없는 것을 있는 체하고 모르는 것을 아는 체하는 행동 따위를 묘사하여 간접적으로 보여주는 편이 보다 '그려내기' 또는 '형상화'답다.

어떤 인물이 등장하면, 그가 누구인지 감상자는 알지 못한다. 어떤 신분의 사람이며 어떤 기질과 욕망을 지니고 있는지, 또 무슨 일을 벌일지 모른다. 그것을 효과적으로 알게 하는 것, 나아가 그가 영위하는 삶의 모습을 의도하는 대로 감상자가 인식하고 반응할 수 있게 하는 것이 인물 그려내기의 핵심이다.

인물의 특질은 추상적인 것이어서, '형상'을 통해 제시하기가 쉽지 않다. 그래서 인물 그려내기에는 간접적인 방법과 함께 직접적인 방법을 섞어 쓰는 예가 많으며, 일종의 기호나 상징처럼 굳어진 관습적 성격소가 따로 정해져 있기도 하다. 그것은 대개 사물(공간소)로서, 만화와 게임을 예로 들면, 볼에 난 칼자국(흉폭하다), 안경(머리가 좋다), 빨간 머리칼(반항적·저돌적이다), 검고 날카로운 모습의 성城(주인이 나쁜 사람이다) 등이 그것이다.

하지만 무엇보다 중요한 성격소는 바로 행동이다.

| 되도록 행동으로 성격을 형상화하고자 힘쓴다.　　　　　　　　|

행동은 연쇄되어 사건을 형성하는 동시에, 거꾸로 그 주체의 성격을 형성한다. **행동 없이 성격은 없다.** 인물은 성격이 이러해서 이런 행동을 하며, 행동을 그렇게 하기 때문에 그런 성격의 소유자로 인식된다. 우리가 행동을 보고 그 사람됨을 짐작하듯이 말이다.

물론 인물과 사건은 조화를 이루는 것이 이상적이지만, 인물이 사건에 따를 수도 있고, 사건이 인물에 따를 수도 있다. 인물이 유형적인 사건에 따르는 경우, 오락성 짙은 이른바 '액션' 위주의 이야기들이 보통 그렇듯이, 인물의 성격은 평면적이거나 고정되기 쉽다. 사건이 인물에 따르는 경우, 인물의 성격에 개성을 부여하면 사건까지 보다 다양해지고 입체적이 될 가능성이 있다. 어떤 경우이건, 행동의 중요성은 여전하다. 가령 '전형적 인물'이란 전형적 행동을 하는 자이다.

행동 가운데 성격적 특질의 표현, 나아가 주제적 의미의 형성에 가장 이바지하는 것은 물론 갈등 혹은 '상황의 변화'에 직접 관련된 행동, 상황을 크게 변화시키는 행동이다. 그밖에 '버릇' '고백' '선택' 등의 행동과 함께, 특히 '대화'가 큰 기능을 한다. 대화는 단순한 행동이 아닌 까닭이다.

| 대화는 행동이자 표현이다. 대화를 면밀하게 사용한다. |

연극, 텔레비전 드라마는 '대화의 예술'이고 영화, 만화, 오페라 등도 그렇게 부를 수 있는 면이 있다. 형상 자체를 시각화하여 '보여주는' 그런 갈래에서는, 소설처럼 말로 '들려주는' 갈래에 비해 상대적으로 대화가 더 중요하다. 기본적으로 서술자가 요약·논평하는 말이 없으므로, 인물의 생각과 사건의 내막을 감상자가 알게 하기 위해 대화 의존도가 높아지는 것이다. 그런 갈래에서는 주로 대화를 통해 주체 즉 인물의 특질이 형성되고 상황이 전개되며, 그 모두가 '말'로 표현된다.

인물의 대화를 구사함에 있어 유의할 요소는 상황, 성격, 의미(사상), 표현 등이다. 대화를 사용할 때는 현재 상황의 실태와 전개 방향, 그리고 그에 처한 인물의 성격과 심리(곧이어 다루게 될 '내면 흐름') 등을 면밀히 고려해야 한다. 앞(☞175쪽)에서 본 체호프 희곡에서의 바냐 아저씨의 말이 좋은 예이다. 상황과 성격에 부합함은 물론이요 사건과 인물에 대해 무언가 알려주고 상황을 진전시키는 데 기여하지 않는다면, 인물은 차라리 입을 열지 않는 편이 낫다. 소설 같지도 않고 텔레비전 드라마 대본 같지도 않은, 초심자들이 흔히 쓰는 대화 위주의 서술들이 그렇듯이, 인물이 대화를 계속 나누는데도 새로 알려지거나 진전되는 게 없다면, 감상자는 곧 감상을 그만두게 될 터이다. 폐부를 찌르는 언어, 어눌한 어조에 동반된 긴 여운, 익살맞은 사투리의 사용 등과 같은 표현(문체, 스타일)의 문제는, 그런 기본적인 점들이 충족된 다음의 문제이다.

| 항상 인물의 '내면 흐름'에 유의한다. |

장면이 벌어지고 상황이 변할 때, 그에 참여한 인물들의 '내면 흐름'●도 변한다. 내면 흐름[33]은 성격소 전반, 특히 대화를 비롯한 행동의 서술에서 늘 유의해야 할 점이다. 인물의 내면 흐름을 제시하기 위해 그가 꾸는 꿈을 삽입하기도 하는데, 꿈은 자면서 꾸는 것이기에, 구체적 상황과 동떨어지고 상투적이 되기 쉽다.

> ● 내면 흐름
> 인물의 마음의 상태와 변화. 특정 상황에서의 관심의 방향, 의식의 지향, 감정 양식 등 인물의 내적 상태와 움직임을 두루 가리킴.

앞(☞114쪽)에서 스토리텔러는 감상자의 내면에서 벌어지는 활동을 줄곧 염두에 두면서 작업할 필요가 있다고 하였는데, 그것은 서술에서 인물의 내면 흐름에 유의하는 일과 긴밀한 관계에 있다. 인물의 내면 흐름이 감상자의 내면 흐름을 좌우하고 그 초점을 형성하는 까닭이다. 감상자가 인물의 내면 흐름을 알지 못하면서 어떻게 '공감'하고 '동정'하며, 그와 자신을 '동일시'할 수 있겠는가?

하나의 장면에 한 인물만 등장하는 경우에는 오히려 내면 흐름을 크게 의식할 필요가 없다. 서술이 자연스럽게 그의 내면 흐름만 따라가면 되는 까닭이다. 그런데 하나의 장면에는 대개 둘 이상의 인물이 존재하고 그들 각자는 성격과 관심사에 따라 내면 흐름이 다르다. 영화감독은 화면에 포착되는 배우 각자의 내면 흐름에 두루 관심을 갖고 각각의 연기를 지도한다. 소설의 서술자 역시, 'ㄱ이 말했다' 'ㄴ은 그 말이 서운했다'와 같은 요약적 설명만 하거나 마구 사건을 앞으로 끌고 가기만 할 게 아니라, 상황 속에 놓인 인물들 각자의 내면 흐름을 면밀히 고려하면서 행동과 모습을 그려야 한다. 이는 당장 인물과 장면을 입체적으로 그럴듯하게 서술하기 위함이지만, 궁극적으로 사건의 인과성과 연속성, 그리고 이야기 전체의 초점과 논리를 유지하기 위함이다.

소설이나 동화같이 항상 서술자가 존재하는 갈래의 경우, 이는 시점 혹은 초점화와 직결된 문제이다. 하지만 그런 갈래만이 아니라, 이야기에서 항상 대상은 어떤 조망점에서 '관찰되고' 그 각도에서 '제시되게' 마련이다. 이때 그 조망점이 인물(의 눈)에 놓일 때, 또 조망되는 대상(피사체)이 인물일 때, 이 내면 흐름이 특히 중요하다. 가령 노인이 우두커니 서 있는 겨울 들판이 제시될 때, 그냥 제시되는 경우와 다른 한 인물이 초점자로서 어떤 내면 흐름 상태에서 바라보는(초점화하는) 대상으로 제시되는[34] 경우, 둘은 매우 다르다. 후자의 경우, 그 풍경은 외부에 존재하는 '사실적' 풍경인 동시에 그것을 바라보는 인물의 내면, 그 내면에 흐르는 상념을 표현하는 이미지나 상관 객체objective correlative[35] 자체이다.

| 이름을 활용한다. |

이름 붙이기 즉 명명법命名法, appellation은 인물 그려내기의 오랜 방법 중 하나이다. 이름에는 이미지가 고착된 관습적인 이름, 별명 등이 많은데, 특질을 쉽게 제시할 수 있다는 장점이 있는 반면에 너무 뻔해지기 쉽다. 그것을 쓸지 피할지는 선택에 달려 있다.

『마당을 나온 암탉』에는 주인공의 특이한 이름 '잎싹'에 관한 서술이 두 차례 나온다. 그중 하나인 다음 인용을 보면, 그 이름에 잎싹의 삶 전체가 함축되어 있음을 알 수 있다.

"저, 말야, 나중에 알이 깨면…… 넌 암탉인데……"

청둥오리가 말을 더듬거렸다. 공연히 부리로 땅을 쿡쿡 두드리느라 말을 끊기도 했다. 잎싹은 청둥오리의 행동이 조금 답답했다.

"나, 이름 있어. 내가 지은 이름."

"그래? 들어본 적 없는데."

"아무도 모르니까. 잎싹이라고 불러줄래?"

"잎싹? 풀잎, 나뭇잎, 그런 것처럼?"

"그래, 그런 뜻이야. 그보다 훌륭한 이름은 없을 거라고 생각해. 잎사귀는 좋은 일만 하니까."

청둥오리도 잎싹이라는 이름이 어째서 훌륭한지 생각하는 듯했다. 가끔 부리로 꽁지에 있는 기름을 발라서 깃털을 다듬으며.

"잎사귀는 꽃의 어머니야. 숨 쉬고, 비바람을 견디고, 햇빛을 간직했다가 눈부시게 하얀 꽃을 키워내지. 아마 잎사귀가 아니면 나무는 못 살 거야. 잎사귀는 정말 훌륭하지."

"잎싹이라…… 그래, 너한테 꼭 맞는 이름이야."

잎싹은 흐뭇했다. 이름을 불러주는 친구가 있다는 것은 기분 좋고 가슴이 두근거리는 일이었다.

—황선미, 『마당을 나온 암탉』, 사계절, 2010, 73쪽.

│ 공간 또는 공간소를 활용한다. │

인물 그려내기라는 말은 인물의 생김새나 차림새 같은 겉모습을 그려내는 것만 가리키는 듯 보이기 쉽다. 하지만 인물이 이야기의 중심적 존재이고 그가 내면을 지닌 존재임을 고려하면, 인물의 특질을 제시하는 것(성격소)의 범위는 매우 넓어진다. 영화, 연극 같은 공연 예술의 경우, 인물과 직접적·간접적으로 관련된 것들, 무대 위나 화면 속에 자리해 감상자의 '눈에 보이는 것' 거의 모두가 인물 그려내기에 이바지한다고까지 말할 수 있다.

여기서 '눈에 보이는 것'의 대부분을 뜻하는 '공간'에 대해 살필 필요가 있다. 공간은 이른바 '공간적 배경'을 포함한, 보다 넓은 개념이다. 그것은 "인물과 사건이 존재하는 곳과 그곳을 구성하는 물체들을 모두 가리키"[36]는, 스토리 층위에 속하는 요소이다. 공간이라는 말이 다소 추상적이므로, 경우에 따라 '그곳을 구성하는 물체들,' 곧 비나 눈 같은 기후 현상, 옷, 생김새, 장신구, 가구, 거리의 자동차 등을 "공간소空間素"[37]라고 부를 수 있다.

공간은 사실적 기능, 표현적 기능, 미적 기능 등을 하는데, 주로 간접적으로 특질을 제시하는 데 활용된다. 「센스 앤 센서빌리티」에서 아버지가 돌아가시자 엘리너 자매와 어머니가 본집에서 밀려나와 살게 되는 작은 집은, 그들의 경제적 지위가 전보다 얼마나 낮아졌는가를 '사실적'으로 보여준다. 또 엘리너 역을 맡은 배우 엠마 톰슨의 생김새나 차림새는 생각 깊은 맏딸의 전형적인 모습이다. 여기서 주목할 것이 표현적 기능이다. 앞서 '내면 흐름'을 다루면서 잠시 살폈듯이, 공간은 인물의 내면, 작품의 분위기, 주제 등 눈에 보이지 않는 추상적인 것을 이미지 혹은 가시적 형체로 '형상화'하는 데 활용된다. 가령 최명익의 중편소설 「심문心紋」에서 여옥의 방에 있는 의자와 앵무새는 주변 환경과 어울리지 않는 그녀의 처지와 심리를 은유적으로 표현하는 형상물이다. 영화의 대결 장면에서 퍼붓는 비는, 그 속에서 흠뻑 젖어 나뒹구는 인물들의 어둡고 격렬한 심리를 은유적·환유적으로 제시한다.

요컨대 공간 또는 공간소는 그곳에 존재하는 온갖 사물까지 포함하며, 여러 가지 스토리텔링 기능을 한다. 공간은 대개 간접적으로 기능하지만, 텔레비전 드라마에서 인물들이 다 똑같이 잘생겨서 성격 구별이 잘되지 않는 예에서 보듯이, 그것을 인물과 사건의 형상화에 효과적으로 활용하지 못하면 이야기는 상징성, 함축성 등이 빈약하고 미적 완성도도 떨어지게 된다. 연극의 무대감독, 영화의 예술감독art director, 그리고 애니메이션, 그림책, 게임 등의 디자이너, 삽화가 등은 모두 이 공간 전문가들이다.

| 핵심적인 성격소는 반복하여 서술한다. |

중요한 사건이나 갈등이 그렇듯이, 인물의 핵심적 특질을 제시하는 성격소도 어떤 형태로든 거듭 제시할 필요가 있다. 사건의 반복에서 살핀 것처럼, 반복은 반복되는 것들 사이에 형성되는 단계적·점층적 관계로 인해 스토리, 갈등 등을 선명하게 함은 물론, 전체 구조에 미적 질서를 부여한다. 소설은 같은 표현을 반복해도 덜 어색하지만, 영화에서 비슷한 장면이 되풀이되면 지루해지기 쉬우므로, 방식을 바꾸면서 반복할 필요가 있다. 한 인물이 폭력 집단 소속임을 강조할 때, 품속의 흉기, 팔뚝의 문신, 폭력 집단의 일원임이 밝혀진 무뢰한과 은밀하게 대화를 나누는 모습 등으로 바꾸어 제시하는 식이다.

텔레비전 드라마 「혼수」 분석

다음은 김수현의 텔레비전 드라마 「혼수」[38]의 대본 일부이다. 읽고 물음에 답하시오. (밑줄: 인용자)

등장인물

승주 20대 은행원, 정일의 애인

진숙 승주의 어머니, 한복집 운영

연주 승주의 언니

형주 승주의 오빠, 검사

정일 승주의 애인

복희 정일의 어머니

나사장 정일의 아버지

정균 정일의 형

(전략)

S# 18 거실

　　　　가정부 두 손 노래할 때 잡듯 잡고 서 있는 위에,

복희　　(E) 당신이 남편이야?

복희   (소파의 쿠션 차례로 남편한테 집어던지면서) 당신이
        아버지야? 당신 뭐 하는 사람이야. 아들놈이 버릇없
        이 굴면 내가 뭐라기 전에 애비라는 사람이 혼쭐을 내
        야지 입 헤에 하니 벌리구 앉어서 앞집 불났어? 불구
        경해? 구경났어어엉?!!! (두 주먹 부르쥐고 노려보며
        악쓴다)

나사장   (선 채로 날아오는 쿠션들을 막는 것도 아니고 그저
        두 손 머리 위 감싸고 서서 당하고) 웨이터두 있구 며
        늘애두 있는데 그럼 어떡해애. 멱살잡이라두 해야 했
        다는 거야?

복희   내 자식 내가 야단치는데 누가 뭐래!

나사장   아 나는 당신이 가만있길래 가만있어야 되는 건가부
        다 그랬지이. 당신이 화를 냈으면 내가 뛰어나가 혼냈
        지 그냥 있었을까.

복희   어이구 / 어이구어이구 (다시 하나 던지고 / 다른 거
        집으며) 입틀어졌다구 말은 안 막히지, 말은 안 막혀
        어. (다시 던지는데)

정일   (앞서 들어온다 / 곧이어 정균이도)
        나사장이 날아오는 쿠션을 피하고 / 들어오던 정일이
        쿠션을 손으로 받는다.

정균   하하하하 엄마 또 쿠션날리기 하세요? 하하…

나사장   얀마 너어! 그게 어디서 배워먹은 버릇야! 집두 아니구
        밖에서 그것두 대한민국에 한다 하는 사람들만 오는

	최고급 식당에서 엉? 니 엄말 그렇게 망신줘야겠어?
정균	(작게) 야 빨리 빌어.
복희	(소파에 푹 앉으며) 하이구 나만 망신인 줄 알어. 자기는 뭐 망신 아냐? 내가 데리구 들어온 자식이야?
나사장	맞어. 너 니 엄마하구 내가 그렇게 우스워?
정일	잘못했습니다.
나사장	그러엄 잘못했지. 얘 잘못했대 여보.
복희	이리 와 앉어. 당신두 오구 너두 와.
정균	(나사장은 움직이는데 / 움직이며) 정아는요.
복희	아 됐어. 그깟 년은 없어두 돼.
정균	(정일 쿡쿡 찔러 소파로 / 나사장은 이미 앉아 있다)
복희	(두 아들 앉는데) 미세스 킴은 그만 구경하구 들어가 수정과나 좀 내와.
가정부	네에. (움직이는데)
복희	나 냉수 먼저 주구. (상의 벗으며)
가정부	네.
복희	(벗은 상의 아무렇게나 옆에 놓으면서) 걔가 김희선이니 김혜수니 이승연이니 송윤아니? 도대체가 뭐에 홀려서 그렇게 빠져나오질 못하구 헤매닥질을 치는 거야 이 자식아. 응?
나사장	이 자식 저 자식 하지 말구 내려 내려. 핏대 내리구 점잖게 좋은 말로 해.
복희	(아직도 조금은 식닥거리면서 아들 노려본다)

나사장	눈에 힘두 빼구 응? 당신 눈 지금 무서워요오.
복희	(남편 벌컥 떼밀며) 아 좀 떨어져 앉아요. 냄새 나.
나사장	마늘두 안 먹었는데 무슨 냄새가 난다 그래애.
복희	당신한테서는 느을 항상 마늘내가 나요. 하두 마늘을 먹어서 당신 마늘루 태어날 테니까 그런 줄 알아. (가정부 냉수 내와 탁자에 놓는데)
복희	(놓자마자 집어서 벌컥벌컥 반 넘게 비우고 내려놓으며 / 한결 차분하게 / 따뜻하기까지) 이 세상에 남자가 반 여자가 반이야 정일아. 안 그루?
나사장	그렇지.
복희	맹꽁이같이 굴지 말구 엄마 말 들어. 인물 좋구 집안 좋구 머리 존 색싯감 널리구 널렸어 이 애물아.
정일	…… (엄마 안 보는 채)
복희	어디 결혼할 상대가 없어 삯바느질하는 홀어머니에 그런 집에서 데려오겠다는 거야아. 나보구 어떻게 그런 며느릴 들이라는 거냐구우.
나사장	삯바느질이 아니구 한복집이래잖어.
복희	그게 그거예요.
나사장	꼭 그렇지는 않지이. 그럼 내 재봉소하구 양장점하구 같게?
복희	(묵살하고) 내가 뭐 빽적지근한 재벌집에서 며느릴 보겠다는 거두 아니구 기본은 돼 있어야 할 거 아냐아. 큰애 너 어떻게 생각하니.

정균	안 돼 있는 거보다 돼 있는 게 백번 낫죠오.
복희	없는 집 사위가 얼마나 피곤한지 너 몰라서 그래애. 하네 안 하네 해두 없는 처가는 뭘루 부담을 줘두 부담이 되는 거라구우.
정일	(안 보는 채) 밥 먹구 살아요.
복희	(발끈) 요즘 세상에 밥 못 먹구 사는 집이 어딨어.
정일	내가 부담스럴 정도루 그 정도 아니란 말이에요.
복희	그걸 어떻게 알어.
정일	(어차피 말 안 통하는 엄마다 / 작은 숨 내쉬듯이 하며 고개 옆으로 / 숨소리 들릴 필요 없음)
복희	(E) (정일 위에) 그걸 지금 니가 어떻게 알어.
정일	(엄마에게 고개 돌리며) 그 집 식구들을 보면 알아요. 누구한테 덕볼려구 들 사람들이 아니에요.
복희	지금이야 양가죽을 뒤집어쓰구 있겠지이.
정일	엄마 (진행과 상관없이 가정부 수정과 내놓고 들어간다)
복희	(연결) 그게 다 너 잡으려구 공작하는 거야 이 맹물아아. 없는 사람들 비굴하면서 교활한 거 넌 몰라. 니가 뭐 세상물정 아는 애니?
정일	제가 뭔데 그 집에서 저 잡으려구 양가죽 뒤집어쓰구 공작해요. 제가 뭔데요.
복희	니 몫으루 돌아갈 재산이 얼만데.
정일	(정말 싫증 나 죽겠다 / 화가 치밀어서) 그 집 식구들

	그런 거 몰라요. 개두 몰라요. 그저 밥 먹구 사는 거보다 조금 난 정도루밖에 몰라요.
복희	개 검사 오빠가 뒷조사 안 했을 줄 알어?
정일	(그저 엄마 보는 위에)
정균	(E) 어어어 그럴 수두 있겠네요 엄마.
복희	느 엄마 귀신이야. 깔보지 마.
정일	(O.L) 그럼 집하구 상관없이 결혼하겠어요. (하고 일어난다)
복희	??? (해서 올려다보는)
나사장·정균	(황당)
정일	자식 하나 없는 셈 치세요. (하고 제 방 쪽으로 움직이려 하는데)
정균	(일어나 왁살스럽게 정일 잡으며) 얀마, 너 돌았어? 돌았니?
정일	생각이 너무 다르니까 더 얘기할 수두 없잖아. (하고 형 손 떼는데)
정균	(끌어 앉히며) 앉어 앉어 인마, 아무리 니 생각이 어쩌구 그래두 너 부모님 앞에 이러는 건 아니다. 너 후레자식이냐?
정일	…
복희	…… (아들 보면서)
나사장	(푸욱 기대어 앉으며 천장으로 고개 조금 들듯 하고 한 손으로 목 언저리 북북 긁는다) …

정일　　… (아무도 안 보면서 입 꾸욱 다물고)

S# 19 승주네 거실

연주　　(후후후 한꺼번에 촛불 끄고)

　　　　모두 박수치는 / 식탁 위 밥상은 깨끗하게 치워져 있고 케이크 한 쪽씩 먹을 차례다.

연주　　(케이크 자르면서) 배불러서 못 먹을 테니까 일 센티씩만 줄 거야.

수경　　저는 많이 주세요 형님.

진숙　　그래, 수경인 케이크 좋아하니까 많이 줘.

형주　　내 꺼까지 이 사람 줘. 난 필요 없어 누나.

진숙　　(자기한테 내밀어지는 케이크 접시 형주 앞에 놓으며)

　　　　<u>그래두 아냐. 생일 케이큰데… 맛은 봐야지.</u>

연주　　이거 뭐야 다 부서지네.

상훈　　조금 더 두껍게 잘라. 뭐야 이게 모양 안 나게.

연주　　뱃속에 들어가면 범벅되기 마찬가진데 뭐.

진숙　　그래두 모양이 좀 그러네.

연주　　(조금 두껍게 칼 넣으면서) 그러우? 그럼 두껍게 자른다아? 그 대신 남기지 말구 다 먹어야 해.

상훈　　야야야 건 너무하다 그건 처남댁 줘.

수경　　네. 저 주세요. 호호. (접시 수경에게 넘어가고)

연주　　재우야 그만하구 나와아.

　　　　재우는 승주 방에서 컴퓨터 게임하는 중이다. 대답

없고.

연주 빨리 안 나와?!

재우 (E) 나 케이크 안 먹어요오.

연주 시끄러. 빨리 끄구 나와. 엄마가 가래?

재우 (E) 어이이이 알었어요.

연주 저놈으 게임 때매 암튼… 앤 아예 때 미는 목욕을 하나아. (욕실 쪽 돌아보며)

S# 20 욕실

승주 (샴프한 머리 수건으로 터번처럼 싸고 타월 가운 입고 거울 속의 제 얼굴 보면서 칫솔질하고 있는데 눈물이 툭툭툭툭 떨어지고 있다)…

연주 (E) 아직 멀었니? 케이크 안 먹어?

승주 어 먹어어어.

(후략)

—김수현, 『어디로 가나·혼수』, 다차원북스, 2012, 166~172쪽.

1 '정아'는 복희의 딸이다. 장면 18에서는 이 집의 가족회의 비슷한 상황이 벌어졌는데, 정일의 형 정균이 정아를 불러올지 어쩔지를 묻자 복희는 "아 됐어. 그깟 년은 없어두 돼"라고 말한다. 이 대화에서 감상자가 알 수 있는 복희의 특질, 심리 등으로 가장 <u>부적절</u>한 것은?

　① 복희는 성격이 거칠다.

　② 복희는 딸을 낮추어 본다.

　③ 복희는 사건을 축소하려고 한다.

　④ 복희는 집안을 자기 마음대로 주무른다.

2 '복희'라는 인물을 형상화함에 있어 남편 '나사장'은 매우 필요한 존재이다. 그가 필요한 이유로 가장 <u>거리가 먼</u> 것은?

길잡이

나사장이 이 드라마에서 하는 기능을 분석해본다.

　① 나사장은 복희가 그런 성격을 지니게 된 환경을 제시하기 때문이다.

　② 나사장은 복희의 말과 행동을 계속 끌어내기 때문이다.

　③ 나사장은 복희가 사건을 파국으로 몰고 갈 상황을 조성하기 때문이다.

　④ 나사장은 복희에게도 유머가 필요함을 드러내기 때문이다.

3   장면 19에서 드러나는 승주 어머니 진숙의 말과 행동—"(자기한테 내밀어지는 케이크 접시 형주 앞에 놓으며) 그래두 아냐. 생일 케이큰데… 맛은 봐야지"—은 그녀와 복희의 성격이 매우 다름을 제시한다. 이를 볼 때, 진숙과 복희의 성격은 어떤 점에서 대조적인가? 이 이야기의 핵심적 갈등과 관계 깊은 것 한 가지를, 1문장으로 적으시오.

길잡이
대화 내용과 행동을 '함께' 관련지어 살핀다.

4   "집하구 상관없이 결혼하겠"다면서 자리를 뜨려는 정일을, 형인 정균은 "왁살스럽게" 붙잡는다. 그러자 정일은 "생각이 너무 다르니까 더 얘기할 수두 없잖"으냐고 하면서, 자기를 붙잡은 형의 손을 떼어낸다. 이 정일의 '대화'와 '행동'이, 이 상황에서 제시하는 '사실'은?

---

5   다음은 장면 18에서 아들 정일에 대한 복희의 '내면 흐름'을 직접 드러내어 제시한다.

> 복희   (E) (정일 위에) 그걸 지금 니가 어떻게 알어.

* (E): effect의 약자. 효과음, 내레이션, 마음속으로 하는 대
  사, 인물이 화면에 나오지 않고 화면 밖에서 들려오는 대사
  등을 나타낼 때 두루 쓰임.

한편 이 장면의 서두에는 가정부가 "두 손 노래할 때 잡듯
잡고 서 있"다. 그녀는 중간부에 가서 "진행과 상관없이 수정
과를 내놓고 들어가"는데, 이 말없이 하는 행동은 앞의 행동
과 대조되면서, 또 정일의 "엄마"라는 (책망 투의) 말과 함께
그녀의 '내면 흐름'을 부각시킨다. 그리고 그것은 감상자, 특
히 그녀와 비슷한 계층의 감상자의 내면에 그에 공감하는 강
한 심리적 반응이 일어나도록 자극한다.

5-1 "진행과 상관없이 수정과를 내놓고 들어가"는 가정부
의 행동을, 배우가 매우 뻣뻣하고 어색함이 느껴지도록 연기
했다고 하자. 이 행동이 간접적으로 제시하는, 그녀의 내면 흐
름은 어떠한가? 그 상태를 적으시오.

5-2 앞에서 답한 바를 잘 표현한, 그녀의 내적 독백을 나름
대로 1~2문장으로 적어보시오.

> **길잡이**
> ....
> 그녀의 성격과 현재
> 상황에 부합되며, 방
> 송 언어로 적합한 표
> 현을 찾는다.

6 이 드라마의 연출자가 '정일'의 성격과 현재 상태를 더 분명히 그려내기 위해 어떤 공간(소)을 활용한다고 하자. 무엇을 사용하여 구체적으로 어떤 효과를 거두면 좋겠는가?

① 사용하는 공간(소):
② 그 효과:

....

7 장면 18과 19는 모두 두 집의 거실 장면이다. 장면 19는 왜 18 바로 뒤에 배열된 것일까? 플롯상의 이유를 적으시오.

....

8 앞에서 살폈던 영화 「센스 앤 센서빌리티」도 이 작품처럼 '결혼에서의 돈/재산 문제'를 제재로 삼은 이야기라 할 수 있다. 그렇지만 분위기나 스타일은 이 작품과 판이하게 다르다. 「센스 앤 센서빌리티」가 그렇게 된 이유는 무엇일까? '돈/재산을 가진 인물'이라는 말을 반드시 사용하여 답하시오.

인물 그려내기

다음은 자기가 지을 이야기의 주인공에 관한 것이다. 지시된 작업을 해보시오. 나중에 다른 주요 인물에 대해서도 같은 작업을 더 해보시오.

1 앞의 〈연습 14〉에서 자기가 설정한 주인공이 어떤 인물인가를 '직접적으로' 제시하는 소설 형태의 서술을, 다음 조건에 따라 해보시오.

(앞에서 설정한 주인공의 성격이 바뀌었다면, 돌아가서 〈연습 14〉 중심으로 수정한 다음 이 문제를 푸시오.)

--------------------------------〈조건〉--------------------------------

㉮ 서술 형식: 서술자가 주권적으로 개입하는 형식, 즉 이른바 삼인칭 전지적 시점의 형식으로, 그리고 요약 위주로 서술함. 서술자의 태도를 노출하는 '직접적이고 주관적인 들려주기telling' 형태.

㉯ 내용: 〈연습 14〉에서 설정한 성격을 제시함. 갖가지 사실(정보), 판단, 설명 등을 동원하여 심리적·사회적 성격을 뚜렷이 제시함. 삽화(사례), 제삼자의 말(평가, 반응) 등을 삽입하여 서술이 객관적인 것처럼 보이게 할 것.

ⓓ 이름: 반드시 이름 혹은 별명을 지어서 사용할 것.

ⓔ 분량: 200자 내외.

2 자기가 구상해온 이야기에서 갈등이 고조되어가는 장면 일부를 선택하여, 주인공의 성격과 '내면 흐름'이 잘 드러나도록, 아래 조건에 맞추어 서술해보시오.

───────〈 조건 〉───────

㉮ 분량, 형식: 500자 내외(여백, 띄어 쓴 칸 포함)의 텔레비전 드라마 대본 형식.

㉯ 장면 설명: 전체 스토리의 어떤 대목인가를 밝히는 장면 설명을 앞머리에 간단히 적을 것.

㉒ 시작, 전개: 갈등이 본격화되어가는 상황에서 나온 주인공의 격앙된 대화로부터 시작할 것. 대화 상대자는 주인공과 대립하는 인물로 하되, 되도록 말이 길지 않게 할 것. 그리고 인물들의 성격과 내면 흐름이 선명하게 드러나며, 조금이라도 상황이 변하거나 전개되게 할 것.

① 장면 설명:

② 텔레비전 드라마 대본 형태의 서술:

3   주인공의 특질을 '간접적으로' 제시하는 데 사용할 만한
습관과 공간소를 구체적으로 적으시오.

3-1   습관(적 행동):

이로써 표현하려는 심리적 특질:

3-2   공간소 A (용모):

이로써 표현하려는 사회적 특질:

3-3   공간소 B (용모 이외의 것):

이로써 표현하려는 사회적 특질:

제1장

제2장

제3장

제4장

제5장 서술의 상황과 방식 설정

우리는 그냥 막연히 어떤 방식으로 서술을 시작하는 경우가 많다. 그러나 자기가 인물과 사건을 어떤 방식, 어떤 태도로 서술하고 있는 가를 의식적으로 따져볼 필요가 있다. 작자는 창작을 하고 있는 자기의 손이 보여야 한다.

1

서술의 상황과
방식 설정 방법

　이야기 속의 세계는 갖가지 사물로 이루어져 있는데, 그것은 특정한
것을 택하여, 특정한 위치와 각도에서, 특정한 태도로 초점화focalization
한 것이다. 여기서 '초점화'는 '형상화' '재현' 등과 통하되, 서술 행위
의 상황과 방식 중심의, 특히 그 시각과 태도 위주의 개념이다. 가령
미행을 하거나 당하는 것을 제시하기 위해, 영화에서는 흔히 움직이는
사람을 카메라가 따라가면서, 은폐물 뒤에서 '초점화'한다.

　초점화는 인물을 그려낸다든가 그려낸 것들을 결합하여 플롯을 짜
는 작업 따위와 달리, 그려내는 행위 자체의 방식을 설정하는 작업으
로서, 시점, 서술상황, 서술태도, 서술방식 등을 전부 혹은 일부 포함
한다. 여기서는 서술의 상황과 방식을 설정하는 방법에 대해 초점화
중심으로 살피고자 하는데, 그에 관한 원론적 논의를 앞(☞130~138쪽)
에서 했으므로, 먼저 그 부분을 다시 읽고 시작하면 도움이 될 터이다.

초점화에는 초점focus이라는 말이 들어 있다. '초점화'가 다소 낯선 말인 데 비해, '초점'은 이야기 논의에서 알게 모르게 자주 사용되어왔다. 그러나 분명하게 사용되지 않는 듯 보이기에 개념부터 살피기로 한다.

초점이란 일단 '보이는 대상의 지점'이다. 그것은 카메라의 렌즈나 소설의 보는 자, 곧 초점자focalizer의 눈이 포착하여 제시하는 대상의 중심 지점이다. 그런데 초점은 대상만이 아니라 그것을 보는 주체의 위치, 태도, 내면 흐름, 사상 등과 긴밀한 관계에 있다. '보는' 주체의 관점에 따라 '보이는' 대상의 지점은 물론 그것의 의미와 색깔이 좌우되기 때문이다. 이는 관점이란 말 자체가 '보는' 주체의 공간적 위치(조망점)와 함께, '보이는' 대상에 투영된 주체의 입장, 태도, 지향 등을 아울러 가리킨다는 사실에서 짐작할 수 있다. 초점은 이렇게 대상과 그것을 인식하는 주체 양쪽에 걸친 개념이다.

그렇다면 초점화 즉 '초점 잡기' 또는 '초점 맞추기' '초점 잡아 보여주기'는, 일차적으로 서술 대상을 특정한 방식으로 보여주어(그려내어, 찍어) 그 의미와 이미지를 형성·표현하는 서술 행위이다. 그리고 궁극적으로는, 감상자는 일단 보여주는 대로 보고 또 알게 되어 있으므로, 감상자로 하여금 허구세계의 형상을 특정한 각도와 태도로 조망하고 인식하도록 만드는 서술 행위이다. 거기서 초점자의 눈이나 카메라의 렌즈는 중개자(체) 또는 매개자(체)가 된다. 한마디로 초점화는 이야기 서술에서 나타나는 중개 행위를 가리키는 것이다.

초점화는 구체적인 장면에서는 거리, 가구, 사람 같은 대상을 어떤 관점과 태도로 재현하는 작업이다. 범위를 넓혀 작품 전체 차원에서 보면, 이는 제재와 주제를 형성하는 작업이다. 영상물의 경우에도 그것은 대상을 카메라 앵글에 잡아 보여주는 작업에서 나아가, 앵글에 잡힌 대상의 지적·정서적 의미를 구축하는 작업이다. **초점화는 대상에 '초점을 맞추는' 작업이면서 서술 자체가 '초점 있게 하는' 행위인 셈이다.**

한편 언어만 사용하는 소설 같은 갈래에서는 창작주체로서의 작자와 구별되는 서술주체 즉 서술자가 존재한다. 앞(☞134쪽)에서 살폈듯이 소설의 모든 말은, 인물(행동주체)이 자기 '목소리'로 하는 대화 따위를 제외하고는, 일단 이 서술자의 말로 간주된다. 이때 말하는 자(서술자)와 보는 자(초점자), 즉 서술주체와 시각(인식)주체가 같을 수도 있지만 다를 수도 있다. 서술자가 자기가 본 것을 자기 목소리로 서술할 수도 있지만, 다른 인물이 본 것을 서술할 수도 있는 것이다(서술자-초점자 서술, 인물-초점자 서술).[39]

이렇게 초점화는 갈래에 따라, 그리고 물론 각 작품의 서술상황에 따라 형식이 다양해진다. 앞에서 시각주체나 그의 위치가 항상 명료한 것처럼 설명했지만, 그렇지 않은 경우도 많다. 여기에 더하여, 누구의 말로 제시되느냐, 매체로 무엇이 사용되느냐 등에 따라 그 방법과 양상은 무한히 다양해진다.

영화는 매체를 종합적으로 사용하는 만큼 초점화 방식도 다양하다. 영상은 소설의 서술과 달리, 누가 하는 말이 포함돼 있기는 해도, 말로만 되어 있지 않다. 대상을 '보여주는' 영화는 소설에 비해 감각적 호소력은 강렬하지만 모든 것을 시각화하여, 또 카메라, 영사기 따위의 기계를 이용하여 '보여주어야만' 하기에 초점화에 대한 부담이 크고, 그것 자체가 서술 행위의 핵심을 이룬다. 초점화가 스토리텔링의 핵심적 언어이자 문법이 되는 것이다(☞90쪽). 그러므로 소설, 그림 등의 초점화 방식을 빌려 사용함은 물론, 색채와 명암, 카메라의 앵글과 화면의 편집 등 여러 매체와 장치를 현란하게 동원하여 대상을 초점화한다. 소설의 서술자 같은 인물을 설정해 넣기도 하고, 인간이 설 수 없는 위치에서, 볼 수 없는 것까지 보여주기도 한다. 만화를 영화화하기가 비교적 수월한 것은, 칸 그림의 초점화 방식이 영화와 유사하기 때문이다. 제니퍼 밴 시즐[40]은 이러한 '영상 언어'의 창출과 관련된 기법, 관습 등을 상세하게 정리하였다.

영상물의 창작에는 콘티, 트리트먼트, 스토리보드 등이 사용된다. 그것은 매체의 다양성에 따른 작업의 복합성 때문이기도 하지만, 카메라를 위치시킬 자리를 정하는 일처럼 초점화에 필요한 기계적·물리적 작업의 필요성 때문이다. 그런데 아무리 정교한 장치를 동원해도, 카메라가 대상의 주제적 의미나 추상적인 내면 자체까지 '보여줄' 수는 없으므로 다른 수단이 필요하다. 한편 소설의 삼인칭 전지적 서술에서 서술자는 흡사 전지전능한 존재처럼 대상의 내면까지 다 알고 말한다. 하지만 그러는 자 곧 삼인칭 서술의 서술자는 허구세계 안팎의 그 어디에 존재하는지 알 수 없는, 그러니까 일인칭 서술의 서술자가 일인칭으로 등장하는 것과 달리 삼인칭으로 허구세계에 등장하지 않는, 관습적인 존재이다.

이런 점들을 볼 때, 초점화에는 갈래별로 특유의 장치와 관습이 있으며, 인식주체가 대상을 보는(아는) 정도, 그 본 것을 제시하는(알려주는) 방식, 주체와 대상 사이의 공간적·심리적 거리 등 여러 변수가 동반되어 있음을 짐작할 수 있다.

> 작품의 참신성이 서술방식에 좌우될 수 있다는 사실을 기억한다.

새로운 내용이 새로운 형식을 낳을 수도 있지만, 새로운 형식이 새로운 내용을 낳을 수도 있다. 형식이 달라지면 내용도 달라지거나, 달라 보인다. 가령 사회에서 부정적으로 여기는 동성애자를 긍정적 서술 태도로 제시한다면, 그 자체만으로도 감상자를 긴장시킬 것이다.

신경숙의 장편소설 『엄마를 부탁해』는 일인칭 소설인데, 어머니 실종이라는 하나의 사건을 장마다 서술자—초점자인 '나'를 달리하여 서술한다. 그리하여 한 가지 사건의 여러 측면, 한 가족 구성원의 서로 다른 모습 등을 입체적으로 제시한다.

한편 복거일의 장편소설 『비명碑銘을 찾아서—경성京城 쇼우와 62년』은, 1909년에 이토 히로부미가 안중근 의사의 총격에 죽지 않았고, 한국이 일본의 식민 지배에서 해방되지도 않았다고 가정한 대체 역사소설이다. 이 소설의 총 109개 절의 앞에는 대부분 작자가 지어낸, 하지만 역사상 실제 존재한 사람들이 지은 것처럼 제시된, 당대 현실에 대한 비소설적인 글들이 인용 형식으로 서술되어 있다.[41] 소설의 스토리와 직접 연관된 경우가 적으며 작자도 여럿이고 양식도 다양한, 한국소설에서 유례를 찾기 힘든 이런 서술들에서, 독자는 일종의 '언어의 카니발'을 체험하게 된다. 정치적·역사적 맥락에 한정하여 말한다면, 일본의 한국 식민 지배에 대한 가상적 사실과 태도가 뒤섞인 그 '인용글'들을 자료로, 독자는 소설의 현실을 여러 시각에서 바라봄은 물론, 독재정권 치하의 한국에서(이 소설이 발표된 것은 1987년의 6월 항쟁 직전이다) 자신이 식민지 백성과 비슷한 처지임을 부단히, 여러 맥락에서 사색하게 된다.

| 효과적인 서술의 상황과 초점화 방식을 찾고자 힘쓴다. |

우리는 그냥 막연히 어떤 방식으로 서술을 시작하는 경우가 많다. 그러나 한 장면에 대해서든 작품 전체에 대해서든, 자기가 인물과 사건을 어떤 방식, 어떤 태도로 서술하고 있는지를 의식적으로 따져볼 필요가 있다. **작자는 창작을 하고 있는 자기의 손이 보여야 한다.** 그렇게 거리를 확보해야 지향하는 바에 부합하는, 그래서 감상자로부터 기대하는 반응을 효과적으로 이끌어내는 서술을 할 수 있다.

적합한 서술상황과 초점화 방식을 찾으려면, 기본적으로 다음과 같은 질문을 스스로 던져볼 필요가 있다. 물론 이들은 갈래와 서술 대상, 서술상황 등에 따라 해당되기도 하고 해당되지 않기도 한다.

■ 어떤 위치에서, 어떤 각도로 보여주는(재현하는) 게 효과적인가?
■ 어디에 존재하는, 누구의 눈을 통해 보여주는 게 효과적인가?
■ 어떤 관점(입장)에서, 어떤 태도로 보여주는 게 효과적인가?

- 어느 정도까지 보여주고 알려주는 게 효과적인가?
- 어떤 상황에 놓여 있는, 누구의 목소리(말)로 제시하는 게 효과적인가?
- 어떤 사물이나 이미지를 활용하는 게 효과적인가?
- 어떤 스타일/문체/화법으로 제시하는 게 효과적인가?
- 어떤 매체로 제시하는 게 효과적인가?

  사실 서술하려는 이야기 전체나 특정 대상에 어떤 초점화 방식이 적절한가를 일일이 따지기는 어렵다. 오히려 자기가 좋아하는 서술방식에 어울리는 상황이나 인물을 택하여 짓는 편이 나을지도 모른다. 작자마다 즐겨 취하는 초점화 방식이 있는데, 보통 그것은 그의 세계관이나 예술 감각이 자연스럽게 빚어낸 것이다. '자기 스타일'이 있는 작품을 많이 감상하면서 그런 형식에 익숙해진다면, 모르는 사이에 자기나름의 서술방식을 찾는 데 도움이 될 것이다. '모방은 창조의 어머니'이니까.

  감상자가 특정 사건, 제재, 인물 등에 관심을 집중하도록 서술한다.

  초점화는 초점 형성하기이자 유지하기이다. 서술은 감상자로 하여금 앞에서 난제, 제재 등으로 부른 것을 풀거나 형성해가는 과정에 줄곧 초점을 맞추어 감상하도록 이끌어야 한다. 여기서 굳이 구분하자면, '난제'

가 사건 전개상의 초점이라면, '제재'는 의미 혹은 주제상의 초점이다. 이렇게 볼 때 초점을 형성하고 유지하는 일은 감상자의 심리와 사고에 지향점을 부여함으로써 사건에 대한 일관된 상상과 정서적 반응을 불러일으킴은 물론, 마침내 주제적 의미를 형성하기 위해서이다. 규모가 큰 사건, 길이가 긴 이야기일수록 기억할 게 많아지고 감상 시간도 길어지므로 이 문제가 더 중요해진다.

제재나 사건이 아니라 인물 위주로 볼 때, 어떤 인물을 '심리적 거리'가 가깝게 바라보고 서술하거나 그 인물 편에 서서 대상을 바라보게 되면, 감상자는 그에게 친근감을 느낌은 물론 그를 초점에 놓고 감상하게 된다. 이는 감상자가 인물과 자신을 동일시한다든가 이야기 전반에 자연스럽게 공감하도록 유도한다.

이런 관습을 역으로 이용한 예를 보자. 서정인의 단편소설 「뒷개」는 삼인칭 서술로 '사내'가 주인공이다. 그런데 이 '사내'는 집에서 내놓은 건달이자 깡패인 부정적 인물이다. 그는 가족을 돕기도 하고 괴롭히기도 하는데, 서술자는 외부의 사실만을 중립적으로 서술할 따름이다. 그래서 감상자는, 그를 긍정적으로 볼 것이냐 부정적으로 볼 것이냐를 놓고 갈등하게 된다. 인물에 대한 친근감을 역으로 이용하여 한 인간이 지닌 모순적 특질을 복합적으로 인식하게 만드는 서술 기법이다.

| 초점화 방식에 일관성을 유지한다. |

영화와 만화에서는 대상을 초점화하는 위치가 부단히 바뀐다. 정도는 다르지만 소설도 그런 경우가 많다. 따라서 여기서 '일관성을 유지한다' 함은, 크게 보아 작품의 기본 서술상황에서의 초점화 방식, 그에 따른 화법, 스타일 등이 전반적으로 그래야 한다는 뜻이다. 삼인칭 서술 형식을 취하다가 무단히 일인칭 서술 형식을 취한다든지, 줄곧 ㄱ의 편에 서서 바라보다가 합리적인 이유 없이 그와 대립하는 ㄴ의 편에 서서 바라본다면, 감상자는 대상을 일관되고 통일된 태도로 인식하기 어려워지고, 분위기가 흐트러지며, 제재의 연속성, 주제적 논리의 합리성 등도 확보하기 어려워질 것이다.

특히 영화에 비해 소설은 매체가 제한되어 있어서 서술자의 태도와 화법이 대상에 대한 앎의 범위, 이데올로기적 지향, 문체 등을 크게 좌우하므로, 더욱 일관성이 요구된다. 영화에서는 어떤 사건이 이 인물 쪽에서 초점화되다가 슬그머니 저 인물 쪽으로 바뀌어도 크게 어색하지 않지만, 소설은 그렇지 않을 수 있다.

| 정보 조절과 내면 흐름 제시에 초점화를 활용한다. |

앞에서 제시한, 초점화 방식을 찾기 위한 여러 질문 가운데는 플롯 짜기에서 중시하였던 정보 조절, 인물 그려내기에서 중시하였던 내면 흐름 제시 등과 관련된 것들이 들어 있다. 초점화와 그것들의 관계는 특히 긴밀하다.

어떤 서술상황에서든 보는 주체의 태도와 내면 흐름이 그 본 것의 제시방식과 의미에 반영된다. 사진에 카메라의 위치나 사진작가의 내면이 반영되듯이, 객체의 모습을 통해 그 인식주체의 사상과 내면 흐름이 반영된다. 이를 잘 활용하면, 특히 정보의 조절과 내면 흐름 제시가 효과적으로 이루어질 수 있다.

영화 「쇼생크 탈출」(감독: 프랭크 다라본트)에서는 주인공의 친구인 레드가 초점자이자 담화주체(내레이터)이다. 그는 주인공에 관한 모든 것을 보고 말하는 사람으로 설정되어 있는데, 그가 탈출 당사자가 아니기에 매우 극적인 탈출 과정에 관한 정보의 감춤—드러냄이 비교적 자연스럽게 이루어지고, 또 그가 증언자처럼 말하기에 모든 것이 더 사실처럼 여겨진다.

이야기를 짓는 이들이 흔히 일인칭의 서술상황을 택하는 것은, '나'가 본 것을 '나'의 목소리로 서술하는 게 편하고 친숙하기 때문이다. 그런데 그런 서술상황이라도 「쇼생크 탈출」이나 F. S. 피츠제럴드의 소설 『위대한 개츠비』와 같이 '나'가 보기는 보되 주인공이 아니라든가, '나'가 어떤 인물을 초점자로 삼아 그가 본 것을 서술한다면, 드러낼 것은 드러내고 감출 것은 감추기 좋은 여러 가지 서술상황을 조성할 수 있다. 심지어 '나'가 '신뢰할 수 없는' 초점자나 전달자에게 속는, 그래서 감상자 역시 속는 경우까지 만들 수 있다.

| 서술을 리듬 있게 하는 데 초점화를 활용한다. |

이야기의 서술도 음악처럼 빨라야 하는 데서는 빠르고 느려야 하는

데서는 느릴 필요가 있다. 얼른 지나갈 데와 충분히 생각을 하고 느낄 시간이 필요한 데가 있기 때문이다. 따라서 요약적 설명과 구체적인 묘사, 말로 전해 들려주기만 하는 것과 현장으로 돌아가서 직접 보여주기, 짧게 훑고 지나가기와 길게 다각도로 보여주기, 정지된 것의 제시와 움직이는 것의 제시 등을 적절히 배합해야 한다. 그 결과 서술은 리듬을 얻게 되는데, 여기에 초점화가 다양하게 활용될 수 있다. 가령 무엇을 초점에 놓고 자세히 서술하거나 클로즈업하는 작업은, 그 자체가 서술양식 가운데 묘사 또는 보여주기여서, 서술을 긴장감 있게 만들거나 속도가 느려지게 만든다.

소설 「그 가을의 사흘 동안」의 서술방식 분석

이 소설은 앞의 〈연습 15〉에서 플롯 중심으로 분석한 적이 있다. 먼저 그 부분을 다시 훑어보고 시작하면 도움이 될 것이다.

1 같은 일인칭 서술이라도 작품마다 그 서술의 양상이 같지 않다. 그 점에 유의하여 다음을 읽고 물음에 답하시오.

아래에서 산부인과 의사인 '나'는 자기가 임신한 여성의 몸에서 적출해낸 3~4개월 된 태아를 바라보고 있다.

> 새끼손가락 끝의 한 마디만 한 크기의 태아가 인간이 갖출 구색을 얼추 다 갖추고 있다는 건 아마 임부 자신도 모르리라. 다만 몸의 각 부분의 비율만이 완성된 인간하고는 딴판이어서 크기의 대부분을 두부頭部가 차지하고 있다. 그래봤댔자 기껏 완두콩만 한 두부인 것을 놀랍게도 두 개의 눈이 또렷하게 박혀 있다. 눈꺼풀이 아직 안 생겼음인지 그 두 개의 눈이 마치 채송화씨를 박아놓은 것처럼 또렷하게 뜨고 있다.
>
> 내가 처형한 눈, 한 번도 의식화意識化되지 않은 눈, 앞으로 의식화될 가망이 전혀 없는 채송화씨만 한 눈이 느닷없이 나의 어떤 지난날부터 지금까지를 한꺼번에 꿰뚫어보는 듯한 느낌에 나는 전율한다. 그 채송화씨만 한 눈이 샅샅이 조명한 나의 생

애는 거러지보다 남루하고 나의 손은 피 묻어 있다. 황 영감이 그의 첫 손자를 이 세상에 맞이하는 일을 내 손에 맡기기 싫어한 걸 나는 이해할 수밖에 없다.

그 눈은 의식화되지 않았으므로 오히려 시계視界가 무한한가. 나의 지난날과 현재와 앞날을 종횡무진으로 간섭하고 내가 의지하고 있던 고정관념을 뒤흔들려 든다. 멀리선 포성이, 가까이선 개구리 울음소리 시끄러운 여름밤의 풀섶에서 당한 치욕을 핑계 삼아 그 후 한 번도 남자를 사랑하지 않고도 잘만 살아온 잘난 여자를 감히 지지리 못난이처럼 우습게 본다. 그래서 얻은 알토란 같은 이익에 간섭해서 당장 엄청난 손해로 바꾸어 놓는다. 그러고도 모자라 나를 의사는커녕 의술자도 못 된다고 비웃는다. 나의 의술은 환자의 고통을 대상으로 하지 않고 자신의 불순한 쾌감을 대상으로 하고 있으므로.

그 일을 할 때마다 되살아나던, 꽃다운 나이가 박해받은 기억과 박해를 또 다른 박해로써 갚으려는 비밀스러운 보복의 쾌감까지도 그 작은 눈은 꿰뚫고 있었다.

—박완서, 『엄마의 말뚝』, 세계사, 2012, 343~344쪽.

길잡이

"그 눈은 의식화되지 않았으므로 오히려 시계가 무한한가"라는 의문형 표현이 왜 있는지를 따져본다.

1-1 앞의 서술에서 서술자 '나'가 바라보고 있는 것은 미숙한 채로 적출된 태아의 눈이다. '나'가 그 눈을 초점화함으로써 제시하고 있는 것은? 다음 중 가장 적합한 것을 고르시오.

① '나'의 환상　　② '나'의 과거

③ '나'의 현재 욕망　　④ '나'의 실제 모습

1-2 앞의 서술의 서술자 '나'에 대한 말로 가장 적절한 것은?

① '신뢰할 수 없는 서술자'이다.

② 정상적인 서술을 하기 어려운 상태이다.

③ 대상을 객관적으로 재현하는 데 치중하고 있다.

④ 차갑고 분석적인 태도로 서술한다.

2　다음에 제시하는, 같은 소설의 다른 부분을 읽고 물음에 답하시오.

　　나는 내 방 창가에 앉아 하나 둘 불을 켜기 시작하는 동네를 내려다본다.

　　황 영감네 안마당이 바로 눈앞에 펼친 손바닥처럼 빤히 내다보인다. 마당에까지 불을 밝히고 이삿짐들을 챙기고 있다. 친정이사를 거들기 위해 왔는지 어제도 안 보이던 황 영감의 딸의 모습이 보인다. 그녀도 많이 늙었다. 만득이의 갓난아기를 안고서서 이것저것 총찰만 하지 직접 일을 하진 않는다. 때때로 아기하고 볼을 부비기도 하고, 뭐라고 지껄이기도 한다. 아기가 방긋 웃었는지 큰 소리로 바쁜 사람들을 불러 모아 자랑스럽게 보여주기도 한다. 가슴속에서 사랑이 마구 샘솟는 것처럼 자애와 행복으로 충만한 얼굴이다. 겉으로는 고모 행세를 하고 있지

만 속으로는 할머니일 테니 그럴 수밖에 없겠지. 나는 흘린 듯이 눈 아래 펼쳐진 어수선한 광경 속에서 황 영감 딸의 모습만을 뒤쫓는다. 어째 온몸이 꺼풀만 남은 것처럼 허전해지고 있다.

나는 황 영감 딸의 비밀스러운 악몽에 동참했던 걸로 마치 내가 그녀를 움켜쥐고 있는 것처럼 여겼었는데 그게 아니었다. 그녀는 이미 오래전에 놓여나서 내가 이해할 수도 손 닿을 수도 없는 고장 사람이 되어 있었다. 아직도 악몽에 갇혀 있는 건 그녀가 아니고 나였다.

—앞과 같은 책, 350~351쪽.

2–1 앞의 서술을 다음 조건에 따라, 이른바 '삼인칭 전지적 시점'의 서술로 바꾸어 서술해보시오.

〈조건〉

㉮ 내용을 살리되, 그에 너무 얽매이지 않아도 좋음.

㉯ 서술자가 삼인칭 서술상황에서 대상을 내면까지, 또 주권적으로 개입하면서 현재 상황에서 알고/알리고 생각한/생각해야 할 바를 전부 명백히 서술할 것. 달리 말하면, '작자적 서술자'가 최대한 '그녀'가 아니라 서술자 자신의 눈으로, 자기 입장에서 초점화하고, 자기의 목소리로 드러내놓고 서술할 것.

㉰ '나'를 '그녀'로 부를 것.

2-2   앞에서 서술방식을 바꾸어 서술하면서 알거나 느낀 것
은? 한 가지만 적으시오.

....

3   이 소설에는 주인공 외에 집주인 황 영감, 포주 전마담,
태반을 먹으러 온 근처 가게 주인 여자들 등이 등장한다. '나'
의 서술 대상이 되는 이들은 사회 현실을 제시하는 데 기여하
는 동시에, 서술주체인 '나' 자신을 형상화하는 데에도 기여한
다. 그들과 나누는 대화는 물론 그들에 대해 하는 '나'의 말(서
술)에서, '나'라는 인물의 특질이 드러나기 때문이다. 그러한
대화, 서술 등에서 간접적으로 제시되는 '나'의 심리적 특질은
어떠한가? 타인에 대한 관념, 태도 중심으로, 되도록 형용사
(적 표현)를 써서 간략히 답하시오.

서술의 상황과 방식 설정하기

1-1 자기가 짓는 이야기는 어떤 방식으로 대상을 제시하는 가? 중요한 한 장면 혹은 대목을 택하여, 대상을 제시하는 방식 중심으로, 다음 갈래별 조건에 따라 글을 지으시오.

〈조건〉

㉮ 소설, 동화 종류: 기본적인 초점화 방식에 따라 실제로 서술함(600자 내외).

㉯ 영화를 비롯한 영상물(의 대본) 종류: 화면에 그려질 대상의 모습을 트리트먼트 형식으로, 초점화 방식이 잘 드러나게 적음(500자 내외).

㉰ 연극, 텔레비전 드라마 등의 극본 종류: 대상 사건이 벌어지는 공간(무대, 세트, 장소)의 모습을 묘사함. 아울러 거기에 '보이는' 사물 및 행동(사건)과, 그것을 '보여주는' 특징적 (연출)방식에 대해 구체적으로 기술함(400자 내외).

1-2 앞에서와 같은 서술의 상황 및 방식을 취하려는 이유
는 무엇인가?

....

2 대상을 재현하고 서술하는 방식에 따라, 대상에 대한 감
상자의 심리적·사상적 태도가 좌우된다.

2-1 자기 작품의 감상자가 등장인물들 가운데 누구와 가장
거리가 가깝다는 느낌, 즉 친밀감이나 동질감을 느끼기를 바
라는가? 그렇게 만들기 위해 필요한 서술방식은?

① 감상자가 가장 친밀감, 동질감을 느끼기 바라는 인물:

② 그렇게 만들기 위해 필요한 서술방식:

2-2 앞에서와는 반대로, 감상자가 앞의 인물을 최대한 거리를 두고, 비판적으로 인식하도록 서술해야 한다고 가정해보자. 어느 입장이나 위치에서, 어떻게 바라보고 재현해야 감상자를 그렇게 유도할 수 있겠는가?

....

3 서술방식은 사건의 특성, 인물의 성격, 작품 전체의 분위기 등과 긴밀한 관계가 있다. 다음 둘 중의 하나를 택하여 답하시오.

3-1 자기가 짓고 있는 작품이 인물의 내면적 문제점에 초점이 놓인 이야기라고 하자. 사건의 발생 원인, 상황 변화의 결정적 이유 등이 인물의 심리적 성격 때문이라고 일단 가정해보는 것이다. 정말 그렇다면, 앞의 문제 1-1에서 자기가 설정한 기본 서술방식이 그에 어울릴까? 어울리지 않는 면이 있다면 어떻게 바꾸는 게 효과적이겠는가?

3-2 자기가 짓고 있는 작품이 인물의 외면, 즉 사회 현실이나 환경의 문제점에 초점이 놓인 이야기라고 하자. 사건의 발생 원인, 상황 변화의 결정적 이유 등이 사회 현실이나 환경 때문이라고 일단 가정해보는 것이다. 정말 그렇다면, 앞의 문

제 1-1에서 자기가 설정한 기본 서술방식이 그에 어울릴까?
어울리지 않는다면 어떻게 바꾸는 게 효과적이겠는가?

....

4   자기가 지으려는 이야기와 같은 갈래의, 감명 깊게 감상
한 작품을 한 편 고르시오. 그 작품의 서술방식과 자기가 취하
려는 서술방식은 어떻게 다른가? 자기 작품의 서술방식은 그
것과 무엇 때문에 같게/다르게 설정되었다고 생각하는가?

이제 자기 이야기의 구상이 마무리되고,
그것을 서술할 힘과 방법도 대강 갖추어졌다.
그러면 지금부터 본격적으로 작품을 지어보자.
사실 우리는 이미 오래전부터 지어왔지만!

제1부 스토리텔링의 이해

제1장 기본 개념과 의의

1 최시한, 『소설, 어떻게 읽을 것인가—이야기의 이론과 해석』, 문학과지성사, 2010, 12쪽. '이야기' '이야기 문학' 등의 말을 학술 용어로 처음 사용한 사람은 김수업이다(『배달문학의 길잡이』, 선일문화사, 1978).

2 조너선 컬러는 언어 능력linguistic competence이라는 용어를 응용하여 '문학 능력literary competence' '이야기 능력narrative competence' 등의 말을 썼다. 이야기 특유의 '문법'을 감상과 창작에 활용할 줄 아는 능력을 그렇게 일컬은 것이다. Jonathan Culler, *Structuralist Poetics*, Cornell. Univ. Press, 1975, p.114; 조너선 컬러, 『문학이론』, 이은경·임옥희 옮김, 동문선, 1999, 136쪽.

3 책, 텔레비전, 컴퓨터, 인터넷 통신망 따위가 소통 수단이요 기술적 도구이자 시스템이라면 언어, 그림, 몸짓, 소리, 빛 등은 그것을 통해 소통되는 담화의 재료 혹은 질료이다. 전자를 '매체,' 후자를 '매재'로 구별하여 일컬을 수 있다(최유찬, 『문학과 게임의 상상력』, 서정시학, 2008, 425쪽 참고). 그런데 마셜 맥루한의 말처럼 '미디어는 메시지다.' 매체와 내용, 도구 및 질료와 그들이 생성하고 전달하는 의미는 서로를 규정하고 변화시킨다. 게다가 전자 기술의 비약적 발달은 이들을 더욱 구별하기 어렵게 만들어 '다중매체'의 시대를 열었다. 그러므로 대개 이들을 함께 '매체' 하나로 싸잡아 부르는데, 어떤 경우에는 구별할 필요가 있다고 본다. 전자 기술이 끊임없이 매체를 융합하고 혁신하지만, 매재는 상대적으로 제한되어 있다. 여기서는 주로 '매체'를 쓰고 필요한 경우 '매재'도 사용한다.

4 전자매체 시대의 스토리텔링이 이전의 문자매체 중심 시대의 그것과 다른 점으로서 흔히 동시성, 상호성, 개방성, 비선형성 등이 지적된다.

5 말로 소통하는 언어문화의 문해력文解力, literacy과 비교되는 '영상/그림 문해력' '시각문화 수행 능력' 등으로 바꾸어 일컬을 수 있을 것이다.

6 허구적 산문이나 공연물의 경우, 갈래에 따라 서술자/피서술자, 내포 작자/내포 독자, 연출가/관객 등의 관계가 더 성립된다.

7 최시한, 『소설의 해석과 교육』, 문학과지성사, 2005, 87쪽.

8 이것을 사건event의 한 구성단위라기보다 사건 자체로 보는 연구자들도 있다. 사건의 개념 전반에 관한 이론적 논의는 위의 책, 86~101쪽을 참조하시오.

9 최시한, 「스토리텔링 교육 방법의 모색—스토리와 그 '처음상황' 설정을 중심으로」, 『대중서사연구』 제24호, 대중서사학회, 2010, 431쪽.

10 최시한, 『소설, 어떻게 읽을 것인가』, 앞의 책, 30쪽.

11 복거일, 『수성의 옹호』, 문학과지성사, 2010, 23쪽.

12 '스토리'가 두 가지 의미로 사용된다는 사실, 또 '스토리텔링'이 단순하게 '스토리'만을 '텔링'하는 것이 아니라는 사실에 대한 인식이 불철저하여 일어나는 문제가 많다. 한 예로, '스토리 공모전' 같은 것은 스토리 본래의 특성에 부합되지 않는 불합리한 행사로 여겨진다. '스토리텔링'을 축자적으로 이해하여 벌어진, 혹은 스토리를 '이야기 전용OSMU'의 하나의 '재료'(소스)로만 여겨서 벌어진 일인 듯한데, 스토리는 그것이 내포된 이야기 작품이 아니다. 따라서 스토리만 가지고 그것이 좋은 '작품의 스토리'가 될지 안 될지를 판단하기는 어렵다.

13 최시한, 「스토리텔링 교육 방법의 모색」, 앞의 글, 425쪽.

14 문화권에 따라, 입말과 함께 몸짓을 사용한 원시 종합예술로서의 연극도 이 시기의 대표적 이야기 갈래이다.

15 로버트 숄즈 외 2인, 『서사문학의 본질』, 임병권 옮김, 예림기획, 2007, 38~39쪽 참고.

16 제롬 S. 브루너, 『이야기 만들기』, 강현석 · 김경수 옮김, 교육과학사, 2010, 27쪽.

17 브라이언 보이드, 『이야기의 기원』, 남경태 옮김, 휴머니스트, 2013, 100쪽.

제2장 이야기의 구조와 스토리텔링

18 최시한, 『소설의 해석과 교육』, 앞의 책, 84쪽을 참조하시오.

19 최시한, 『소설, 어떻게 읽을 것인가』, 앞의 책, 16쪽. '요소'라는 것 역시 '층위'나 '차원'과 유사하게 이야기의 어떤 측면을 다루기 위해 설정하는 분절이요 개념이다. 이것도 층위처럼 논자에 따라 일정하지 않다. 여기에 제시된 요소들 가운데는 흔히 거론되는 주제, 문체 따위가 없으며, '배경'이 '시간' '공간'으로 분

할되고, '인물 그려내기'가 들어가 있다.

20 초점화에 대하여는 이 책에서 거듭 '반복과 확장'이 이루어진다. 「제2장 제2절 나. 서술자와 초점자」 및 제2부의 「5. 서술의 상황과 방식 설정」을 참조하시오.

21 이러한 사실을 바탕으로 기준을 세워 감상자의 감상 능력을 평가한다면, 보이는 인물, 사건 등의 겉모습만 단편적으로 보는 사람, 심층의 전체 스토리와 그 의미─인과관계, 상징적 의미, 주제, 이념 등─까지 파악하는 사람, 그리고 그런 의미를 형성하고 전달하는 서술형식까지 분석하고 해석과 평가에 활용하는 사람 등의 순서로 그 수준의 단계를 나눌 수 있을 것이다.

22 H. 포터 애벗, 『서사학 강의』, 우찬제 외 3인 옮김, 문학과지성사, 2010, 50쪽.

23 모티프는 버려진 아기, 금지된 사랑, 감춰진 혈연관계 등과 같이 여러 작품에서 거듭 사용되는 이야깃거리를 가리키는 민담학 용어이다. '주지主旨' '화소' 등으로 번역되기도 하고, 스토리 분석의 단위를 가리키는 용어로 사용되기도 한다. 김열규, 『한국민속과 문학연구』(일조각, 1971), 2쪽을 참조하시오.

24 "(이야기) 전용이란 기존 이야기를 다른 이야기의 창출에 활용하는 행위를 뜻한다. 거기서 장르나 형태의 변화는 필수적이지만 매체의 변화는 필수적이 아니다." 최시한, 「이야기 콘텐츠의 창작과 전용」, 최시한 외 6인, 『문화산업 시대의 스토리텔링』, 태학사, 2018, 25쪽.

25 예전에도 그랬다. 예를 들면 아랑 전설 같은 '여성 원혼寃魂 이야기'는 『장화홍련전』류의 고소설은 물론 서사민요, 서사무가 등에도 많이 있었다.

26 한용환, 『소설학사전』, 문예출판사, 1999, 481쪽에서 재인용.

27 인물의 생각과 느낌의 변화를 포함한 내적 상태와 움직임을 두루 가리킨다(☞ 370쪽).

28 시모어 채트먼은 이들을 사건events/존재existents, 과정진술/상태진술의 짝으로 다루었다. Seymour Chatman, *Story and Discourse*, Cornell Univ. Press, 1978, p. 267.

29 그래서 필요한 게 콘티continuity, 트리트먼트 등이다. 또 미술감독, 촬영감독 등의 스토리텔링 능력, 미적 형상화 능력이다.

30 로널드 B. 토비아스, 『인간의 마음을 사로잡는 스무 가지 플롯』, 김석만 옮김, 풀빛, 1997.

31 이들 용어는 좁게는 소설의 서술양식을 구분할 때 쓰지만, 플라톤이 『국가론』에서 담화양식 일반을 mimesis와 diegesis로 구별한 전통 속에 놓여 있다. 따라서 그와 유사한 의미로 넓게 쓸 수 있다(이상섭, 『아리스토텔레스의 『시학』 연구』,

문학과지성사, 2002, 187쪽 참고). 여기서는 주로 넓은 뜻으로 쓴다. telling은 대개 '말해주기'로 번역하나 '들려주기'가 더 적합해 보인다.

32 앞서 언급했듯이, 제재란 "담화의 구상적·추상적 재료로서 주제를 형성하고 표현하는 것"이다(최시한, 「'제재'에 대하여」, 『시학과 언어학』 제20호, 시학과언어학회, 2011, 217쪽). 이렇게 볼 때 '중심제재'는 텍스트에서 주로 사용되는 구상적 '형상물'일 수도 있고 추상적 '의미'의 초점일 수도 있다. 주제가 문장 형태라면 제재는 단어나 구로 표현됨이 적절하다. 제재에 대하여는 뒤(☞122쪽)의 설명을 더 참조하시오.

한편 '사랑의 고통을 주제로 한 영화' 같은 표현에서 볼 수 있듯이, 특히 그것이 추상적인 것일 때, 흔히 '제재'와 '주제'를 섞어 쓰지만, 여기서는 구별한다. 주제에 대해서는 바로 이어서 다시 논의한다.

33 여기서 '주제'라는 용어에 묻어 있는 고정관념을 털어낼 필요가 있다. 이들은 객관적으로 명확히 정해져 있고, 되도록 어떤 가치나 교훈을 포함해야 한다고 여겨지는 경향이 있다. 하지만 앞서 '감상을 통해 알고 체험하게 되는 것'이라고 한 말에서 짐작되듯이, 그것 역시 스토리처럼 감상 과정에서 형성된다. 어떤 가치, 사상 외에, '체험'에 동반된 느낌, 분위기, 이미지 등이 모두 주제가 될 수 있다. 한편 주제의 성격이나 작품 지배력은, 세계는 명확히 인식하기 어려우며, 절대적 진리는 존재하지 않는다는 생각이 짙어진 근대의 이야기일수록 의문스러운 것으로 여겨져 왔다. 이러한 문제점과 분위기를 고려하여 이 "주제라는 개념에 지나치게 집착하는 태도는 소설을 하나의 구조물로 이해하는 데 별 도움을 주지 않는"(한용환, 『소설학사전』, 앞의 책, 412쪽)다는 주장도 나와 있다.

34 역사가의 역사관과 서술방식에 따라 역사 서술이 달라지는 문제에 대해서는 다음 책을 참조하시오. 앤 커소이스·존 도커, 『역사, 진실에 대한 이야기의 이야기』, 김민수 옮김, 작가정신, 2013.

35 서경식, 『시대의 증언자 쁘리모 레비를 찾아서』, 박광현 옮김, 창비, 2006.

36 한국 소설사에서 '묘사' 혹은 '보여주기' 형태의 서술이 본격적으로 등장하는 것은 20세기 초의 신소설부터이다. 그만큼 서술 층위는 늦게 발달된 분야이다.

37 몰리D. Morley의 말. 김예란, 『말의 표정들』(문학과지성사, 2014), 148쪽에서 재인용.

38 광고나 홍보에서 이야기가 효과적일 수 있는 것은 이 때문이다. "스토리의 힘은 이중적이다. 그것은 시뮬레이션(어떻게 행동해야 하는지에 대한 지식)을 제공하는 동시에 영감(행동에 대한 동기)을 준다. (중략) 적절한 스토리는 행동을 고취

시킨다." 칩 히스 · 댄 히스, 『스틱!』, 안진환 외 옮김, 웅진씽크빅, 2009, 304쪽.

39 이러한 현실에 부응하여 생겨난 말들로 '문화산업' 외에 '창조산업' '문화 기술' '이야기 공학story engineering' 등이 있다.

40 이반 안드레예비치 크릴로프 지음. 원래 제목은 쥐의 두 종류를 가리키는 말이다. 한국어판에서는 「생쥐와 곰쥐」(『가난한 부자들』, 이채윤 편역, 열매출판사, 2003), 「생쥐와 골방쥐」(이상배, 『이솝 우화보다 재미있는 세계 100대 우화』, 삼성출판사, 2004) 등으로 번역되었는데, 후자가 더 어울린다고 보아 그것을 택한다. 본문은 영문판을 가지고 새로 번역한 것이다.

41 여기에 한 겹 더하여 허구세계 안에 내포 작자implied author—내포 독자implied reader를 설정하기도 한다.

42 Gérard Genette, *Narrative Discourse*, J. E. Lewin(trans.), Cornell Univ. Press, 1980, pp.189~194.

43 F. K. 슈탄젤, 『소설의 이론』, 김정신 옮김, 문학과비평사, 1990, 12쪽.

44 상상력은 이성과 감성, 지식과 경험, 꿈과 현실 등을 결합하여, 욕망을 충족하고 균형을 유지하며, 인간답고 질서 있는 세계를 이루도록 한다. 질베르 뒤랑, 「상징적 상상력의 기능들」, 『상상력이란 무엇인가』, 장경렬 외 2인 편역, 살림, 1997, 245~260쪽 참고.

45 코울리지의 말. 장경렬, 『코울리지—상상력과 언어』(태학사, 2006) 49쪽에서 재인용.

46 윤태호, 『이끼 3』(재미주의, 2015)에서 인용.

제3장 이야기의 요건과 작자의 자세

47 안정효, 『안정효의 오역 사전』, 열린책들, 2013, 662쪽 참고.

48 최시한, 『고치고 더한 수필로 배우는 글읽기』, 문학과지성사, 2001, 19쪽.

49 최시한, 「가련한 여인 이야기 연구 시론—『직녀성』 『순정해협』 『탁류』를 예로」, 『현대소설 인물의 시학』, 한국소설학회 엮음, 태학사, 2000, 49~70쪽을 참조하시오.

50 플롯을 몇 단계로 나누며, 각각 어떤 용어를 사용할 것인가에 대한 논의는 일정하지 않다. 이른바 '소설 플롯의 5단계'와 '극 플롯의 5단계'(☞주21)의 구별 또한 논란의 여지가 많다. 이를 지나치게 선적線的으로, 또 모든 이야기에 규범적으로 대입하는 일 또한 바람직하지 않다. 극적 플롯 자체를 의식하지 않는 작품

도 많기 때문이다.

51 최시한, 「맺힘–풀림의 이야기모형에 관한 시론」, 『현대소설의 이야기학』, 프레스21, 2000, 337~375쪽을 참조하시오.

52 유지나, 「멜로드라마와 신파」, 『멜로드라마란 무엇인가』, 유지나 외, 민음사, 1999, 14쪽 참고.

53 루이스 자네티, 『영화의 이해』, 박만준·진기행 옮김, K-books, 제12판, 2013, 359쪽.

54 '악의 득세'와 '악의 몰락'은 '선과 악의 갈등' 하나로 묶을 수 있다. 또 '악의 몰락'은 '선한 현실의 회복'을 내포할 수 있지만, 그 반대도 가능하다. 따라서 '악의 몰락' 한 단계를 없애고 총 3단계로 설정할 수 있다. 그러나 신소설 『귀鬼의 성聲』(이인직) 따위의 복수 이야기처럼, 악의 징벌 과정이 서술의 중심을 이루는 이야기도 많으므로 여기서는 따로 적는다.

55 최상규는 스테인 H. 올슨의 『문학이해의 구조』(예림기획, 1999)를 번역하면서 plausibility를 흔히 쓰는 '개연성蓋然性'이 아니라 '그럴듯함'으로 옮겼다. 올슨의 개념은 문학 작품에 대한 해석적 판단의 합리성에 초점을 둔 것으로 보이는데, 여기서는 이야기에 대한 반응으로서의 '합리적이라는 느낌과 판단'을 가리키는 데 두루 활용한다.

56 그럴듯함과 관련된 논의에서 가장 흔히 사용되어온 용어는 '사실성reality'과 '인과성'인 듯하다. 한국어에서 '사실성'은 문예사조를 가리키기도 하고 문학 정신을 가리키기도 하는 '사실주의realism'에 그 뜻이 묶인 면이 있다. 게다가 이 말은, 상상적인 것은 제외한 채 '실제 가시적으로 존재하는 것' 위주로, 또 사물의 재현 측면 중심으로 좁게 이해되는 경향도 있다. 그래서 여기서는 되도록 쓰지 않기로 한다.

그럴듯함을 다룰 때 '인과성'이 중심이 되는 것은 당연하다. 이야기의 그럴듯함은 무엇보다 먼저 사건 즉 상황 변화의 그럴듯함이기에 플롯에 중점을 두어 생각하게 마련인 까닭이다. 그런데도 여기서 이 말 또한 주된 용어로 사용하지 않는 것은, 이야기의 요건을 살피는 마당에, 논의가 너무 사건 중심, 작품 구조 중심으로 흐르는 걸 막기 위해서이다. 이야기에는 사건만이 아니라 사물(인물, 공간 등)이, 다시 말해 동적動的인 것(~가 ~한다)만이 아니라 정적靜的인 것(~가 ~이다/~스럽다)이 함께 어울려 그럴듯함을 조성한다. 또 사건과 인물은 그들을 움직이고 의미 규정하는 작품 안팎의 규범, 관습, 이념 등의 맥락에서 그럴듯함을 띠며, 지적인 것과 함께 정서적인 것이 관련된다. 따라서 이들을 살필 때에는 사건과 함께 인물을, 작품 내적인 것과 함께 외적인 것을, 그리고 감상자가 하는 반응의 맥락까지 함께 고려할 필요가 있다. 그럴듯함은 작품의 그럴듯함인 동시에 감상자가 작품에 대해 하는 반응상의 그럴듯함이다. 전자는 후자를 낳고, 후자는 전자를 전제로 한다.

　이런 점들을 두루 고려할 때, 여기서 '이야기가 합리적이라는 느낌과 판단'을 다루는 데는 '그럴듯함'이 다른 용어들보다 더 적합해 보인다.

57 이상섭, 『아리스토텔레스의 『시학』 연구』, 앞의 책, 55쪽.

58 이야기에서 갈등이 해결된다고 해서 반드시 대립이 근본적으로 다 해소되는 것은 아니다.

59 정명환, 『젊은이를 위한 문학이야기』, 현대문학, 2005, 120쪽.

60 영국사람 존 버니언John Bunyan은 1678년에 *Pilgrim's Progress*〔약칭. 직역하면 '나그네의 여정.' 1895년에 선교사 제임스 게일이 '천로역정天路歷程'(천당 가는 길)으로 번역함〕 제1부를 발표한다. 이 책은 '크리스천'이라는 사람이 '멸망의 도시'를 떠나 갖은 고초를 극복하고 천국에 이르는 과정을 그린 종교우화로서, 영국 근대문학에 지대한 영향을 끼쳤으며, 한때 기독교계에서 성서 다음으로 많이 읽혔다고 한다. 버니언은 1684년 『천로역정』 제2부를 출판했고, 1680년에는 주인공이 『천로역정』과 정반대의 길을 가는 『악한 씨의 삶과 죽음*The Life and Death of Mr. Badman*』을 발표하였다.

61 샘 멘디스 감독의 암흑가 영화 「로드 투 퍼디션road to perdition」〔멸망(이라는 마을)으로 가는 길/지옥 가는 길〕은 맥스 앨런 콜린스와 리처드 레이너의 만화를 각색한 것인데, 궁극적으로 『천로역정』 패러디라고 할 수도 있고, 앞의 주에서 언급한 『악한 씨의 삶과 죽음』의 번안이라고 볼 가능성도 있는 작품이다.

62 '여우 누이' 설화의 각 편 내용을 정리한 다음 논문을 참고하되, 이 문제에 맞게 다소 표현을 바꾼다. 박대복·유형동, 「「여우누이」에 나타난 요괴의 성격과 퇴치의 양상」, 『어문학』 제106집, 한국어문학회, 2009, 151~152쪽.

제2부 스토리텔링의 방법

제1장 상황의 설정

1 스토리텔링 활동에 대한 이러한 접근을, 이인화는 '단계모델'을 대체할 '순환모델'이라고 부른다. 『스토리텔링 진화론』, 해냄, 2014, 54~66쪽.

2 최시한, 『소설의 해석과 교육』, 앞의 책, 101~109쪽.

3 최시한, 『소설, 어떻게 읽을 것인가―이야기의 이론과 해석』, 앞의 책, 91~92쪽.

4 노스럽 프라이의 용어이다. 신화 따위를 소설화함에 있어서 그것을 논리성이나 개연성의 규범에 맞도록, 실생활과 같아서 독자가 받아들일 수 있도록 합리화하는 것을 말한다. Northrop Frye, *Anatomy of Criticism*, Princeton Univ. Press, 1973, p.365.

5 말을 바꾸어, 난제가 초점의 사건적 측면이라면, 제재는 초점의 의미적 측면이라고 말할 수도 있다.

6 이야기의 시간에 관한 논의는 이재선, 『현대소설의 서사시학―소설 텍스트 새로 읽기』(학연사, 2002)의 제1장 「한국 소설의 시간 서사학」을 참고.

7 사계절 출판사, 2010년 10월 발간본을 대상으로 함.

8 이 ⑨번 항목, 즉 결말부의 사건은 매우 시적이요 상징적이다. 마지막 장면에서 잎싹은 족제비한테 '먹혔'지만 그것은 사실 자기 몸을 족제비에게 '먹인' 것이다. 그의 영혼은 '날면서' 하늘에서 자기 주검을 물고 가는 족제비를 바라본다. 육체와 영혼이 분리되고, 영혼은 하늘을 나는 자유를 얻은 것이다. 이 대목의 요약은 해석에 따라 다양할 수 있다.

제2장 인물의 설정

9 최시한, 「인물 연구 방법의 모색」, 『대중서사연구』 제22호, 대중서사학회, 2009, 153~154쪽.

10 박혜숙, 『소설의 등장인물』, 연세대학교출판부, 2004, 25~37쪽 참고.

11 최시한, 『소설, 어떻게 읽을 것인가』, 앞의 책, 203쪽.

12 결혼을 하고 싶은 욕망이, 자발적이라기보다 결혼을 해야 하는 나이와 처지라서 어쩔 수 없이 지니게 된 것이라고 본다면, 처음상황은 '가난한 두 처녀가 혼기가

되었다'(결혼을 해야 한다)와 같이 바꾸어 표현할 수 있다.

13 이 작품의 제목에 사용된 '센스'와 '센서빌리티'를 각각 '이성' 및 '감성'으로 번역할 수 있는데(원작소설을 그렇게 번역한 예도 있음), 이 말의 짝을 '이성적이다/감성적이다'와 같이 인물의 특질 표현에 활용하는 것은 부적절하다고 본다. 메리앤이 유독 감성 중심적이기에 엘리너와 메리앤의 차이를 그렇게 기술할 수도 있지만, 그 표현은 너무 포괄적이고 단순하여 인물들 각자의 특질을 기술하는 데 부적절한 듯하다. 그래서 여기서는 특질을 더 쪼개어 기술한다. 그 결과, 가령 엘리너는 '이성적'이라기보다 '애정을 중시'하되 자신의 '돈 없는' 현실을 무시하지 못하여(감성과 이성의 조화를 꾀하여 '교양 있는' 사람이 되려다 보니) 기질이 '소극적'이 된 현실적 인물로 해석된다. 이렇게 볼 때 메리앤은 '돈 없는' 현실을 무시하고 '애정만을' '적극적'으로 추구하는 감성 중심적이고 낭만적인 인물이다.

14 푼수형 인물이 핵심적 인물로 등장하는 근래의 한국 영화를 예로 들면, 「해운대」「나는 왕이로소이다」「완득이」「7번방의 선물」「괴물」「좋은 놈, 나쁜 놈, 이상한 놈」 등이 있다.

제3장 플롯 짜기

15 최시한, 『소설의 해석과 교육』, 앞의 책, 209쪽.

16 최시한, 『소설, 어떻게 읽을 것인가』, 앞의 책, 117쪽. 플롯은 이야기의 한 요소처럼 여겨지기도 하고, 요소들을 결합하고 배열하는 원리나 층위로 여겨지기도 했다고 말할 수도 있다.

17 위의 책, 124쪽.

18 Peter Brooks, *Reading for the Plot*, Random House, 1984, p.xi.

19 시간적 플롯/공간적 플롯은 선적線的 플롯/면적面的 플롯으로 바꾸어 말할 수도 있다. 전자가 인과성이 단순하고 선명한 플롯이라면 후자는 인과성이 복합적이고 흐린, 경우에 따라 사건 중심의 인과성을 거부하는 플롯이다. 이는 앞(☞ 34~36쪽)에서 언급한 '사건 중심 이야기/인물 중심 이야기'와 유사한 구분이다.
  여기서의 플롯 유형들은 이론적 체계를 소개하기보다 플롯의 본질을 이해시키기 위한 예일 뿐이다. 체계적인 분류에 대하여는 김만수, 『스토리텔링 시대의 플롯과 캐릭터』, 연극과인간, 2012, 제1부를 참조하시오.

20 로버트 맥기, 『시나리오, 어떻게 쓸 것인가』, 고영범 · 이승민 옮김, 황금가지,

2002, 76쪽.

21 플롯의 단계 구분은 일정하지 않다. 이른바 소설 플롯의 5단계〔도입(발단)-전개(갈등)-위기-절정-결말〕와 극의 그것은 구별되지만, 논란의 여지가 많다. 이는 일반적으로 구스타프 프라이탁의 이론을 바탕으로 삼는데, 본래 프라이탁은 극을 대상으로 삼각형 모양으로 제시하였고, 거기에 감상자의 정서를 반영하여 절정을 꼭짓점에 놓았다. 조남현, 『소설원론』, 고려원, 1982, 250쪽 참고.

22 Meir Sternberg, *Expositional Modes and Temporal Ordering in Fiction*, The Johns Hopkins Univ. Press, 1978, p.13. 스턴버그는 '도입 모티프'를 설정하고, 그것을 행위의 시간과 장소, 인물의 개인사, 외모상의 특징, 인물간의 관계 등에 대한 정보를 포함한 모티프라고 하였다.

23 스토리의 처음상황에 관한 핵심 정보가 서술에서 맨 나중에 제시(폭로)되는 경우도 많다.

24 in medias res는 라틴어로, '상황의 중심에서부터' 혹은 '사건 한가운데서' 시작하는 서술 기법을 가리킨다. 이것의 원형적인 예가 호메로스의 『일리아스』의 도입부이다.

25 이런 기법을 블레이크 스나이더Blake Snyder는 '풀장 안의 교황'이라고 불렀다. 전봉관, 「이야기 공학, '소설' 이후의 서사학을 위한 시론」, 『국어국문학』 제165호, 국어국문학회, 2013, 99쪽.

　이 기법에 딱 들어맞는 경우는 아니지만, 「센스 앤 센서빌리티」의 타이틀백을 이루는 도입부가 참고가 된다. 맨 첫 장면에서 엘리너의 아버지는 아들에게 그의 의붓어머니와 동생들(엘리너 모녀)의 생활비를 잘 주라고 유언한다. 이어, 유약한 그와 그의 인색한 아내 패니가 여기저기 나들이하는 도중에 계속 대화를 나누면서 유언을 저버리는, 즉 엘리너 모녀에게 줄 돈이 점점 줄어드는 몇 개의 짧은 장면이 연속된다. 이들은 유산 문제로 엘리너 자매가 처하게 된 기본 상황을 간단명료하게 제시한다.

26 최시한, 「「별사」의 해석과 '시간 기점'」, 『국어국문학』 제159호, 국어국문학회, 2011, 404쪽.

27 현재의 원인이 과거가 아니라 미래에 있는 매우 기발한 예가 SF영화 「터미네이터」 시리즈이다. 거기서 미래의 일은 주로 대화 형태로, 현재 하는 대화에 포함된 정보 형태로 서술된다.

28 코울리지의 말, 우찬제, 『텍스트의 수사학』, 서강대학교 출판부, 2005, 214쪽 참고.

29 김태환, 『푸른 장미를 찾아서』, 문학과지성사, 2001, 55쪽.

30 병렬 가운데 대조적인 것의 병렬은, 엄밀히 말하면 '반복'으로 보기 어려운 면이 있다.

31 한국에서도 2013년에 '스토리 헬퍼'가 개발되었다. 이인화, 앞의 책, 227~291 쪽을 참조하시오.

32 『엄마의 말뚝』(박완서 소설전집 제11권, 세계사, 2012) 수록분을 대상으로 함.

제4장 인물 그려내기

33 '내면 흐름'은 소설의 한 기법을 가리키는 '의식의 흐름'과 관련이 있지만, 별개의 개념으로서 필자가 지어낸 것이다. '내면 상태' '감정선感情線' 등이 나올 수도 있으나, 이성과 감성이 복합된 것이며, 항상 무엇을 지향하고 또 움직이므로 '내면 흐름'이라 일컫는다.

34 영화의 경우 '시점 숏'에 해당하는데, 영화에서는 그런 카메라 조작 없이 편집만으로도 유사한 효과를 낼 수 있다. 칸을 구성하고 연결하는 만화 역시 그러하다.

35 이 말은 흔히 '객관적 상관물'이라고 번역된다.

36 최시한, 『소설, 어떻게 읽을 것인가』, 앞의 책, 171쪽.

37 위의 책, 176쪽.

38 「혼수」는 3부로 이루어진 특집극이다. 김수현, 『어디로 가나 · 혼수』(다차원북스, 2012)에 수록된 것을 대상으로 함.

제5장 서술의 상황과 방식 설정

39 브룩스와 워렌은 '초점focus'과 '서술의 초점focus of narration'이라는 용어를 함께 썼다. 후자의 유형이 바로 '시점의 네 가지 종류'이다. 제라르 주네트는 누가 보느냐와 누가 말하느냐를 구별함으로써 두 사람의 시점 이론에 내포된 혼란을 극복하면서, 보는 국면을 중심으로 초점화 이론을 세우고 유형을 나누었다. 그리하여 가령 초점자 역할을 하는 인물이 따로 없는 서술을 '제로 초점화 서술'이라고 불렀다. 하지만 H. 포터 애벗은 주네트와 달리 서술 행위 전반을 초점화로 간주한다. 주네트는 자신의 초점(화) 개념이 브룩스와 워렌의 '서술의 초점'과 통한다고 하였지만, 애벗의 그것이 브룩스와 워렌의 개념에 가까워 보인다. 여기서는 보는 국면과 말(서술)하는 국면을, 그리고 언어물과 영상물을 함께 다루

기에 보다·적합하다고 보아 애벗에 따른다.

Cleanth Brooks & Robert Penn Warren, *Understanding Fiction*, ACC, Inc., 1959, p.148 & p.684; H. 포터 애벗, 『서사학 강의』, 앞의 책, 146쪽, 461쪽; Gérard Genette, *Narrative Discourse*, Jane E. Lewin(trans.), Cornell Univ. Press, 1980, p.189.

40 다음 두 책은 시각화를 실제 작업 중심으로 풀이한다. 제니퍼 밴 시즐, 『영화영상 스토리텔링 100』, 정재형 옮김, 책과길, 2011; 스티븐 D. 캐츠, 『영화연출론—개념에서 스크린까지의 시각화』, 김학순·최병근 옮김, 시공아트, 1998.

41 거기에는 다까노 다쯔끼찌라는 가상 인물이 지은 『도우꾜우東京 쇼우와昭和 61년의 겨울』이라는, 제목과 내용이 이 소설 자체를 닮은 소설도 들어 있는데, 소설의 맨 처음과 끝, 즉 제1절과 마지막 절의 인용 자리에 그 일부가 놓여 있다.

참고문헌

1. 국내

강현구, 『문화콘텐츠의 서사전략과 인문학적 상상력』, 글누림, 2008.

권성우, 『낭만적 망명』, 소명출판, 2008.

김경수, 「한국 현대소설의 문학법리학적 연구」, 『현대소설연구』 제38호, 한
　　국현대소설학회, 2008.

김만수, 『스토리텔링 시대의 플롯과 캐릭터』, 연극과인간, 2012.

김예란, 『말의 표정들』, 문학과지성사, 2014.

김윤식·정호웅, 『한국소설사』, 문학동네, 개정증보판, 2000.

김태환, 『푸른 장미를 찾아서』, 문학과지성사, 2001.

김현주, 『구술성과 한국서사전통』, 월인, 2003.

나병철, 『소설과 서사문화』, 소명출판, 2006.

──── , 『영화와 소설의 시점과 이미지』, 소명출판, 2009.

노제운, 『한국 전래동화의 새로운 해석─정신분석적 접근』, 집문당, 2009.

박대복·유형동, 「「여우누이」에 나타난 요괴의 성격과 퇴치의 양상」, 『어문학』 제106집, 한국어문학회, 2009.

박혜숙, 『소설의 등장인물』, 연세대학교출판부, 2004.

서정남, 『영화 서사학』, 생각의나무, 2004.

송하춘, 『발견으로서의 소설기법』, 고려대학교출판부, 2002.

우찬제, 『텍스트의 수사학』, 서강대학교출판부, 2005.

우한용, 『문학교육과 문화론』, 서울대학교출판부, 1997.

유지나 외, 『멜로드라마란 무엇인가』, 민음사, 1999.

이상섭, 『아리스토텔레스의 『시학』 연구』, 문학과지성사, 2002.

이승구·이용관 엮음, 『영화용어해설집』, 영화진흥공사, 1990.

이용욱, 『온라인게임 스토리텔링의 서사시학』, 글누림, 2009.

이인화, 『스토리텔링 진화론』, 해냄, 2014.

이재선, 『한국소설사─근·현대편 1』, 민음사, 2000.

──── , 『현대소설의 서사시학』, 학연사, 2002.

──── , 『현대소설의 서사주제학』, 문학과지성사, 2007.

임경순, 『서사표현교육론 연구』, 역락, 2003.

장경렬, 『코울리지─상상력과 언어』, 태학사, 2006.

장석주, 『소설』, 들녘, 2002.

정명환, 『젊은이를 위한 문학이야기』, 현대문학, 2005.

정병헌, 『한국고전문학의 교육적 성찰』, 숙명여자대학교출판국, 2003.

정재찬, 『문학교육의 현상과 인식』, 역락, 2004.

조은하, 『애니메이션 시나리오 쓰기』, 랜덤하우스, 2008.

조남현, 『소설원론』, 고려원, 1982.

조동일, 『한국소설의 이론』, 지식산업사, 1977.

최시한, 『현대소설의 이야기학』, 프레스21, 2000.

――, 「가련한 여인 이야기 연구 시론―『직녀성』『순정해협』『탁류』를 예로」, 『현대소설 인물의 시학』, 한국소설학회 엮음, 태학사, 2000.

――, 『소설의 해석과 교육』, 문학과지성사, 2005.

――, 『소설, 어떻게 읽을 것인가―이야기의 이론과 해석』, 문학과지성사, 2010.

――, 「스토리텔링 교육 방법의 모색―스토리와 그 '처음상황' 설정을 중심으로」, 『대중서사연구』 제24호, 대중서사학회, 2010.

――, 「'제재'에 대하여」, 『시학과 언어학』 제20호, 시학과언어학회, 2011.

――, 「「별사」의 해석과 '시간 기점'」, 『국어국문학』 제159호, 국어국문학회, 2011.

――, 「이야기의 본질과 교육―'생활 이야기글' 쓰기를 중심으로」, 『우리말교육 현장연구』 제10호, 우리말교육현장학회, 2012.

――, 「이야기 콘텐츠의 창작과 전용―원 소스 멀티유스(OSMU)를 중심으로」, 『한국어와 문화』 제22집, 숙명여자대학교 한국어문화연구소, 2017.

최유찬, 『문학과 게임의 상상력』, 서정시학, 2008.

최인자, 『서사문화교육의 전망과 실천』, 역락, 2008.

최혜실, 『스토리텔링, 그 매혹의 과학』, 한울, 2011.

표정옥, 『놀이와 축제의 신화성』, 서강대학교출판부, 2009.

한명숙, 『이야기 문학교육론』, 박이정, 2007.

한용환, 『소설학사전』, 문예출판사, 1999.

한일섭, 『서사의 이론』, 한국문화사, 2009.

한혜원, 『디지털 게임 스토리텔링』, 살림, 2005.

──── , 『디지털시대의 신인류 호모 나랜스』, 살림, 2010.

2. 국외

고드로, 앙드레·프랑수아 조스트, 『영화서술학』, 송지연 옮김, 동문선, 2001.

뒤랑, 질베르 외, 『상상력이란 무엇인가』, 장경렬 외 2인 편역, 살림, 1997.

라르토마, 피에르, 『연극의 이론』, 이인성 엮음, 청하, 1988.

로지, 데이비드, 『소설의 기교』, 김경수·권은 옮김, 역락, 2010.

리몬-케넌, 쉴로미드, 『소설의 현대시학』, 최상규 옮김, 예림기획, 1999.

리쾨르, 폴, 『시간과 이야기 1~3』, 김한식·이경래 옮김, 문학과지성사, 1999~2004.

맥기, 로버트, 『시나리오, 어떻게 쓸 것인가』, 고영범·이승민 옮김, 황금가지, 2002.

발, 미케, 『서사란 무엇인가』, 한용환·강덕화 옮김, 문예출판사, 1999.

보이드, 브라이언, 『이야기의 기원』, 남경태 옮김, 휴머니스트, 2013.

부르뇌프, 롤랑·레알 월레, 『현대소설론』, 김화영 편역, 현대문학, 1996.

브루너, 제롬 S., 『이야기 만들기』, 강현석·김경수 옮김, 교육과학사, 2010.

숄즈, 로버트·로버트 켈로그·제임스 펠란, 『서사문학의 본질』, 임병권 옮김, 예림기획, 2007.

시즐, 제니퍼 밴, 『영화영상 스토리텔링 100』, 정재형 옮김, 책과길, 2011.

애벗, H. 포터, 『서사학 강의』, 우찬제 외 3인 옮김, 문학과지성사, 2010.

자네티, 루이스, 『영화의 이해』, 박만준·진기행 옮김, K-books, 제12판, 2013.

캐츠, 스티븐 D., 『영화연출론』, 김학순·최병근 옮김, 시공아트, 1998.

커소이스, 앤·존 도커, 『역사, 진실에 대한 이야기의 이야기』, 김민수 옮김, 작가정신, 2013.

컬러, 조너선, 『문학이론』, 이은경·임옥희 옮김, 동문선, 1999.

토비아스, 로널드 B., 『인간의 마음을 사로잡는 스무 가지 플롯』, 김석만 옮김, 풀빛, 1997.

툴란, 마이클 J., 『서사론』, 김병욱·오연희 옮김, 형설출판사, 1993.

하워드, 데이비드·에드워드 마블리, 『시나리오 가이드』, 심산 옮김, 한겨레신문사, 1999.

Brooks, Cleanth & Robert Penn Warren. *Understanding Fiction*, ACC, Inc., 1959.

Brooks, Peter. *Reading for the Plot*, Random House, Inc., 1984.

Chatman, Seymour. *Story and Discourse*, Cornell Univ. Press, 1978.

Culler, Jonathan. *Structuralist Poetics*, Cornell Univ. Press, 1975.

Frye, Northrop. *Anatomy of Criticism*, Princeton Univ. Press, 1973.

Genette, Gérard. *Narrative Discourse*, Jane E. Lewin(trans.), Cornell Univ. Press, 1980.

Herman, David. Manfred Jahn & Marie-Laure Ryan(eds.), *Routledge Encyclopedia of Narrative Theory*, Routledge Ltd., 2005.

Segre, Cesare. *Structures and Time: Narration, Poetry, Models*, Univ. of Chicago Press, 1979.

Smitten, Jeffrey R. & Ann Daghistany(eds.). *Spatial Form in Narrative*, Cornell Univ. Press, 1981.

Stanzel, Franz K.. *A Theory of Narrative*, Charlotte Goedsche(trans.), Cambridge Univ. Press, 1984.

Sternberg, Meir. *Expositional Modes and Temporal Ordering in Fiction*, The Johns Hopkins Univ. Press, 1978.

찾아보기

1. 용어

ㄱ

가련한 여인(~이야기) 186
가상공간 cyberspace 66
가족 드라마 77, 196, 256
가치(성) 227, 291, 325
　인식적 가치 231
　정서적 가치 234
　효용적 가치 237
가치의식 229, 245, 291
각본 → 시나리오
각색 92, 124, 180
각색가 113
갈등 103, 229, 273, 289
갈래(장르) 46, 54, 188
　역사적 갈래 26, 47
　이론적 갈래 26, 47
감상자 29
감성 마케팅 75
감성지능 115
개그 81
거리 398, 400, 410
결말 77, 228, 255, 299, 331, 352
경계에 세우기 231, 245
경험적 자아 128
고소설 65, 124
공간(공간소) 89, 94, 139, 210, 287,

359, 368, 373, 391
과학소설 SF 69, 133
광고(홍보) 68, 117, 238
교양소설 190
구비설화 48
구성 339
구연동화 34
권선징악 189, 202, 207, 256
그럴듯함 204~226, 341
그림책 50, 93, 121
극 → 연극
극적 아이러니 147
기능소 30, 94
기대지평 114
기록 104, 106
기록문학 35, 51, 141
기법 → 서술 기법
기본 상황 31, 92, 186, 218, 259, 281
기행문 51, 104, 139
끝상황 31, 160

ㄴ

난제 31, 143, 218, 282, 400
낯설게 하기 104, 107, 340
내면 흐름 370, 386, 389, 401

노랫말 59
논픽션 → 기록문학
놀람의 결말surprise ending 119, 212

ㄷ

다시 짓기 작가 6, 66, 113
다중접속역할게임MMORPG 67, 215
다큐멘터리 35, 106, 138, 139
담화 24, 27, 30
대립(소) 273, 298
대사 173, 180
대화 133, 147, 189, 214, 369
도입(부)(발단) 124, 345, 362
돕는 자 → 조력자
동기 58, 81, 323
동기화 107
동화 50, 94, 107, 293, 327, 371
드라마트루기 181
드러난 비밀 351
들려주기telling 95, 136, 403
디졸브 137
디지털 (이야기) 게임 27, 43, 51, 56, 69,
  193, 210, 239

ㄹ

라이트모티프 350
로드 무비 139
르포 51, 55
르포 작가 113

리메이크 92
리얼리즘 140, 237

ㅁ

막장 드라마 197
만화 50, 54, 55, 83, 93, 105, 189,
  192, 194, 396
만화영화 → 애니메이션
매개인물 → 인물
매재 26, 33, 50, 81, 93
매체 26, 33, 50, 91, 93, 129, 138
맥락 90, 107, 128, 167, 322
메시지 88, 100, 119
멜로드라마 189
명명법 372
모더니즘 140, 237
모티프 92, 244, 268
목소리 395, 399, 402
몽타주 137
묘사 94, 403
무언극(팬터마임) 51
무협영화 290
문의맹 178
문자맹 178
문학 47, 140
문학적 기능 138
문화(콘텐츠)산업 27, 74, 112, 236
문화원형 180
문화콘텐츠 27
뮤지컬 51, 93, 105, 195

민담 42, 65

ㅂ

박진성 204
반동인물 → 인물
반복 345, 349, 356, 358, 363, 375
발단 → 도입
방백 188
배경 210, 355
배경지식 114
번안 49, 92,
번안 작가 113
번역 170
범죄영화 120, 235, 290
변용 36, 103, 105, 289, 338
병치(병렬) 349, 363
보여주기 95, 137, 403
비장미 181
비주얼 181

ㅅ

사건 24, 29, 40, 64, 89, 94, 124, 271
  과거 사건 119, 348
  매개(적) 사건 325
  중심사건 31, 40, 97, 118, 271, 287,
    347, 355
사건 한가운데서in medias res 346
사실성 35, 204, 212
사실적 이야기 35

사실주의 연극 → 연극
사회학적 상상력 145, 154, 160
상관 객체objective correlative 372
상상력imaginative power 107, 113,
  144, 151, 178
상상 활동imagination 146
상호작용interaction 114
상호텍스트성intertextuality 27
상황 분석 271
생활 이야기 짓기 74
서사 → 이야기
서사문학 → 이야기문학
서사시 47, 48, 50, 65
서사적 수필 53
서사적 자아 128
서술 24, 63, 88~95, 111, 117, 337
  서술 기법(기법) 103, 107, 116, 146
  서술방식 126, 142, 393
  서술상황 127, 129, 130, 142, 393,
    409
    인물적 서술상황 135
    일인칭 서술상황 130, 135
    작가적 서술상황 130, 135
  서술자(서술주체) 128, 130, 150, 371,
    395, 406
  서술중심사건 288
  서술태도 393, 397
서술자 → 서술
서스펜스 181
설화 48, 50, 65, 107, 257
성격 160, 253, 308, 325, 367, 411

성격 분석 315

성격소 308, 367, 368, 373, 375

소설(근대소설) 34, 49, 50, 64, 66, 91,
  107, 201, 401

소설 교육 236

소재 106, 268

수기 51, 126

슈제트 89

스릴러 195

스토리 39, 62~65, 88~95, 108, 110
  심층 스토리 101
  표층 스토리 101

스토리 라인 62, 271, 342

스토리보드 56, 92, 396

스토리텔링 6, 24, 62~75, 147

스펙터클 181

시 59

시간 89, 94
  서술된 시간(스토리 시간) 268, 355,
  361
  서술하는 시간 356
  시간 기점 348, 356

시나리오 41, 50, 53, 91, 93, 94, 113,
  147

시놉시스 41

시뮬레이션 109

시점 134, 393
  삼인칭 전지적 시점 130, 200, 396,
  407

시점 숏 137

신분 사항 246, 333

신화 73, 75, 140

심층 스토리 → 스토리

ㅇ

아우트라인 41

아이러니 147, 191, 351

암시 344

애니메이션 41, 55, 105, 214, 250, 255,
  268

액자소설 133, 214

에듀테인먼트 230, 238, 245

엔터테인먼트 230

여인의 일생 187

여행 작가 113

역사 48, 50, 65, 104, 107, 241

역사 드라마 48, 104, 215, 250

역사소설 104, 215

역전 351

연결체sequence 30, 33

연극(극) 34, 51, 53, 91, 147, 172, 196
  사실주의 연극 196

영상광고 51

영상 다큐멘터리 51, 162

영상 언어 93, 396

영상 읽고 쓰기 능력visual literacy 28

영웅의 일생 92

영화 34, 48, 50, 53, 91, 93, 107, 189,
  192, 201, 395

영화음악 120

예술 수용교육 115

옛(날) 이야기 → 민담
오페라 51, 93, 105, 188
요약 94, 403
우스개 → 개그
우화 118, 238
원 소스 멀티유스One Source Multi-use
　→ 이야기 전용
원형 92, 101, 112
위기 243
음악 비디오 51
의사사건 243
이념 → 이데올로기
이데올로기(이념) 68, 144, 205, 230,
　232, 236, 248, 401
이벤트 242
이야기(서사) 5, 23~28, 39, 52, 89,
　236
　이야기 공학 74
　이야기 기사narrative journalism 55
　이야기 능력 25, 46
　이야기문학(서사문학) 26, 27
　이야기 수필 51
　이야기 예술 29
　이야기 전용OSMU 92, 102, 112
　이야기책 65
　이야기 치료 76
　이야기하는 인간Homo narrans 25, 65
인물 89, 94, 307
　매개인물 326
　반동인물 297, 323
　인물 경계에 세우기 231, 245

전형적 인물 321
　주동인물 323
　중간적 인물(중간자) 317, 326, 330
　푼수형 인물 322, 332
인물 그려내기 89, 308, 367
인물형상화 → 인물 그려내기
인식적 기능 68
인형극 245
일인칭 서술 상황 402, 404
일인칭 소설 397

ㅈ

자서전 쓰기 73, 76
작자 29, 132
작자의 의도 154, 287
작중독자 132, 150, 156
장르 → 갈래
장르영화 194
재창작가 → 다시 짓기 작가
전傳 190
전기 51, 91
전기 작가 113
전형적 인물 → 인물 369
절정(부) 93, 299, 358
정보 조절 342, 343, 358, 401
정서적 기능 68
제재 29, 106, 122, 126, 143, 186, 271,
　273, 285, 400
　중심제재 29, 98, 103, 122, 247
조력자(돕는 자) 219, 326

주동인물 → 인물
주제 35, 88, 91, 100, 103, 111, 119, 143
주제의식 143
줄거리 → 스토리
중간과정 31, 98, 160, 247, 304
중간적 인물(중간자) → 인물
중심사건 → 사건
중심제재 → 제재

ㅊ

참신성 249
창의력 113
창조적 혼돈 108, 230
처음상황 30, 124, 160, 186, 218, 281, 313, 346
초인 이야기 78
초점 29, 32, 90, 95, 116, 217, 322, 362, 400
초점자 130, 134, 394, 395
초점화 89, 90, 129, 371, 393~403
추리소설 120, 290
추리영화 120
층위 88, 95

ㅋ

카타르시스 69, 109, 345
캐스팅 255
콘티 56, 396

콩트 222
크레딧 341
클로즈업 137, 403
클리셰 188

ㅌ

탈춤 51
탐정만화 120
텍스트 36, 108
텔레비전 드라마 51, 147, 189, 196, 254, 390
통속소설 197
트리트먼트 396, 409
특질 253, 308, 322, 335, 367, 408
틈gap 343

ㅍ

파불라 89
파일럿 필름 181
판소리 51, 127
패러디 49, 93, 186, 191
팩션 106
편집 93, 106, 138, 192
포스트모더니즘 191
표층 스토리 → 스토리
푼수형 인물 → 인물
풀장 안의 교황 346
플래시백 348
플롯 89, 90, 92, 274, 339

　마음의 플롯　94

　몸의 플롯　94

플롯 짜기　337, 361

ㅎ

행동　58, 94, 307, 323, 368

행복한 결말　206, 314

허구(성)　35, 50, 105, 131, 143

허구적 스토리텔링　142

허구적 이야기　37

혈연관계의 비밀　254, 349

형상　33, 37, 91

형상화　33~37, 112, 148, 201

홍보 → 광고

화소 30, 94

환상동화　236

환상적 이야기 35, 69, 75, 145

환치　283

효용적 기능　69

희곡　50, 53, 146, 173, 189

2. 작품

ㄱ

「건축학개론」 255
「겨울왕국」 321
『관촌수필』 175~177, 190
『광장』 62, 231, 348
「괴물」 246, 422
「그 가을의 사흘 동안」 264, 354, 355,
    404~407
「극장전」 79
「까치 소리」 133

ㄴ

「나는 왕이로소이다」 422
「난장이가 쏘아올린 작은 공」 136
「내 남자의 여자」 347

ㄷ

「다크 나이트」 79
단군신화 73
『당신들의 천국』 134, 135
「대장금」 231, 291
「더 폴―오디어스와 환상의 문」 79, 133
도미 부인 186
「디 아워스」 255, 463

ㄹ

「라이온 킹」 92
「라이프 오브 파이」 74
『레미제라블』 109
「로드 투 퍼디션」 239, 420
『로마인 이야기』 105, 241

ㅁ

「마당을 나온 암탉」 291, 332
『마당을 나온 암탉』 38, 264, 292, 293,
    300, 319, 329, 345, 350, 372, 373
「마더」 56
『마더 이야기』 56, 57
「마지막 잎새」 120
「만무방」 119
「매트릭스」 133
『먼 나라 이웃 나라』 54, 438
「메밀꽃 필 무렵」 96, 97, 207, 254
『목민심서』 153
「무진기행」 182~185
「미해결의 장」 255

ㅂ

『바냐 아저씨』 173~175
바리데기 186
「베를린」 251

『변신』 105
『보바리 부인』 241
「본 아이덴티티」 208
「봄·봄」 282
「붉은 돼지」 105, 255
『비명을 찾아서』 397

ㅅ

「사랑손님과 어머니」 135, 136
「산골 아이」 79
「삼포 가는 길」 254, 343, 463
「생쥐와 골방쥐」 118, 418
「센스 앤 센서빌리티」 264, 311, 312,
    322, 323, 325, 350, 352, 374, 387,
    423, 474
「소나기」 40, 41, 139, 254
「쇼생크 탈출」 402
「수난 이대」 254, 463
『시대의 증언자 쁘리모 레비를 찾아서』
    104
「시련」 219
「식스 센스」 120
「신과 인간」 284
「심문」 374
『심청전』 124, 125, 186, 191, 207
「썸머 위즈」 143

ㅇ

『아라비안나이트』 73

『아이다』 189
『안나 카레니나』 241
「안티고네」 219
『압살롬, 압살롬!』 136
『어린 왕자』 46
여우 누이 257, 420
『오! 한강』 105
「완득이」 22
「용서받지 못한 자」 283
『위대한 개츠비』 402
『이끼』 155~157, 282
「E.T.」 207
『인간문제』 186
「인셉션」 133
「잉글리쉬 페이션트」 133

ㅈ

「좋은 놈, 나쁜 놈, 이상한 놈」 422
「줄광대」 79
「중국인 거리」 353
「쥐덫」 119
「지슬」 141

ㅊ

『채털리 부인의 사랑』 241
『천로역정』 239, 420
「추격자」 246
『춘향전』 25, 124, 125
「치숙」 136

「7번방의 선물」 422

ㅌ

『탁류』 186
『태평천하』 150
투란도트 공주 이야기 33

ㅍ

「8월의 크리스마스」 109, 281
「피에타」 98~201, 348, 455

ㅎ

「해운대」 422
「해피 피트」 264, 268~271, 274, 285,
　　289, 293, 300, 319, 345
「햄릿」 283
「행진곡」 60, 61
「혼수」 264, 376~383, 424
『홍길동전』 92, 124, 125, 276
『홍부전』 207

3. 인명 (작자, 감독)

ㄱ

강경애 186
김기덕 198, 348
김동리 133
김수현 347, 376, 383, 424
김승옥 182, 185
김유정 119, 282

ㄴ

나홍진 246
놀런, 크리스토퍼 79, 133

ㄷ

다라본트, 프랭크 402
달드리, 스티븐 219, 255

ㄹ

라이만, 더그 208
레비, 쁘리모 104
로런스, D. H. 241
롭, 민코프 92
류승완 251
리, 제니퍼 321

ㅁ

멘디스, 샘 239, 420
모리스, 주디 269
미야자키 하야오 105, 255
밀러, 아서 219
밀러, 조지 269
밍겔라, 앤서니 133

ㅂ

박완서 264, 354, 355, 405, 424
벅, 크리스 321
베르디 188
보부아, 자비에 284
복거일 397
봉준호 56, 246

ㅅ

샤말란, M. 나이트 120
서경식 104
서정주 60
생텍쥐페리 46
셰익스피어 283
소포클레스 219
손창섭 255
스필버그, 스티븐 207
시오노 나나미 105, 241

싱, 타셈 79, 133

최인훈 62, 191, 231, 348

ㅇ

알러스, 로저 92
오멸 141
오성윤 291
오정희 353
워쇼스키, 라나 133
워쇼스키, 앤디 133
위고, 빅토르 109
윤태호 155, 282
이문구 177, 190
이스트우드, 클린트 283
이안 74, 312
이원복 54
이용주 255
이청준 79, 135, 137
이효석 96, 254

ㅋ

카프카 105
콜리, 존 269
콜맨, 위렌 269
크리스티, 애거사 119
크릴로프, 이반 안드레예비치 118, 418

ㅌ

톨스토이 241

ㅍ

포크너, 윌리엄 136
플로베르 241
피츠제럴드, F. S. 402

ㅈ

정약용 153
조세희 136
주요섭 135

ㅊ

채만식 136, 150, 186
체호프, 안톤 138, 173, 175, 369
최명익 374

ㅎ

하근찬 254
허영만 105
허진호 109, 281
헨리, O. 120
호소다 마모루 143
홍상수 79
황석영 254, 343
황선미 38, 264, 292, 373
황순원 37, 40, 79, 139, 254

연습 문제의 답과 해설 ···

여기 제시하는 답은 '정확하다'기보다 '적절한' 것을, 어디까지나 일종의 예로서 제시하는 것이다. 예라는 기호가 붙어 있지 않아도 기본적으로 그렇다. 엄밀히 말해 정답은 없다. 보다 적절하고 세련된 답이 있을 뿐이다. 그러니 제시한 답과 조사까지 똑같아야 한다고 여기지 않기 바란다. 평가의 기준은 다음 세 가지이다.

○ 문제가 묻는 바에 초점을 맞추어 적절하게 답했는가?
○ 이 책 본문의 설명 내용을 충분히 이해하고 활용하여 답하였는가?
○ 표현이 적확하고 섬세한가?

일단 먼저 혼자 문제를 풀어본 다음, 3~4명이 한 조를 이루어 서로 답을 비교하면서 함께 답을 다시 마련한다. 그리고 그 답을, 여기 제시하는 답과 해설을 참고하여 다듬어봄으로써 연습 활동을 보완하고 마무리하는 방법을 권한다.

문제의 성격상 답을 제시하지 않고 생략한 경우도 있다. 제2부의 자기 작품 짓기 1~5(〈연습〉 12, 14, 16, 18, 20)의 답은 일정한 답을 정할 수 없으므로 전부 제시하지 않는다. 이렇게 답이 제시되지 않은 연습 문제야말로 모둠학습이 꼭 필요한 곳이다.

/   동일관계. 같은 자격의 단어나 구句의 나열. 나열된 것들 가운데
     하나(와 가까운 말)를 적었으면 적절히 답한 것임.

//   동일관계. 가능한 답들을 나열하되, 그 각각이 비교적 길거나 빗금
     (/)과 함께 사용되어 혼란이 생길 수 있을 때 사용.

예   (답이 길거나 아주 여러 가지가 가능하여, 위와 같이 몇 가지만 나열하
     는 게 어렵다든지 부자연스러울 때) 일부만 예로 제시함. 제시된 것
     외에 다른 여러 가지 답이 있을 수 있음.

\   대립, 갈등관계.

※   해설, 보충 설명.

▶   연습 문제가 있는 해당 본문 페이지

제1부 스토리텔링의 이해

연습 1 … 이해　　▶ 40~43쪽

1　　③

※ 연속성과 인과성이 있는 '상황의 변화'가 내포되어 있다.

2–1　③

2–2　예 소년이 소녀에게 마음을 준다 → 소년이 소녀의 마음을 확인한다 // 소년과 소녀가 사랑을 모른다 → 사랑을 안다

※ 둘이 과연 '사랑'을 했다고 볼 수 있게 서술되어 있는지에 대해 의견이 다를 수 있다. '이야기 자체의 핵심적 변화'에 초점을 맞춘, 또 작품 자체에 적합한 표현을 찾아야 하는데, '사랑을 한다 → 사랑이 좌절된다'와 같은 답은 그와 거리가 있다고 본다.

3–1　스토리/줄거리/중심사건

※ '이야기'일 수도 있으나 무엇으로 이루어져 있는가를 질문했으므로 '스토리' 같은 요소를 가지고 구체적으로 답해야 한다. '창작 의도'는 시놉시스에 포함되기도 하나, 그것의 핵심을 '한 단어'로 말하라고 할 때 우선적으로 선택될 말은 아니다.

3–2　예 대화, 지문 위주의 시나리오/대본만 가지고는 스토리의 전개, 분위기, 주제, 창작 의도 등을 알기 어렵기 때문임. // 여러 분야 사람들이 협동하여 제작하는 갈래이므로 대본을 서로 달리 해석하지

않고 사건 전개를 통일성 있게 이해하도록 하기 위해.

3–3　① 없다.

② 예 시놉시스는 대본이 그려내는 상황과 행동, 나아가 (시놉시스와 대본을 바탕으로) 각종 매체를 동원하여 완성할 최종 이야기 세계/작품의 밑바탕에 불과하기 때문임. // 그것만 가지고는 대본과 최종 작품의 초점, 수준, 완성도 등을 총체적으로 알 수 없기 때문임. // 시놉시스는 형상성이 약하므로 대본과 최종 작품에 형상화된/형상화될 것의 내용과 수준을 알기 어렵기 때문임.

4　인과성

5　예 벽돌 쌓기로 얻은 결과/점수가 어떤 스토리의 전개/상황의 변화에 이바지하도록 해야 함. // 어떤 사건의 레벨/스테이지의 전개/상승에 이바지하도록 만들어야 함.

6　예 마음/의식/내면(의 공간)

연습 1 ··· 짓기　▶ 44~45쪽

1–1 ~ 1–3 생략

1–4　예 자기가 겪은 일인데도 객관적으로, 선명하게 간추리기가 어렵다. 그리고 자꾸 자신한테 이로운 쪽으로 바라보고 서술하게 된다. 체험의 '형상'을 그려내는 일도 이러하므로, 줄기를 세워 그것이 어떤 일관된 '의미'를 지니게 할 때 변용이 일어나는 것은 불가피할

것 같다.

// 갈등을 파악하여 인과관계를 분명히 세우기가 어렵다. 그래서 사건의 자세한 '형상'은 그려내겠지만 그것이 어떤 '의미'로 수렴되게 하는 일은 힘들 것으로 보인다.

// 내가 생각한 이유나 '의미' 관계에 따라 경험을 서술하다 보면, 자꾸 사실에서 멀어지는 듯하다. 체험한 것의 '형상'을 객관적으로 그려내는 일은 쉽지 않아 보인다. 게다가 독자가 감동을 받도록 표현하는 일이 또 남아 있으니 갈 길이 만만치 않다.

// 사건을 지나치게 크게 잡아서 그려낼 '형상'이 너무 많고 그것을 관통하는 '의미'도 설정하기 어렵다.

연습 2 ⋯ 이해 ▶ 53~57쪽

1 스토리가 있는 수필/사건을 서술한 것/이야기 수필

2-1 희곡은 언어만을 매체로 삼지만 연극은 언어를 포함한 여러 매체를 사용하는 종합예술이기 때문이다. // 연극은 희곡과는 달리 언어만을 매체로 삼는 예술이 아니기 때문이다.

※ 답을 할 때, 앞의 두번째 답에서처럼 '아니다'와 같은 부정어의 사용은 가급적 피해야 한다.

2-2 스토리를 서술하기/내포하고 있기 때문이다.

3 예 여러 매체를 종합적으로 사용하여 이야기를 서술하는 사람이 감독이기 때문이다. // 감독이 작품을 최종적으로 완성하는/스토리를

형성해내는 사람인 까닭이다. (☞92~93쪽)

4-1 ④

4-2 ④

※『먼 나라 이웃 나라』는 사실(정보)의 제시에 그림을 활용하는 형태이다. 일정한 인물과 스토리를 지닌, 극적으로 짜인 이야기를 지향하지 않는다.

5-1 예 사건의 자초지종을 구체적으로 재현하기 위하여 // 인과관계가 잘 전달되게 하기 위하여 // 누구든지 쉽고 재미있게 읽으니까

5-2 객관적\주관적 // (사실의) 기록 지향\(주제의) 표현 지향 // 재현\변용

---

6 예 현실의 제약을 받지 않는 무한한 표현이 가능하다. // 상상한 것을 자유롭게 표현할 수 있다.

---

7 예 (시나리오나 시놉시스만으로는 충분하지 않으므로) 영상 제작에 참여하는 사람들이 자기가 맡은 일을 잘 이해하고 협조할 수 있게 하기 위하여 // 시나리오를 카메라를 통해 영상으로 구현하는 과정에서 조명, 연기, 의상 등 각 분야가 효율적으로 진행할 수 있게 하기 위하여

1 ① **예** 혈육의 정/효도/가족애/진실 추구

② **예** 개혁/정의로움/희생정신

※ 권력욕/야심 등은 '악'을 무너뜨리기 위함이 아니므로 부적합함.

③ **예** 진실의 가치/명예 회복/억울함 해소

④ **예** 물질 중심주의/계산적 성격/세상 물정을 모름/노동자의 현실

⑤ **예** 가치관 지킴/타락한 현실/양심 추구

⑥ **예** 유약함/사회성 부족/내성적인 성격/인간관계의 어려움

2-1 **예** 이별한 상황/원하는 것이 부재하는 상황

2-2 **예** 오지 않아도 되는 잔치였다. 그러나 나는 기차와 버스를 갈아타며 고향 친척의 잔치에 오고 말았다. 늦게 오기도 했지만, 낯익은 사람이 의외로 없었다. 나는 소박한 잔칫상을 혼자 받았다. 동네 막걸리 맛은 옛날 그대로였다. 연거푸 몇 잔을 마셨을 때, 사람들이 잔치를 위해 쳤던 포장을 걷기 시작했다. 포장이 걷힌 하늘에는 노을이 가득했다.

기대했던 일은 일어나지 않았다. 그녀는 보이지 않았다. 그녀에 대해 물어볼 만한 사람조차 눈에 띄지 않았다. 세월이 많이 흘렀다. 바다는 여전히 동구 밖 멀리에서 노을에 빛나고 있었지만, 이젠 다 끝난 것이다. 나는 주인에게 인사를 하고 바다 쪽으로 걷기 시작했다. 갑자기 귓속 가득히 무슨 소리가 난타하는 종소리처럼 울렸다. 오래전에, 끝나 있었다! 이미 다 끝나 있었다! 그녀와 바라보았던 노을 젖은 바닷물이 이제 앞으로 나아가라고, 떨치고 나아가라고

외치는 것 같았다.

연습 3 … 이해　　▶ 76~80쪽

1-1　　① 예 자기 중심으로 선택하고 과장함. // 자기한테 이롭고 듣는 사람을 자극할 수 있도록 인과관계를 만들어냄. // 의외로 불확실한 점이 많아서 적당한 표현을 찾기가 어려움.

② 예 자기 합리화/정당화 욕심 때문 // 타인의 위로와 동의를 바라서 // 인과관계 파악이 힘들기 때문.

1-2　　예 자기의 상처를 객관적으로 바라보게 되기 때문 // 고백을 하는 이야기 행위 자체를 통해 카타르시스를 느끼기 때문 // 무의식적인 것들을 의식화하고 합리화하여 자기의 정체성과 정당성을 만들어내기 때문 // 미처 고려하지 못했던 것들까지 종합적으로 살펴서 자기의 비논리성, 속 좁음 등을 깨닫게 되기 때문.

2　　① 타당하다/타당하지 않다

※ 타당할 수도 있고 타당하지 않을 수도 있다. 양쪽을 종합한 의견이 보다 옳다고 할 수도 있을 것이다.

② '타당하다'는 이유: 예 이야기는 지식, 체험, 상상 등을 바탕으로 쓰는 것인데, 각자의 지식과 체험은 제한되어 있으므로 많은 경험이 필요하기 때문이다. // 상상만으로는 되지 않는 게 있고, 상상도 경험의 지배를 받으므로 경험이 많아야 상상이 다양하고 풍부해지기 때문이다. // 인물과 사건의 세부를 생생하게 제시하기 위해서는 그냥 아는 것만으로는 한계가 있으므로.

'타당하지 않다'는 이유: 예 스토리텔링은 체험이나 사물의 외면을 단지 재현하는 게 아니기 때문이다. // 스토리텔링은 재료의 양이나 신기함보다 그것을 어떻게 재구성하며 어떤 의미를 표현하도록 재창조하느냐가 중요하기 때문이다. // 상상력이 풍부하다면, 일상적 경험과 지식만 가지고도 그 한계를 극복하여 창작을 할 수 있으므로.

3-1 예 여주인공이 시어머니(를 비롯한 시댁 식구들)의 핍박을 받는다. // 가난한 여자가 부유한 남자와 만난다. // 어머니가 아들이 사랑하는 여자와의 결혼을 반대한다. // 아버지가 집안이 무너지는 걸 막으려고 한다. // 주인공들은 출생의 비밀을 안고 있다.

※ '여러 대에 걸친 식구들이 한데 모여 식사한다' '남녀가 헤어지라고 한쪽 부모가 돈을 준다' 등은 규모가 작거나 어떤 비중 있는 사건 연속체의 '처음상황'이라고 보기 어렵다.

3-2 ① 예 (여주인공이 시어머니의 핍박을 받는다 →) 자기의 능력으로 집안을 위기에서 구하여 시어머니의 오해를 푼다./시어머니와 화해한다.

② 예 긍정적

3-3 예 현실적 능력이 있어야 핍박에서 벗어날 수 있다. // 가정의 화목이 최고의 가치이다.

4-1 예 자신이 특별한 존재가 되고 싶은 욕망을 대리만족할 수 있으니까 // 현실에서 겪는 불만을 해소할 수 있으므로.

4-2 예 현실적 리얼리티보다 정서적 충족이나 해소가 우선이니까 // 관

습적으로 익숙해져 있어서 // 초인은 본래 상상해낸 존재이므로 무엇이든 가능하다는 무언의 약속에 따라 감상하니까. (☞188~193쪽)

4-3 ① 예 인간적 약점이나 상처가 있음/가족이 없거나 일부만 있음/이성에게 소심함/하위 계층 출신

② 예 너무 비현실적인 존재가 되는 것을 막으려고/감상자가 자신과 동일시하기 좋도록 하기 위해.

4-4 예 초인이 사회적인 문제를 해결함. // 초인이 사회적 약자를 위해 힘을 씀. // 현실이 타락한 원인을 파고들어 사회의 근원적인 문제를 다룸.

....

5 생략

연습 3 ··· 짓기 ▶ 81~83쪽

1 ① 예 자신이 정숙하지 못한 사람으로 보일까 봐/외국인 노동자가 많아 위험할 것 같아서

② 예 자신의 처지를 받아들이기 싫어서/자기보다 잘난 사람이 많아서

③ 예 다른 노인들이 불쌍해서/딱한 사람이 부탁을 해서

※ '봉사를 하고 싶어서'와 같은 답은, '연민'(불쌍히 여김, 동정함)의 정서와 어울리지 않는다.

④ 예 평생 동안 그 일에 대한 회한이 있어서/젊은 시절의 자신감을 되찾기 위해/나이를 이유로 도피하고 싶지 않아서

2   생략

3   생략

연습 4 … 이해   ▶ 117~121쪽

1–1   ① 직접적/청각 중심/언어 의존

② 간접적/시각 중심/언어를 포함한 여러 매체 이용

③ 수동적/일방적/수용적

④ 능동적/참여적

⑤ 높음/강함/명확함

⑥ 낮음/약함/불명확함

1–2   예 상품의 장점을 깨닫게 하기에 적합한 상황/스토리를 설정한다. // 시청자의 관심과 흥미를 자극할 만한 인물/사건을 활용한다. // 시청자의 상상력을 자극하여 광고의 의미/메시지를 스스로 탐색하도록 한다. // 소비자의 관심을 끄는 새로운 서술 기법을 사용한다.

※ '최근 인기를 끄는 배우를 모델로 활용한다'와 같은 답도 가능하나 '이야기의 특성과 층위, 요소를 고려하면서 접근 방법 혹은 해결 요령을' 제시하라는 이 문제의 취지에 부합되게 표현해야 한다.

2–1   예 생쥐는 기가 막혔습니다. // 생쥐는 어이가 없어 입을 다물었습니다. // 생쥐는 좋았던 기분이 엉망이 되고 말았습니다. // 생쥐는 골방쥐와 더 말을 나누고 싶지 않았습니다.

※ 생쥐가 처음에는 즐거워서 '뛰어들어' 왔는데 어이없게 되었음,

혹은 골방쥐가 그렇게 아둔한 녀석인 줄 몰랐다가 알게 되었음 등의 변화가 제시되어야 한다.

'생쥐는, 모든 존재는 자기 나름의 생각이 있다는 걸 알았답니다' 투로 썼다면, 앞의 상황 변화를 포착하지 못한 것이다. 아울러 고양이가 사자를 이길 수 없다는 명백한 사실, 또 그 사실을 모르는 골방쥐에 대해 생쥐가 보일 수 있는 상식적 반응 등을 고려하지 않은 것이다.

2–2 예 세상에는 골방쥐처럼 우물 안 개구리 같은 사람이 많습니다. // 골방쥐같이 겁이 많은 사람은, 다른 사람도 다 자기처럼 생각한다고 믿는답니다. // 골방쥐처럼 자기가 아는 게 전부라고/자기 생각만 옳다고 믿는 사람이 되면 안 되겠지요? // 여러분은 골방쥐처럼 무지하고 생각이 좁은 사람하고는 같이 놀지 않는 게 좋습니다.

※ 원본의 서술은 이렇다. "내가 노상 경험한 건데, 여러분도 스스로 생각해보세요. 겁쟁이가 누구를 무서워할 때는, 이렇게 온 세상이 다 자기처럼 생각할 거라고 여긴답니다." (문제에 제시된 '여러분' 운운의 말은 필자가 문제를 내기 위해 지어 넣은 것임.)

....

3 예 사건이 일어난 순서대로 서술이 이루어지지 않아 의문이 생긴 상태에서, 과거 사건(에 관한 정보)이 맨 나중에 폭로되기 때문이다. // 사건의 원인에 관한 과거 사건의 서술이 감추어져 있다가, 스토리상 일어난 순서에 따르지 않고 마지막에 서술되기 때문이다. // 과거에 일어난 사건이 결말에서야 서술되기 때문이다. 그것이 예상에 어긋나는 것이어서, 사건이 반전되고 독자는 놀람의 충격에 빠진다. // 결말부에 놓인 서술로 말미암아 과거의 사건에 관한 이

전의 판단과 느낌이 달라지기 때문이다.

---

4   예 서술에 흩어져 있는 정보를 모으고 알아내어 스토리를 재구성하
    는 데 재미를 느끼는 사람 // 정보를 가지고 스토리를 구성하면서,
    자기의 해석과 추리가 맞고 틀리는 데서 긴장과 재미를 맛보는 사
    람 // 스토리를 구성하고 수정하는 과정에서 일어나는 정보와 의미
    탐색 활동을 좋아하는 사람.

---

5   예 음악으로 이야기를 서술/스토리텔링하는 능력 // 인물의 감정,
    작품의 주제나 분위기, 감상자의 반응 등을 음악으로써 서술/스토
    리텔링하고 북돋는 능력 // 사건과 인물 내면의 흐름을 음악으로
    잘 형상화하여 감상자의 정서를 일으키고 조절할 수 있는 능력

---

6   예 그림의 구체적 이미지가 추상적인 스토리/내용 파악을 도와주
    기 때문에 // 미취학 어린이들은 글만 가지고는 스토리/내용을 잘
    상상하고 이해하지 못하는데, 그림이 그것을 도와주기 때문에 //
    그림은 글자에 비해 흥미롭고 전달이 빠르기 때문에.
    ※ '아직 글을 잘 읽지 못하기 때문에'와 같은 답은, 그림책에서 '그
    림이 하는 기능을 염두에 두고' 답하라는 조건에 충실하지 않은 것
    이다.

연습 4 ··· 짓기   ▶ 122~125쪽

1-1   예 (한 사람 혹은 둘 다) 돈이 많은 딴 사람과 사귄다. // 상대방이

돈이 너무 없다/돈을 잘 벌지 못한다고 불만을 느낀다. // 과도한 혼수를 요구한다. // 함께 살 집을 마련하지 못한다.

1-2 〔예〕 (한 사람 혹은 둘 다) 자기만 위해 주기를 바란다. // 상대방에게 사랑에 대한 믿음과 확신을 주지 못한다. // 바람을 피운다. // 친구/일만 중요시하고 상대방을 위해 시간을 내지 않는다.

1-3 〔예〕 (한 사람 혹은 둘 다) 학벌상의/육체적인/재산상의 매력이 전부가 아님을 깨닫는다. // 자기가 상대방과 어울리는 성격/가치관/이상/취향을 지닌 사람이 아님을 알게 된다. // 자기가 진정 원하는/좋아하는 사람이 상대방이 아님을 확신하게 된다.

....

2-1 ① 〔예〕 서자 신분의 홍길동이 뛰어난 재주를 지니고 있다/입신양명을 원한다.

② 〔예〕 가난한 심봉사가 공양미 삼백 석을 내겠다고 약속을 한다. // 가난하고 연약한 소녀 심청이 아버지의 눈을 뜨게 하려고 한다.

2-2 ① 〔예〕 홍길동이 아버지한테 자식 대접을 못 받는 한을 토로하는 장면 // 서자가 뛰어난 능력을 드러냈다는 이유로 아버지나 (서자가 아닌) 형에 의해 벌을 받는 장면.

② 〔예〕 심청이 얻어온 밥으로 저녁을 먹던 심봉사가 자신이 낮에 스님한테 공양미 삼백 석을 약속했다는 말을 하는 장면 // 심청이 자기를 데리러 온 뱃사람들에게 이끌려 집을 떠나면서, 아버지는 반드시 눈을 떠서 행복하게 사시라고 하는 장면.

1   초리가 길게 째져 올라간 봉의 눈, 준수하니 복이 들어 보이는 코, 뿌리가 추욱 처진 귀와 큼직한 입모, 다아 수부귀다남자壽富貴多男子의 상입니다.

    나이? …… 올해 일흔두 살입니다. 그러나 시뻐 여기진 마시오. 심장 비대증으로 천식喘息기가 좀 있어 망정이지, 정정한 품이 서른 살 먹은 장정 여대친답니다. 무얼 가지고 겨루든지 말이지요.

    그 차림새가 또한 혼란스럽습니다. … (중략) … 이 풍신이야말로 아까울사, 옛날 세상이었더면 일도의 방백—道方伯일시 분명합니다. 그런 것을 간혹 입이 비뚤어진 친구는 광대로 인식 착오를 일으키고, 동경·대판의 사탕장수들은 캬라멜 대장 감으로 침을 삼키니 통탄할 일입니다.

    인력거에서 내려선 윤직원 영감은, 저절로 떠억 벌어지는 두루마기 앞섶을 여미려고 하다가 도로 걷어 젖히고서, 간드러지게 허리띠에 가 매달린 새파란 염낭끈을 풉니다.

"인력거 쌕이(삯이) 멫 푼이당가?"

2–1 은행문은 안에서 당겨 열게/밖에서 밀어서만 열게 되어 있다.

2–2 소매치기/강도가 얼른 달아나지 못하게 하기 위해서다.

2–3 예 문이 공간을 적게 차지하고 쉽게 열 수 있도록 미닫이 형태의 자동문으로 한다. // 넓은 미닫이문이 벽 속으로 들어가게 하여 공간을 절약하고 침대/책상이 들고나기 편하게 한다. // 문이 열려도 복도 통행에 지장을 덜 주도록 문이 고정되는 복도 쪽 벽을 실내 쪽으

로 30도쯤 꺾고 비스듬히 문을 단다.

2-4 ① 예 지하철에서 만삭의 임신부를 모른 척하며 배려석을 차지하고 앉아 있는 행동.

② 예 시내 한가운데(에 짓는 게 좋다), 이용하기 편해야 하기 (때문이다).

③ 예 앞발을 사용하지 않기 때문에/공을 남한테 주기만 하니까

④ 예 개인이 매우 억압받는 내면의 심리 상태/개성이 말살된 세상의 분위기

⑤ (ㄱ) ⓐ 예 기생은 멀리하는 반면 급비는 따뜻하게 돌봐주어야 한다.

　ⓑ 예 기생은 예쁘게 봐주는 이가 많기 마련이지만, 급비는 험한 일을 하느라 용모가 추레하여 관심을 갖는 사람이 적으므로. // 급비는 근무 조건이 열악하나 기생은 비교적 나으므로. // 급비는 관아에서 꼭 필요한 존재지만 기생은 그런 존재가 아니므로.

　(ㄴ) 실상에 부합되며 공정하게 대해야 한다. // 어려움을 보살피는 자세로 관리해야 한다. // 따뜻하게 배려하는 마음으로 대우해야 한다.

3 이야기는 체험의 대상이므로 감상자가 그것 자체를 깊이 있게 체험하는 일이 중요하기 때문에. // 이야기에 그려진 형상에 대한 감상자의 반응/해석/체험을 작자의 의도로 단순화하는/환원시키는 것은 불합리하므로. // 소설은 (논설문, 설명문 따위와는 달리) 의사전달을 허구적 형상으로써 간접적으로 하므로 거기서 작자의 의도를 명료하게 알기 어려우니까. // (작자의 의도라고 여겨지는 것에 작품

을 꿰맞추어 해석하는) 의도의 오류intentional fallacy에 빠지기 쉬우
므로.

※ 작품 감상의 목표가 '작자의 의도' 파악인 것처럼 여기는 것은,
두 가지 그릇된 동일시의 결과이다. 즉 작자의 의도=작품의 주제,
작품 감상=주제 파악이 그것인데, 두 가지 모두 허구적 이야기의
특성에 부합되지 않는다.

....

4-1 예 감상자로 하여금 인물들이 지닌 '지금'의 격렬한 감정에 거리를
두고 냉정하게 바라보게 한다. // 감상자가 박 검사의 성격이 (류해
국처럼) 예민하면서도 치밀함을 알게 한다. // 박 검사가 '지금'은
흥분해 있지만 '앞'으로 이 사건에 적극 뛰어듦을 감상자가 예감하
게 한다.

4-2 ① 예 ②와 ③ 사이.
② 예 감상자가 시간과 장소의 변화에 적응할 시간을 주기 위해 //
박 검사의 내면에 점차 다가가는 ③~⑤의 흐름/전개를 준비하게
하기 위해

4-3 생략

연습 5 … 짓기   ▶ 160~163쪽

1   ① 예 계속 유흥에 빠져 가정을 돌보지 않는다.
② 예 파산을 하고 이혼당한다.
③ 예 공식 회의장에서 부하 직원을 폭행한다.
④ 예 그로 인해 명예를 잃는다.

⑤ 예 자기의 부당한 욕망을 실현하는 데 그 돈을 쓴다.

⑥ 예 법을 어겨서 감옥에 간다.

---

2   예 ① 그는 어렸을 때 친구들에게 따돌림을 받았다.

② 그는 성격이 비뚤어져서 일이 뜻대로 되지 않을 때마다 사람과 세상에 반감을 품었다.

③ 결국 그는 사회를 어지럽히는 큰 범죄를 저질렀다.

3-1   예 SKY 대학에 입학하기 위해 애쓰는 고3 학생들은 막상 '하늘'을 바라볼 여유도 없습니다. 모두가 일류대학에 갈 수 없음을 그들도 알고 있습니다. 그런데도 시험의 노예처럼 날마다 끌려다니는 학생들은, 과연 자기가 왜 사는지 회의하며, 공부를 생존경쟁의 도구로만 여기게 됩니다.

※ 다큐멘터리의 '내레이션'은 화면에 나타난 것을 단순히 말로 되풀이하기보다 그것을 보충해줌이 바람직하다. 즉 화면 자료만으로는 알기 어려운 내면의 심리, 사건의 이면적 진실, 현상의 거시적이고 객관적인 분석과 비판 등을 담는 것이 바람직하다.

3-2   피디(프로듀서)/(다큐멘터리의) 제작자

---

4   예 묻힌 남자는 부족의 우두머리였다. 그는 매우 날쌔고 용맹하여 사냥을 잘하고 이웃 부족을 여럿 제압하여 '흰 늑대'라고 불렸다. 그는 실제로 하얀 늑대 새끼를 키워 개처럼 데리고 다녔다. 그가 죽었을 때, 사람들은 그가 늑대로 환생할 것으로 믿고, 아끼던 늑대를 함께 묻었다.

1–1 "손님, 거스름돈 삼백 원입니다." // "손님, 거스름돈 삼백 원 여기 있습니다." // "손님, 삼백 원 거슬러드리겠습니다."

1–2 강아지 → 개

※ '강아지'는 개의 새끼이다. '망아지' '송아지'와 조어법이 같은 말이다.

1–3 "내일은 날씨가 흐리겠습니다." // "내일 날씨는 흐리겠습니다."

1–4 예 나는 사랑으로 인간을 구원할 수 있다고 믿는다. // 나는 사랑이 인간을 구원하리라 믿는다. // 나는 사랑을 통해 인간이 구원받을 수 있음을 믿는다.

1–5 예 "너는 어떤 삶이 정말 가치/멋/개성 있는 삶이라고 생각하니?" // "너는 어떻게 살아야 정말 가치/멋/개성 있게 산다고 생각하니?"

1–6 예 이 영화는 스토리가 허술하다. // 이 영화는 구성/짜임새가 탄탄하지 못하다.

※ 사실 어떻게 바로잡아야 할지 갈피를 잡기 어려운 경우이다. '내러티브'가 '스토리'와 바뀌어 쓰이기도 하고, 단지 '이야기'(서사)만이 아니라 '이야기의 구성' '이야기의 짜임새' 등을 뜻하기도 하므로 앞과 같이 답을 정해보았다. 하지만 '빈약하다'는 말로 미루어 그것은 '주제'를 가리키고자 사용된 말처럼 보이기도 한다.

---

2 인물의 거친 성격/매우 화가 난 심리적 상태를 제시할 경우.

3-1 (작품의) 각색脚色

① 소설, 서사시, 만화 등을 희곡, 시나리오 따위의 공연용/제작용 대본으로 바꿔 쓰는 일.

② 예 이 시나리오는 소설을 각색하면서 여러 사건을 변형하거나 삭제하였다.

※ '각색'은 '윤색潤色'(글이나 그림을 손질하여 좋게 꾸밈)과 같은 뜻으로 잘못 쓰는 경우가 있다.

3-2 문화 원형文化 原型

① 어떤 문화권에서 오래 반복되면서 그 특성을 대표하게 된 인물, 스토리, 이미지, 모티프 등. // 문화 집단에 전승되는 특징적 상징물. // 오랜 세월 동안 집단적으로 형성된 문화의 보편적 상징.

② 예 지구촌 시대를 맞아 한국 문화의 개성을 지키고 알리려면 문화 원형을 발굴하고 널리 활용할 필요가 있다.

3-3 비장미悲壯美

① 주체의 의지가 운명이나 현실적 장애로 말미암아 좌절될 때 느끼는 슬프고도 장한 아름다움. // 미美 혹은 그것을 느끼는 의식(미의식)을 나누는 범주의 하나로서, 의지의 좌절로 인한 슬픔과 관련됨.

② 예 보통 사람보다 영웅이 좌절할 때 우리는 더 비장미를 느낀다.

3-4 (판소리의) 아니리

① 판소리의 창과 창 사이에 들어가는, 이야기를 서술하는 사설. // 판소리에서 창 없이 그냥 하는 서술.

② 예 아니리는 판소리의 3요소 가운데 하나인데, 소리꾼이 언어 능력이 부족하면 그것을 잘하기 어렵다.

4-1   (스펙터클spectacle →) 볼거리/장관/볼만한 광경/구경거리

4-2   (서스펜스suspense →) 긴장감/긴박감/위기감

4-3   (드라마투르기Dramaturgie, dramaturgy →) 극작술/연출 기법/연극
이론/공연(할 희곡의 선정, 개작, 해석 등)을 돕는 일.
　　※ 연극에서 그런 것들을 맡은 사람Dramaturg, dramaturge과 구
별됨.

4-4   (비주얼visual →) 모습/영상/시각 효과/시각적 요소

4-5   (파일럿 필름pilot film →) (영화, 프로그램 등의) 견본 필름/견본 영
상/시작품.

....

5-1   예 인숙에 대한 성적 욕망을 느끼면서도 책임은 지지 않으려는 자
신을 우울하게 의식하며 불면에 시달리고 있다. // 여자에 대한 욕
망 일지만 자기 자신에 대한 공허함에 사로잡혀 잠을 이루지 못
하고 있다. // 자기 자신과 현실을 긍정하지도 진지하게 고민하지
도 않는, 의식이 저하된/마비된 상태이다.

5-2   예 의식의 흐름에 따라 '나'가 의식한 여러 가지가 뒤섞임. // 대화
와 지문이 이어지고 단락을 최소한으로만 나누어, 답답하고 혼란
스러움. // 단문 위주의 문장과 과감한 생략 및 반복이 불안하고 건
조한 분위기를 빚어냄. // '나'의 서술태도가 무책임하고 방관적임.
// 주변의 사물들(공간적 요소)의 이미지를 활용하여 복잡한 심리
를 표현함.

연습 6 … 짓기　▶ 186~187쪽

1　① 예 그림을 그리며 살고 싶은 사람에게 부모가 취업을 해서 돈벌이를 하라고 다그친다.

② 예 아버지의 폭력에 시달리며 자란 그 사내는 폭력을 싫어하면서도 자기 자식들한테 폭력을 쓴다.

※ '환경'에는 물질적 환경도 있지만 정신적 환경도 있다.

2　생략

연습 7 … 이해　▶ 194~197쪽

1–1　(해당 장르 안에서) 별도의 관습적 특징/유형성을 지닌 것.

1–2　하위 장르(갈래) 영화/영화의 특수 장르/특정 유형 영화

2　예 대사를 포함한 스토리와 장면 묘사가 들어 있는 글/대사를 포함한 스토리와 대강의 장면(칸) 분할 및 스케치.

3　예 살인 따위의 충격적 사건을 제재로 삼고 의문의 해결을 지연시킴으로써 감상자의 공포와 긴장감을 불러일으키는/추리하는 재미를 추구하는 이야기 유형.

4　예 음악과 춤의 예술적 특성 및 표현적 기능을 활용하여 스토리를 형성하고 감상자를 감동시키는 능력.

5–1 ① 매우 김

② 비교적 큼

③ (여러 회가 연결된) 연쇄 구조/확산적 구조(각 회가 비교적 독립성이 있는 경우)

④ 비교적 제한되지 않음/일상적/사실적

⑤ 비교적 중요하지 않음/기능이 작음

⑥ 외향적/비교적 유형적/전형적/평면적

⑦ (연애, 결혼, 가족 간 갈등 따위의) 비교적 일상적인 것/현실적인 것

⑧ 주로 주부층/비교적 여성 대상

⑨ 위안/심리 해소/오락

5–2 예 상식을 벗어난 인물, 사건 등이 등장하는 드라마 // 사건 전개가 합리적이지 못하고 인물들의 성격도 극단적인 드라마 // 보편적 규범을 벗어난 인물들의 과격한 행위로 말초적 자극과 재미를 주는 데 몰두하는 드라마.

5–3 ③

연습 7 ··· 짓기 ▶ 198~203쪽

1–1 ① 영화 「피에타」의 실제 내용을 고려한 답: 예 미선이 정신을 차려 보니 새벽이었다. 끔찍한 밤이었지만, 결국 강도의 집에 들어와 잠을 잔 셈이었다. 그녀는 무거운 몸을 일으켜 화장실로 갔다. 문을 열었을 때 무엇이 툭 튀어나왔다. 흰색 토끼였다. 강도가 무참하게 죽여서 삶아 먹어버릴 불쌍한 놈이었다. 그녀는 물끄러미 바라보다

가 현관문을 열고 내보내주었다. 창으로 내다보니 토끼는 아스팔트 도로를 건너가고 있었다. 그녀는 엷게 웃으며 화장실로 갔다. 그러나 이내 날카로운 브레이크 소리가 들렸다. 미선이 뛰어와 보니 운전자가 차를 세우고 급히 차 밑을 살피는 게 보였다. 토끼는 죽었다. 어차피 토끼는 이 도시에서 살아갈 수 없었다. 어렵사리 강도한테 어머니로 받아들여진 셈이었으나, 미선에게 동정이나 온정 따위는 의미가 없었다. 그녀가 들어선 길은 이미 정해져 있었다. 그것은 결코 삶으로 가는 길이 아니었다.

② 생략

1–2 例 (인물의 심리, 행위 동기 등과 같은) 추상적/내면적인 것을 서술함에 있어서 소설은 서술자의 말로 직접 제시할/들려줄 수 있지만 영화는 (그것을 느끼고 알 수 있게 하는) 구체적인 형상을 지닌 행동/이미지/상징 등으로 보여준다/그려낸다/형상화한다. // 추상적/내면적인 것을 서술할 때 소설은 일단 말로써 알려주거나 상상에 호소하지만, 영화는 (그와 함께) 그림, 음악 등으로써 보다 직접적으로 감각에 호소한다.

....

2 例 ① 근처에 대기업이 직영하는 경쟁업체가 생겨서 남자의 업체를 부당하게 해코지한다. // 경쟁업체가 자본을 이용하여 불공정하게 손님을 몰아간다. 그는 좌절하고 사업도 기울어간다.

② 경쟁업체를 운영하는 대기업의 여자 사원이, 남자의 인품과 성실성에 반하여 도리어 그를 돕는다. // 남자는 경쟁업체와 다투는 과정에서 같은 피해를 입은 이들의 도움을 받는다. 그가 용기를 내어 싸운 끝에 자신의 피해를 인정받고 경쟁업체에 타격을 가하게

된다.

③ 남자는 예전의 삶을 되찾는다. 얼마 후에 그는 그 여자 사원과 결혼을 하며 업체도 날로 번창한다. // 남자는 자신의 권리와 일터를 회복한다. 그리고 같은 업종의 일꾼들과 협동조합을 꾸리기 시작한다.

연습 8 ··· 이해   ▶ 214~220쪽

1   예 외부 이야기가 내부 이야기의 진실성/사실성을 보장하여 그럴듯함을 강화하기 때문이다. // 서술자, 전달자 등의 화자가 여럿이 되어 이야기의 신뢰성, 객관성 등이 높은 것처럼 여겨져서 그럴듯함을 북돋우기 때문이다.

....

2   희곡/시나리오/텔레비전 드라마 대본

....

3   널리 알려진 설화(신화/전설/민담)/고전/경전에 들어 있어 가치가 인정된 이야기/인간의 보편적 욕망과 정서에 부합하는 이야기
※ '세계적으로 히트한 이야기' '대중적인 이야기' 등은 갈래나 어떤 특성을 지적한 답이라고 보기 어렵다.

....

4   예 게임 사용자는 게임에서 재미를 맛보는 게 중요하지 배경이나 상황이 현실에 비추어 얼마나 그럴듯한가/사실적인가는 그다지 중요하지 않기 때문이다. // 게임은 인식적/사실적 가치보다 효용적/정서적/쾌락적 가치를 중시하기 때문이다. // 게임은 가상공간에서

허상을 가지고 벌이는 놀이/오락임을 사용자가 잘 알고 있기 때문이다. // 게임을 통해 현실에서 벗어나는 기분을 맛보는 데 오히려 도움을 주기 때문이다.

5-1　예 수미의 옷차림/취향이 그녀가 속한 부유한 계층/그녀의 학력에 어울리지 않음. // 취업을 못해 자신감을 잃은 수미가 같은 처지의 지훈에게 호감을 느끼는 행동이 자연스럽지 않음. // 동생 수진이 언니의 물건을 몰래 사용하는 것은 그녀의 "자존심 강한" 성격에 어울리지 않음. // 옷을 차려 입고 빨강 구두까지 신은 채 여행을 떠나는 게 자연스럽지 않음.

5-2　예 수미가 (지훈을 안 후가 아니라 알기 전에) 구두를 사는 행동의 동기가 약함. // (이 이야기에서 비교적 중요한) 수미가 구두를 사는 행동과 지훈과의 만남 사이에 인과관계가 없음.

　　　※ '수미가 동생한테 화를 내지 않는 게/화를 내는 사건이 없는 게 합리적이지 않음'도 답이 될 수 있다. 하지만 그녀의 상심을 강하게 표현하기 위해, 그 행동/사건이 없어야 더 그럴듯하다고 할 수도 있다.

5-3　예 수미의 성격적 문제점에 초점을 둔 이야기인지 동생과의 갈등에 초점을 둔 이야기인지 모호함. // 수미의 불행이 감상자에게 의미 있는 동정심이나 깨달음을 일으키도록 되어 있지 않음.

6　　④

　　　※ 현실적으로 그럴듯하게 만드는 '사실적 동기화'의 기법에 관한 문제이다. 현실적으로 그런 제도가 있어야 형의 행동이 당위성을

얻는다.

7-1 　① 예 「빌리 엘리어트」

　② 예 가난한 광부의 아들이 발레리노가 되고 싶어 한다.

7-2 　① 예 발레 선생의 가르침/아버지와 형을 비롯한 광부들의 모금

　② 예 발레 선생의 가르침은 주인공이 재능을 발견하고 마침내 오
디션에 합격할 수 있게 해주기 때문에. // 아버지와 형을 비롯한 광
부들의 모금은 주인공이 런던에 가서 오디션을 받을 수 있게 해주
기 때문에. // 발레 선생과 광부들은 자신의 삶에서 좌절하였지만,
그들의 도움으로 빌리는 성공하여, 결국 모두가 성공한 셈이 되어
위안을 받으므로/춤을 추는 예술 행위가 탄광에서의 노동과 마찬
가지로 삶의 중요한 활동임을 깨닫게 하므로.

연습 8 … 짓기　▶ 221~226쪽

1 생략

2-1 　예 정희가 은미를 만나고 돈을 빌려준 행동이, 독자적인 판단에 의
해서라기보다 주로 예진의 행동/예진에 대한 반발 때문인 것으로
여겨지게 된다. // 정희와 예진(혹은 수미와 예진)의 성격 차이가 더
커지면서, 정희의 인간됨/행동의 논리/그럴듯함을 주로 윤리적 맥
락에서, 더 긍정적으로 판단하게 된다.

2-2 　예 인간관계의 어려움/자존심 지키기

2-3 　예 정희는 예진이 생각났지만, 이내 잊었다.

3 ① 예 기대에 비해 너무도 수입이 적은 현실

② 예 마을 사람들의 배타성

③ 예 도와주는 사람이 없어 작물 재배에 크게 실패하였기

※ ③의 답으로 '농촌 생활의 경제적·정신적 궁핍함' 같은 답도 나올 수 있으나 그것은 사건을 나타낸 표현이라고 할 수 없다.

연습 9 … 이해 ▶ 241~244쪽

1 예 인식적. 공적公的인 역사가 놓친 것을 살려서/보완하여 새롭게 서술한

예 정서적. 역사에서 추상화된 억압된 진실을 구체적으로 그려 보여주어 독자를 감동시키는

예 효용적. 역사를 어렵게/딱딱하게 여기는 이들도 무난하게 읽을 수 있는

....

2-1 예 많은 사람이 일탈에 대한 욕망을 지니고 있기/대리만족시켜 주기 때문이다. // 도덕이나 규범에 억눌려 있는 인간의 본능적 욕망/감정을 다루기 때문이다.

2-2 예 기존의 도덕과 규범을 혁신하는/새로운 가치와 진실을 발견하고 그것을 예술적으로 형상화하였기 때문이다. // 규범적/세속적 가치와, 인간적/초세속적 가치 사이의 대립을 사실적/비판적으로 그렸기 때문이다. // (앞의 답에 나온 대립항들 가운데) 인간적/초세속적 가치에 대한 새로운 인식/가치의식을 제시하였기 때문이다.

2-3 예 대중적·상업적인 이야기가 감각적 욕망/본능적 쾌락을 충족시

키는 데 그치는 반면, 본격적·예술적인 이야기는 그것들을 억누르는 규범 자체의 문제점을/인간적 진실을 억압하는 현실의 실상을 깊이 인식하게/비판적으로 사색하게/감동적으로 체험하게 한다.

※ 한쪽이 정서적 가치를 추구한다면 다른 쪽은 인식적 가치를 추구한다는 식으로, 두 가치를 대립시킨 답은 바람직하지 않다.

3-1 **예** 문화계의 유명 인사가 모여서 한류 열풍을 확산시킬 방안에 대해 협의하는 모임을 주관한다/유치한다. // 호텔에서 세계적인 자연보호 운동가와의 만남/한복을 국제화하기 위한 패션쇼를 연다.

※ '부자들이 모이는 고급스런 파티를 연다'와 같은 답은, '고상하고 품위 있는 이들'이라기보다 '부유한 이들'이 모이는 곳이라는 이미지를 형성하므로, 적절한 답으로 보기 어렵다.

3-2 **예** (호텔의 행사에 참가한) 전문가를 인터뷰하되, 청소년의 한국 문화에 대한 자긍심 기르기/진로 선택에 도움을 줄 내용에 초점을 맞추어/편집하여 방송한다.

3-3 **예** 정치인이 벌이는 저서 출판 기념회/전통시장에서 서민들과 어울려 사진 찍는 행사 // 간접 광고가 들어간 기사/텔레비전 프로그램

4 ④

※ ④는 '윗사람 친구와의 만남' 자체나 그에 따른 행동 변화를 그럴듯하고 가치 있게 만드는 이유라고 보기 어렵다. ④는 그 모티프를 도입하여 전개한 전체 이야기에 대한 (그럴듯하고 가치 있다는) 반응의 원인으로 어울린다.

5   예 강요/궁핍한 현실/가족을 위한 복수 때문에 어쩔 수 없이 나쁜
     짓을 하게 된 것으로, 그 동기/환경을 설정한다. // 약자를 돕는/동
     물을 사랑하는 따뜻한/인간적인 면을 함께 지닌 인물로 설정한다.

연습 9 ··· 짓기   ▶ 245~248쪽

1   생략

2–1 예 실질/실력/실상보다 권위/체면/명분을 더 중요시함.
2–2 ① 예 가난한 집안 출신의 유능한 말단 회사원
     ② 예 자존심을 지니고 떳떳하게 살고자 함
     ③ 예 주인공이 업무상 긴급한 상황에서, 중요한 문제에 대해 상부
     에 직접 알렸는데, 그의 상급자가 자기 권위가 훼손되는 것이 못마
     땅하여/절차를 지키지 않은 잘못이 있다 하여, 주인공을 핍박한다.

3   〈가〉를 택하여 답한 경우: 예 영화의 초점이 괴물과 그에 의해 피해
     를 보는 (한국) 사람들 사이의 갈등이 아니라, 괴물이 생겨나게 한
     외국인과 한국인 사이의 갈등으로 바뀌거나, 둘이 합쳐진 것이 된
     다. 그에 따라 괴물을 추적한 끝에 죽이는 결말은, 단지 개인적/가
     족적인 복수나 공포 해소가 아니라, 외세의 부당함을 폭로하고 비
     판하는/응징하는 과정이 될 수 있다.

4   생략

1　　① 예 자식보다 자기의 건강과 옷차림만 챙기는 (어머니)

　　　② 예 화장장 아래에 있는 검푸른 (호수)

　　　③ 예 가족과 재산을 두고 깜쪽같이 사라진 사람의 (추적)

2　　예 「삼포 가는 길」에서 그 (영달이 백화를 업는) 행동은 인간다운 애
　　　정과 동정심으로 서로 가까워지고 의지함을 나타낸다. 거기서 독자
　　　는 그들이 '없는' 사람들일지라도 서로 맺어져서 한 가족을 이루어
　　　행복해지기를 바라게 된다. 한편 「수난 이대」에서 그 행동은 서로
　　　의지하지 않으면 살아가기 힘듦을 보여준다. 거기서 독자는 이 부
　　　자父子에게 닥친 시련의 혹독함에 놀라며 그들을 불쌍하게 여기는
　　　한편, 그들이 그런 시련을 당하게 만든 이들에 대해 분노하게 된다.

3-1　예 자기한테 익숙한 것을 계속 원함/금기가 깨지는 것('형제간의 사
　　　랑')에서 재미를 느낌.
　　　※ '비밀이 폭로되는 플롯을 좋아함'도 답일 수 있으나, 문제에 내
　　　포되어 있는 내용을 반복하는 '참신하지 못한' 면이 있다.

3-2　예 참신하고 창조적인 것의 등장을 억압함/흥미 위주로 흘러 드라
　　　마의 가치를 떨어뜨림.

4　　② 예 (영화 「디 아워스」의) 로라가 누운 호텔 방의 침대를 삼킬 듯
　　　이 차오르는 물은 그 자체가 상상하기 어려운 일이므로, 그녀의 격
　　　렬한 자살 충동을 충격적으로 표현한다. // 로스앤젤레스 호텔 방

의 그 물은, 버지니아 울프가 자살하는 런던 교외의 그 강물이다. 이는 두 여인의 비극적 삶을, 시간과 공간의 거리를 뛰어넘어 단번에 연결하는 매우 참신한 기법이다.

※ 한 가지만 예로 제시한 것이다.

연습 10 ··· 짓기　▶ 256~259쪽

1~2　생략

3-1　예 ① 지나친 욕심(과욕)

　　② 아들이 있는/부러울 것 없는 부부가 딸까지 갖기를 원한다.

3-2　생략

제2부 스토리텔링의 방법

연습 11 ··· 분석 ▶ 293~300쪽

1 어머니가 될 수 없는/새끼를 까서(낳아) 기를 수 없는 암탉/잎싹이
어머니가 되고 싶어 한다.

---

2 ① 예 보호를 받을 수 있다/안전하다/편하게 살 수 있다/외롭지 않
게 산다
② 예 자유롭다/자기 욕망대로 새끼를 까서 기를 수 있다/자신의
본성과 꿈에 따라 살 수 있다.

3-1 ③-2. (청둥오리가) 목숨을 바쳐 잎싹을 돕는다./잎싹과 알(자기 새
끼)을 위해 희생한다.
④-1. (잎싹이) 초록머리를 데리고 마당으로 돌아간다.
⑤-2. (잎싹이) 족제비와 싸운다./족제비한테 잡아먹힐 위기에 빠
진 초록머리를 구한다.
⑥-2. (초록머리가) 사람에게 붙잡힌다./주인 여자에게 붙잡혀 묶
인다.
⑦-3. (초록머리가) 청둥오리떼의 파수꾼이 된다.
⑧-3. (초록머리가) 무리와 함께 겨울나라로 떠난다.
⑨-2. (잎싹이) 자기도 날고 싶다는/다른 생명을 위해 희생하고 싶
다는 새로운 소망을 품는다.

3-2 마당 식구들/(헛간과) 마당에 사는 동물들

3-3 예 무리에 속해 보호를 받으려는 마음

　　＼무리의 구성원들이 이미 차지한 것을 나눠주지 않으려는 마음

비슷한 처지의 족속끼리 차별 없이 사랑하며 지내기를 원하는 마음

　　＼자기네와 다른 것을 집단적으로 따돌리고 배척하는 마음

마당/인간의 규칙에서 벗어나 꿈을 이루려는 자

　　＼규칙에 따르면서 현실에 안주하는 자

부당하고 원치 않는 현실에 맞서 자기 삶을 개척하는 용기

　　＼현실에 안주하여 이상을 버리는 안일함

※ 이 작품의 제목 '마당을 나온 암탉'은, 보기에 따라 '마당에서 쫓겨난 암탉'의 뜻을 포함하고 있다.

3-4 예 잎싹의 욕망 실현을 가로막는 요인을 더 설정하여 사건 전개가 한층 더 극적이 되고 규모도 커지게 한다. // 사건 전개가 잎싹과 가까운 무리들과의 갈등을 통해서도 이루어지게 함으로써 사실성을 북돋운다. // (마당에만 나오면 욕망대로 살 수 있으리라는) 잎싹의 기대가 무너지고 새로운 장애와 부딪히게 하는 사건 전개로 수난을 강화함으로써, 잎싹을 더욱 애처로운 한편 용기 있는 인물로 만든다.

※ '사건 전개가 이루어지기에는 현실이 만만치 않음을 제시한다'와 같은 답은, '사건 전개'와 직접 관련된 구체적 내용이 아니므로 답으로 부족하다.

....

4 예 그 이미지가 자유로운 존재가 된 기쁨을 표현하는 데 적합하기 때문이다.

// (잎싹의 도움 없이) 초록머리가 혼자서도 살 수 있을 만큼 성장했음을 나타내기에 적절하기 때문이다.

// 초록머리가 동족과 함께 살게 되었음을 감동적으로 보여주기 때문이다.

// 철새들이 자연의 순리에 따라 살아가는 모습이 장관이기 때문이다.

※ 답으로 부적절한 예: 초록머리가 고향으로 가기 때문이다./어머니(잎싹)와 헤어지기 때문이다.

---

5   ①

※ 다른 항들은 이야기의 초점 혹은 전개 방향에 걸맞으나 ①은 그렇지 않다. 이 작품이 승리를 향해 나아가는 대결 이야기라고 볼 수 없기 때문이다.

---

6   ②

※ 두 작품은 주인공이 성장하는, 혹은 주인공에 대한 감상자의 반응이 좋아지고 높아지는 공통점이 있다.

연습 12 ··· 자기 작품 짓기 1

생략

1　　예 생명(이 지닌 본래의 욕망)을 억압한다./생명에 대해 폭력을 행한
　　　다./다른 동물을 먹는다./자기의 욕망을 달성하기 위해 다른 존재
　　　의 생명을 하찮게 여긴다.
　　　※ '생명과 대립된다'와 같은 답은 행동이 결여되어 있어 너무 추상
　　　적이다.

2–1　　① 털이 뽑히고 초라함/폐계의 죽다 살아난 모습
　　　② 없음/외톨이
　　　③ 없음
　　　④ 예 독립성 있음/현실에 만족하지 않고 꿈을 추구함/용기 있음/
　　　불안함
　　　※ '③ 친구/나그네' '④ 모성애 있음/알을 품고 싶어 함' 등은, 잎
　　　싹이 헛간에서 마당으로 쫓겨난 상황에서의, 특히 마당에 사는 닭
　　　과 대조되는 특질이 아니다.

2–2　　예 날개가 있어도 날지 못하니까/인간에게 보호를 받는 대가로 인
　　　간에게 착취를 당하므로/인간에 의해 길들여진(야생성을 잃은) 존
　　　재니까/자신을 억압하는 세력에 대항할 강력한 무기가 없으므로/
　　　생식력을 잃어도 남의 알을 부화시킬 수는 있으므로.
　　　※ '인간에게 친근한 동물이니까' '가축이니까'와 같은 답은, 이 이
　　　야기의 갈등과 관련된 중요한 특질을 구체적으로 지적하고 있다고
　　　보기 어렵다. 잎싹은 새로서 일종의 '중간적 존재'이다.

3-1   ②

※ ②는 '이 작품에서의 중간자적 특질'이라고 할 수 없다. 그것은 나그네가 다른 동물들과 함께, 족제비와 대립관계에 있음을 보여줄 뿐이다.

3-2   예 나그네가 족제비와 필사적으로 싸우는 행동/나그네가 목숨을 바쳐 잎싹을 돕는 행동/나그네가 자기 새끼가 나는 것을 간절히 바라는 행동

※ '나그네가 집오리와 가까워져 사랑을 나누는 행동/나그네가 잎싹의 친구가 되는 행동' 등은, 족제비한테 날개를 다쳤기 때문에 일어난 것이기는 하나, 작품에서 덜 중요하고(기능성이 낮고) 인과적 필연성이 약한 행동이다.

---

4   ②

※ '이 이야기의 구조에서' 잎싹과 나그네가 지닌 욕망이나 이들이 겪는 갈등은, '무리의 보호'를 받는 문제와 관련된 게 많다. 잎싹과 초록머리가 거듭 마당으로 돌아가는 데서 드러나듯이, 그것이 비중 있는 제재, 갈등 요인이 되고 있는 것이다.

---

5   ①

---

6   예 이 이야기의 분위기가 어둡고 딱딱한 면이 있으므로 밝고 부드럽게 만들기 위해서이다. // 잎싹에게 나그네를 대신할 조력자가 있으면 사건을 더 그럴듯하고 다양하게 꾸밀 수 있기 때문이다. // 인물의 생각/사건의 내용을 재미있고 쉽게 설명해주기/서술자 같

은 존재를 설정하여 (어린 감상자가) 이해하는 데 도움을 주기 위해서이다. // 그런 (푼수형) 인물이 한국 영화에 자주 등장하므로 감상자가 이야기에 보다 친근감을 느끼도록 만들기 위해서이다.

연습 14 ⋯ 자기 작품 짓기 2

생략

연습 15 ⋯ 분석 ▶ 355~360쪽

1 　예 [두 가지 성격의 스토리(㉠, ㉡)를 예로 제시한다.]

① ㉠ 아기를 중절시키는 일만 해온 독신 여의사 '나'가, 폐업하기 전에 살아 있는 아기를 분만시키고 싶어 한다. // ~ 여의사 '나'가 '인간 백정'이 아님을 확인하고 싶어 한다.

㉡ 아기를 죽이는 일만 해온 독신 여의사 '나'가 자기 아기를 갖고 싶어 한다. // ~ 여의사 '나'가 자신의 삶에 결여된 것을 채우고 싶어 한다.

② ㉠ 목숨이 붙어 있는 아기를 받게 되어 인큐베이터가 있는 병원으로 안고 뛰어간다.

㉡ 소망이 실현될 수 없는 현실을 확인할수록 거꾸로 아기를 갖고 싶다는/결여된 것을 채우고 싶은 욕망이 커져서 광란에/혼란에 빠진다.

③ ㉠ 아기가 죽는다. // '나'는 살아 있는 아기를 받지 못한다.

㉡ '나'는 자기가 아기를 얻을 수 없음을/자기가 비인간적인(결

여된) 존재임을 인정한다/인식하고 절망한다.

※ ㉠은 표층적 요약이다. 그리고 플롯상 결말부에서 밝혀지지만 스토리상 이전부터 존재하는 '나'의 비밀스런 욕망—살아 있는 아기를 분만시키고 싶다고 하나, 사실은 자기 아기를 갖고 싶은 마음도 있음—을 반영하지 않고 있다. 그래서 보다 심층적인 ㉡에 비해 적절함이 떨어진다.

---

2 ① ('나'의 27세부터 56세까지) 약 30년/'나'의 일생
② 한국전쟁 중인 때(1953년)부터~1980년대 초(1982년)까지/한국전쟁 때부터 산업이 부흥하고 경제가 발전하는 1980년대 초까지
③ 사흘
④ (1980년대 초의) 병원을 폐업하기 사흘 전

3-1 예 왜 그렇게 시간을 따지는가/살아 있는 아기를 받고 싶어 하는가 하는 의문/호기심을 일으켜 긴장을 조성하기 때문이다. // 그 말의 반복이 서술의 리듬/패턴을 형성하여 산만한 느낌을 줄이고 통일감을 주기 때문이다.

3-2 예 강박에 사로잡혀 있음/내적 갈등에 빠져 있음/실패할 것을 알면서도 집착하고 있음/인정할 수밖에 없는 것을 인정하지 않으려고 발버둥치고 있음.

---

4 ④

---

5 ②

※ 황 영감이 '나'를 보고 인간 백정이라면서 자기 손자를 받지 못하게 한 때/까닭이라고 할 수도 있다. 그것은 ②와 밀접한 사건이므로, ②를 답으로 삼을 수 있다.

---

6   ① 떼어낸 작은 크기의 태아를 포르말린에 담가 병에 넣어둔다. // 그 병을 간호원이 버리려고 하자 "악을 쓰며 빼앗는다." // 황 영감의 딸이 자기 손자를 사랑하는 모습을 보며 부러워한다.
②떼어낸 아기를 신생아처럼 보살펴서 우단 의자 위에 놓아둔다.

7–1   예 본래의 순수한 자기/상처받지 않은 자기/상처를 입어 경직되기 전의 자기/의사 또는 인간으로서의 양심
※ '나'가 하지 못한 생명을 살리는 의술'과 같은 의료 행위 위주의 답은, '나'가 개업을 하기 전부터 우단 의자를 특별히 취급했음을 볼 때, 부적절한 면이 있다.

7–2   예 생명을 경시함/성적으로 타락함/물질을 숭배함

8–1   ④
8–2   ①

※ '나'는 결말에서, 외면적으로는 ("미친 여자"라는 소리를 듣는) 절망적인 상태에 떨어지지만, 내면적·인간적으로는 억압과 증오에서 벗어나는 것으로 해석된다. 이는 비극적이면서도 상승적인 결말로 볼 수 있다.

생략

▶ 376~387쪽

1   ③

. . . .

2   ④

※ 가령 나사장이 강직한 성격이라면 복희는 달라졌을 것이다. 한편 나사장은 유머가 있는 인물이라고 보기 어렵고, 지금 감상자가 복희한테 유머가 필요하다고 느낄 상황도 아니다.

. . . .

3   예 진숙은 가족(의 화목/상호 존중)을 중시하는 데 반해 복희는 자기(의 이기적 욕망/지배욕)만을 중시한다. // 진숙은 따뜻하고 배려심 많은 성격인 데 반해 복희는 차갑고 독선적이다. // 진숙은 돈/재산보다 마음을 중요시하는 데 비해 복희는 돈/재산을 중요시한다.

. . . .

4   예 현재 다투는 문제/어머니/"부모님"에 대한 정일과 정균의 "생각이 너무 다름." // 정일과 정균의 성격이 본래 매우 "다름." // 정일이 결혼 문제로 가족과의 관계를 정말로 "뗄" 가능성이 있음. // 상황이 "더 얘기할 수두 없"기에 "손을 떼"는 행동밖에 남지 않았다는 정일의 확고한 생각/절망감.

※ 제시하는 '사실'을 적으라고 했으므로 되도록 앞에서와 같이 답

하는 것이 적절하다.

5-1 예 "없는 사람들"을 터무니없이 나쁘게 말하는 복희가 미워진다. // 복희/가진 자의 고정관념과 몰상식함을 비웃는다/확인하고 체념한다.

5-2 예 당신 정말 잘났어. 당신 빼놓고는 모두 이중인격자지. // 당신은 항상 이런 식이야. 나처럼 없는 사람은 다 사람 탈을 쓴 짐승이란 말이지? // 또 저러네. 돈 있는 사람만 사람인 세상이니, 돈 좀 가졌다고 저러는 걸 어쩌겠어.

---

6 ① 예 다른 식구들의 화려한 차림새와 대조되는 평범한 차림새.
② 예 돈/외면적인 것을 중요시하지 않음을 강조함.

---

7 예 두 집을 대조시키기 위해서이다. // 승주네 집이 인간답게 사는 데도 곧 시련을 겪게 됨을 감상자가 동정심을 갖고 예상하도록 만들기 위해서이다.

---

8 예 「센스 앤 센서빌리티」는 돈/재산을 가진 인물이 직접 갈등 당사자로 나서는/혼사 갈등을 일으키는 면이 비교적 적기 때문이다. // 「센스 앤 센서빌리티」는 돈/재산을 가진 인물이 애정을 중시하는 인물과 (적어도 결혼의 성립에 있어서) 비슷한 힘을 지니고/발휘하고 있기 때문이다.

생략

연습 19 ··· 분석   ▶ 404~408쪽

1-1   ④

1-2   ④

....

2-1   예 (바뀐 부분을 구별하기 쉽도록 밑줄을 침) 그녀는 자기 방 창가에 앉아 하나 둘 불을 켜기 시작하는 동네를 맥없이 내려다본다.

　문득 그녀의 시선이 한곳에 머문다. 거기서 빤히 내다보이는 황 영감 집 안마당이다. 황 영감네 식구들이 대낮처럼 불을 밝힌 채 이삿짐을 챙기고 있는데, 그 가운데 황 영감의 딸이 있었다. 도로 확장으로 헐리는 보상까지 받으며 낡아빠진 집을 떠나니 즐거운 이사인 셈이었다. 황 영감 딸 역시 즐거운 모습이다. 하지만 친정집 이사보다 아기하고 노는 게 더 즐겁다. 어수선한 마당에서, 그녀는 황 영감 딸의 모습만 홀린 듯이 뒤쫓는다. 황 영감 딸이 평생 조카인 척하나 사실 만득은 자기 아들이다. 그 만득의 아내가, 예전의 그녀 비슷하게 결혼도 하기 전에 임신하여 낳은 아기지만, 그저 좋기만 할 뿐이다. 아기를 안고 볼을 부비기도 하고 사람들을 불러모아 자랑스럽게 보여주기도 한다. 어디가 모자란 사람처럼, 속에서 샘솟는 사랑을 주체하지 못한다. 겉으로는 고모 행세를 하고 있지만 사실은 할머니이니까 그럴 수밖에 없다고, 그녀는 생각한다. 아주 넋

이 나가서, 그녀는 황 영감 딸과 아기한테서 도무지 눈을 떼지 못한다.

그녀는 황 영감 딸이 몰래 만득을 낳을 때 도와주었고, 그 여자의 비밀을 쥐고 있으므로 자기가 우월한 존재인 것처럼 여겨왔다. 하지만 그건 잘못된 생각이었다. 황 영감 딸은 겁탈을 당한 상처로부터 오래전에 놓여나 자유로운 존재가 되었지만, 그녀는 아직도 악몽에 사로잡혀 있었다. 비정상적으로 임신을 한 건 같아도, 이미 오래전부터 두 사람은 사는 세상이 달랐던 것이다.

2–2 　예　대상을/내면에서 일어나는 일을 전지적으로 서술하려면, 대상을 바라보는 위치와 입장이 분명하게/지향하는 의미와 초점이 확실하게 서술해야 함을 알았다. // 이 소설은 본래 서술자가 자기 자신을 서술하지만/일인칭 서술이지만 매우 분석적인/삼인칭 전지적 서술과 비슷한 면이 있다.

....

3 　예　거칠고 품위없다/계산적이다/타인을 무시한다/냉정하다/자기 방어적이다/(속으로) 외로움을 느낀다.

연습 20 … 자기 작품 짓기 5

생략